幸福的家理

知更 著

陕西新华出版传媒集团
太白文艺出版社·西安

图书在版编目（CIP）数据

幸福的家理 / 知更著 . -- 西安 : 太白文艺出版社，2022.8

ISBN 978-7-5513-2174-7

Ⅰ . ①幸… Ⅱ . ①知… Ⅲ . ①长篇小说－中国－当代 Ⅳ . ① I247.5

中国版本图书馆 CIP 数据核字 (2022) 第 011588 号

幸福的家理
XINGFU DE JIALI

作　　者　知　更
责任编辑　葛晓帅
封面设计　寻　觅
版式设计　建明文化
出版发行　陕西新华出版传媒集团
　　　　　太 白 文 艺 出 版 社
经　　销　新华书店
印　　刷　西安市建明工贸有限责任公司
开　　本　880mm × 1230mm 1/32
字　　数　320千字
印　　张　13.5
版　　次　2022年8月第1版
印　　次　2022年8月第1次印刷
书　　号　ISBN 978-7-5513-2174-7
定　　价　68.00元

联系电话：029-81206800
出版社地址：西安市曲江新区登高路1388号（邮编：710061）
营销中心电话：029-87277748　029-87217872

序

上学那会儿，西直门是我每天上下学的必经之路。

上学那会儿，詹天佑和京张铁路，只是历史课本上一个用马克笔标记的知识点。

那时候，我从没想过把每天经过的车站和书本上的中国第一条铁路联系在一起，直到京张高铁开通的那天。

那时候，我也从来没想过，这趟由高铁连通的旅程，会让我把生活中遇到的人和小说中的角色结合在一起。

从西直门的北京北站上车，往西北一百七十余公里，就到了一个有冰有雪的小城——张家口。

曾经的塞外山城，在一百多年前就是中国第一条铁路的终点，但它的名头被塞外的寒风和积雪湮没，直到一百多年后的今天，它和北京一起代表中国拿下了 2022 年冬奥会的举办权，张家口这个名字才被世人熟悉。

其实在此之前，它也并不是一个无名的地方，只是被埋没、被低估。作为沟通塞外和关内的商埠口岸，这里的人们曾经通过张库古道把内地的丝绸茶叶运到现在的蒙古和俄罗斯，换回皮毛和银器。只是后来，随着时间推移，曾经繁华的塞外商埠也变得萧条。多年的沉寂后，这里的人们从来没有想过，冰和雪可以为这个小城带来它生命中的第二个春天。

现在人们开着车、坐着高铁，从四面八方专程赶来滑雪，甚至有雪友为了滑雪方便，在崇礼买了房。据说申奥之前，那周边的房价比北京的墓地还便宜，于是有思想前卫的人本着一举多得的目的投资一套“骨灰房”。但今非昔比，随着冬奥会临近，小城一下子火了，高铁一开通，更是把周边的房地产带火了。房价两年飙三倍，看谁还舍得用房子放骨灰！

机遇一来，商机也接踵而至，当地旅游业发展得如火如荼。不光是草原天路、云顶雪场，甚至是柴沟堡熏肉、螺丝转烧饼，都一并跟着火了起来。这个原本寒冷闭塞的山城，成了冬日里炙手可热的火种。

曾经的农家院改成了民宿，曾经人口外流的小镇也引来了人气。

我在入住的民宿遇到一个年轻的女孩。她长发飘飘，围着带流苏的羊绒披肩，坐在民宿前庭的木质长桌前看书，身上洒着阳光。她不爱说话，可即便不言不语，也能看出气质好得出奇。

连着几天出来进去都能看到她的身影，我终于还是没能忍住，过去和她搭话。还好我也是女的，长得也不至于被人讨厌。和她聊得越发投缘起来，这才知道她竟然是民宿的老板！名牌大学毕业，设计专业，曾经在北京打拼多年，终于在三十岁那年辞职回家乡开了这个小民宿。

民宿不温不火，客人不多不少，但客栈里琐碎的事情却一点不少，处处让她操心。民宿的收入虽然比不上做白领时多，但是有了可以自由支配的时间，有了自己喜欢的生活方式。守着家，守着大自然，守护着三十岁的固执和坚持。她说自己没有经验，不知道生意会不会越来越好，更不知道自己能在这条路上坚持多久。

她说起自己的那些苦恼，显得淡然得很，没有急功近利，没有随波逐流，不慌不忙，不疾不徐。我认为这是三十岁最好的状态。

我很羡慕她，羡慕她每天都能呼吸到山里最纯净的空气，每个冬天都能在窗外看到最洁白的雪，更羡慕她有勇气做一个快进生活中的逆行者，能按照自己的意愿生活。

于是我把她变成笔下的角色，起名宋家理，作为小说的主人公。从与她聊天的只言片语中，想象着她的曾经、她的心事、她的爱情、她的未来。《幸福的家理》就这样诞生了。但愿读过它的你，也可以借助宋家理的身份体验另一种迥然不同的人生。

目录

人生赢家

也许你生在大山里，也许你长在大海边；也许你此时正在镇子的集市上讨价还价，也许你正在十八线小城的网吧虚度人生。但我相信，你一定是个有梦想的人，梦想着有一天能在城市中心有套房，有套大房，有套带车库小院上下两层的独栋大别墅。

但梦想这东西，说难也难，说简单也简单。只要你敢想，就没有什么做不到的。

宋家理推开别墅的落地窗，豪宅的后院内如同绒毯一样的绿色草坪在眼前铺开。温暖的阳光洒在脸上，柔软的小风轻抚过面颊。精致的妆，一丝不乱的发，得体的衣着。虽然是一大早，可作为一个有格调的女人，从头到脚都不能有半点马虎。

宋家理深吸一口气，初秋清甜的空气将胸中一切负能量一扫而空。

贵妇的早晨一般都会这样开始，只是偶尔会有些难以避免的误差。

宋家理猛地一弯腰，“哇”的一声，将胃里翻江倒海的东西一股脑儿全都吐了出来。

透过敞开的落地窗，正在进行内部装修的别墅里，地上砖头瓦块，空中扬尘漫天。三个灰头土脸的装修工人正坐在屋里的脚手架上一边抽烟一边说笑，看到宋家理连早点鸡蛋灌饼都吐出来了，藏不住的一脸嫌弃。

“宋工，你没事吧？”

宋家理，女，二十九岁，室内设计师，热爱生活的理想主义文艺女青年。大学毕业后毅然决定留在北京，加入了建设首都的大队伍。经过了实习期，熬过了试用期，总算是在某知名设计师事务所有了一个自己的工位，虽然是紧挨厕所的角落，但起码是正经出入商务大楼的上班族，也算是从小镇青年跻身城市白领。每每想到这儿，她的下巴就不自主地仰起三十度。

然而宋家理这个白领做得实属不易。整天跑工地的她想要保持衣领洁白，着实要比一般人多耗费好几瓶衣领净！

宋家理从灰尘漫天的室内逃了出来，在院里缓了半天才元神归位。五脏六腑刚刚落定，一股烟味袭来，胃里又是一阵翻江倒海。

但她还是强忍着不适，冲身后的工人们挤出一个苍白而惨淡的笑容，接着从包里翻出那个装过早餐的塑料袋，蹲下身收拾地上的残局。

塑料袋虽然油乎乎的，可此时她反而庆幸没有及时把它扔掉。这些年积累的工作经验告诉她，千万不要低估一样东西或一个人的价值，即便它上一秒还是垃圾，很可能在下一秒就变成能解燃眉之急的救星。

当然，有的时候，事情也会往相反的方向发展。

宋家理把设计图纸从眼前移开，惊得张大嘴巴。前方直挺挺竖着一面犹如牌坊一样的电视墙，和图纸上简约现代风的大理石拱门设计简直天差地别。

“刘师傅，咱这电视墙做得不对劲呀！”

“哪儿不对劲？”包工头叼着烟卷迈着方步走到“牌坊”

前，上下扫视，脑门上分明写着两个大字——满意。

宋家理后退一步避开烟雾，又不得不上前一步，把手上的设计图凑到包工头眼前。

“您看，我图上画的是简约现代风，您这个……好像是欧式土豪风呀！”宋家理看着“牌坊”上跟洗浴中心大门上一样的浮雕，那是一种类似城乡接合部风格的花纹。

包工头把烟头扔在地上，用脚踬了踬，接过设计图眯眼看了好半天：“你要拱门，这不就是拱门吗？至于浮雕花纹，都是小节，不细看没区别。”他说着摘下眼镜挂在胸前，自欺欺人地享受眼前模糊的美感。

宋家理的眼里可容不得沙子，她又上前一步，伸手摸了摸电视墙的用料：“师傅，客户说了要用一整块天然大理石，现在怎么变成拼接的人造石了？”

包工头看这位年轻的设计师不好糊弄，急忙换上一副别有深意的笑脸，将宋家理拉到一边：“宋工，情况是这样的，那么大一块天然石材按照设计图纸切割定做，来来回回就得小半个月，这墙不做好，地板我们就没法铺，工期卡得又紧，你得考虑我们施工的实际情况。”

“可是，不管怎么说，施工是要按设计来。”

“设计也是人定的，不合适的地方总能改嘛。咱也合作这么长时间了，你就灵活点。再说这次的甲方也挺好说话的。”

“不能因为客户好说话，就糊弄人家呀！”

“这怎么能叫糊弄呢！”包工头把宋家理引到电视墙前，自信满满地展示石材拼接的边边角角，“你看看这活干的，不仔细看根本都看不出接缝。远看近看都没毛病！你就睁一只眼闭一只眼赶紧通过，接下来我们麻利儿地铺完地板，提早交房，皆大欢喜！”

宋家理看包工头对未来没头没脑的憧憬，只能表示无语。

“刘师傅，我是设计师，我得对我的客户负责。”

“你这小姑娘怎么这么轴呢！听哥哥一句，我在这行干了也不是一天两天了，哄客户的方法有的是，没必要这么精益求精。”

“可是好的设计，细节就是灵魂！”

“什么灵不灵魂的！反正做都做完了，总不能把它拆了吧？”

宋家理被撑得哑口无言，整个人怒火中烧。那些或是被阉割或是被玩坏的设计，可都是她没日没夜熬红眼才想出来的智慧结晶。

“咚”的一声闷响，刚刚还骄傲挺立的“牌坊”轰然崩裂，碎石子散了满地，其中一块擦过宋家理的脸颊，留下一道鲜红而绚烂的印记。

宋家理手里拎着大锤，急促地喘着粗气。虽然混杂着二手烟和装修粉尘的肮脏空气让每个吸入它的人都鼻孔发黑，但宋家理却在这一刻觉得呼吸无比畅快。

包工头脸上的肌肉慢慢绷紧，眼珠一下子突出，接下来就是唾沫星子飞溅。

一阵枪林弹雨过后，包工头甩下一句话，带着两个小兄弟扬长而去。

“女人就是矫情！”

女人就是矫情。宋家理站在原地回味这句似曾相识的话。

就在昨天夜里，两个人并排躺在床上时，古贺也说过同样的话。说完他就扭过身去，给了她一个后背。又过了五秒钟，那头传来响亮的呼噜声。

之前，宋家理连他的后背都喜欢。她觉得他的后背宽阔厚实，像一块盾牌，能挡住刀光剑影；又像一把大伞，能扛住风吹雨打。但八年的时光，却把这块后背打磨成了古贺自己的挡箭牌，但凡他想结束某个话题，就把后背亮出来，摆出一副拒绝交流的样子。

宋家理仔细想，这次的拒绝交流又是因为什么来着？

对，是“如果”。

她问：“如果咱俩结婚前就有了宝宝，那可怎么办呀？”

“还宝宝呢，你看看这屋还有地儿搁宝宝吗？”

宋家理环顾局促的小屋子，一时还真说不出话来。

“哪来那么多如果呀！别胡思乱想了，赶紧睡吧。”

宋家理不知道古贺最讨厌如果。如果来得太轻易，配不上生活的分量。

如果房租能便宜点，他们俩就不用在五环外局促的大开间凑合日子；如果不用住在五环外，他就不用每天早上五点半起来挤地铁；如果他不把宝贵的时间都花在路上，没准还能多拉两个客户再升上一级；如果他能升职，工资也会涨，存款也会多，这样就能更快地攒够钱买房；如果买了房……

古贺觉得这些“如果”没有任何意义，这样如果来如果去一路推算下去，岂不是每个人都能轻而易举成为人生赢家？

在他眼里，人生赢家起码要在四环内有一套像样的房子，而他自己离这个目标还差得远呢！

但此时，宋家理就站在“人生赢家”堆满瓦砾的大房子里。

别墅的主人是一对和她年纪相仿的小情侣，定好了明年结婚，这里就是他们未来的婚房。

古贺从来都不知道宋家理有多羡慕这小两口。宋家理并不只是羡慕他们的大房子，更羡慕他们在房子里、图纸上一起比画着憧憬未来时那闪光的眼睛。他们会像无数情侣那样步入婚姻殿堂，生儿育女，白头偕老。

宋家理已经不记得这是她第几次给别人设计婚房了，她每一次都会在画图纸的时候走神，不由自主在脑海中勾画出她和古贺未来的婚房；也不记得自己有多少次在梦中身披白纱，和身旁这个男人一起走进婚礼大厅。但这一切都只限于憧憬，随着时间的流转，越憧憬越渺茫。因为她终于知道，这八年来，在古贺的“图纸”上，可从来就没有给她留过一席之地。

宋家理抬头望着天花板上耷拉下来的一截儿电线，这是专门预留出来装射灯用的。准新郎说了，要把两个人的婚纱照挂满这面墙，提前留灯位，好让这些照片永远都亮亮堂堂。

宋家理望着歪歪扭扭的电线，想着自己漆黑一片的人生，脱掉高跟鞋，光着脚一步一步爬上高高的梯子……

理想国与柏拉图

屋内传来一声巨响，一股青烟升腾，却没有人羽化登仙。

宋家理咳嗽着扇了扇眼前的扬尘，灰头土脸地从瓦砾堆里走出来。

她看了看手里攥着的接射灯的半截电线，又看了看屋顶上留下的黑窟窿。

“工程质量！工程质量！我跟你强调过多少遍了，怎么就不重视呢？我们这是婚房，我老婆再过几个月就要生了，你让我们带着孩子去住甲醛超标的房子吗？”

“怎么会呢！孙先生，实在是对不起，施工方可能是理解错了，没有完全按您的要求来。不过您放心，我马上让他们重新弄……”宋家理刚刚爬上五楼，声音有点喘。她歪头夹着手机，在包里胡乱摸索一阵，掏出钥匙打开家门。

五环外的旧公寓，进门就是个黑乎乎的门厅，宋家理习惯性地打开灯，将沉甸甸的包扔在屋子一角的沙发上。

说是沙发，却早已经没了坐人的地方,一侧被巨大的熊本熊玩偶占据，另一侧则堆着厚厚一摞衣服。因为东西太多，空间不够，无论再怎么收拾整理，还是乱糟糟的。玩偶是他们恋爱一周年纪念日的时候古贺在游乐场抓娃娃得的，而这些衣服是每天都要穿的，也不是随随便便就能断舍离的。

也许是因为一整天没有喝水了，宋家理一进家就冲进厨房，也顾不得找杯子，抄起一个大碗接了半碗水，饮马一样咕咚咕咚地喝了个干净。

电话里依旧传来客户滔滔不绝的抱怨声：“……之前明明说好了，整屋都用儿童环保漆，现在可好，这一个不留神就糊弄事，偷工减料！就这还金牌设计师？小心我投诉你！”

宋家理差点儿呛住，急忙隔空赔笑脸：“孙先生，我哪敢呀！我也是一而再再而三跟施工方强调过，可是有的时候双方沟通上可能会有点小误会，我也是头疼得很呀！”

宋家理并不是瞎说，她确实觉得后脑一紧，一阵头疼，并且这种头疼并不是暂时性的，而是一直困扰着她，如影随形。

“你还跟我诉起苦来了！我只要我的房子在工期之内按照我的要求完工，你的事我管不着！”

“当然当然！您放心，下不为例！”

话音未落，电话那头已经是嘀嘀的鸣音。还没等她喘口气，手机又聒噪地响起来。

“小宋啊，今天的事我都听说了……”

也许是因为刚被客户臭骂了一顿，此时老板的声音听上去格外温柔，宋家理忽然觉得打心里涌上来一阵委屈：“范总……”

“控制成本！控制成本！我跟你强调过多少遍了，怎么就不开窍呢……”

宋家理的耳朵里“嗡”的一阵耳鸣，把手机从耳边拿开放在桌上，任老板在那头说着单口相声。

镜子里是自己那张憔悴的脸，惨白的脸色把左颊上那道划痕衬得更加鲜红。

“……损人不利己，得不偿失……”开着免提的手机里传来老板的教诲，宋家理不由得失笑。老板就是老板，看问题就是尖锐，直戳要害，一语中的。

老板说得一点没错，得不偿失的事宋家理确实经常做。

大学毕业后，她妈让她考县里的公务员，就算考不上，起码也考个事业编。但宋家理没听妈妈的话，非要离开家到北京打拼。

“你怎么就这么倔！翅膀硬了，我们小地方盛不下你了？家里的大院子你白住着，我做的饭你白吃着，在家门口找个工作嫁个人不是挺好嘛，干吗非要自讨苦吃？”

“妈，大城市有发展。”

“不光大城市要发展，我们小地方也需要人才！大城市的生活就那么好？掏三四千租个转不开身的‘火柴盒’，还得花上冤枉钱吃那些不卫生的外卖。我看呀，你就是闲的！吃饱了撑得没事干！虚荣！得不偿失！”

宋家理对老妈的话一句也不认同。她就是不想在家里白吃白住，她觉得以她的学历、能力和魄力，绝不能一辈子困在老家的小县城。城市白领和小镇青年之间的抉择，哪怕是用脚指头都想得清楚吧？

所以，当时老妈说那些话的时候，宋家理根本就没往心里去。她正忙着收拾行李，那颗心早已经飞到她和男朋友古贺一起租的那个爱的小窝里了。

虽然是五环外，但那也是北京啊！虽然是地铁始发站，但始发站好啊，上车就有座，眼一闭一睁就到西单了！

但宋家理没想到的是，并不是每个在始发站上车的人都能抢到座。更要命的是，当她辛苦了一天准备回家的时候，始发站就变成了终点站。

宋家理现在才觉得老妈说的一点没错。环顾四周，当初爱的小窝已经和猪窝差不多了。刚搬来时挂在墙上的装饰画已经在年复一年的时光中褪色，窗前那些两个人一起养的绿植也早已经蔫了被扔掉，只剩花盆。曾经的憧憬变成现实，又恍然间从现实变成过去。宋家理甚至觉得疑惑，是否曾经拥有过？

但其实这些都不重要，她可以忍受每天在地铁里被挤成相片，也可以忍受在无处下脚的“火柴盒”里度过余生，只要那个爱她的人还在身边，那份爱还在眼前……

宋家理从包里掏出那张纸，小心翼翼地展平。

姓名：宋家理。

年龄：29。

HCG早孕测定：阳性，已孕。

古贺脖子上挂着得名集团金牌置业顾问的胸牌，满面春风地将客户送出售楼处，微笑着不住挥手。看着客户坐上五菱之光离开的一瞬间，古贺的笑脸立马垮了下来。

一片枯黄的树叶颓唐地落在脚下，他的心中不由得升起危机感。

时间过得真快，一转眼又到了秋天。每年秋天都是他业绩压力最大的时候。过了春夏的交易旺季，再不抓住眼下这个金秋的尾巴，随着冬天销售淡季的到来，自己可就要和这天气一起凉凉了。

他看了看表，叹了口气：“唉，又浪费半小时。”

正急匆匆往回走，手机响了起来，来电显示“老婆”。

“喂，干吗？”

“你什么时候回来呀？”宋家理的声音虽然有些沙哑，却透着温柔。

古贺下意识地看了眼表，七点半。每天都是这样，表转得飞快，业绩却总是原地不动。

“今天得加班，不光我一个人，全体都得加班。”

“那你什么时候加完班？我有事跟你说。”

“什么事啊？电话里说吧。”

“重要的事，电话里说不清。”

“什么事比挣钱还重要啊？”

宋家理竟然无言以对。

这时一辆奔驰大G驶进停车场，一对穿着讲究的男女从车上下来，古贺的眼光一下子在二人身上锁定。

“我有事，不跟你说了啊！”

挂了电话，古贺调整一下面部肌肉，热情地迎了上去。

先上车后买票

早上的阳光从窗帘缝里挤进来，照在宋家理贴着创可贴的脸颊上。

她挣扎着从床上爬起来，下意识地摸了摸身旁，空空如也，也搞不清楚古贺昨天晚上是压根儿就没回来，还是回来又早早走了。

餐桌上，昨晚给他留的饭菜还原样放着。

宋家理看了看手机，干干净净，没有短信也没有未接来电。她叹了口气，随便找了个理由安慰自己，就坐在桌前，开始收拾盘子里的剩菜剩饭。昨天在电话里，她见缝插针地跟老板请了一天假，一方面是缓一缓自己透支的身体，更重要的是为接下来要宣布的那个重大消息做做心理建设。

电视里正在重播最近很火的辩论节目，正反两方就“未婚先孕的婚姻是否会幸福”展开辩论。

正方一位戴着金丝边眼镜、看上去很有学问的中年女子正对着镜头侃侃而谈：“未婚先孕说白了就是先上车再补票。但不管是先买票还是先上车，问题的关键是你选择的这趟车能不能带你去你想到的目的地。如果是，即便是未婚先孕的婚姻也注定会幸福；反之，就算你逼着对方结了婚，最终也只是搭错车。”

台下一片掌声，宋家理却差点被嘴里的饭噎住。

到了反方辩手发言的时间：“一段幸福的婚姻必须建立在平等的基础上，但未婚先孕会让女方输在起跑线上。试想，当你挺着大肚子站在男人面前，千方百计、小心翼翼地暗示他娶你时，你自身的价值就已经跌得一文不值了。不仅如此，即便他‘大发慈悲’地娶了你，你会一辈子含糊，他娶你到底是因为爱你还是因为孩子？”

反方辩手话音未落，宋家理只觉一股酸水从胃里翻涌上来。她急忙捂着嘴跑进厕所，抱着马桶吐了几次，终于晃晃悠悠扶着门出来。

自从怀孕后，天天早上起来就脑袋发沉，眼睛发酸，胃里时不时翻江倒海不说，还腰酸背痛，这让原本就疲惫不堪的生活雪上加霜。但这些事和她的心事比起来都不叫事。

对于一对恋爱八年依旧未婚的情侣来说，意外怀孕也许不算坏事。虽然挺着大肚子穿婚纱多少和她想象中的婚礼有点出入，但奉子成婚也是结婚，只要能把自己嫁出去，这桩心事也算是了了。怕就怕不光自己嫁不出去，还把孩子砸在手里。但现在看来，即便她求爷爷告奶奶把自己嫁出去了，今后的日子也会是一片望不见尽头的沼泽。

宋家理从来就没什么优越感，但即便如此，她也不甘心自己在三十岁之前就成为婚恋市场上“挥泪大甩卖”的对象。

其实在试探着对古贺问出那句话之前，宋家理就有预感，这场长达八年的恋爱长跑早已经被透支，没什么幸福可言了。但她还是不死心，想再给他一次机会，给自己一次机会，也是给肚子里的孩子一个机会。

宋家理深深地呼吸，毅然决然地拿起手机。

“三十而立什么意思？”又到了每日的训话时间。一大早，售楼处大厅里，经理就把手底下所有人叫过来齐刷刷地站成一排：“三十而立就是说三十岁之前，要靠自己的努力为你以后的人生铺路。往后的路好不好走，就看你这几年有多努力了。努力，前面就是康庄大道，一马平川；偷懒，就会一泻千里，再无翻身的机会……”

古贺的手机在口袋里“嗡嗡”振个不停。他有种预感，昨天晚上那对开奔驰的客户肯定会再打电话联系他。这不，正想着就来了！

古贺满心欢喜地掏出手机偷偷瞄了一眼，顿时一脸失望。

老婆，老婆，又是老婆！今天这个早会，他已经挂了她好几个电话了。他明明早就说过，如果没接电话没回短信，那一定是要么正开会要么正忙着接待客户，但这人怎么就这么固执，打起电话没完没了！

古贺烦闷地再次挂断电话，想给宋家理发条短信，正偷摸按着键盘打字，眼前忽然出现一双锃亮的皮鞋。古贺一抬头，正对上经理犀利的三角眼。

“王……王总……”

“重要客户？” 经理的目光逼人。

“没，不重要。”古贺急忙收起手机。

“不重要就好好听着！在这个世界上，没有什么比挣钱更重要，而你挣钱多少直接和业绩挂钩。咱们还是说说这个月的业绩吧……”

医院妇产科，有老公陪着做产检的准妈妈，也有被一家人前呼后拥、抱着新生儿出院的新手妈妈。当然，像宋家理这样，刚刚被宣布当妈就临阵退缩的也不在少数。

坐在候诊区和她一起等着叫号的人各式各样，但每个人脸上都挂着一丝忐忑和若有似无的悲凉。

护士推开诊室的门探出头来：“113号，宋家理。”

宋家理“噌”的一下从椅子上站起来，却呆愣愣地站在原地挪不动腿。

“你是宋家理吗？”

护士走到跟前，宋家理这才回过神来。

“噢，我是。”

“到你了，进来吧。”

宋家理望着敞开的诊室大门，别无选择地迈开步子……

白日梦醒

刚刚在诊室里的时候，宋家理就感觉手机一直在振，她不但没接，连看都没看，并不是说她内心有多强大，而是她生怕看过之后会更加失望。万一打电话的人不是古贺，而是卖房子卖保险的骚扰电话呢？宋家理已经没有力气再失望，即便是自欺欺人，她也希望在这一瞬间还能有人关心惦记。

但当她脸色苍白地走出医院大门时，她感觉自己只剩下一具躯壳，无论是希望还是失望，全都荡然无存。

古贺在烟雾缭绕的办公室中啃着早上剩下的半个肉夹馍。此时夹肉的馍硬得像鞋底子，馍夹的肉凉得拱成一个大坨子，毫无滋味和口感。

然而此时正发愁的可不止古贺一个，隔壁桌的大李比古贺早入职三年，这个月业绩还不及他一半。家里一个老婆，两个孩子，四位长辈，还有房贷和车贷，所有花销全靠大李一个人负担，每月的业绩就是他一家老小的命。

“业绩业绩，一天到晚就知道业绩！你看看咱们周围的楼盘，不是送精装就是带车位，咱们跟人家一比哪有优势啊？别说客户了，就让我自己选我也不会买这儿啊！”大李一边扒拉着老婆给带的饭，一边口沫横飞地吐槽。

“哎哟喂，你可小点声吧！这话要让经理听见了，你也不用愁业绩啦，月底直接卷铺盖回家！”

同事们你一言我一语的抱怨，古贺根本没有听进耳朵里，思维反而停滞在大李提到的隔壁带精装的楼盘。他曾经借工作之名到那边考察过，不看则已，一看便一发不可收拾地喜欢上了。方方正正的大三居，离地铁口步行十分钟，周围幼儿园小学一应俱全，价格虽然不低，但和周围的楼盘相比已经算是很良心了。古贺想，这个房子宋家理看了也一定会喜欢。要是能凑够首付拿下，简直就是一步到位人生圆满，别无他求了。

古贺的白日梦被手机短信声震醒。他腾出握着肉夹馍的手，用小指头点开信息，顿时嗓子眼一紧，被口中正要下咽的食物狠狠呛了一下。

宋家理手中拖着一个小小的行李箱，临出门时，她忍不住停下脚步再次回头打量这个住了好几年的小窝。房子虽然是租来的，但她一直以来都把这里当成家——她和古贺两个人的家。当初搬来的时候，她大包小包前前后后运来了五个大行李箱，可从没有想过离开的时候，真正需要的东西却只能填满这样一个小小的箱子。那些穿的用的，全都带着满满的回忆，让她不愿，更不敢装进箱子打包带走。

宋家理唯一想带走的，只是自己这颗八年后无所期待却又无比疲惫的心。

古贺，我走了。

并不是冲动的离家出走，而是想了很久才做出的决定。

我已经快三十了，不是刚认识你时那个成天做梦的傻丫头了。曾经我一直觉得我是世上最幸运的女孩，初恋就遇到那个可以托付终身的人。但我可能错了，一厢情愿地做了一个长长的梦，我用了八年才让这个梦醒来。现在才知道，可能一直以来我都是自私的，理所当然地规划着“我们”的未来，可在你心中，我只不过是你人生的过客，而并不是归人。

你放心，我不会因为这个怨你，因为从现在开始，一切尘归尘土归土，回到最初陌生的样子。我们不再是恋人，也不是朋友。

我们不会再相见。别怪我绝情，我也是不得已。因为在我成年后的人生中，你的身影无处不在，我在这里的每一天，一睁眼就会看到你的影子，一呼吸就有你的味道。所以我必须离开，把和你有关的一切全部割舍，什么都不带走，只带走一个空空的自己……只有这样我才能重新开始。

古贺在楼底下一边抽烟一边原地转圈，一遍一遍拨着“老婆”的电话，但那头一直无人接听。

这种情况在两个人吵架时其实并不少见，平时他会过一会儿再打，等对方冷静一下再交流。但今天，这长篇大论的分手短信，却让古贺心里慌兮兮的。他仔细回想，自己一没出轨二没犯错，到底做了什么，让宋家理这么上纲上线？

他想起“老婆”之前说的话：吵架的时候即便我不接电话不回短信，你也要锲而不舍地打、坚持不懈地发。不接是我的心情问题，不打就是你的态度问题了！

古贺摁灭烟，叹了口气，决定还是按她说的，对症下药。虽然不知道自己错在哪里，但早认错早省心。

“亲爱的，我怎么得罪你了？……不管怎样都是我的错，你别生气了也别闹了，赶快接我电话！”

古贺编辑好信息按下发送，信息旁边忽然出现个红色叹号，系统弹出提示：对方开启了朋友验证……

“靠！还把我删了！”古贺嘴上骂骂咧咧，心里却开始打鼓。

八年了，大大小小吵了多少次架，但被删这种情况还是第一次发生。这么多年两个人也早就磨合出了相处之道，生气归生气、吵架归吵架，但提分手删微信这种幼稚无聊的事绝对不做。但宋家理最近不知道怎么了，眼看着奔三了，却越来越敏感，越来越矫情。

古贺硬着头皮向经理请了两个小时的假，出门看到一辆刚刚停稳的出租车，就一把拉开车门不由分说地钻了进去。

行李箱的轮子不知疲惫地转个不停，在站台上留下一串咕噜噜的声响，不知是对辛苦的抱怨，还是对离别的叹息。但无论怎样宋家理都充耳不闻，车门打开后，她双手拎起箱子迈了上去。

古贺进家前深吸一口气，已经准备好了速战速决的对策。由于只有两个小时的假，他可没有多余的时间搞清“老婆”生气的来龙去脉，反正根据以往的经验，不管因为什么，结果都是一样的。只要他服软认错，拿出最端正的态度，讲出最动听的甜言蜜语，没有什么问题解决不了。

古贺“老婆老婆”地叫着，在屋里转了一圈，不见宋家理的影子。说不上为什么，他感觉这个家里的气场有些变化。餐桌收拾得一尘不染，沙发上的衣服堆也消失不见了，只剩下熊本熊孤单地坐在原处。对了，餐桌上还有纸条。昨天同样的位置还摆着宋家理给他留的饭菜。

古贺拿起纸条打开，眼前是一张扇形的 B超照片，里面黑乎乎一片，看不清个所以然，但古贺却清楚地看到这张纸的抬头上写着：妇幼保健院彩色超声检查报告单。报告单上的名字是宋家理。

而更让他心中一紧的是，B超单里还夹着另一张单据：人工流产手术缴费单。

宋家理支着下巴呆呆地望着窗外，眼前的景物缓缓向后移动，往日生活的影像也在脑海中重放。

深夜寂静的街道上，一个白色不明物体正缓缓移动。

“不行了，不行了，要掉了！”白色的床垫明显倾斜，眼看着就要从宋家理那两细细的小胳膊里滑下去。

古贺停下脚步，用膝盖撑住床垫：“你放手。”

“我一松手不就掉地上了吗？”

古贺又把结实的手臂向前挪了挪，紧紧攥着床垫的两边：“掉不了，有我呢！”

宋家理小心翼翼地松开手，只见古贺一使劲，大力士一样将床垫举过头顶，一缩脖子，整个人钻到了下面，用头将床垫顶了起来。

“怎么样，这招牛吧？”

宋家理只能听到古贺得意的声音，却看不见他的脸。宽大的床垫被从中央顶起个尖，将牛高马大的古贺整个罩了进去，远远看去就是一个长着两条长腿的三角形不明生物。

宋家理忍不住笑得前仰后合：“大半夜的哪儿来的怪物？你再吓着别人！”

“这么晚了哪有人啊！”

“可你这样行吗？稳得住吗？”

“三角形的稳定性懂不懂？稳极了，一点不费劲！”古贺顶着床垫在原地转了个圈，宋家理赶紧拿出手机给眼前的“怪物”拍了张照。

“但是有一点，你得帮我在前面看路。”

古贺被挡住眼睛，晕头转向地找不着北。

“我才不呢！跟你这样的怪物走在一起我怕丢人！”宋家理嘻嘻哈哈地笑得直不起腰，故意躲古贺远远的。

古贺在床垫底下，听到宋家理的声音越来越远，一下子还真慌了神：“你别走啊！你把我一个人扔这儿我怎么办？”

这时一只柔软的手从旁边伸了过来，握住古贺的手：“你放心吧！我怎么会丢下你不管呢……”

明明说过不会，却还是被现实啪啪打脸。

但宋家理说这句话的时候，确实是满怀真心。那时候他们刚刚毕业，找了工作搬到出租屋，房东留下的弹簧床垫不光睡觉时塌陷，但凡有点重要活动还吱吱作响。两个人早就琢磨着换个新的，可预算着实有限，选来选去终于在二手网站上找到了小区附近的一个卖家。想想那时候也真是穷，连打车的钱都不想浪费，一个三四十斤的双人床垫，两个人竟然就这么凭着一股蛮劲儿，一路嘻嘻哈哈，走着搬到了家。

二十出头的活力真让人羡慕。不光是体力充沛，心中的能量也无穷无尽。即便穷，即便苦，即便一无所有，但那时候的日子一想起来都会让人嘴角上扬、眼睛发光。

宋家理被脸上一阵凉乎乎的感觉惊醒，不知什么时候，眼泪已经流淌成一条河，眼前的景色也从城市的繁华，变成了青山与农田。

二十岁的日子一去不复返，三十岁往后，还不知如何从头再来。

开业庆典

三年后。

喜镇清水河畔的红门大院前，锣鼓喧天、鞭炮齐鸣。左邻右舍把小院门口围得里三层外三层。大人们倚着树嗑着瓜子凑热闹，小孩们在腿底下窜来跑去，热闹非凡。

虽然三年来，这个门脸儿已经是第三次出租，但人们还是乐此不疲地来捧场庆祝。嘴上祝老板生意兴隆，背地里却都在念叨，不知这家铺子又能挺多久。

罗敏红家的门脸房在这条街上早已是出了名的，但这名头并非因为它是旺铺，正好相反，这是一间谁租谁干倒闭的风水坑。当然也正因如此，铺子的租金一降再降，成了这条街上名副其实的价格洼地。所以即便租户们看房的时候对这间铺子的故事多少有所耳闻，但大家也都迷之自信地认为自己不会步前人后尘，妄图改写历史。

不管是三年前倒闭的五金铺、两年前关门的服装店，还是去年关张的驴肉火烧，全都没能逃过无情的历史规律，更是坐实了铺子的风水问题。

于是这次，大家的猜测更添了几分确定，觉得这间铺子保证会在三个月内关门大吉。

别人这么想也就罢了，这次就连房东罗敏红自己心里都犯嘀咕。虽然她死不承认街坊四邻议论的风水问题，但也着实不看好门口这刚开张的店铺。

“饭店开在这儿，生意可一准好不了。”

“别管生意好不好，这次的排场可是不小。”

“哪次不是鞭炮放得嘣嘣响？再大的排场也白整。”

“不过话说回来，这饭店看着不太一样啊。门上那串英文是啥意思？”

崭新的招牌上赫然写着“Intoxicating”。

七嘴八舌的几个人顿时没了声音，齐刷刷仰着头，看着招牌上的英文陷入沉思。

“我知道，cat是猫的意思。”婷子三本财会学院毕业，在街坊邻居里也算是拔尖的高学历了。好不容易抓着一个千载难逢的机会，秀了秀自己二把刀的英文。

“猫？哟，不得了，别是卖猫肉吧？”

围观群众中一个蹬着趿拉板、穿着小碎花，抓着瓜子、扇着蒲扇的年轻女人站在树荫底下笑得花枝乱颤：“可拉倒吧！Intoxicating是‘让人陶醉’的意思，人家开的这可是西餐厅，哪来的猫肉呀？”

婷子不吱声地红了脸，一头扎进手机里，也不知是在查词典还是打游戏。

几位阿姨一听是西餐厅，又忍不住大发议论。

“西餐？就那种半生不熟的牛肉？”

“那怎么下口呀！”

“得！白高兴了，这洋玩意儿我可吃不惯。”

“可不是嘛，不好吃还齁贵，谁去呀！”

大家意见统一，一致摇头叹气。

“我说二丫头，你们家这门脸儿就算着急往外租，也得挑挑人呀！租谁不好，非租给个开西餐厅的。你说说，咱喜镇，有几个上西餐厅吃饭的？这不是明摆着等倒闭嘛。你不信看着，用不了多久，又得折腾！”

宋家理笑着摇头，把嘴里的瓜子皮往地上一吐：“王姨，这您就不懂了。谁说咱们喜镇就没人爱吃西餐呀？没人吃是因为之前没有，现在咱有了自己的西餐厅，没准过不了多久，咱喜镇就改头换面了呢！”

正说着，鞭炮声停下，只见一股青烟散去，罗敏红拽着一个高高瘦瘦的男人站到人前。

他头发略长微卷，身穿浅色亚麻衬衣，白色长裤，袖子微微挽起，腰间还系着蓝色围裙，看上去文质彬彬，清清爽爽。

这人宋家理见过，他叫董逸陶，就是这家西餐厅的老板。说真的，罗敏红也不是见钱眼开的主儿，她早就跟两个女儿打过预防针，说这房子连着地气，就算空着，也绝不能租给什么不三不四的人。所以别管是谁介绍来的，出价多高，只要是她看不上眼的，统统不租。

但这次不同，这小伙子面相老实，说话又彬彬有礼，丝毫不带土老板的架子。罗敏红打眼一看就不由得添了几分好感，虽然对西餐厅这事心里犯嘀咕，但也还是痛痛快快地答应下来。

可宋家理一直觉得，老妈这看房客的眼光跟看男人有一拼，都不怎么靠谱。她只能在心里暗念，但愿不要发生那种赔了夫人又折兵的事。

也许在整个镇子上，除了董逸陶自己，再没有谁像罗敏红这么盼着西餐厅的生意红红火火了。为此她还专门自己贴钱买了挂鞭炮，非要在开张这天搞出点动静。一方面是帮西餐厅做宣传，另一方面也崩一崩晦气。

宋家理抱着看大戏的心，一边嗑瓜子一边目不转睛地注视着“舞台”中央。大家的表情都和宋家理如出一辙，看热闹不嫌事大，吃瓜不嫌子多。

教师出身的罗敏红正一本正经地进行开业致辞。这是她的保留节目，不管是什么铺子开张，她总是有话讲，一开口便滔滔不绝刹不住车，根本没有别人开口的机会。也许正因为罗敏红气场太过强大，被抢了风头的董逸陶一个劲地往边上站。好在人家是个斯文内向的主儿，不但不抢话，还配合地带头鼓掌。

罗敏红总算是说完了，但开业庆典的好戏才刚刚开始。

罗敏红变戏法般掏出一个红布袋，清清嗓子：“今天是个好日子，咱喜镇第一家西餐店就要开业啦！好日子就得喜上加喜，讨个好彩头！”

说着，她把手探到红布袋里故作神秘地摸索着：“这是我特意给大伙准备的什锦福袋，福气财气一把抓！在场的各位接着钱的财源广进，接着糖的幸福美满，大家说好不好啊？”罗敏红故意卖关子吊胃口。

“好！”人们的情绪一下子被调动起来。

“准备好啦！大家一起接福喽！”罗敏红从袋子里抓了一把撒向空中。围观的人群瞬间摆开阵仗，有的将双手伸过头顶，有的将帽子反过来高高举起，还有的把衣摆撩起来，昂头挺肚准备接福纳彩。

董逸陶对罗敏红这招赞叹不已，他不由得把脖子伸得长长的，抬头仰望。身后蜂拥的人群把他推搡得左摇右晃，几乎站不稳。

随着罗敏红手一扬，几枚亮闪闪的硬币夹杂着五颜六色的糖果在空中飞舞。

一枚硬币“啪”的一下不偏不倚正砸到董逸陶额头上。他顿感脑门一凉，正看到那枚硬币翻着跟头从眼前滑过，越过鼻尖，跟嘴唇来了个亲密接触。

董逸陶头皮一阵发麻，脑袋“嗡”的一声，一个趔趄仰面倒地。

接福的人群惊呼起来，谁也没想到一个大老爷们儿竟然能被一枚硬币砸晕菜。

宋家理扒开一条通道冲进人堆，蹲下身摇晃着董逸陶：“喂！董老板，你醒醒啊！你怎么了？”

大家围成一圈又是掐人中又是拍脑门，董逸陶终于睁眼坐起来，有气无力地捯着气儿：“不好意思，让大家担心了。”

“今天这太阳挺大，不会是中暑了吧？”

“得了吧，咱喜镇是避暑胜地，怎么会中暑啊？我看啊，小董是忙着开业累着了。”

罗敏红对这些解释都不满意，今天这日子在她的安排之下本该是欢欢喜喜的，却没想到闹了这么一出，给她来了个措手不及。但开业大吉这天，再意料之外的突发事件也必须用吉祥话化解：“你们说得都不对！小董这是好兆头。怎么就那么寸，正让天上掉下来的钱砸中了脑门？这是要财源广进发大财了！”在场的各位很是捧场，纷纷点头称是。

宋家理着实佩服老妈强词夺理的能力，接着她的话茬嘴角一撇："嘿，大老爷们儿被一毛钱硬币生生砸一跟头，这什么情况？中大彩了吧！"她将那枚硬币拾起来拍到董逸陶手里："董老板收好了。祝你烦恼靠边站，财源滚滚来！"

董逸陶惊愕地盯着手中的硬币，一阵凉意顺着指尖席卷全身。触碰过硬币的手掌似乎开始泛红发黑，就这么一点点地在眼前腐烂。董逸陶双手颤抖，大口大口喘着粗气，感觉周围的氧气越来越稀薄，几乎马上就要窒息。他惊恐地扔掉手中的硬币，颤抖着从口袋里掏出一个小喷壶"扑哧扑哧"喷了好几下，随后目不转睛看着自己的手，直到手上的溃烂一点点愈合，急促的呼吸才渐渐平静下来。

宋家理莫名其妙地看着眼前这个男人的一系列奇怪操作，简直怀疑自己遇到了个怪物。

"你……你怎么了？你手怎么了？"她怯生生地问。

董逸陶看了看自己恢复正常的手，将小喷壶装回口袋："现在没事了。"

现在没事了？刚才也没事啊……

宋家理心中满是狐疑，却不敢说也不敢问，生怕哪句说不对又刺激到这位弱不禁风的董老板。

已经恢复平静的董逸陶眉头微蹙，目光直视着店门口撒落一地的糖纸和瓜子皮。宋家理急忙打圆场："不好意思啊，我妈她哪儿都好，就是爱面子、讲排场。虽然这样不太好，有点俗，但乡里乡亲都来捧场，总得有点表示，图个喜庆吉利。"随后她话锋一转："按说你是老板，你应该有点表示才对，借着今天的彩头，还不来个开业大酬宾？"

被宋家理这么一将军，董逸陶觉得他原本计划好的优惠折扣，在房东和街坊四邻的热情面前显得微不足道，根本拿不出手。他一个箭步跃上台阶，摆动双手："大家静一静，静一静！"

董逸陶的声音被众人的聊天声淹没，正聊到兴头上的人们根本停不下来。

宋家理拍着巴掌提高嗓门大声喊："都听着！董老板要给大伙送惊喜啦！"

董逸陶抬高声调："我宣布，今天开业，全场免单！"

人群顿时安静下来，转而又是一阵沸腾，接着就一窝蜂地拥入西餐厅，只剩下惊得张大嘴巴的宋家理。

董逸陶语气轻松，脸上带着笑："欸，宋小姐，你怎么不进来？"

宋家理不可思议地看着他波澜不惊的脸，半天才挤出一个尴尬的笑："我？我就算了。我还是把门口这些糖纸瓜子皮收拾收拾吧。"

目送董逸陶从容不迫地走进西餐厅，宋家理心中充满了疑惑：这大哥图什么呀？全场免单？也太小看我们喜镇人民的战斗力了！别说一天了，一个小时就能把你的厨房吃空。

"这西餐厅原本能坚持三个月，就因为你一句撺掇，恐怕都撑不到月底了！我要是拿不到下月房租，拿你是问！"

罗敏红气急败坏地数落女儿。

宋家理满不在乎地盘腿坐在椅子上："您还说呢，刚才我看您也没少吃啊！"

"嘿！你还说起我来了？我不多吃点不是更亏了嘛！"

宋家文憋着笑冲妹妹挤挤眼，拉女儿过来帮腔："Candy，刚才那个叔叔家的牛排好吃吗？"

Candy把小下巴仰得高高的使劲点头："嗯，好吃！叔叔长得帅做饭又好吃！以后我就要嫁这样的白马王子。"

屋里的三个女人一时哭笑不得，她们头一次意识到Candy竟然和姥姥、妈妈、小姨一样，也是外貌协会的，并且小小年纪就胃口不小，说起来可是比这屋里另外三个单身女人本事大得多呢！

也许是Candy一句话给罗敏红提了醒，她不再纠结于宋家理在开业庆典上的失言，而是一个猛子扎进了另一件更加重要的事情中。

阿姨们的早茶

一大早，罗敏红从正屋出来，将本来就已经很平整的衬衣又使劲拽了拽。每天她非得听到布料展平那"砰砰"两声，这一天才算过得痛快。罗敏红有各式各样的衬衣，白的、蓝的，偶尔有一两件花的，但它们穿在身上都有一个共同点——衬衣最上面那个扣子从来都紧紧卡着脖子系。

冬天就在衬衣外面加一件毛衣，依然露出这系紧的领口，无论潮流怎么更迭，时尚如何变迁，她那由各种衬衣构成的穿衣风格从来就没有变过。

她看不惯现在有些年轻人衣冠不整的样子，什么露肩的露背的露大腿的，与其说是时髦，还不如说有伤风化。用她的话说：社会风气都被这些人带坏了。要是赶上她管事，非得把他们用大扫帚扫出地球村。这话还真不是说说就算了，她退休前在学校做教导主任的时候，还真对那些仪表不过关的学生挥舞过扫帚。

罗敏红拽完衣服，精神抖擞地拿起靠在树下的扫帚开始扫院子。她一边在地上划拉，一边猫腰穿过院子里纵横交错的晾衣绳，绕过厨房门口的腌菜缸，将院东边两个女儿住的房间的门口扫干净，又绕过院中间的临建小房，将院西边的通道也顺带着打扫了一遍。

西边的一排房被当作仓库租给了一对外地来做买卖的小两口。这两口子是在镇上做副食品买卖的，在市场边上有别的住处，只看中这里租金便宜、地方宽敞，当作存货的仓库方便又划算。罗敏红也乐得清静，这几间房出租的收入虽然不多，但加上退休金也足够她一家人的日常开销。

院子虽大，打扫起来不是个轻松的活，但罗敏红却很享受这每天早上的例行公务。她不单是清扫院子，也顺道检查院子里的人和事是不是全盘在她的掌控之中。

曾几何时，罗敏红觉得整个世界都在她的掌握之中。两个闺女一个在北京当白领，一个在上海做太太，即便她自己仍然住在这乡下鸟不拉屎的小院子里，也总觉得空气清甜、阳光明媚，生活好像进了快车道，毫不费力地运行。

但事情在几年间发生了变化，两个闺女相继从大城市卷铺盖回家，一个是和男朋友分了手辞了工作，另一个则是跟老公离了婚被婆家扫地出门。

这下可好，罗敏红那平日里自觉高贵优秀的脑袋低下来，失去了在左邻右舍中吹嘘的资本，连说话的底气都软了三分。

宋家小院里的四个“单身女人”，反而成了别人茶余饭后的谈资。两个女儿一个外孙女的加入虽然让原本清冷的小院一下子有了人气，但人们都说这院子里阴气太重，全是女的，没有一个男丁。对此罗敏红无法反驳，只得忍气吞声。

她抬头看了看东屋紧闭的门和窗户，太阳都快晒屁股了，两个不争气的闺女和一个不懂事的孩子还都在睡梦当中。用罗敏红的话说，要不是看在Candy的面子上，她早就把这两个臭丫头撵出去了。

罗敏红打年轻时就是个要强的人。发现孩子她爸外面有人的那年，二女儿家理还在她肚子里没出生，但不管男人再怎么低三下四地祈求认错，她还是毅然决然地选择了离婚，速度之快、效率之高令人惊讶，致使宋家理在出生的时候就妥妥地成了个没爹的娃。

对此，不管别人怎么说，罗敏红都觉得自己做得没错。男人出轨就像狗吃屎，有第一次就有第二次。

两个人有两个人的浪漫，一个人有一个人的精彩，不存在哪个好哪个坏。这是罗敏红坚定的信条。

但现在她的信条却发生了动摇，她和其他母亲一样，巴不得赶紧把这两个嫁不掉的闺女安排出去。不是怕砸在自己手里丢人又赔钱，而是不希望两个女儿和她一样孤寡半生。

所以当看到一点希望的小火苗时，她的心思就一下子活泛起来了。

罗敏红掐指一算，在心里合计起来：餐厅老板，条件还算说得过去；三十多岁，年纪也正合适；小伙长得也精神。综上所述，小董简直是做女婿的不二人选。

现在既然“小火苗”已经自己送上了门，她需要做的就是煽风点火、推波助澜，把两个孩子往一块儿撮合。

罗敏红扫完院子，自然而然地把扫帚伸到了西餐厅的门前。她一边在地上胡乱画圈，一边偷眼瞄着里面的动静。

不看则已，一眼看去，扫帚“啪”的一声倒地。

西餐厅的门虽然只开了半扇、玻璃上写着“Close”的牌子还没有翻过来，可店里已经坐了一桌熟人。

董逸陶正系着围裙忙前忙后：“几位阿姨，喝点什么，咖啡还是茶？”

“咖啡那东西苦不拉叽的，我可喝不惯。我带着胖大海呢，不用麻烦了。”街口小超市的陈姨一撇嘴，把装在口袋里的保温杯掏出来放在桌上。

“婷子妈，您这是没喝过咖啡吧？”服装摊儿的孙姐打扮得花枝招展，一边开玩笑，一边笑盈盈地点餐，“我要咖啡，给我多加点糖。”

隔壁干货店的王姨无论走到哪儿，兜里总是自带瓜子：“装洋蒜，属你行！给我来壶菊花茶！”

董逸陶一愣：“啊？菊花茶？不好意思，我这儿没有菊花，只有玫瑰花茶。”

“玫瑰好，玫瑰养颜。”

平日里做买卖锱铢必较的王姨今天大概是心情格外好，十分好说话。她目不转睛地盯着在餐吧后面泡茶的董逸陶，看着他那双修长的巧手，和身边的婷子妈窃窃私语：“你看小董，跟我们家小美多配！”

“啊？你打什么主意呢！你们家小美还没就业呢，干吗着急找对象啊？再说了，人家跟小美差着岁数呢，我看倒是跟我们家婷子挺配的。”婷子妈一口否决，抻着脖子往同样的方向望去，故意将后脑勺挡在王姨眼前。

“咋叫没就业呀？自家的店，说干就干！以后我们小美就是老板！”

“去去去！谁都别跟我抢啊！”孙姐也毫不客气，直接大大方方地为自己宣示主权。

三个人正叽叽喳喳你争我抢，罗敏红忽然气势汹汹地叉着腰进来：“哎哎哎，人家还没开门呢，你们跑来捣什么乱?”

婷子妈瞟了一眼半开着的门：“门不是开着嘛！”

“老罗，你这个当房东的管得可是有点宽啊。”王姨吐掉嘴里的瓜子皮，一半玩笑，一半埋怨。

“罗姐，我们这可是看在您的面子上，专门来照顾董老板生意的！”孙姐站起身亲热地挽住罗敏红的胳膊。

罗敏红看着面前嘻嘻哈哈的三个人，完全不吃这一套，她指着门上的英文趾高气扬地反驳：“我劝你们呀，吃西餐之前，先学学英语吧！”

三个人面面相觑，不知何意，可罗敏红心里却美滋滋地产生了一丝鹤立鸡群的优越感。

罗敏红的优越感让她打年轻时就与喜镇的左邻右舍格格不入。不管是开超市的婷子妈、开干货店的王姨，还是摆摊卖衣服的孙姐，罗敏红和哪个都聊不到一块儿去。作为一个三年前才刚刚退休的中学前教导主任，罗敏红常常以知识分子自居，总觉得自己和周围这些小商小贩不在一个层次。虽然门外招牌上那个复杂的英文单词她也不认得，但起码分得清open和close。不光如此，在多年的教育工作耳濡目染下，“来是come，去是go，点头yes，摇头no，临走说声good bye，见着熟人说hello”这一套她早已烂熟于心。于是从年轻时，她就不愿和邻居们为伍，她们常一言不合就对呛，一直从年轻呛到了退休。

而现在，罗敏红敏锐地从她们的话中听出了醉翁之意。但既然是在她的地盘上，她看上的人，怎能容得别人宣誓主权！

罗敏红拄着扫帚站在门口，眼中的小火苗燃烧。

董逸陶正好端着茶和咖啡出来，看到剑拔弩张的双方，只能尴尬地笑，心里琢磨着必须尽早把门口牌子的字换成中文。

不是我的菜

平底锅上煎的培根冒着香气流着油，一旁的水浴锅上架着制作荷兰酱用的玻璃碗，董逸陶正认真地将里面的蛋黄和黄油搅在一起。

罗敏红看着他挽起的袖子下面鼓起的肌肉，忽然联想到牛腱子肉上的纹理，不由得吞了下口水。

别误会，她可没有把董逸陶当作盘中餐嘴边肉，而是想象着这结实的臂膀帮大女儿宋家文撑起半边天的美好画面，甚至连婚礼上两个人手牵手的景象，都已经清晰地浮现在脑海中。

“小董啊，你这做的是什么啊？”

“这叫班尼克蛋。”

“啊？”

罗敏红总觉得这菜名听起来像骂人，又不好意思直说，生怕说错了露怯，那岂不是和刚被她赶走的那老几位一样没水平了？

她意味深长地点点头，看着董逸陶继续将一些瓶子上写着英文的佐料加进玻璃碗里搅拌。

就在这有一搭无一搭的问话中，罗敏红了解到小董单身无婚史、三观正、家风好、孝父母、敬师长，妥妥的好青年。

“这年头像你这么好的小伙子实在是不多了！”罗敏红一边赞叹，一边呵呵地笑个不停。

眼前这位绝对是未来女婿的不二人选，罗敏红很满意，恨不得当下就拍板替俩人把这门亲事给定了。

但毕竟是女儿的终身大事，当妈的只要有一丁点儿疑问，势必要打破砂锅问到底。

“小董啊，阿姨有一点想不明白……”

“您说。”董逸陶已经煎好培根和松饼，正将刚刚做好的荷兰酱淋在水煮蛋上，浓郁的酱汁均匀地裹在鸡蛋上，形成一层淡黄色的外衣，瞬间勾起食欲，让人垂涎欲滴。

可罗敏红的视线并没停在餐盘上，而是疑惑地望着董逸陶：“既然条件这么好，你怎么跑到我们喜镇这么个小地方来了？”

董逸陶正将餐盘推到罗敏红面前，听到这话，一时愣住，不知如何作答。

就在这时，餐厅门口的小铃铛又丁零一响，宋家理穿着宽大的T恤打着哈欠走了进来：“妈，您大早上怎么跑这儿来了？

Candy饿了，吵着要姥姥给摊鸡蛋饼呢！”

罗敏红埋怨地瞪了宋家理一眼，嫌她毫无眼力见儿，打断如此关键的问题。

“你看看人家小董都会做什么尼克蛋，你和你姐怎么连鸡蛋饼都不会摊呀！”罗敏红虽然嘴上抱怨着，可一想到嗷嗷待哺的小Candy，就一刻也坐不住了。

宋家理看着母亲絮絮叨叨地朝门口走去，小声为自己辩白：“谁说我不会做了，可Candy就爱吃姥姥摊的嘛……”

她回过头一脸费解地看着董逸陶：“我妈刚才说什么尼克蛋？”

董逸陶笑着指指桌上的盘子：“还没吃早饭吧？”

宋家理看着餐盘里色香味俱全的早餐，偷偷吞了下口水，一下子来了食欲。

餐刀轻轻划过班尼克蛋，尚未凝固的蛋黄喷涌而出，黏稠的酱汁浸透底层的培根。

宋家理用餐刀切下一块，叉子自上而下穿透鸡蛋、培根和松饼，裹挟着蛋黄和酱汁美美地送入口中，一种久违的味道散布在舌尖。

作为曾经生活在大城市的白领丽人，宋家理也时常踩着高跟鞋出入这样那样的西餐厅咖啡店，手中的刀叉上下翻飞，不管是五分熟的牛排、烟熏三文鱼，还是薯烩羊肉都不在话下。但她没想到，三年后再次吃西餐，却是在这么个镇上的小馆子，而那些曾经熟悉的味道也忽然变得如此陌生。

“怎么样？味道还行吗？”

董逸陶问话的时候脸上挂着自信的笑容，和开业那天的腼腆判若两人，丝毫不像一个小镇上的西餐厅老板，反倒有种米其林餐厅主厨的自信。

“还行吧。”宋家理也故意仰着头挺直腰杆，二郎腿一跷，摆出一副和打扮极不搭配的大牌范儿，生怕被眼前这位自信的小老板看扁了似的，“得亏你没让我妈尝，她要是尝了，准得说你这鸡蛋都没熟，得回炉重造！”

宋家理虽然嘴上这样说，可身体却很诚实，立马把盘子里的最后一口班尼克蛋裹着酱汁吞了下去，一丁点都没浪费。

吃完一抹嘴，宋家理才想起来一件重要的事：“我妈还没付钱吧？”

董逸陶摆摆手：“没事，不用付，算我请你。”

“这哪行啊！你这刚开业，钱还没挣着就赔得够惨了，我再白吃白喝的，不是雪上加霜嘛。”宋家理想起开业当天全场免单的事，心里不由得有些不落忍。说起来，要不是她多那句嘴，董逸陶也不至于吃那么大亏。他越是实在、越是不爱斤斤计较，宋家理就越不想占人家便宜。

“总共多少钱？我这儿正好有零的。”宋家理说着在兜里掏出一堆乱七八糟的零钱。这其中有那天开业时她从地上捡的钢镚，也有平时去小卖部买东西找的零票，“你看看够不够？不够的话扫码也行。”

宋家理一个人低着头说了半天，对面却久久没有回应。她疑惑地抬起头，看到董逸陶正浑身僵直、呼吸急促地盯着散在桌上的那堆零钱。这神情和开业那天跌坐在地时简直一模一样。

“妈呀，你……你又怎么了？这是犯什么病了吗？”宋家理一下子紧张起来。她几乎可以肯定，这人一定有病——不是脑子的病，就是身体上的病。

她顾不上数钱，生怕董逸陶再像那天一样跌倒，急忙站起来伸手去扶，可让她没想到的是，董逸陶像躲避瘟神似的一下子跳开老远。

“你别碰我！”

宋家理伸出的手顿时尴尬地僵在空中。可更让她没想到的是，董逸陶飞快地从口袋里掏出那个小喷壶，照着宋家理便喷了过去。没等她反应过来，不明液体已经落在手上、身上，就连铺散在桌上的零钱也被喷湿。一阵熟悉的刺鼻味道向宋家理扑面而来。

“你！这是干吗呀？”宋家理一下子恼火起来，惊恐地用餐巾擦掉手上的液体。

“这是……消毒液？”

此时的董逸陶终于恢复了正常。他看着宋家理手上的“火”渐渐熄灭，像是刚刚经历了一场梦魇，脸上仍挂着心有余悸的表情。

“对不起，我……我有洁癖。”

“洁癖？那你是觉得我脏吗？！”宋家理一下子火了，她感觉自己这辈子从来没有受过这样的侮辱。

“不不不！”董逸陶连连摆手，“不是你脏，是钱脏。”

“钱脏？”

“我觉得钱是这个世界上最脏的东西。我一看到钱就浑身不自在……”

宋家理消化了半天，才勉强接受董逸陶无比牵强的解释。这话虽然怎么听怎么像是借口，但仔细琢磨还真有点道理——钱是挺脏，千人摸万人碰的，不但会传染疾病，还会侵蚀人心。要不然怎么说钱是王八蛋呢？

她虽然这样想着，但还是抓起桌上的零钱收进了兜里。

宋家理回到家的时候，老妈已经给Candy摊好了鸡蛋饼，三个人围在正屋的桌前吃早餐。

罗敏红正眉飞色舞地说着，而宋家文和Candy正一言不发地闷头吃饭。

“既然上次给你说的那个你看不上，那就考虑一下这个。情况我了解过了，条件不错，年纪也差不离。主要是人好……”

宋家文小声嘟囔：“人好不好您怎么知道啊？”

“我怎么不知道？我看人一看一个准！”

宋家文一个白眼翻到天上， Candy也学着妈妈的样子翻着白眼看房顶。

“唉，你看看，不教孩子点好的！Candy，看姥姥，一会儿眼珠子翻上去定住了，可下不来了！”

Candy哪会听，白眼翻得更欢了。宋家理从背后偷偷靠近，一把捂住Candy的眼睛，两个人嘻嘻哈哈一阵打闹。

“妈，您这又张罗什么呢？”

“没你的事，别捣乱。饿了吃饭，不吃滚蛋！”

宋家理被噎得一个饱嗝堵在嗓子眼。她看了看桌旁的姐姐，宋家文正一脸无奈地冲她递过一个求救的眼神。

宋家理从小就比姐姐泼辣，特别是和老妈对垒，从来都是她冲在前面：“妈，恋爱结婚都是我姐自己的事，您就别操心啦。再说了，为什么非要嫁人呀？单身多好啊！”

罗敏红从鼻子里哼了一声："你这叫什么话！男大当婚，女大当嫁！"

"自由自在，无牵无挂！"宋家理理直气壮地对峙起来。

"胡说八道！"

"宁缺毋滥！"

趁着两个人争得不可开交之际，宋家文抱着Candy悄悄开溜了。

一天中的大部分时间，宋家理都仰面躺在太阳地的摇椅上，抱着手机读网站上连载的言情小说。虽然身处农家小院，她却从这字里行间找到了生活中的寄托，仿佛剧中的主人公就是她自己，某天也能让白马王子爱上她，摇身一变成为白雪公主。然而现实往往是正当她望着天空想入非非做着白日梦的时候，手机却沉甸甸地砸到脸上。

她揉揉鼻子捡起手机。

已近正午，平日里冷冷清清的院门口忽然变得熙熙攘攘。宋家理从摇椅上一跃而起，走到院门口伸了个懒腰，惊讶地发现隔壁的西餐厅门口很多人正在排队！

排队这种事在喜镇几乎是百年一遇。镇上的餐厅本就不多，更别说是西餐厅了。她简直不敢相信自己的眼睛，不知是看花眼了，还是喜镇变了。

待她定睛一看，还真不是眼花，西餐厅的门前确实排着长队，而且前来排队的是清一色的女性，不是大姑娘就是小媳妇。一个个或娇羞或造作，穿着浮夸的衣服，化着用力过猛的妆容，让人不禁怀疑眼前的小店到底是饭店还是婚介所。

“不是吧？这都什么妖魔鬼怪！”宋家文也从门里探出头来，被眼前这一幕惊得目瞪口呆。

“姐，你要是真看上他了，可赶紧下手，要不然没准真的排不上号了。”

“得了吧！他不是我的菜。”

宋家文转头进院，宋家理留在原地怔怔地盯着西餐厅的大门：“你要什么菜？小鸡炖蘑菇还是小葱拌豆腐？”

夜幕下的瘾小姐

整个中午，罗敏红连饭也没吃，一直蹲在门口瞄着，打量着从西餐厅里面出来的每一位顾客。

“哟，这谁呀，这还是小美吗？”宋家文从老妈身后探出头来，看见平日里邋里邋遢的小美，此时踩着细高跟、穿着小短裙从西餐厅里一扭一扭地出来，不禁小声感叹。

“哼，再打扮也遮不住那股土劲儿！”罗敏红嗤之以鼻。

宋家理忍不住好奇，领着Candy也挤到门口。

Candy探出小脑袋有样学样：“小姨你看，婷子阿姨好漂亮！”

“还真是她！以前没见过她化妆，我差点没认出来。”宋家理不禁感叹Candy的好眼力。

“哼，她呀，不化妆还好点。你看她那血盆大口，涂得那叫一个红！是去吃饭吗？别是吃人吧！”罗敏红损口一开，没人是她的对手。

曾经因为好事的街坊说三道四、出言不逊，罗敏红堵在人家家门口一直从正午骂到天黑。辩口利辞，不带脏字，能句句不重样、字字戳人心，直骂得那家人从此再不敢嚼舌根，就连走路碰见都她低头绕着走。

杀敌于无形的口才，使她从学校里一个普通的档案员一路节节高升，一直升到教导处主任。也多亏了这张利嘴，虽然孤儿寡母，但这么多年也没什么人敢欺负她们。

两个女儿在这方面并没有青出于蓝胜于蓝。宋家文内向腼腆，遇到这种情况，不但帮不了腔，反而先红了脸；而宋家理虽然遗传了那么点老妈的泼辣，却是个大大咧咧凡事不走心的人，她总觉得与其和那些不开眼的人较真，还不如大事化小小事化了，再不行就脚底抹油，眼不见心不烦。

正当姐妹俩敏锐地感觉到老妈话里的火药味，准备溜之大吉时，却被罗敏红拽住胳膊。

“干吗呀？”

“吃西餐！”

一家四口在靠吧台的位置排排坐，闻着餐厅里飘来的肉香味，这时才感觉到肚子咕咕作响。

“我们Candy最爱吃董叔叔做的牛排，是不是？”

Candy瞪着圆溜溜的大眼睛看了看姥姥递过来的眼色，配合地点点头。

董逸陶用巧克力酱在杧果布丁上画出一个可爱的Hello Kitty图

案送到 Candy眼前："Candy肚子饿了吧？先吃点这个，叔叔的牛排一会儿就好！"

"你看看人家小董，想得多周到！"罗敏红眉开眼笑地戳了戳一旁的宋家文，递过去一个饱含深意的眼神。

宋家文当然明白老妈的意思，却故意不愿意搭茬，敷衍着呵呵笑了几声。

Candy高兴地挥舞着卡通小勺子，戳了戳Q弹的牛奶布丁："这布丁Duang Duang的，像小姨的脸！"

"像我？"宋家理看大家的目光齐刷刷地聚集在自己脸上，摸着脸蛋没心没肺地笑起来。

"像你妈，你妈皮肤多好啊！"罗敏红好不容易将宋家文和董逸陶强扭到一处，哪里容得跑题，急忙强行将话题拉回到大女儿身上。可小小年纪的Candy哪懂得这些事，一边吃布丁一边畅所欲言。

"像小姨，小姨胖！"

宋家理脸上的笑容瞬间凝固。

倒是餐台后面的董逸陶忍不住扑哧一声笑了。

晚上洗完澡，宋家理头上裹着毛巾，对着浴室的镜子左右端详自己的脸。

过了三十了，两颊的婴儿肥却还在。这两块肉从小跟着她，让她苦恼让她愁。

妈妈瓜子脸，姐姐鹅蛋脸，可到她这儿，却不知道遗传了谁，长出了一张包子脸。

原来那个人老是喜欢捏着她脸上的肉肉喊她肉包子……

"喂，你中午好好吃饭了没有？"

“吃了吃了！”古贺一边看着手机，一边将碗里的饭急匆匆地扒到嘴里。

“一进门就喊饿，肯定又是陪客户没顾上吃饭！我还不知道你？”

“哎呀，真的吃了！”

“吃的什么？”

“吃的包子。”古贺起身捏了捏宋家理的脸，“跟你长得一样的肉包子！”

想到这儿，那些她努力尘封不愿意回想的往昔再次浮现在脑海。

宋家理脸上的表情黯淡下来，她关了镜子前的灯，扭头走出浴室。

Candy已经睡了，宋家文还在罗敏红屋里接受老妈苦口婆心的教导，偶尔三两句辩白显得苍白无力。

为了清静，宋家理取下头上的浴巾，湿着头发走到院子里。

她从上衣口袋里掏出一盒烟，之前烟盒一直藏在床垫底下，早已经被压扁。她抽出一根刚要点上，看到姐姐和Candy屋里透出的灯光，又向前挪了几步，最后干脆走到院门边背阴的角落。

喜镇与别处不同，虽然是夏天，夜晚依旧有些清冷。宋家理湿漉漉的发梢搭在肩头，小风一吹立马感到阵阵凉意。

好在口中吐出的烟圈带着温度，将立起的汗毛抚平，连同抚平她起伏的思绪。

时间一晃而过，曾经的事无论好与坏都离她太远。有时候无意翻出手机里的老照片、无意看到朋友圈里曾经的朋友同事，宋家理都会一阵恍惚。她低下头，认不出照片里的自己；可抬起头，却又觉得镜子里的人同样陌生。

白天她总是一副大大咧咧的样子倚在大树下嗑瓜子、跟邻居打牌搓麻将，可到了晚上又免不了内心空落落地躲在院子角落偷偷抽烟。抽完了还要吹吹风让身上的烟味散去，怕被妈妈发现，更怕自己抽烟的样子带坏小小的Candy。

喜镇没有夜生活，这里的夜晚漆黑而寂静，一仰头便能看到天空的星星。

头顶的银河系像极了北京三里屯彻夜不息的霓虹灯，每一颗星星都是一颗年轻躁动的心。星星虽然远在天边，却又仿佛触手可及。

宋家理望着天空发呆，直到烧长的烟灰断落在手指上。

她回过神，掸了掸手上的烟灰，眼角余光看到院门外两个人影一闪而过。

一半好奇一半机警。宋家理贴着墙根挪到门口。

多亏了院门口那颗大瓦数的灯泡，将外面两个人的影子清清楚楚照在地上。

影子靠得很近，其中一个人的脑袋轻轻歪在另一个人的肩头，十有八九是一对夜里出来数星星的情侣。

唉，真是羡煞单身狗啊！

头顶上高悬的灯泡，见证着墙这边的形单影只和墙那边的成对成双。

看着影子中两个人的头靠在一起，宋家理想象着墙那头的甜蜜一吻。

宋家理笑着摇摇头，不想打扰二位的雅兴，轻手轻脚地转身刚想躲到一旁，墙那边传来两个人的对话。

“真是一日不见，如隔三秋啊！”

“怪我怪我，我该去看你。餐厅刚开张，没想到会这么忙……”

宋家理迈出的脚一下子僵在原地。她吃惊地瞪大眼睛，不敢相信自己的耳朵。并不是因为其中一个熟悉的声音来自董逸陶，而是那个和他一起数星星、卿卿我我的有情人的声音，竟然是男人的声音。

“积劳易成疾，张弛须有度。”

没错！确实是男声，诗情画意的男声！即便分不清东西南北、辨不清公母雌雄，但人类的男和女她还是分得清的。

宋家理凌乱了，不知道是该相信自己的眼睛还是耳朵。

就在这时，正屋的门忽然开了，罗敏红穿着拖鞋走出来。

“家理！家理？”

宋家理一惊，低头一看，手上的烟还燃着，身上的味儿也没散。这要是被发现，可就见不到明天的太阳了！

她低头一瞄，院门口那两个人影已经不见，想必是被老妈这么一咋呼吓跑了。宋家理来不及多想，趁罗敏红不备，顺着墙根一闪身钻出了院子。

交换秘密

罗敏红一路喊着家理的名字，走向院门口。宋家理慌不择路连连后退之间，忽然感觉脚下不对，似乎踩到一个软乎乎的东西。

董逸陶被结结实实踩着了脚，摆出“啊”的口型刚要发出声，便被宋家理夹着烟的手不由分说地捂了嘴。就在罗敏红踏出院门前一秒，宋家理连拖带拽拉着董逸陶躲进了一旁的西餐厅。

“家理！宋家理！这死丫头，大晚上的，跑哪儿去了……”罗敏红正东张西望地嘀咕，忽然在黑暗中差点撞上门口停着的一辆摩托车。

“哎哟妈呀！”她后退两步，刚要开骂，只见对方摘下头盔，咧嘴一笑，露出一口整齐的白牙。

“罗老师，您还没有歇息呀？”

“正准备睡呢。这么晚了，陈老师你这是……”罗敏红打量着眼前的陈言笑，虽然风尘仆仆，但脸上的笑却似乎能将疲惫一扫而空。

作为一名退休语文老师，陈言笑说起话来什么时候都是慢条斯理、文质彬彬，一口白牙和那总是挂在脸上的和气笑容便是他的标志。

“今天回老家会友，刚刚回来。”说着他转身从摩托车的后车斗里拎出一个大兜子，“刚摘的马奶葡萄，专门送来给你尝尝。”

不等罗敏红推辞，沉甸甸的袋子已经递到她的手上。陈言笑一声告辞飞身上车，摩托车轰鸣一声，一溜烟没了影，留下罗敏红在原地纳起闷来：“也不是什么稀罕玩意儿，还至于大晚上专门跑过来？”

话虽这么说，但当她打开袋子，看到里面水灵灵的马奶葡萄，便一下子把找闺女的事忘了个干净。

而此时，宋家理和董逸陶正躲在熄了灯的餐厅门后，窥探着外面的动静，大气都不敢出。

直到外面传来罗敏红关门进屋的声音，宋家理的手还依旧攥着董逸陶的衣襟迟迟不放。

黑暗中，一点火光闪烁，那是宋家理手中即将燃尽的烟。除此之外，只有从窗户射进来的月光，让近在咫尺的二人勉强能看清彼此的脸。此时，董逸陶脸上的表情比宋家理更加惊慌。不知是因为尴尬还是紧张，他整个人僵得像块石头。宋家理看他这样，有点担心，心里嘀咕这家伙是不是又犯病了？但她没想过的是，深更半夜被一个凶悍的女人揪住领子按在门上，就算是没病的男人也要被吓出病了。

整个西餐厅里死一般寂静。两个人似乎已经尴尬得不会喘气，最后连那一点香烟的火光也渐渐熄灭。当眼睛完全适应了黑暗，借着月光，宋家理看到映在玻璃窗上两个人的影子，其中那个本该柔弱的影子此时却如此彪悍，她忽然明白为什么有些男人不喜欢女人了。

“呃……不好意思啊，我平时不是这样的……”

宋家理回想在墙后无意中看到、听到的那一幕，越发觉得无地自容。她无意识地摆弄着湿漉漉的头发，水珠不听话地飞落在董逸陶的脸上，更是冰得他一激灵。

两个人好不容易才从窒息的尴尬中缓了过来，董逸陶跟在宋家理身后送她走出西餐厅。

她刚迈出门，忽然一个急刹车，搞得董逸陶差点撞上她的后背。

"对了，今天的事……"

"放心，我懂。"董逸陶带着不言而喻的表情。

宋家理被董逸陶那句"我懂"说得摸不着头脑，也不知道他懂的是什么，是真懂还是装懂。

出了西餐厅一路跑步向西，路过小马洗衣房、百里香干货店、福旺家超市，在喜镇中学的路口拐个弯。一路上宋家理迎着风，将身上的烟味散了个干干净净，可脑海中却有东西缠成一团，久久无法解开。

放下他的洁癖不说，灯泡下依偎的影子、门背后咫尺的距离，让她理不清的思绪像湿漉漉的头发一样在风中缠在一起。

时代不同了，任何人都有选择爱的自由。宋家理用了五分钟消化了那个让她震惊的事实，接下来便顺理成章地安慰自己：既然他是这种情况，那刚才自己情急之下的"壁咚"也就没什么不妥。

"嗯，没什么不妥。"宋家理自我安慰。

他不是也说"没事，我懂"嘛！

宋家理就这样单方面和董逸陶达成了内心的默契，在这个月黑风高却繁星灿烂的夜晚，两个人不情不愿却又别无选择地彼此交换了秘密。

宋家理正盘算着，脚底被什么东西一绊，立马摔倒在地。

原本已经洗完澡的宋家理此时带着一身臭汗和膝盖上的伤，蹑手蹑脚回了家。她将口袋里那个压扁的烟盒掏出来，重新塞到床垫下面。烟盒上"吸烟有害健康"的一行大字赫然映入眼帘。她看了看膝盖上的伤，此时才深刻体会到这句话的含义。

看来，烟早晚还是要戒的。

喜镇的早上没有早高峰。经过一夜山林的净化，空气变得清新，吸上一口，提神醒脑，提起一天的精气神。

天没亮，罗敏红就睡不着了，摩拳擦掌地从床上坐起来，一副干劲十足的样子。

她现在虽然是退休人员，但一点都不觉得自己是闲人，那颗想要发挥余热管东管西的心总是跃跃欲试。

罗敏红挥着扫帚在院子里大刀阔斧地开辟出一条一尘不染的路。最近罗敏红扫院子的区域有延长拓宽的趋势，扫出来的路的尽头能一直延伸到董逸陶的西餐厅门口。

但时候尚早，西餐厅不是早点摊，门上还高悬“未营业”三个汉字。

罗敏红拿着扫帚在门口站了一会儿，回想前几天这里门庭若市的情景，她恨不得化身门神，就这么守着。凭她多年阅历练就的火眼金睛，轻而易举就能分辨出来哪个是正儿八经的客人，又有哪个是醉翁之意不在酒。只消三两个回合，她便可将那些妄想吃“唐僧肉”的小妖精们挡在门外。

正想着，一辆白色比亚迪停在餐厅门口，婷子从驾驶座开门下来。

她手里拿着一个塑料袋，三两步跑到西餐厅门口。袋子上结着水汽，一看就是装着热乎的东西。婷子将袋子挂在西餐厅大门的把手上，刚要转身离开，被忽然出现在身后的罗敏红吓了一跳。

“哟，罗姨，早啊！”

罗敏红点头回应，眼睛一扫，瞬间捕捉到一些端倪。婷子虽然和往日一样一身上班装束，但嘴唇比平时红一点，眼睛比平时大一点，头发比平时规整，身板比平时挺拔。

“婷子，一大早的不上班，找董老板有事啊？”

“也没有……我就是顺路……给他送个早点。”婷子有些不好意思，低着头摆弄头发，“罗姨，我上班晚了，先走了啊！”

说完她“嗒嗒嗒”地跑回车里，比亚迪一溜烟消失在巷尾。

罗敏红看着婷子扬尘而去的方向，从鼻子里哼了一声，转头走向挂在门把手上的袋子。

袋子里装着热气腾腾的鸡蛋灌饼，和一张字迹娟秀的字条：小董哥，上次说让你帮我指点厨艺。这是我亲手做的，带给你品尝。

罗敏红抬起头来，左右看看四下无人，将字条一把攥成团，取出鸡蛋灌饼狠狠咬了一口，一边吃一边哼着歌进了院子。

单亲三人组

Candy举着一只胖乎乎的小手，鼓着腮帮子对着指甲上五颜六色的指甲油吹气，另一只手乖乖地放在宋家文眼前的美甲台上，等着妈妈一双巧手一笔一画在她不大点的指甲盖上勾出小猪佩奇的图案。

“行了，你看怎么样？”

宋家文抬起头活动了一下僵硬的脖子。

Candy煞有介事地看了看手上的效果，学着大人的模样不甚满意地皱起眉来："不像！这不是佩奇啊！"

宋家文没想到这位小客人事还不少，拉过她的小手，指着大拇指上笔触粗糙的猪鼻子："怎么不是？这不是猪鼻子吗？"

"不对不对，佩奇的鼻子是长的！"

"什么长的，长的那是象鼻子！行了行了，就这么着吧，又没跟你收钱，还有什么不满意的！"

Candy拗不过，气呼呼地噘起小嘴："哼！差评！"

宋家理坐在一旁听着母女二人的对话，不由得被逗笑了。

"手拿来，给小姨看看。"

Candy跷着五根手指头，将手伸到宋家理眼前。

果然大拇指上那头猪就是一头普通的猪，并不是红极一时的小猪佩奇。

"姐，你这美甲店不是说童叟无欺吗？不带这么糊弄小孩的啊！"

宋家文瞪了妹妹一眼："你就惯着她吧！"

宋家理笑着拉起Candy的手，将姐姐推到一边，自己坐在美甲台前，撸起袖子抄起笔："不就是小猪佩奇嘛，看着啊，小姨给你露一手！"

果然，有美术底子的人提起笔就不一般。不管是画设计图还是做美甲，都大同小异，都需要一双懂审美的慧眼和一只灵巧的手。

Candy看着手上的小猪佩奇2.0版，满意得赞不绝口："小姨画得好，Candy给你点赞！"说着竖起大拇指踮着脚在宋家理的脑门上摁了一下。

"好啊，你这小白眼狼，胳膊肘往外拐！给妈妈差评，给小姨点赞？”宋家文夸张地跷起指头要弹Candy脑瓜，Candy急忙逃到小姨怀里。

宋家理一把将Candy搂到怀里：“Candy，今天晚上跟小姨睡好不好？”

Candy高兴地点点头，两个人正要拉钩，被宋家文打断：“可拉倒吧！你睡觉又不老实，喜欢打呼噜摆大字，再把我闺女挤着！”

“嘿！我什么时候打呼噜了？我摆大字那是自己睡的时候，有Candy在身边我一定注意还不行嘛！你就让她跟我睡一宿吧！”宋家理拉着姐姐的胳膊撒起娇来。

“不行不行！Candy只能跟我睡。你要是一个人睡闷得慌，就赶紧找个男朋友呀！”

“姐！你说什么呢！”宋家理一脸埋怨，追着姐姐拍打。

三个人转着圈在没有客人的美甲店里打打闹闹、嘻嘻哈哈。虽然店小人稀挣钱少，但宋家文还是把这里作为她的精神寄托。

也许是自己命里没有财运，不管是在哪儿开店、开什么店，生意总是不温不火。离婚前她准备在自家小区楼下开一家小型美容院，加盟连锁店，技术培训、产品供应全都是总店负责，她需要做的就是忽悠老公出钱投资，自己只需要打扮得美美的做个等着收钱的老板娘。

只是没想到生意并非绝于外因，反而是后院起火，自内而外地断了财源。

“姐，”宋家理碰了碰姐姐的胳膊肘，“听妈说，昨天王喆又给你打电话了？”

“提他干吗！”一听到王喆这个名字，宋家文的脸色暗淡下来。都说一日夫妻百日恩，但这话放在宋家文和王喆身上一点不适用。二十三岁结婚，三十三岁离婚，十年的婚姻生活不但没能让爱情延续，把爱人变成亲人，反而让爱人变成了仇人。

“ Candy的事，你还不准备跟他说吗？”宋家理显得有些忧心忡忡。

“有什么好说的？Candy是我的孩子，和他没关系！”宋家文话说得斩钉截铁，急于和王喆划清界限。从她现在的语气，宋家理都能想象出昨天宋家文和王喆的通话一定不怎么愉快。

这已经不是这对冤家第一次为了孩子的事起争执了。自从知道Candy的存在之后，王喆就盯着一张从前妻朋友圈保存下来的照片仔细看，怎么看怎么觉得这孩子的眉毛、眼睛、鼻子、嘴，没有一个地方不像他。

说来也是，离婚三年孩子三岁，宋家文从头到尾一直单身自己带孩子，要说这孩子不是他的，还能是谁的呢？

可让王喆前思后想都不明白的是，既然宋家文当初怀孕了，为什么还要答应和他离婚？

“姐，他怎么说？”宋家理依旧追着姐姐不依不饶地问。

“还是原来那套，想见Candy。”

“那你说……”

“我说门也没有！”

王喆也知道，自己当初算是彻底把宋家文给得罪了。十年的感情说崩就崩。要说她也没什么不好，大学一毕业就死心塌地地跟着他。曾几何时，家庭就是她的事业，丈夫就是她的全部。要说有什么不够完美，那就是两个人之间少了个孩子。

这件事不仅成了宋家文的心病，也成了她身上的瑕疵。直到现在，宋家文都不敢回想那段天天“玩尿”的日子。每天早上起来一睁眼就得先量体温，每个月都神经兮兮地捧着验孕棒等待着两道杠的好运，但直到把眼睛看花，还是找不到那道被诅咒的意念灰。

后来不光是她，全家人都加入了她的备孕团队。在吃下几服婆婆托人找的秘方没有效果之后，宋家文便在婆婆和亲戚们的挟持下成了医院不孕不育科的常客。今天上一课、明天挨一针，苦药不知吃了多少服，针眼也不知不觉连成片，可她这倔强的肚子就是无动于衷。

她也曾壮着胆子抗议：怀孕是两个人的事，种子不好不能怨土地呀！

然而造人的种子没埋下，离婚的种子却生了根。从此婆婆挑唆、公公排挤、亲戚嚼舌、老公疏远，宋家文的好日子至此画上一个不圆满的句号。

“早知道她怀上了，我说什么也不能跟她离婚呀！”王喆看着Candy在一天天长大，后悔得捶胸顿足。

但这正是宋家文最想看到的，她每每想到王喆这副样子就忍不住拍手称快。

“哼，当初是谁说我土地贫瘠不结果的？现在啪啪打脸怎么不知道害臊了？”

宋家理看着姐姐恨恨的样子，不由得去想象她在婆家受的那些委屈。她曾经是个多么温柔善良的女人啊，却也被婚姻折磨成了这副样子。想到这儿，她就忍不住害怕，生怕自己结了婚也会经历同样的不幸。她在心里暗暗提醒自己：恋爱需谨慎，结婚有风险。

"欸，你腿怎么啦？"宋家文一低头，注意到宋家理膝盖上的伤口。

宋家理急忙放下裤腿，想起昨天那个混乱的夜晚："没事，跑步的时候磕了一下。"

宋家文一边唠叨着，一边打开抽屉翻找药箱。

Candy眼疾手快，从抽屉一角抽出一个创可贴朝宋家理跑来："小姨疼不疼？Candy给你治治！"

说着用粗胖的手指笨拙却细心地将创可贴撕开，端端正正地贴在宋家理的伤口上。贴完还不忘嘟着小嘴吹了两口仙气。

"治好啦！"

宋家理看着Candy可爱的样子，真觉得像是被施了魔法，身上顿时没了伤痛。可下一秒，又为这孩子心疼——可怜她从小就没有爸爸。

宋家理又何尝不是和Candy一样。不管是电视中的爸爸、小说中的爸爸还是同学口中的爸爸，父亲这个角色从来没有在宋家理的人生中真实存在过。

她从小一直倔强地认为，没有爸爸不算什么大事，更不算什么缺陷。于是当同学们对她露出同情的眼神、老师对她露出怜悯的微笑时，她不光不领情，还时常翻白眼。

没有爸爸怎么啦？没有爸爸我也照样长大！

但无法否认的是，她一直都在心里和自己暗暗较劲：将来我的孩子绝不能和我一样没有爸爸！

于是当同样的事情发生在Candy身上时，宋家理那颗坚韧无比的心立马就柔软下来，她也和那些曾经同情过她的人一样，对Candy产生了一种悲悯。

广撒网，钓大鱼

正因为 Candy没有爸爸，罗敏红将给宋家文择偶这件事提升到了首要日程。本着“广撒网，钓大鱼”的六字方针，但凡年龄合适，相貌及格的男性，都在罗敏红的撒网范围内。于是，她的手机里存满了小伙子的照片，今天张三，明天李四，罗敏红像卖保险一样不厌其烦地向宋家文推销。

这些人里最让罗敏红满意的还是西餐厅的董逸陶。小伙子长相出众，年龄合适，文质彬彬有涵养，怎么看都比镇上那些大老粗强百倍。

这些日子，在罗敏红煞费苦心的周旋之下，西餐厅的生意已经大不如前了。当然这并不是她的本意，只是为女儿扫清障碍的副作用，但为了女儿的幸福、 Candy的未来，此时也顾不得那么多了。

罗敏红前几天专程去了趟市里，在商场花重金给宋家文买了一套约会的行头。

罗敏红认为女人就是要穿出婉约和柔美。人靠衣冠马靠鞍，身材的曲线、面容的姣好都要靠得体的衣着来凸显，穿好了提气，穿坏了泄气。像自己两个女儿这种天生丽质的人，岂能被不得体的衣装埋没！

虽说如此，罗敏红自己并不是个十分爱打扮的女人，她这一辈子都穿着朴素。不过，她现在虽然脸上有了皱纹、头上添了白发，可还是隐约能看出年轻时的绰约风姿。可以说，她这一辈子就是被低调的衣着拖了后腿。

也许正是因为自己在这方面留下了遗憾，罗敏红十分乐于打扮自己的两个女儿，并且对自己作为造型师的眼光充满自信。

她时常感叹为什么这两个丫头都没能遗传她的审美和品位。一个总是穿得肥肥大大、松松垮垮，显不出身材不说，活像个偷穿了大人衣服的小孩子；另一个也没好到哪儿去，身上不是破洞就是补丁，也不知道为什么要花钱把自己打扮成乞丐。总之两姐妹的穿衣风格完全入不了她的法眼。对于约会找对象这种极其特殊的重要场合，她必须把好关，哪能由着她们自由发挥！

当她把碎花裙扔到宋家文眼前时，女儿立马露出了嫌弃的神色。

“妈，您是认真的吗？”

“怎么能不认真？几百块钱是白白花的吗？”

宋家文跷着兰花指捏起轻轻飘飘的花裙子，掩饰不住满脸惊讶：“就这？能值几百块？您指定是受骗了！”

“别跟我扯这些没用的。这个好歹也比你那破破烂烂的衣服强！”罗敏红看着宋家文身上的破洞牛仔裤，嫌弃之情溢于言表。

宋家文无奈地叹气，她实在是不敢想自己穿上这件衣服的样子，更不敢想象她和董逸陶面对面约会的尴尬。

“不去不行吗？”

“你敢！”罗敏红顿时怒目圆睁。

宋家文知道，自己如果继续顽抗，不光不能如愿，反而可能被母亲强押上阵。与其戴着镣铐被迫上战场，还不如挺着胸脯英勇就义。

“好，我去！……不过，您可不能跟着！”宋家文抬眼瞄了一下妈妈的脸色。只见罗敏红顿时眉开眼笑：“没问题，没问题！你们年轻人想聊什么就聊什么，我不参与。”

宋家文苦笑着进屋换衣服，罗敏红却一刻不得闲，她急忙转头到院子里寻来宋家理。

“你姐一会儿去市里见相亲对象，我不方便跟着，你替我去！”

“啊？”宋家理丈二和尚摸不着头脑，“我姐约会您去干吗？就更轮不着我瞎掺和了，我不去！”

“没让你掺和，就让你去帮我看看！我这不是不放心嘛。”

“这哪是不放心呀，您这是不放手！”

罗敏红并没有像往常一样急于否认女儿的话，反而是叹了口气，表现出一副老母亲用心良苦的神色：“你真想看着你姐一个人带着孩子这么过一辈子？”

宋家理脸上的玩世不恭一下子荡然无存。她沉吟片刻，虽然不情不愿但还是应承下来。

正当她绞尽脑汁想着怎么能自然而然地跟着姐姐不被怀疑时，穿着碎花裙的宋家文却动作僵硬地向她走了过来。

“姐，我……”

宋家理刚要解释，就被姐姐一把挽住了胳膊：“你跟我走！”

宋家理一看出师不利，秒被抓包，毫无气节地连连求饶：“姐，我错了！不关我的事……”

“怎么不关你的事？姐的事就是你的事！一会儿见着人，你先上，随便说点什么帮我把他打发了就行。”说完，宋家文一脸坏笑地挑挑眉。

宋家理的脑子里顿时乱成一锅粥，瞬间变身双面间谍，让她着实有些吃不消，毕竟她可不是个八面玲珑的人。

然而，一边是强势的老妈，一边是固执的老姐，她被夹在中间，若不随机应变，必将左右为难。

一路上，宋家理捶胸顿足，后悔不应该答应这事，几次想退缩都被姐姐紧紧拽住，直到忐忑不安地坐在咖啡馆，眼看着一个熟悉的身影朝两个人走来。

“人来了啊！”宋家文碰了碰妹妹的胳膊肘。

顺着她的目光，宋家理看到董逸陶朝她们走过来。

宋家理退缩的脚步已经抬起，却在看到董逸陶的一瞬间放下。

这个人明明喜欢的是男人，竟然来跟女人约会！

而且这个女人还是她最亲近的姐姐！

宋家理的软弱从身体中抽离，顿时似乎有一个强大的分身占据了身体。她攥紧拳，上前一步挡在姐姐跟前。

董逸陶礼貌地朝姐儿俩打招呼，看到宋家理目光怪异、僵硬地站在原地，轻描淡写地说了一句：“你也在。”

然而这句简单的话传到在宋家理耳朵里，却被赋予了特别的深意。

宋家理嘴角一扬，别有深意地笑笑，心中却早已经和对面这个男人较上了劲：没想到吧！是不是坏了你的好事？

其实一直以来她对董逸陶的印象都还不错，即使无意间撞破了他的秘密。宋家理原本就是个事不关己高高挂起的人，对别人的性取向不做评价，也没有偏见，更是可以理解他无法坦诚的苦衷，为此也一直心甘情愿地帮他保守秘密。但没想到，他是这样虚伪的人！

她曾听过“形婚”这个词，却从没想过这样的事会发生在自己身边，更没想过董逸陶这样一个文质彬彬的人，会为了一己之利，牺牲别人的感情为自己打掩护。

不管被牺牲的人是姐姐，还是随便哪个为他动了心的女人，都注定要饱受伤害。想到这儿，宋家理不由得恨得牙痒痒，对于那些想象中将要发生但尚未发生的事耿耿于心。她暗暗下定决心，决不能让这个芳心纵火犯得逞！

带着如此心情，眼前的董逸陶看着就很有点衣冠禽兽的意思。他长而卷曲的头发在她眼中变得油腻，精心修剪的小胡子在她眼中变得猥琐。

宋家理啜了一口咖啡，压了压胸中的火气。

同样尴尬的不止宋家姐妹两个人，坐在对面的董逸陶也是没话找话。

宋家文还礼貌应付，宋家理干脆一言不发。

三两个回合下来，宋家理已经没了耐心，她“噌”地站起身，不加掩饰地说：“姐，你不是说还有事吗？”

宋家文没想到妹妹竟这么虎，一时愣在原地。在她看来，相亲不成起码还是邻居，情面总还是要的。

“对哈，聊着聊着我都忘了点儿了……”宋家文尴尬地看了看表，深感抱歉，企图把生硬的气氛缓和一些，“我还有事，就先走了。”

宋家理早已经拿起包不耐烦地催促。

依旧坐在原位的董逸陶反而有些惊讶："这就走啊？不需要我送你们回去吗？"

姐妹俩眨眨眼，彼此对视："不用麻烦你了，我在市里还有点事没办完。就先……"

在宋家文寒暄之际，宋家理怒火中烧心里不断吐槽：喂，大哥！你已经被识破了，怎么还这么死皮赖脸呀？不光男女通吃，而且还是献殷勤的一把好手！

此时宋家理早已愤愤不平，心中升起一股正义之气，一心想着不能放任这样的渣男继续危害社会。

宋家文话没说完，只见早已经起身的宋家理又忽然坐下："姐，你先走，我跟董老板一路回家。"

公开的秘密

车子的后备厢里盛着西餐厅下个礼拜的食材，副驾驶上载着横眉怒目的宋家理。

董逸陶紧握方向盘看路开车的同时，总感觉有一股凉飕飕的风从右侧吹过来。

"你冷吗？"他试探着问宋家理。

"不冷！"好心好意的发问却换来了硬邦邦的应答。

董逸陶想将冷气关小一些，却发现手边的空调出风口根本没有吹风。那这冷风究竟是从何而来呢？

正当董逸陶纳闷时，宋家理不紧不慢地开了口。

“我姐其实不愁嫁的。”

董逸陶丈二和尚摸不着头脑，只能含含糊糊地应和着。

“哦。”

“你也许不太了解，现在的女孩子跟原来可不一样了。婚姻不是必需品，爱情也不是奢侈品。遇到喜欢的人可以不顾一切大胆去追，找不到好的，也完全可以保持单身。宁缺毋滥，绝对不可能跟某些人将就凑合的！”

宋家理虽没有直说，但言外之意就是想告诉董逸陶别打姐姐的主意，更别小看了现在的女孩子。

董逸陶频频点头，似乎对于宋家理阐述的婚恋观十分赞同。

“这么想一点没错。只是恐怕阿姨那一代人不一定理解。”

“我妈？我妈就是太爱操心了。”

“是啊，你姐一个人到市里去她还不放心，嘱咐我一定把她捎回来。结果让她一个人走了，我待会儿回去是不是不好交代啊……”

宋家理顿时感觉车上的空气都凝固了，刚刚还舒舒服服的副驾驶，此时变得如坐针毡。

她心虚地挤出几个字：“我妈让你接她？”

“是啊，我正好也去市里进货，就想着顺便接她回来，没想到你也在。”

宋家理张开嘴，嘴唇颤抖了两下，却没说出话来。

车子在小院门口刚刚停稳，宋家理就红着脸拉开车门落荒而逃。这一路真是冰火两重天。前半程她还站在道德的制高点上吆五喝六的，后半程一下子没了底气，变得低眉顺眼。

想想自己说的那些话，那盛气凌人的态度，但凡不是傻子都能听出话里的阴阳怪气。董逸陶又跟她是邻居，低头不见抬头见，以后可怎么处呀！

宋家理哀号着一头扎在床上，懊悔不已地一阵乱蹬乱踹。

“小姨，你怎么啦？”

宋家理一个鲤鱼打挺从床上坐起来：“没、没事。”

Candy用小胖手戳了戳宋家理的脸：“你脸红了！”

“啊？”宋家理竟然惊慌起来，双手捧脸，果然红得发烫，“小姨这是热的。”

Candy狡黠一笑：“我妈说了，恋爱的人才会脸红呢。”

宋家里理摸了摸Candy的头：“你妈没跟你说丢人现眼的时候也会脸红？”

Candy没听懂，茫然地摇摇头。

姐妹俩为了糊弄老妈，早早统一了口径。果然，罗敏红一见宋家理回来，就神秘兮兮地拽着她打听约会的情况。

宋家理支支吾吾说不出个所以然，只能随便编了几句。然而作为当事人的宋家文可就没法那么轻而易举糊弄过去了。

她风尘仆仆刚一进院，就被罗敏红堵在了房门口。

“快说说，怎么样？”

宋家文看了看在一旁跟她挤眉弄眼的妹妹，姐妹俩交换眼神，心照不宣。

“不怎么样。人家没看上我！”宋家文不惜自降身段，只为蒙混过关。

罗敏红高挑的眉毛“吧嗒”一下落了下来，一字一顿地说：“不—可—能！”

“人家董老板眼高吧……”宋家理不失时机地在一旁帮腔，可声音听上去却明显带着心虚。

罗敏红已然摆出一副战斗姿态。她绝不允许别人低瞧自己的女儿，当妈的看自己身上掉下来的肉，总是怀着一份没来由的骄傲和自信。

“要说小董他眼高，那倒是真的。要不是因为这个，我还看不上他呢！我可是见过小美对他死缠烂打，但他还真是个正派人，不管别人怎么献殷勤，人家总是和异性保持两米以上距离，就连对我这样的老年妇女都不例外。现在，这样正派的男孩子不好找啊！”

宋家理忍不住偷笑，感叹母亲的“好眼力”。

罗敏红一开始高谈阔论就停不下来，拉着姐妹俩从屋外说到屋里：“要说他看不上别人，我信，但你可比那些人强多了！你说你要长相有长相、要身条有身条，他怎么会看不上呢？”

宋家文下意识地掏了掏耳朵。这些年她已经落下毛病了，老妈一唠叨，她就觉得耳边有个蚊子嗡嗡：“也许人家不喜欢我这类型呢……”

“那他喜欢什么类型的，你不会跟着改变吗？”

“这怎么变呀？”宋家理惊讶地发现从前古板的母亲，不知什么时候心思变得如此活泛。

“怎么不能变？找对象嘛，不能太真实太自我，应该把自己最好的一面展现给别人，改变一下也没那么困难。”

“我就这样，变不了了！”宋家文做出一副破罐子破摔的样子，将相亲的行头换下来扔在床上，又穿上了她那套“破破烂烂”的衣服。

罗敏红哪肯罢休，依旧苦口婆心地给女儿支着儿：“这还不简单？他喜欢温柔的你就温柔点，喜欢可爱的你就卖卖萌，喜欢性感的你就把嘴涂红点。女人嘛，想改变很简单的，难不成他还能喜欢男的？”

正在喝水的宋家理一下子被呛得咳嗽起来：“这年头还真说不准！”

罗敏红从来没有把宋家理的话当真。但经过一段日子的观察，她发现董逸陶不光和宋家文不来电，而是与所有向她献殷勤的女孩都保持距离。

婷子的“鸡蛋灌饼”战略并未奏效，小美的浓妆艳抹也丝毫无法引起董逸陶的注意。渐渐地，西餐厅从之前的门庭若市变得门可罗雀，唯独剩下房东罗敏红守在门口不离不弃。

“莫非真让你说着了？”罗敏红不由得怀疑着。

“什么呀？”宋家理大大咧咧的早已经忘了自己说过什么，正大口大口地往嘴里扒饭。

“不能！”罗敏红思量许久，还是无法接受那个过于超前的猜想，于是选择相信另一个比较好的理由，“小董大概是已经悄悄交了女朋友……”

见老妈终于接受现实，姐妹俩急忙添柴加薪、煽风点火。

“八九不离十！”

“朋友肯定有。是不是女的……就不一定了。”

宋家理没敢把后半句说出来，罗敏红也并没有从她的话中听出什么端倪，倒是宋家文放下筷子沉思了许久。

趁着罗敏红哄Candy睡午觉，宋家文溜了出去满世界找妹妹，最后在小美家的后院里把正在打麻将的宋家理揪了出来。

“你老实说，你和董逸陶是不是有什么猫腻？”宋家文一副看破一切的样子。

“我？和他？”宋家理仿佛听到了天大的笑话，“你别逗了！”

“你别装了！那天在咖啡馆我就觉得你们两个不对劲。老实说，你是不是故意把我支走，好跟他在车上过二人世界啊？”

宋家理被这无厘头的设想雷得一脸黑线：“姐，你这想象力不当编剧都可惜了！我跟董逸陶从前没事，往后也不会有事。就算全天下的男人都死绝了，我也不可能和他在一起呀！”

“喂，戏过了啊！人家董老板哪有你说得那么不堪？”宋家理越是否认，宋家文就越觉得她是此地无银三百两，解释就是狡辩，狡辩就是事实。此事已然板上钉钉，无论她再说什么，宋家文全然听不进去。

“姐，我说的都是真的！干吗要瞒你啊！再者说了，我跟董逸陶没可能。不光我跟他没可能，任何一个女人跟他都没可能！”

“什么意思？”

看着姐姐依旧不开窍，宋家理无奈，只能凑到她耳边，轻声耳语了几句。

“啊？”

宋家文一声惊呼，惊飞了两只在电线上晒太阳的麻雀。

她的思绪和鸟一起飞上天际，半天才缓过神来：“不能吧？看着……不像啊……”

“这事你可别跟别人说啊，我觉得我有责任替人家保密。”

“你还挺仗义！”宋家文呵呵一笑，敷衍着答应下来。

可没过几天，镇上人就开始交头接耳，茶余饭后议论纷纷，喜镇从此有了一个公开的“秘密”。

呛人的火辣

婷子又戴上了框架眼镜，站在早点摊前等着鸡蛋灌饼。

“还是两个？”老板手里忙活着，一双慧眼，不用抬头，只看腿就能分辨谁是熟客。

“不！一个！”婷子斩钉截铁，像是在澄清着什么。

她撩了下头发，顺势瞟了一眼街对面的宋家小院，然后眼珠子微微一斜，目光顺着西餐厅半开着的木门瞅了一眼。

宋家理在西餐厅的木门上轻轻敲了两下。

店里没有一个客人，外面的灯也暗着，只有料理台后面温暖的橙黄色灯光打在董逸陶身上。

他正将蛤蜊酱汁淋在盘子里的意大利面上，完全没有听到外面的敲门声，那专注的神情仿佛是在完成一件艺术品。

宋家理不由得屏住呼吸，小心翼翼地贴着墙向前挪了两步，这才看清料理台上除了餐具和美食，还用三脚架架着一部相机。

宋家理心中狐疑，却也不敢太靠近，生怕一个不小心打扰到董逸陶。

他修长的巧手将一片罗勒叶点缀在意面上，一道美食终于完成。董逸陶此前似乎也一直屏气凝神，此时终于轻松地舒了一口气，按下相机快门。

宋家理又谨慎地向前移了一步，有意清了清嗓子，董逸陶这才抬起头看向这边。

“你怎么来了？”

宋家理有些不知如何作答。她来时心里带着愧疚，已经做好了被骂的准备，毕竟因为她，人家的隐私在小镇上被传得满城风雨。更重要的是，董逸陶手上还掌握着她的一个秘密。虽说事到如今，她也没有什么理由要求人家一定要为自己保守秘密，但宋家理还是想争取一下，毕竟她抽烟的事一旦穿帮，在小院里哪还有好日子过呀。

“啊……我……这不是到饭点儿了嘛，我来吃饭！”宋家理嗯嗯啊啊了好一阵，终于没话找话地编了个理由。但话刚一出口，她立马觉得自己失言了。

真是哪壶不开提哪壶！

扫视空荡荡的餐厅，对于餐厅老板来说，没有比饭点儿不上座更扎心的事了。

可董逸陶似乎表现得并不在意，将吧台上的东西收好，招呼宋家理坐下，递上菜单：“想吃什么？我这就去做。”

宋家理并没什么胃口，只是简单扫了一眼，鼻子却被一旁香喷喷的蛤蜊意面吸引。

“不用麻烦了，我就吃这个吧！”

她说着就伸手去拉一旁的盘子，可没想到董逸陶却如临大敌一般抢先一步将盘子端在手里。

“这个不行……这意面……”

宋家理恍然大悟，难怪他做得那么认真，原来这意面是做给那个特殊的人的。

“不好意思啊……我是不是打扰你……你们了？”话虽如此，但宋家理也不知道“你们”的那个“们”在哪里。

“我们？”董逸陶诧异地眨眨眼，“你是说我和它吧？”

宋家理顺着他的目光看向料理台上的单反相机：“你是说它？”

“是啊，不然还能有谁？”他环顾四周，拿起相机对着镜头自嘲地笑了笑，“最近这店里就我们两个大眼瞪小眼。”

“得了吧！难道它还会吃东西？”

“你不知道有句话，叫‘让镜头先吃’吗？”

董逸陶说完拿着相机对着盘子，三百六十度狂按快门。

宋家理看了看摆盘精致的意面，又看了看黑洞洞的镜头，一时没理解董逸陶在做什么。

“我在研发新菜呢，这是第一次做。总不能拿你当小白鼠吧？”

“我不介意做小白鼠的。”宋家理憨憨地笑笑，想赶紧把刚才的尴尬话题岔开，“起码色香已经占了两个，味道应该也不会差吧！”

不知什么时候，董逸陶手中的相机已经变成了叉子，他贴心地将蛤蜊肉从壳里剥离出来，和意面一起用叉子卷起来，又蘸上酱汁递到宋家理眼前。

宋家理刚要接过叉子，被卷起的一大口意面眼看着要散掉。

“快点，快啊！要掉了……”

慌乱间宋家理张大嘴，一口叼住叉子。

两个人在沉默中对视几秒，宋家理忽然剧烈地咳嗽起来。

“怎么是辣的？！”

董逸陶急忙给她倒了一杯白开水，表情不但不意外，还带着一丝幸灾乐祸。

“怪我怪我，忘了提醒你，这里面有辣椒。是不是我做得太辣了？”

宋家理仰头干了一杯水，拍着胸脯极力平复下来：“要说也不算太辣，只是我没有防备，一下子被呛到了。这东西看着挺清淡，原来还挺有杀伤力的。”

宋家理说着又连着吃了几口，慢慢品出了意面醇厚而富有层次的滋味：“嗯……这种辣和那种红红辣辣的味道不一样。蛤蜊的鲜配上橄榄的香，加上这点辣，味道搭配得恰到好处！”

“好吃？”董逸陶的眼睛中满是期待。

宋家理占着嘴，不住地点着头，用大快朵颐的实际行动做出了回答。

“真没想到！大家都以为只有红红的东西才是辣的，原来这种看似原汁原味的东西也可以做出这么辣但又这么好吃的味道！”

“你这是在夸奖我呢？”

“是啊，这可是我吃过最好吃的意面了！”

宋家理说完马上后悔，担心自己这么讲显得很没见过世面。她抬眼偷看董逸陶脸上的表情，正好撞上他备受鼓舞的笑容。

这些日子生意冷清，不免让他有些动摇自己当初的选择。董逸陶看着空荡荡的餐厅会忍不住瞎想，反思自己当初的选择是不是错了。但此时，看着宋家理腮帮子鼓鼓的样子，他忽然觉得自己所做的努力，又有了新的意义。

为梦想买单

或许是因为蛤蜊意面的美味，又或许是因为搅黄人家生意的愧疚，这些日子宋家理总是跑去西餐厅解决三餐。

甚至有的时候在店里一坐就是一下午，窝在椅子里看小说，或是看着董逸陶做料理。他在做饭的时候会把每一步都用镜头记录下来，宋家理也慢慢从观众变成了摄影师，躲在镜头后发号施令。大到整体构图，小到一个叉子怎么摆放，她都有自己的见解。

董逸陶很乐意听她的建议，倒不是因为她太强势或他没主见，而是十有八九她的眼光都更胜一筹。

“你可以啊！有点眼光。”他盯着电脑屏幕上的照片不由得赞叹。

宋家理毫不谦虚，骄傲地甩甩头发：“把点字去了！姐们儿我当年可是学设计的，浑身都是艺术细胞！”说着她得意忘形地笑起来。

这些日子两个人早已经没了从前的尴尬，反而形成了某种默契。自从回到喜镇，宋家理还没有遇到过这样志同道合的朋友。不管是小美还是婷子，虽然年龄相仿，但口中的话题总是隔着十万八千里，聊起天来驴唇不对马嘴。

但董逸陶不一样，他会花时间把咖啡生豆手动烘焙，再将烘好的咖啡豆研磨成粉，最终花上一下午做出一杯手冲咖啡。别人不理解，明明速溶咖啡一分钟能搞定的事情，干吗要搞得这么复杂？但宋家理喜欢。董逸陶就是觉得自己烘的豆子更香、自己冲的咖啡更浓。但用罗敏红的话说，他们俩这就是在浪费时间，浪费时间就等于浪费生命！

当两个人再次凑到一起“浪费生命”的时候，宋家理忽然叹了口气说：“我知道你来这儿是有自己的原因的。但是总这么下去也不是事儿啊！并且生意这么不好，你还能坚持多久？”

“生意不好在我意料之内，但差到这种程度，一定是有别的原因。”

宋家理顿时心虚，她啜了一口咖啡，开始顾左右而言他：“其实按理说，这样一家店如果开在大城市里，生意绝对差不了！只可惜喜镇是个小地方，咖啡、红茶大家喝不惯，还不如街边卖啤酒烤串的大排档受欢迎呢。”

董逸陶似乎是想到了什么，低头沉思。

宋家理生怕他受到打击，急忙改口：“你别误会，我可不是说你的西餐厅不如大排档啊！”

董逸陶似乎并没有听见宋家理的话，而是自顾自地小声嘟囔：“倒是可以试一试。”

“试一试？试什么？”

“你不是说大排档吗？”

“不会吧！西餐厅改大排档？你这转型的跨度也太大了吧！”宋家理说完，觉得好笑，不加掩饰地笑了起来。

董逸陶并不是真的想把西餐厅改成大排档，只是大排档啤酒与烧烤的组合让他觉得眼前一亮。如果说西餐的味道不够诱人，那酒精的刺激也许能为这冷清的生意升温。

“跟我来！”

宋家理跟着董逸陶绕过料理台，穿过厨房后面的隐秘空间。一个窄小的楼梯出现在眼前。

她认出这是通往天台的楼梯。小时候她和姐姐老是偷着跑上去玩，每次被老妈抓住都要拎下来揍一顿，再唠叨一番，生怕小孩子在没有护栏的天台上出现事故。后来为了安全起见，通往天台的门被锁死，楼梯口也堆满了杂物，这段锈迹斑斑的铁楼梯也就再没有人踏足了。

但此时，董逸陶却已经毫不犹豫地踏着楼梯走了上去。

“愣着干吗？上来呀！”

“啊？哦……”宋家理因为小时候的阴影，脚下犹豫不决。但儿时的记忆和心中的好奇却又怂恿她一步一步踏上台阶。

生锈的铁门被从里面撞了几下后轰然打开，眼前豁然开朗。宋家理小时候在这里玩耍的记忆也一下子扑面而来。

“姐，你长大了想干吗？”

宋家理和姐姐并排坐在房檐上，四条腿耷拉着晃来晃去。

“干什么都行，只要能到大城市去。”宋家文举着十个手指头，等着凤仙花花瓣将指甲染成红色。

“大城市有什么好啊？”

“大城市当然好啊。人家那儿有高楼大厦，咱喜镇有吗？”

宋家理看了看眼前的低矮房屋，茫然地摇摇头。

“大城市有大商场，里面有好多好看的衣服，咱喜镇有吗？”

宋家理继续摇头。

“在大城市工作，人人都羡慕。你懂吗？”

宋家理依然摇头。

“我说了你也不懂，你去过大城市吗？”

“没有。你去过吗？”

“我虽然没去过一线城市，但我跟同学去过小城市。那个小城市虽然不算大，但总比这儿强。再等几年我毕业了，就上一线大城市上学去，到时候带着你去玩！”

宋家理重重地点头。

就是从那个时候，一个初一的学生开始了一段城市梦。她站在屋顶上踮着脚望向目之所及的地方。虽然不知道那是什么方向，不知道那里能够通向何处，但宋家理知道这个被山峦环绕的小镇没有办法锁住她那颗壮志勃勃的雄心。

但现在，雄心不再，剩下的只是熊心。

“你带我到这儿干吗？”宋家理把目光从远方收回来，眼前只有满地的灰尘。

“这块地方如果收拾出来，至少可以摆五张桌子。”

“你是说……做屋顶餐吧？”

“这里通风条件良好，正好可以作为露天烧烤的场地。喝点小酒吹吹风，想想就舒坦。”

宋家理将目光放远，远处重峦叠嶂，白天可以吹风望景，夜晚可以仰望星空。只要将天台稍加装饰，确实别有一番风味。

也许并不是所有人都能接受蛤蜊意面，但宋家理知道，喜镇几乎所有人都喜欢烧烤和啤酒。

想到这儿，宋家理不由得兴奋起来：“这主意不错，实施起来也不复杂。”

她带着从前的职业习惯饶有兴致地比画着，手舞足蹈地规划着屋顶的未来。

“这屋顶做个自流平就可以，四周加一圈木头栏杆，桌椅都用防腐木，不怕风吹日晒，也好打理。这儿和那儿搞两个火炉，冬天的时候可以开篝火派对，有人多的聚会也可以在这儿烧烤。那边要是能弄个小舞台就好了，你可以请乐队过来现场表演……”宋家理一顿，这才意识到自己的梦做得有点太大了：“咳，我说什么呢……咱喜镇哪来的乐队啊……”

“创意不错啊！”

宋家理不好意思地挠挠头，隐约觉得董逸陶看自己的眼神和以往有些不同。

董逸陶看着宋家理神采奕奕的样子，看着她说起这些屋顶的规划时，整个人焕发光彩，眼睛里闪着光——那是他从来都没有在她眼中见过的。他忽然觉得，宋家理所说的艺术细胞也许并不是在开玩笑。他不了解她的过去，却肯定那过去的光阴里一定藏着故事。

“这事得先跟我妈商量，不过我想她一定会同意的。毕竟西餐厅要是经营不下去，那还得另找租客，又是一堆麻烦事。她要是同意了，接下来……”

“接下来装修的事能交给你吗？”董逸陶打断宋家理的话。

她愣了一下，一丝惊喜在眼中划过，又被不安覆盖：“我……行吗？”

“平时没少听你吹牛。这点小事都不肯帮忙？”

“帮忙我当然是愿意啦……只不过，我怕我弄不好。毕竟不干老本行也好多年了。”

话虽这么说，但宋家理早已摩拳擦掌、喜不自胜了，哪里容得董逸陶此时反悔说个“不”字。

果然，只是简单地晓之以理，罗敏红就拍板通过了改造屋顶的提案。毕竟钱不用她掏，屋顶收拾出来对房屋未来的升值也是有益无害的。

自此，宋家理沉睡多年的设计创意一下子迸发了出来。

她虽然还是穿着那身宽松的T恤短裤，但腰上却多了条工具带，上面挂着改锥、钳子、锤子、卷尺，每天一大早就爬到屋顶上，不是敲敲这儿捶捶那儿，就是拿着尺子一通测量。

董逸陶起先觉得她这副架势多少有些虚张声势，直到他看了宋家理电脑上的设计图才一下子折服。

宋家理熟练地操作着鼠标和键盘，将屏幕上天台的3D设计方案展示给董逸陶看。

不光围栏地板，桌椅板凳连同灯饰和绿植这些细节都一应俱全。

宋家理快速改变着桌椅和地面的颜色，认真征求甲方意见：“你看是传统一点的灰配褐，还是前卫一点的红配黑？”

董逸陶认真地盯着设计图一言不发。

“没关系的，甲方爸爸有什么要求尽管提，我就不信你能比我之前那些客户还难缠！”

“你之前的客户很难缠吗？”

“唉……干哪行都不容易啊！”几年过去，宋家理对从前在工作上受过的那些委屈早已经释怀，甚至有些怀念。也许如果当初她能有现在的心态，就不会那么冲动地放下一切落魄而归。

如果是那样，自己现在在做什么呢？是否还怀揣着当初的梦想，是否已经在大城市成家立业，是否还是母亲的骄傲，是否能成为同学们羡慕的对象？

宋家理觉得自己的想法有些可笑，难道世上还有后悔药？哪有那么多的如果！

宋家理终于遇到了有生以来最好说话的客户。董老板说了，一切按她的想法来，他只负责全盘买单。

幸福来得太突然，宋家理一时竟不知道该怎么选择了。

她挑灯夜战，连出了几版设计图，有的是现代工业风，有的是时尚炫彩风，还有中规中矩的风格。在左右犯难之际，她恍然大悟，这个狡猾的董老板可是比她之前接待过的每个客户都要难搞，因为对宋家理这种追求完美的人来说，没有要求才是最高的要求。

宋家理一连几个晚上奋战，终于做出了一版自己满意的设计。要过得了自己心里那关谈何容易。她毫无借口，不敢偷懒，这才体会到给自己打工的不易。

但当她把最终的设计稿拿给董逸陶看时，心中还是忐忑。

整个天台的设计是自然的风格，由藤蔓架起的拱门、绿植组成的花墙，将整个空间分割开来，既不闭塞又兼顾了私密性。

“这些隔断都是能移动的，可以根据客人的多少来调整。”

董逸陶不动声色地点点头，宋家理斜眼偷瞄，看不透他的心思。

“这边我还是留了一小块舞台的空间。不过……也不一定非要做舞台，也可以是放小菜的自助吧台，或者是饮品柜台。反正一切都以实用为主。”

“舞台很好啊！这么大的地方，总要留一块给情怀吧？”

听董逸陶这么说，宋家理终于松了口气。

“吓死我了！我还以为你不同意呢。”

“这么好的设计我怎么会不同意？只是……”

宋家理紧张地挑起眉，不知道董逸陶又要出什么幺蛾子。

“你的设计费……”

“设计费？”宋家理这才意识到自己从头到尾都没有考虑过设计费的问题。她几乎忘了自己曾经也是个为了挣钱而干活的打工仔。换作以前，空手套白狼的客户她说什么都不会接，但现在，几个大夜熬了，设计图也出了，确实到现在都没有考虑过设计费的问题。宋家理真不知道是该佩服自己的仗义，还是嘲讽自己的呆傻，又或者，她觉得被认可比挣钱更让她高兴。

“你之前在大公司做设计挣得也不少吧？”

这样的问题宋家理听得多了，本以为接下来的一句会是：“怎么干得好好的，不做了？”

但董逸陶的问话就此戛然而止，似乎只是随意说说，并不在意她的回答，这倒让宋家理有一种想要倾诉的冲动。

“挣得当然不少啦！所以啊，这设计费你不见得付得起哦！”

“真被你说着了。创业不易，打拼艰难，花钱如流水，进账惨兮兮，设计费现在我还真付不起。但也不能白用你，等餐厅复工了，让你免费吃饭怎么样？”

两个人就此说定，一个为梦想买单，一个为情怀干活儿。

开奔驰的男人

喜镇的建材一条街除了农家院常用的砖头水泥外也没其他玩意儿，宋家理只好坐着长途车到邻镇逛逛。

当长途车终于停在站牌前时，宋家理在车上睡得晕头转向，差点坐过站。

一下车，宋家理就被刮来的一阵烟尘呛得咳了两声。

这里的味道和喜镇不同。

宋家理一直觉得每个地方都有属于自己的味道。

比如大城市，地铁里是人的味道，马路上是汽车尾气的味道，而更多的地方则充斥着钱的味道。

如果把纸币凑到鼻尖下，你就会闻到那种纸浆混合着油脂的味道。纸浆味很好理解，因为钱说白了就是一张纸；而油脂味更好理解，把玩的人多了，难免会留下手上或香或臭的油脂。也许这么形容会显得太过简单，钱上面似乎还有血腥味、汗臭味，所谓的“血汗钱”不就是这么得来的嘛。

宋家理觉得不管是人味还是钱味，归结到底都是欲望的味道，虽然不太好闻却又欲罢不能。

喜镇的味道倒是好闻，抽一抽鼻子就能闻到一股清香，但往往这种清香有多浓郁，就说明这里有多偏远。

相比之下，喜镇的味道还不如邻镇扬尘加混凝土的味道。

虽然后一种味道吸到肺里呛得慌，但那可是让人羡慕的发展的味道。

冬奥会举办城市的确定，让原本无人问津的小镇顿时成了炙手可热的宝地。

其实这里之所以一下子成了“宝地”，还不是跟“钱”挂上了钩。开发商就像非洲草原上的鬣狗，永远能最先嗅出钱的味道。他们争先恐后地圈了地，热火朝天地盖起了楼。卖房的电话打遍了大江南北，劝你别犹豫、快下手，今天不买明年翻倍。

“姐，买房不？”西装白衬衫的男子上前拦住宋家理，笑容可掬地递上一张楼盘宣传单，宣传单背面还贴心地附着一个口罩。

宋家理机械地接过传单，怔怔地看着眼前这个男人。

“一线房企开发的‘学区房’，精装拎包入住，均价两万，离高铁站十分钟……”

宋家理看着男人一张一合的嘴，看着他职业性的微笑，恍然有种熟悉的感觉。

“今天不买房，一年都白忙！”古贺正了正胸前“金牌置业顾问”的胸牌，调整面部肌肉，摆出一张热情洋溢的笑脸，瞬间进入状态，“先生，请你给我一分钟，我来给你算笔账。你不买房而去租房，把钱存银行，你的钱就会被银行借给别人来买房。这样一来，你住着别人的房，别人用你存的钱买房，用你交的房租还贷，还有可能用你的钱买房子娶了你爱上的女人，结婚的时候你还得出份子钱。何必用自己的辛苦成就别人的人生呢？先生您看，是这个理吧？”

说完，古贺扯了扯勒在脖颈的领带，一脸期待地望着自己唯一的听众："怎么样，这段行不？"

宋家理坐在沙发上，蒙蒙地眨眨眼："好像有点道理，但是……怎么听着像骗人？"

"嘿！怎么连你也这么说！"古贺坐下来，在沙发上跷起了二郎腿："那些客户刚认识我的时候，都认为我是骗子，觉得我在骗人。但我骗他们什么了？我'骗'他们买的房，现在都翻着番地涨。说起来，他们最应该感谢的人就是我了，让他们少奋斗多少年啊！"

宋家理耸耸肩，倒还真无话可说了。

自从古贺入了卖房这一行，开口段子、闭口鸡汤，什么"不要让今天的全款，变成明天的首付！""买房这件事，有的时候一个转身就是一辈子！"宋家理早已经被这些"鸡汤"喂得营养过剩了。

但说到底他们没能拥有一套自己的房子，最后那座城市留下了他们的青春，却没留下两个人的未来。

"姐，要不我带你去售楼现场看看吧？就在那边，你看，已经快封顶了。"

宋家理顺着置业顾问指的方向望去，到处都在大兴土木，推土机在村落间大刀阔斧地拆，高楼从之前的玉米地里拔地而起。国道上拉土方的大车一辆接一辆呼啸而过，在路上骄傲地碾出很宽的车轱辘印，飞扬在翻斗上的苫布在空气中潇洒地抖足了威风，撒下浓浓的灰尘。

宋家理只觉得嗓子眼儿一紧，咳了两声，赶紧把楼盘宣传单附送的口罩拆开戴上："不用了。谢谢你的口罩。"说完，她头也不回地朝相反方向走去。

这里和喜镇只一山之隔，从前都是大山里无人问津的小镇，现在这一座山却隔出了两重天。山这边有鼎鼎大名的滑雪场，借着冬奥会东风，山下商业中心、商品住宅楼、公园如雨后春笋一般建起来，而山那边依旧是满目的山岭与农田。

一辆辆拉货的卡车、面包车在宋家理身旁川流不息。她看着车上人嘴里叼着烟，脸上带着笑，脖子上戴着金链子——果然，喜镇人民再也无法与人家平起平坐了。开发商竞相圈地，农民们凭着墙上大大一个“拆”字，一下子成了暴发户。他们毫不在意那些挖苦他们坐吃山空的人，因为那明摆着是吃不到葡萄说葡萄酸，谁家都巴不得有一座能让几代人坐着吃空的山呢！

来自山那头的宋家理，张口闭口都不敢提起喜镇，生怕被人家当作山那头的“二等公民”。但这并不影响她的出挑，即便戴着口罩，宋家理还是凭借那双精灵般的眼睛和窈窕的身姿，在建材城的人群中格外显眼，过来过去的人都不由得多看她两眼：一来郊区的建材城鲜有姑娘光顾，二来即便有也没有这么漂亮的姑娘。

宋家理隐隐感觉一辆轿车正亦步亦趋地跟在她身后。她余光一瞟，觉出有些不对，急忙加快步子。身后的车子一脚油门也跟着贴了上来。她往边上靠，给他让路，他偏不过，依旧慢慢地跟着。

车近得几乎要碰着她的后脚跟。

“嘿！大白天的，碰瓷还是打劫？”

宋家理不信邪，愣柞柞地停了下来，猛地一转身，壮着胆子站在车前。倒是开车的被吓了一跳，一个急刹车慌忙停住。

宋家理不知道哪儿来的胆，顿时罗敏红附身，扯下口罩提高声音，叉着腰，活像一只炸毛的猫：“你跟着我干吗呀？”

虽然心里没底，但她知道越是害怕就越是要虚张声势。让越多人听见看见，她才越安全。

宋家理还没骂两句，没想到这辆大奔的车门一开，司机带着笑脸下了车。

“真没见过如此厚颜无耻之人！”宋家理沉着脸刚要开始第二轮怒骂，忽然发现眼前这张笑脸竟然如此眼熟。

“吴狄？”

“嘿！还真是你呀！我就说嘛，这破地方哪来这么漂亮的姑娘！”

吴狄不知道什么时候戴上了金丝边眼镜，隔着镜片的目光还是和以前一样犀利，直勾勾地从头到脚打量着宋家理。虽然胳膊胖了腰粗了，原本英俊的一张脸还发了福，但这咋咋呼呼的性格可是和高中时候一模一样。

“怎么在这儿碰到你？”

“我搞工程啊，天天在这块儿转。倒是你啊，北京的大设计师怎么跑这儿来啦？”

宋家理无言以对，她回来之后虽然没有和高中同学联系，但喜镇那么小，藏不住一丁点秘密。她没想到吴狄竟然不知道她回来了。

两个人在建材城对面的沙县小吃一人点了一碗面。吴狄说他这几年在周边镇上的工程多，这儿跑跑那儿转转，已经好长时间都没回喜镇了。说起之前的老同学，吴狄一脸轻蔑：“跟他们，联系不联系的也就那样！”

他这几年做工程赚了不少钱，买了好几处房，把老婆孩子接到了市里，住上了大别墅，把两边的老人也送去了海南养老，喜镇的老房子一年半载也懒得回去一次。吴狄早已经看不上喜镇，更看不上喜镇的那些同学了。

但在吴狄眼里，宋家理可不一样，她一直都高高在上、遥不可及。他怎么也没想到，喜镇这个小地方能容得下她！

“你回来怎么不早跟我说呀？”

“我刚回来那会儿见过小妍一次，我还以为你知道呢。”

左小妍是吴狄的老婆，也是宋家理在学生时代最好的朋友。两家离得近，是前后邻居，左小妍和宋家理从小学到高中就一直结伴回家。两个人既是同学，又是一起上厕所的闺密，多年来形影不离的同时，成绩也是你追我赶不相上下。和宋家理一样，左小妍也有着去大城市生活的梦想。她们约定一起考出去，上同一所大学，学同一个专业，进同一个单位，合租同一所房子。毕竟大城市离家远，有个伴儿相互帮衬，总比一个人孤苦伶仃无依无靠要强。

但理想和现实总有偏差，当宋家理如愿考上了北京的大学时，左小妍却因发挥失常遗憾落榜。从此以后两个人的人生轨迹便开始分岔：一个坐上火车穿过大山、农田，摇身一变成了都市白领；而另一个则被困在原地，折服于命运，只能老老实实做她的小镇青年。

然而谁是最终的人生赢家并未就此定论。宋家理在大城市苦苦打拼，经历了相恋失恋，最后还是回到原点；而左小妍则嫁给了高中同学吴狄，从此成为阔太太。

从前无话不说的好朋友却慢慢变成了无话可谈的陌生人。无论再怎么惋惜，最终也只能化成一声叹息。

吴狄听说宋家理又做起了老本行很是高兴，嚷嚷着两个人成了同行以后接触的机会可就多了，但当宋家理说起要叫上小妍一起吃个饭时，他却哼哼哈哈没了后话。

三十丧偶

吴狄开着奔驰将宋家理送回喜镇。

宋家理原本不想麻烦他，再三推辞，但吴狄却打起了感情牌，一句“重温友谊”让宋家理无法拒绝。

两个人坐在车上，在小小的喜镇兜着圈子。

“你走了这么多年，喜镇真是一点没变吧？”

宋家理点头，心里却在暗想：喜镇倒是想变，像北上广那样快速建设，但地方太小，开车十分钟就可以从东走到西，走路半小时就能从南逛到北，走不了两步抬眼都是熟人。年轻人在外的多，在家的少，留在家里的非老即幼。房多人少的留守现状，更让这座小镇显得暮气沉沉。

车子在离宋家小院还有一段距离的清水河边停下。

“停这儿行吗？”

“别呀，都到家门口了，还不进去坐坐？”宋家理指着前面的红门小院。

“不不，不用了……”吴狄忽然变得吞吞吐吐，“你替我向罗老师问个好吧。”

宋家理仔细端详吴狄的脸，忽然笑起来："你不会还记着当年那档子事吧？"

吴狄一反常态地显现出狼狈："不敢忘，不敢忘！这么多年来，罗老师威严依旧。她的形象一直如同关公和秦琼一样震慑着我的言行。稍有造次，她老人家就会出现在梦里教导我。"

"是门神还是瘟神呀？"宋家理早已经听懂了吴狄的言外之意，笑得前仰后合。

上学的时候，罗敏红就是吴狄的克星。他们两个人之间可并没有什么恩师与弟子的情谊，更多的时候是上演着小燕子和容嬷嬷的戏码。他翻墙逃课的时候，罗老师就躲在墙后面等他自投罗网；他投机倒把倒卖校外零食的时候，罗老师就半路杀出来"劫财"又截货。罗老师虽然不会像容嬷嬷一样用针扎手指，但机关枪一样的嘴和犀利的眼神还是让吴狄想起来就瑟瑟发抖。

总之，对天不怕地不怕的吴狄来说，罗敏红就是他的克星，伴随他的中学时代，无处不在、如影随形。罗老师给他带来的心理阴影，直到他长大成人也没能消散。

"下车走走吧，我送你到门口。"吴狄说着开门下车。

宋家理来不及推辞，吴狄已经绕过来，绅士地帮她打开车门。两个人迎着夕阳向河边的芦苇地走去。

高高的芦苇将小路遮蔽，人变得影影绰绰。

"你还记得吗？那时候每天下了晚自习，咱们就骑着车从那条路上拐过来，然后等你进了院，我再沿着河边往家骑……"

吴狄指着河堤上的小路，露出感怀之色。

"当然记得。不光咱俩，不是还有小妍呢嘛！"

宋家理这么一说，倒像是打破了吴狄美好的回忆，他不失尴尬地笑了笑。

高中时的宋家理不光成绩好，还是班花，想跟她套近乎的男生可不在少数，吴狄就是其中一个。他不惜绕远，也要强行“顺路”送宋家理回家，同行的左小妍跟着沾光，让吴狄也顺道做了她的护花使者。

青葱岁月一去不返，如今宋家理花颜依旧，而吴狄已经成了两个孩子的父亲。

左小妍觉得自己刚过三十就丧偶了。

晚上九点半，她将两个孩子哄上床，家里随即恢复了死一般的寂静。她早已经习惯了这种安静，习惯了一个人睁眼、一个人闭眼，一个人守着时钟打转。吴狄通常是早出晚归，从而造成了夫妻两个人同睡一张床却总是碰不上面的奇怪现象。通常早上她还没醒，他就已经出了家门，而晚上等她熬到困不可支，还见不着他人影。

左小妍觉得老公就像每月的工资，虽然按时到账，却总是还没在手里焐热乎就已经撒出去了。

对左小妍来说，唯一的安慰就是两个孩子。五岁的大女儿已经上了幼儿园，正是好奇心旺盛、凡事都要问为什么的年纪；小儿子刚会说话，可一天从他嘴里蹦出来的话却一点不比大人少。

两个电量满格的孩子每天都让她精疲力尽。但孩子是自己生的，路是自己选的，就算跪着也要走完。

左小妍合上故事书，蹑手蹑脚地走出孩子的房间。她掏出手机，打开大女儿学校的家长微信群，照着老师的要求帮孩子完成作业。

老师在信息中写道：

> 亲爱的家长朋友们，为了帮助孩子更好地探索世界、认识世界、完成下周科学活动课中的小实验和小手工，请各位家长配合老师，帮孩子收集整理以下物品。
>
> 1.不同型号的电池，各种使用电池的电动玩具和小电器，比如微型电扇、手电筒等。
>
> 2.条形磁铁和圆形磁铁。同时准备玻璃珠、小铁夹、木夹、塑料夹等。
>
> 3.收集秋天的果实和种子，比如松子、核桃、南瓜子、西瓜子、花生、栗子、枣……

左小妍看完，叹了口气，在家里翻箱倒柜地开始找。

现在的学校不光给孩子布置作业，连家长都不放过，看来她只有去收破烂才能满足老师的要求了。

卧室里忽然传来小儿子的哭声，她三步并作两步飞身冲了进去，生怕他哭久了把女儿也吵醒。

没孩子的时候，左小妍听着那些当妈的同学喋喋不休地抱怨孩子难带，经常嗤之以鼻。

“两个大活人还能被一个孩子难倒？”她不信这个邪，接连生了两个孩子。正当她摩拳擦掌准备大显身手的时候，却发现战局并不是二对二，而是一对三——两个小的嗷嗷待哺，一个大的不能自理。

不知道是源于万能的荷尔蒙，还是强大的母性，“一仆三主”的日子也这么一天一天地习惯了。她辞掉了工作，每天忙忙碌碌，在生活的泥沼中艰难前行。

虽然也想撂挑子不干，虽然也想发表怨言，但她还是忍住了。并不是因为心中的怨气不够多，而是她知道，只要开口抱怨一句，吴狄就会用那句话反唇相讥："我这么拼命挣钱，还不是因为你待在家里不工作？"

"你以为我愿意做家庭主妇吗？家庭主妇才是这世上最难当的角色，做好了是理所应当，做坏了就是一无是处！"每每这个时候，她也不会示弱。

辞职前，她在喜镇最好的中学做英语老师。虽然最好的中学也没有多好吧，但在这里工作起码是为人师表、受人尊敬的。可现在，连对女儿的幼儿园老师都要卑躬屈膝。

这样的日子哪是她想要的！她忍不住想到高中时候的梦想。如果那时候她能多考几分，就能飞到大城市去上学工作；如果在大城市站稳了脚跟，就能找个比吴狄强百倍的男人；如果嫁得好，就不用吃现在的苦。说到底还是因为自己不够努力，自作自受，怨不得别人。但左小妍不是个爱钻牛角尖的人，每每想到这儿，她就会迂回着劝慰自己。这时候她会想到宋家理，宋家理尽管比自己多考了几分，但在大城市漂了那么多年，最后还不是灰溜溜地回了喜镇？如今混得还不如自己呢！

这么一想，左小妍灰暗的心情顿时又明朗起来。

这两年，要不是靠着宋家理这个"精神支柱"多次化解忧愁，左小妍哪能坚持到现在呀！

三个人的烛光晚餐

Candy坐在院子中央，手里挥舞着筷子，摇头晃脑地敲打着面前的塑料盆、塑料碗。院子里音乐搭配着院门口咚咚响的大锤，演奏出一段放飞自我的重金属摇滚。

天台上两个工人正抡着锤子在屋顶上拆着旧瓦。宋家理将头发绾在脑后，不顾满身满脸的土，正小心翼翼地将完整的瓦片摞在一起。

董逸陶用托盘端了几杯咖啡，顺着没有扶手的楼梯小心翼翼地走上天台，脚还没落地，手里的托盘便被吴狄一把接了过去。

“谢了，谢了！”吴狄倒是一点不客气，端着咖啡倒像主人一样招呼起来，“师傅们，歇一歇喝点东西！”

吴狄风风火火地将咖啡分发出去，自己也拿起一杯大口喝起来。但咖啡的香气和味道似乎并未吸引他的注意，此时吴狄的目光全然集中在宋家理那因为劳动而红扑扑的脸上呢。

整个天台都飘着咖啡香，宋家理看着香浓的奶泡上漂亮的郁金香拉花，将脸埋在杯子里深深地吸了一口，一脸满足。

咖啡的香气让她欲罢不能，特别是在刚刚劳动完，一身疲倦的时候。

“欸？你那杯的拉花好像不太一样呢！”宋家理余光一瞟，注意到拉花的奥秘，抻长脖子想仔细看看吴狄手中的那杯。

吴狄低头看着自己的杯子，虽然已经被他喝了一口，但还是能清楚地看到奶泡上那朵精巧的玫瑰花图案。

玫瑰……玫瑰？

吴狄忽然从这不起眼的咖啡中品出了不得了的含义！

他不等宋家理看过来，猛地端起杯子，连咖啡带“玫瑰”一口干了下去。

自从一口干了董逸陶的玫瑰拉花咖啡，吴狄对这位他从前没放在眼里的西餐厅老板多了几分留意，来“帮忙”的频率也越来越高了。很快，老旧的天台变了样：地面平整了，通往天台的楼梯也做了翻新。

要说老同学就是给力，那些让宋家理头痛的问题到了吴狄跟前全都是小问题。她跑断腿也找不到的建材，人家三两下就能找到货；她磨破嘴皮也砍不下来的价，人家一个电话就能搞定。

“行啊你，看来这几年混得风生水起啊！”宋家理说这话的时候虽然是带着调侃，却也掩饰不住满脸的钦佩和羡慕。

吴狄嘿嘿一笑，顺杆爬得老高：“那还用说！这么多年的社会不是白混的。在咱们喜镇，就没有我摆不平的事！”

不管是吹牛还是实话，在天台的工程上，吴狄确实帮了宋家理不少忙，也顺便帮董逸陶省了不少钱。为了表示感谢，宋家理几次喊他留下来吃饭，但都被回绝了。

“等下次，下次再吃吧！”其实吴狄是想说等下次罗老师不在家的时候再留下来吃饭。面对那位老太太，别说吃饭了，他连喘气都费劲。

这些日子，吴狄倒是常来，有事没事总是“路过，来看看”，但好凑巧的是，他每次来都正赶上罗敏红不在家。当然这并非偶然，而是他早已经摸准了老太太每天下午都去老年合唱队练嗓子的行事规律，罗敏红前脚一出门，吴狄后脚就开着奔驰停在门口，但每次都得掐着点，赶在她回家之前开溜。所以，不是他不想留下来吃饭，只是苦于老鼠怕猫，等不来和宋家理两个人共进晚餐的时机。

但宋家理哪里知道吴狄的内心独白，眼看着工程马上结束，人情越欠越多，她打准了主意今天要把这个人情还上。

吴狄刚一跨步出门，宋家理便追了出来，将一个信封塞到他手中："这个你拿着。"

不用看，单凭手感，吴狄也能感觉到这信封里面装的是什么。他眉毛一横，做出一脸严肃的样子："你这是干吗？跟我你还客气什么！"

"我可不爱占人便宜。"

吴狄一听这话，不禁笑起来："你能占我什么便宜？"他把手中的信封又塞给宋家理："快拿回去吧，我不收现金。"

宋家理攥着送不出去的信封，像抓了个烫手的山芋，眼看着吴狄又要开溜，情急之下一把拽住他的袖子："你别走呀！你银行账号不给，微信转账不收，再不收现金的话，难不成让我刷卡呀？"

吴狄看着自己被揪住的袖子，顿时心也酥了，腿也软了。

他怔怔地望着宋家理因为着急而涨红了的脸："你，不用刷卡，刷脸就成。"

罗敏红急赶着往家走。今天合唱队的活动结束得早了点，原因是她和王美琴就大合唱的队形问题拌了几句嘴。一个说之字形优美，一个说人字形醒目，争来争去，话头不知怎么的从队形转到了体形，你含沙射影说我胳膊粗，我指桑骂槐说你屁股大。最后让身为指挥的陈言笑评理，搞得他左右为难，里外不是人。陈言笑不由得感叹，女人是非多，别看都一把年纪了，争强好胜的心反而有增无减。

男人永远评不了女人的理。如此这般，争来争去，只落了个不欢而散。

罗敏红快到家的时候，天刚擦黑。她远远看到两个人站在院门口拉拉扯扯。罗敏红眯起眼睛抻着脖子仔细分辨，看轮廓是一男一女。再细看，女的分明是家理；男的高高大大，看不清模样也就认不出是谁。

但不管是谁、什么模样，只要是个男的，这肯定就是个好兆头。

罗敏红想到这儿，脚下的步伐也不由得加快。但还没等她走过去，那男人已经拉开车门上了车，一溜烟地开没了影。

晚餐的饭桌上，罗敏红早已经把在合唱队那点不愉快抛了个干净，此时她心里有件更重要的事。

罗敏红的眼珠子紧紧盯在宋家理的脸上，总觉得她今天脸上比往日里更加红润光泽，印堂发亮、满面桃花。

错不了，一定是有男朋友了！

罗敏红这样想着，自己的脸上也春风拂面。她伸出筷子把宋家理夹进碗里刚要入口的一块红烧肉劫走，放入Candy碗里：“少吃点肉，保持身材。”

宋家理看着被推到眼前的一盘青菜，感觉莫名其妙：“什么情况？前几天不是还说让我好好吃饭别减肥吗？”

一旁的宋家文倒是阅历丰富，早已经从老妈的眼神中参透了她话里的那层深意：“这你就不懂了，让你多吃是亲妈的角度，吃多少都不嫌你胖；让你少吃是站在男人的角度，一胖毁所有，嫁不出去也得临时抱佛脚。”

“说谁嫁不出去呢？你妹抢手着呢！是不是？”罗敏红冲宋家理飞去一个看透一切的眼色。

“我？”宋家理一时间摸不着头脑，有种被捧杀的感觉，背后发凉。她清楚地预感到眼前正有一个深不见底的大坑等着她跳：“我……我什么时候抢手了……”

宋家文在桌子底下碰了碰妹妹的膝盖，递过去一个警告的眼色：想好了再说啊！难得今天母后心情好，忌较真、忌抬杠、忌顶嘴！

宋家理也知道母亲这话锋的含义，如果自己傻乎乎地说“我独身主义，我单身贵族”，那等待她的就不是慈祥的母后了，而是凶悍的容嬷嬷。

从多年的斗争经验中，宋家理早已经总结出了一套生存法则。总的来说，在母后面前切忌愚忠，嘴巴甜一点、脸皮厚一点，做好奸臣才活得更久，否则和容嬷嬷硬碰硬的结果不是两败俱伤，而是自己粉身碎骨。顺水推舟和就坡下驴是她们姐俩最常用的“应敌策略”。

想到这儿，她熟练地摆出谄媚嘴脸，握着筷子恭敬地一拱手：“只求母后大人您高抬贵手，别催得太紧，时机一到，我自然会把自己嫁出去的！”

这招果然奏效，罗敏红满意得连连给她夹菜：“行，不催！你觉得什么时候时机到了，就带回来给妈看看。”

宋家理敷衍着点头，埋头吃饭，生怕一旦留出空当，又会被下一轮审问轰炸得消化不良。

但罗敏红今天却一反常态，并没有多问。她表面虽然装作不动声色，可心里却已经打起了算盘。她并不是“昏君”，更不是“容嬷嬷”，多年的做媒经验告诉她，从这两个油嘴滑舌的家伙嘴里问也是白问。她必须逮住那个男人，亲自“审问”一番。

即便现在把算盘打得噼啪响，罗敏红还是觉得自己慢了一步。也许是受教导主任将“打击早恋贯彻到底”的职业习惯影响，罗敏红一直教育女儿要洁身自好，把心思花在学习和工作上，但谁能想到孩子长得比韭菜还快，一转眼大学毕业，噌噌几年就从花季少女变成了明日黄花。等到她们已经三十岁的时候，罗敏红恍然回首才发现时间过得如此不均匀。同样是十年，二十岁到三十岁的这十年如同快进一般。想当年她们所经历的第一个十年，对罗敏红来说无比漫长，她以一拖二，一把屎一把尿抚养孩子，度日如年；第二个十年，当妈的是轻松了些，但对小孩子来说却是别无选择的十年，好好学习天天向上是每个孩子的使命，他们和父母期望的一样，天天盼着自己长大成人的那天。就这么盼着盼着，第三个十年不期而至，这个最美好的十年，却也是光阴飞逝的十年。看着每年一茬一茬的嫩韭菜破土而出，罗敏红就为自己地里的那两棵老韭菜着急。割嫩韭菜的季节一过，老韭菜恐怕比野草还不值钱呢！

所以罗敏红教育女儿的择偶标准也因时而异。从前她也像那些势利的中年妇女一样，盼着女儿能嫁个大款、钓个金龟婿，让女儿从此衣食无忧，过上好日子。

然而当现实状况从你挑人变成了人挑你的时候，就由不得做白日梦了。

她最烦那些“霸道总裁爱上我”这类网络小说，每次看到宋家理看那种书就一顿批斗。她觉得女儿中毒不浅，都这个岁数了，还口口声声“等待爱情”。

“大千世界，总有一个人在某个地方等我。”

每当宋家理满眼星星憧憬爱情的时候，罗敏红就一盆凉水浇下去：“谁等你呢？阎王爷呀？”

此时她不求别的，只求两个女儿能尽早开窍，回归现实，脚踏实地地找个踏踏实实的男人共度余生。不管他穷还是富、高还是低，罗敏红都不挑，她的要求只剩下一条：是个男的就行。毕竟没有另一半的生活是什么滋味，没有人比她更清楚了。

吴狄终于还是等来了他梦寐以求的一天。天台的工程接近尾声的时候，宋家理在西餐厅专门为他准备了一场小型答谢宴。原本说好让吴狄带上左小妍一起来，可到了饭点又是他一个人现身。至于左小妍不到的理由，有且只有一个——在家看孩子。

吴狄总是把这句话挂在嘴边，似乎“在家看孩子”就是左小妍的唯一功能。慢慢地，左小妍自己也常爱用这个借口去推掉各种各样的同学聚会或是朋友聚餐。起初是因为带孩子真的腾不开手，渐渐变成即便有空也习惯性地推辞。在家里待久了，就再也找不到自己在社会上的角色了。这就好比，每天素面朝天穿着家居服在屋里晃悠，当某一天忽然描眉画眼涂上口红换上职业装，反而觉得镜子里的那个人奇怪又陌生，心里既犯怵又抵触，甚至怀疑自己是不是患上了社交恐惧症。

社交恐惧症可不是左小妍的专利，回到喜镇的这几年，宋家理的内心经历着一模一样的路程。即便是现在坐在餐桌前和吴狄一起吃饭的这具躯壳里，依然藏着那个又颓又丧打不起精神的失败者。

“女人都是被你们这些男人给耽误了。”宋家理叹了口气，不由得感叹。

吴狄正准备将一块牛排送入口中，一听这话，不明所以地张着大嘴愣住了：“谁？谁耽误你了？你告诉我。”

宋家理自觉失言，赶紧收起脸上的严肃，打着哈哈将话题扯开：“我是说小妍啊！她原来可是咱们班的大才女，现在嫁给你，天天在家相夫教子。不是被你给耽误了？”

吴狄听罢又恢复了轻松：“咳！她算什么才女啊，干啥啥不行，吹牛第一名。你才是咱们班的才女呢！”

宋家理想不到，左小妍那么要强的一个人，如今竟然沦落到被丈夫这般轻蔑。

当初，她的梦想可比宋家理的还要远大得多呢。在同学们照本宣科、对着英语课本扮演“李雷”和“韩梅梅”的时候，左小妍那插着翅膀的梦想已经翱翔过山谷，跨过一座座山、穿过一座座城，越过大海飞往了美国——她要说上一口流利的英语，在那片只在书上见过的国度生根发芽。宋家理还开她玩笑，问她以后是不是要嫁给一个金发碧眼的美国帅哥。

而此时，宋家理看着坐在眼前的吴狄，只能感叹造化弄人。

抛开美国老公的事不提，左小妍的美国梦勉强算是实现了一个零头。在她的刻苦努力下，确实说上了一口流利的英语，只可惜讲英语的地方并不是在美国，而是在教室落满粉笔灰的中国的小镇中学的讲台上。现在就连这个“阵地”也沦陷了，讲台变成了灶台，学生变成了孩子。

此时，吴狄和宋家理在如包场一般的西餐厅里大饱口福，而左小妍却在被孩子们折腾得一片狼藉的家里吃着简单的剩饭。

宋家理替左小妍打抱不平，没好气地敲打吴狄："你们男人没一个好东西！婚前香饽饽，婚后容嬷嬷！"

正巧董逸陶过来给二人加水，听到这话不由得怔了一下。

吴狄却丝毫不以为意，反而把这话当成异性间的调侃，很是受用。他喝了一口杯子里的柠檬水，大感不尽兴。早知道就不该开车来，不然两个人小酒一喝，想想就美。

说曹操曹操就到，宋家理的容嬷嬷言论刚一出口，罗敏红就走了进来。

男人三十一朵花

饭局这种场合是吴狄最熟悉也是最擅长的。

做工程想要发家致富，光靠搬砖搬瓦蛮干苦干是行不通的，什么样的买卖稳赚不赔，什么样的生意费力不讨好，心里有数兜里才能有钱。

但这世道谁也不傻，聪明的人多如牛毛，想拿到有限的资源，仅凭空手套白狼完全是异想天开，勾搭应酬推杯交盏自然少不了。吴狄虽然能力有限，但凭着会察言观色、马屁拍得准的本事，以及那城墙一般厚的脸皮，在觥筹交错之间如鱼得水，该拿下的能拿下，该摆平的能摆平。

但今天的饭局可不同以往，坐在饭桌中央的这位，比以往的任何一位甲方都难搞。不光油盐不进、软硬不吃，还字字带刺，句句扎心。

比如，吴狄向宋家理鼓吹着自己这几年生意上的小成就，正说到兴头上，罗敏红就不高不低地嘟囔上一句："男人天天不着家，干出事业也白搭！"

再比如，当吴狄笑眯眯夸奖着宋家理年过三十一朵花时，罗敏红便毫不留情地揭闺女的短："要说成熟还差点韵味，要说年轻怎么比得上人家十八？"最后盯着宋家理的眼睛发出一句让人恼火的感慨："低不成高不就的，再不嫁就剩下了！"

"算了算了！反正已经剩下了，嫁不嫁的有什么区别啊？"宋家理宁可破罐破摔也不愿意被当作处理品挥泪大甩卖，正好借机抒发一下自己表里不一的婚恋观。虽然嘴上也是一套一套的鸡汤语录，但宋家理心里明白，什么不婚主义、单身贵族，全是打着前卫思想的幌子掩饰对爱情、婚姻的悲观和无奈。

到头来，那些情路坎坷的人全变成了哲学家、思想家，天天对着空房白墙或愤世嫉俗或伤春悲秋，把不幸当故事讲，把幸福当笑话听，说白了，还不是吃不到葡萄说葡萄酸的矫情？

但矫情惯了，就像大麻上瘾，每天不抽上两口，心里就憋得慌。

这顿饭吃得吴狄堵得慌，不知道是不是牛排太生的缘故。网上说，懂牛排的人都吃三分熟，于是他生怕露怯，跟风点了个三分熟。但网上没说，如此"高雅"的品位不是每个人都能接受得了的。特别是那带血的牛排就着罗敏红冷嘲热讽的话，更是让他难以消化。

吴狄承认自己是个附庸风雅的人。出身小地方的他，绞尽脑汁地要摆脱身上小镇青年的烙印。他脱下运动服换上西装，将三七分改成油背头，卖掉小面包换成奔驰，甚至连音乐播放器里的野狼disco都换成了莫扎特的交响曲。当一切收拾停当，他还是感觉自己没有那种成功男人的优雅气派。在别人眼中，他在适当的年龄结婚生子，妻子上得厅堂下得厨房，是一个名副其实的贤妻良母，儿女双全凑成一个“好”字，这样的人生不知有多少人羡慕，可他自己还是觉得少了点什么。可又少了点什么呢？

在家门口停下车，吴狄熄了火，点上一根烟，并没有马上下车。

不知道是从什么时候开始，他已经习惯了每天回家之前先在车里抽根烟。

如果说商场如战场，那家对他来说就是更加惨烈的修罗场。不，也许不是家的问题，是婚姻——一段错误的婚姻。

他掏出手机，点开那个杏眼红唇的头像，在空白的聊天页面上发去一条信息。

“睡了吗？”

“还没。”对方秒回，“你还没回家？”

“嗯。晚上有约。”

“跟她？”

“嗯。不光她，还有别人。”

“看来没尽兴啊。”对方敏锐地察觉到吴狄话中的那丝遗憾。

“什么尽兴不尽兴啊，我又没想干什么……”

“得了吧！我又不是你老婆，用得着骗我吗？”

吴狄发去一个憨憨的笑脸，算是默认了。

半晌对方才又发来一条信息："怎么样，和初恋情人共进晚餐的感觉很好吧？"

感觉？在好与不好之间。吴狄从手机中抬起头来，狠狠吸了一口烟，吐出的烟圈在密封的车内升腾缠绕，让视线变得模糊、思绪变得缥缈。一直飘回到十五岁，那个少男少女情窦初开的年纪。

那时候的吴狄成绩虽然倒数，但颜值却可以冲进年级前三。高高大大的他在篮球场上一直是女生们关注的焦点，一副痞里痞气的做派也没少让老师操心。

但吴狄自封雅痞，和那些混社会的小痞子不同。他一边特立独行，一边附庸风雅，对任何美好的事物都抱着一腔爱慕、一丝呵护。而在那个年纪的吴狄眼中，宋家理无疑就是他身边最美好的存在了。

她抱着牛津词典在操场看台上苦背英语单词的专注样子太过迷人，以至于篮球场上的他，眼神总是不由自主地越过篮球筐飞到她的脸上，经常地把手里运的球传飞。

终于有一天，他把一个信封夹在了那本词典里。那信纸上的每一个字都是他从字帖里剪出来拼在一起又拓上去的，他一点不觉得那些文字矫情肉麻，因为这正是他的心声，他最真实的情感。他觉得自己把信封藏在词典里的那一刻，简直比老皇上把继位诏书藏在正大光明牌匾后的时刻还要神圣庄重。因为那是他这辈子写过的第一封，也是最后一封情书。

他想象着她打开情书的样子，想象着她苹果一样的脸庞泛出红晕，想象着两个人十指相扣的心跳，想象着混杂着她发香的拥抱。

唯独没想到，打开这封情书的人并不是他的梦中情人，而是他梦中情人的妈。

没错，罗敏红。

“他妈的！”吴狄每每想到这儿，就会不由自主地骂街。对事不对人，只是单纯感叹。记忆由美好转为惊悚原来只在一瞬之间。当罗敏红把那本夹着情书的词典丢到他身上时，吴狄感觉整个世界都崩塌了。从此初恋成了往事，老师变成天敌。

唯独那本词典，他这么多年来一直摆在床头。谁能想到连大学都没有考上的吴狄，晚上竟然以书为枕，而且还是那么厚的英语词典。但只有他自己知道，他枕的不是书，更不是英文单词，而是青春，是情怀。

但如今，这沉睡已久的情怀，在男人三十一朵花的时候，又再次燃起火花、冒出青春的苗头。

黄脸婆与负心汉

吴狄狠狠地打了个喷嚏，眼前的一桌饭菜顿时笼罩在飞沫中。桌对面的左小妍正在给一旁的儿子喂饭，被这个扑面而来的喷嚏吓得一激灵。她手一抖，勺子拐了个弯，直奔宝宝的鼻孔。米糊糊了一脸，孩子哇的一声哭起来，声音简直要掀翻房顶。

一个喷嚏带来的连锁反应让左小妍应接不暇，她一边横眉立目地呵斥老公，一边柔声细语地哄孩子。两副面孔切换自如，严妻与慈母的角色转换无缝对接。

“你打喷嚏不会捂着点吗？脏死了！宝贝乖，都怪妈妈。不，都怪爸爸！”左小妍瞪了吴狄一眼，“你有没有点常识？对着儿子打喷嚏，就不怕把病毒传染给孩子！”

“放心吧，我没病毒，不传染！”吴狄不但不以为然，还觉得儿子一会儿哭一会儿笑的样子可爱极了。他一边晃着桌子上的玩具逗儿子乐，一边轻描淡写地敷衍妻子。

左小妍可不吃这套，她一把扒拉开吴狄逗孩子的手，冷笑一声：“这人自恋到一定程度，真是无可救药。你说没病毒就没病毒？你是不是觉得自己放屁都是香的？”

一句话倒是把女儿给逗乐了。她嘎嘎嘎地笑起来，嘴巴一嘟，噗噗噗地学起放屁的声音。儿子看着姐姐滑稽的样子，一下也止住哭，破涕为笑，学着姐姐跟着放起“噗噗屁”。一边出声一边喷饭，小手一挥，把左小妍刚刚收拾好的饭碗掀翻，黏糊糊的食物又洒了一桌一地。

左小妍看着满目狼藉的餐厅，顿时血压飙升，差点爆粗口，但她还是忍住了，毕竟当着孩子面不能骂街，于是吴狄便成了她唯一的出气筒。

“儿子呀！你看看你，弄得哪儿都是……姐姐，你给我停！能不能给弟弟做个榜样？……吴狄，你是死人吗？我就洗个抹布的工夫你不会看着他点？你看看他们这邋邋遢遢的样子，都是跟你学的！从来不教孩子点好，又懒又馋还贼自恋。你让我说你什么好！快给我拿点纸呀！”

吴狄抽了两张桌上的餐巾纸扔了过去，随后便低下头只管专心扒饭。

他看着眼前这个大嗓门的黄脸婆，有些难以置信。自己当初是什么眼神，怎么就娶了她呢？可再仔细想想，当初她好像也不这样。当初的她唇红齿白、说话柔声细语，喜欢谈电影聊音乐……再看现在，张口就是屎尿屁，闺女长儿子短，哪还有当初的文艺浪漫。

吴狄这样想着，不自觉地轻轻摇头，反倒没觉得自己对着饭打喷嚏有什么不妥。喷嚏这东西就像财运，说来就来，挡也挡不住。这些日子他喷嚏特别多，不知道是有飞来横财，还是有人念叨。

同样是饭桌上，宋家理眼前也不消停。

罗敏红的两片嘴张张合合，同样的动作已经重复了一个晚上，说得她这顿饭都食不知味。

“马克思说过，圈子决定人生。你身边的人什么样，很大程度上决定了你的人生。”

“我的人生怎么了？”宋家理虽然也对人生这个重大议题感到悲观，却也不愿意让别人对自己的人生指指点点。

“还问怎么了！难道你就没意识到问题？”

宋家文有意替妹妹解围：“有问题！妈，您确定这句话是马克思他老人家说的？”

“没你的事，少打岔！不管谁说的，这话有道理。你看，你妹妹她接触的都是些什么人！不是屌丝，就是同性恋，现在又来个有妇之夫！”

“妈，您这话什么意思呀？”

“我是说，你要擦亮眼睛，别跟那些人浪费时间！”

“怎么叫浪费时间呀！吴狄是我老同学，董老板是咱邻居，古贺他……”宋家理一句话卡住，如鲠在喉，“你以为我愿意跟他浪费时间吗？现在都过去了，还提这干吗？”

“不提别人，就说吴狄吧！”

“吴狄有什么好说的？人家都结婚了，两个孩子的爸！”

“就是因为他结婚了才要说道说道。”罗敏红的脸色异常严肃，原本就很长的脸此时拉得更长了，“我问你，你说的时机一到就把自己嫁出去，说的不会是他吧？”

宋家理嘴巴张得圆圆，眼睛瞪得圆圆，脸都气得圆鼓鼓，憋了半天气才冒出一句话：“妈您想哪儿去了！我是那种人吗？我又没疯！”

“你最好没疯。不然我早晚被你气疯！”

两个人你一句我一句戗戗起来，宋家文夹在中间，左看看右看看，眼看局面要失控，急忙见缝插针地和稀泥：“妈，您别太敏感了。老同学嘛，人家帮了咱的忙，请他吃顿饭不是很正常的事嘛！”

“哼！你别小看这一个忙一顿饭。你爸爸当初也是因为帮了狐狸精一个忙，人家请他吃了顿饭，就这么一来二去勾搭上了！”

饭桌上一时安静下来。在委屈和惊讶下，宋家理只觉得嗓子眼儿堵了块大石头，吐不出也咽不下。

沉默半晌，她把筷子拍在桌上：“您放心，我就算一辈子单身，也不可能去给别人做小三！”说完她便起身离去。

赖床惯了的宋家理这些日子一反常态，起得比鸡早、睡得比狗晚，一整天都在外面奔波忙碌，显示出一百二十分的敬业。其实天台的工程已经接近尾声，不至于让她忙成这样，之所以不着家是为了躲避罗敏红，躲避她夹杂着质疑与批判的目光。每被她看一眼，宋家理就觉得自己仿佛做了什么伤天害理的事，才会接受这种无声的批斗。

那天是她们姐妹俩第一次从母亲口中听到有关爸爸的事。只是没想到，却是那么不堪，那么让人憎恶。更让宋家理难以释怀的是，妈妈竟然把自己和她口中那个狐狸精相提并论。她怨妈妈太不了解自己的女儿，却又没法把这种埋怨表现出来。

宋家理不敢想，那段婚姻除了给罗敏红留下了两个拖油瓶之外，还给她带来了什么。也许回忆起来全都是伤痛，也许两个女儿的存在也是她伤痛的一部分。

想到这儿，宋家理的心就更痛了，也许妈妈是觉得她继承了那个男人不堪的基因，怕她做出和他一样不堪的事。

但宋家理别无选择，生下来就要替那个她从没有见过的爹背黑锅。

妈的，倒霉！

宋家理当然不愿意承认自己体内的基因跟那个男人一样坏。基因本身不分好坏，或许她该埋怨的不是那个男人，而是那段错误的婚姻。

宋家理觉得也许婚姻本身就不是个好东西。一个好好的男人，被婚姻变成渣男；一个好好的女人，被婚姻变成泼妇。少女变成黄脸婆，帅哥变成负心汉，留下一个个无辜的孩子从小到大生活在阴影中，又身不由己地走入另一个阴影。

喝酒伤胃，抽烟伤肺，恋爱伤心

入夜，董逸陶在店里抽着鼻子左闻闻右闻闻，总觉得不知道从哪儿冒出一股烟味。煤气关了，蜡烛也没点，他四处查看，一路循着烟味出了门口。街面上空空如也，只有那股味道依然挥之不去。奇怪！奇怪的事多了，也就见怪不怪了。他刚要回去，一抬头看到两条腿从屋顶上垂下来。烟味正是从上面散出来的。

天台的护栏还没有安，宋家理就这么垂着腿坐在屋檐上，一口烟一口酒，烟一根一根地由长到短再由短到长，酒一罐一罐地由满到空，烟灰缸插满烟蒂。那个皱皱巴巴、被藏在床垫下的烟盒此时已经空空如也。

“喝酒伤胃，抽烟伤肺。”

董逸陶捡起空烟盒装进口袋，将一个放着芝士蛋糕的小碟子放下，自己也垂着腿坐下。

宋家理看了看蛋糕，强行挤出个笑脸，故作轻松地调侃：“深夜放毒，不要太罪恶！”

她就是这种又衰又尿的人。高兴的时候可以当着众人面大声笑，但伤心的时候却只敢背着人小声哭。她觉得坏情绪就像病毒，自己感染了就已经很不幸了，何必还要传染给别人？在她的认知中，“朋友之间同甘共苦”这个说法根本不成立。开心的事分享一下，就会变成双倍的开心，而苦难的事也是同理。既然这样，还是自己消化，没必要倾诉，没必要朝着别人发泄。

“一块蛋糕分着吃，愉悦感加倍，卡路里减半，是不是很划算？”董逸陶说着将小叉子递给宋家理。

她一时呆住，觉得这话别有深意。她怀疑董逸陶已经透过她强颜欢笑的脸看穿了她的心。但是，他为什么总是能把一切都看得通透呢？难道因为他是同性恋？

宋家理不加掩饰地盯着董逸陶的眼睛，试图从里面得到印证，可他却转移视线，全神贯注地盯着盘子里的蛋糕：“味道不错！今天发挥正常。”

宋家理收起审视的目光，叉起一小块蛋糕放入口中细品，慢慢品出了其中滋味：嗯，果然，董逸陶还真是有点本事。芝士蛋糕配着嘴里残留的酒精，微微泛苦，然而咽下之后却又有回甘。

宋家理一声不吭地吃完半块蛋糕，果然觉得胃里比之前舒服了许多。

“这么晚了，还不回家？”董逸陶收起空盘子和啤酒罐，看着宋家理依旧坐在原地没有要走的意思。

“不想回去。”宋家理指了指天台，“如果可以，真想在这儿搭个帐篷，头顶是天，脚下是地，没人监督，没人打扰。”

话音未落，院子里响起罗敏红的喊声：“家理！家理！这都几点了，该睡觉了！又跑哪儿去了……

宋家理无力地叹了口气。

“你妈喊你回家睡觉呢。”

“我知道，让我再缓一会儿。”

宋家理盘腿静坐，调息吐纳，气沉丹田，元神归位，正要发功，却发觉董逸陶在一旁憋笑。

“笑什么？我不提前练好金钟罩、铁布衫，怎么回去面对我妈？”

董逸陶看着她认真的样子，笑得更加肆无忌惮。

“家家有本难念的经，我就不信你家没有！”

听宋家理这么一说，董逸陶渐渐收起了笑脸。

“你爸妈呢？”宋家理忽然意识到，认识这么久，从来没听董逸陶说过自己家里的事，不免有些好奇。

“他们……都在国外。”

“那你跑回来干什么？”宋家理眼中闪过一丝惊讶和不解，“国外多好呀，人少树多，最重要的是……人们没有那么多嘴。”

董逸陶明白她话中的意思，刚来喜镇的时候他也有些不习惯。开业那天罗敏红那张停不下来的嘴，邻里街坊无处不在的闲谈念叨，就连他睡觉的时候，都有麻雀停在窗沿上叽叽喳喳叫个不停。但就是在这样的环境下，董逸陶还是能感觉到喜镇带给他的平静，一种似乎仅存于家人间的、既熟悉又陌生的感觉。

“知足吧，有人念叨是福气。” 董逸陶认真作答，宋家理却一口老血险些喷出来，白眼翻上天。在她看来，这明摆着是事不关己的口气，真是站着说话不腰疼。

当初在北京上学工作的那些年，宋家理真不喜欢大城市的冷漠：同事间蜻蜓点水般的交情，皮笑肉不笑的友谊；邻里间漠视伴随冷眼旁观的窥探。实打实的只有每月揣进兜里的工资和那段不堪回首的记忆。

人家都说，表面光鲜的背后是冷暖自知，但又有什么地方真正温暖？即便是自己的家也没办法成为永远的避风港。

宋家理像是从战场上满身伤痕地败下阵来进行休养的士兵，一蛰伏就是三年。

在家做一条咸鱼，虽然清闲自由，心里却不轻松。堂堂名校毕业的设计师，此时却成了小镇里游手好闲的无业游民，不光罗敏红，就连宋家理自己也觉得脸上无光。一手好牌打成这样，并非她本意，其实她也无能为力。

宋家理刚回来时虽然无所事事，但也没有现在这么颓唐。当她尝试着把事业带回家，摩拳擦掌准备大干一番时，却发现自己引以为傲的设计成了累赘，手里的图纸成了废纸，服务的客户成了亲戚。

“家理呀，这是你大表舅家三哥的外甥女婿，老家盖房，你帮着给画个图。”

凡事一旦带个“帮”字，就意味着宋家理这笔买卖算是白做了。在这些打断骨头连着筋的“甲方”看来，只不过是动动笔头画张图，你怎么好意思提钱？

在这邻里关系热络、亲戚走动频繁的喜镇，宋家理不敢提钱，渐渐地也不敢提笔了，最后连自己“设计师”这个名头都不敢再提了。

她有的时候也在想，是不是应该回去？可是这事又不能深想，回去，回哪儿？哪儿都不叫个归宿，哪儿也都不是家。

古贺一进家门，一把扯掉脖子上的领带、甩掉皮鞋，瘫倒在沙发上。

今天不用陪客户，但陪相亲对象逛街吃饭可是比陪客户累多了。他真不明白，女孩子穿着高跟鞋，怎么能在商场里健步如飞，一逛一下午。拎着购物袋前进的步伐不但不沉重，反而越来越轻快。

古贺抬起腿，将酸痛的脚搭在沙发扶手上晃来晃去。

沙发还是从前那个沙发，但房子早已经不是原来那套了。这沙发跟着他又前后搬了三次家。每次搬家都是大工程，不得不撇下一些累赘。用旧的桌椅板凳或是转手卖掉或是当垃圾扔掉，一直跟着他的也就只有这个沙发了。

女人，或天马行空，或现实物质，动不动感伤，动不动脆弱，变幻莫测，不可捉摸，哪里好过这个沙发，起码他累的时候沙发能给他个依靠，又没有那一张爱无休无止唠叨、抱怨的嘴。

有时候古贺真想这辈子就跟这沙发做伴了。一个人关起门来当皇上不好吗？干吗非要找个祖宗供着，找个监狱长管着自己？

数起来，宋家理已经是他的前前前前女友了。她走之后他又找了三个女朋友，短的谈不过三个月，长的也超不过一年。关系嘛，都是浅尝辄止，还不等深交便宣告结束。

他才知道谈个稳定的女朋友这么难，更别说是八年的女朋友了。

和宋家理分手后，他去过喜镇两次。第一次见到宋家理了，换来她淡然一笑，随后便是她的一段生分又正式的分手宣言。第二次再去，压根连人都见不到了。

哀莫大于心死，心死莫过于一笑。她用心死，换来古贺的死心。

相爱一场，彼此放过。放过便是错过，错过便永远无法重新来过，就好像现在无论他多努力地去相亲，却再遇不上那样的爱情了。

古贺打开抽屉，从隔板下的夹层里抽出几张存单，那上面的数字后有很多个零，像一步一步踏出来的脚印，又像狗熊掰棒子掉在地上砸出来的坑。这些年的奋斗为的就是这些“零”，仿佛“零”越多生活越有意义，但到头来捧着这几张轻飘飘的纸，看着上面满眼的“零”，古贺忽然觉得生活一下子失去了意义。

飞檐走壁，浑水摸鱼

没有护栏的屋顶虽然自由自在，却缺少安全感。就像没有线的风筝，毫无方向地飘摇又何尝不是随波逐流？就像没有家的人，无论在哪儿都是流浪，灵魂空旷、肉体虚无。

崭新的招牌挂起，“醉美”两个大字代替了从前那串长长的英文单词。当工人们把栏杆上的最后一颗螺丝拧紧，将星星点点的灯光点亮，餐桌餐椅各就各位，鲜花绿植锦上添花，天台上顿时有了不一样的气氛，醉美西餐厅俨然成了喜镇最美的一道风景。坐在天台上放眼远方，仿佛能望到三里屯穿梭的人流，能看到外滩闪烁的霓虹灯。而光顾这里的人，理所应当是出入高档写字楼的白领、跻身上流的精英。

宋家理将墨镜推到脑门上，眼前的一切由幻想变回现实，穿梭的人流变成天空中的彩云，闪烁的霓虹灯变成晚霞中的山峦。

天或阴或晴，心情可好可坏，又何必跟自己过不去，与最亲近的人相互折磨？她决定今天回到家，就跟老妈摊牌——她不嫁！这辈子都不准备嫁人。不管等待她的是容嬷嬷的扎针还是打板子，她都不再改口。

她唯一想做的就是留在这个院子里，陪着老妈变老，陪着Candy长大。宋家理不认为这么做有什么错。

“来，干一个，庆祝我的作品完美收官！”她举起杯，重重地跟对面的董逸陶碰了一下，迫不及待地一仰头咕咚咕咚几口就干了杯中酒。

待她放下杯子才发现董逸陶依旧举着杯没动。

董逸陶的双眸中映出烛火的影子，烛光中央一个一袭红裙的女人正端着空空的酒杯看着他。

“你怎么不喝啊？”

董逸陶这才从问话中醒来，慌乱地移开目光。他很少这样直勾勾地打量别人，但今天不知道怎么了，看着与平时很不一样的宋家理，他真有些挪不开眼睛。

红唇映着白齿，一头黑发一丝不乱地扎成低马尾，V领红裙衬出修长的天鹅颈，闪耀的高跟鞋让小腿与脚踝的弧度都变得那么完美。只是她说话的语气，欣喜中却带一点悲伤。这让董逸陶在干掉这杯酒之前还颇有些顾虑。

“什么叫作品完美收官啊？”

宋家理切牛排的手顿了顿。

她没有直面董逸陶的问题，而是拐了个弯，顾左右而言他地说：“虽然工程不大，也没有报酬，但这是我人生中第一次完全按照自己的想法完成的设计。你知道对一个设计师来说，自己的想法被完美还原是多让人兴奋的事吗？”

说着，她的情绪又高涨起来，下意识地去摸酒杯，这才发现一杯酒已经喝干。

董逸陶环顾四下，夕阳和天台上柔和的灯光融为一体，晚风拂弄着围栏上缠绕的藤蔓奏出沙沙的交响曲，桌上的烛火将对面的脸庞映得白里透红。看着看着，他眼中露出笑意："美是美，离完美还差得远。现在说收官太早了！"说着，他给宋家理倒上酒，举起杯："为新的开始，干杯！"

宋家理愣了一下，抬眼对上董逸陶暖暖的目光。

两个杯子碰在一起，发出清脆的响声。

宋家理睁开眼睛的时候，正巧看到天窗外的天空中飘过的一朵云。它拖着长长的尾巴，像海中的一条鱼。天空宛若大海，飞鸟伴着群鱼。

宋家理只觉得太美，忍不住挑起嘴角，肆无忌惮地笑了起来。

"你醒啦？"

一个熟悉的声音在耳边响起，不知是在梦中还是眼前。

当宋家理看到董逸陶以天空为背景的脸出现在眼前时，瞬间从美景中惊起。

她"腾"地坐起来，环顾四周，一下子变得惊恐起来。

这被子，这床，包括身上这宽松的睡衣，没有一个是她熟悉的。

天哪！到底发生了什么，自己怎么会睡在这儿？

她裹着被子慌不择路地钻了出去，踏出脚的一瞬间眼前豁然开朗。

清晨的阳光打在天台上，伴着鸟鸣，充满朝气。天台中央立着一顶帐篷，自己刚才正是从这帐篷里面钻出来的。

“怎么样，算是梦想成真了吧？”董逸陶得意地挤挤眼，但此时在宋家理看来却格外猥琐。

看了看董逸陶身上的睡衣，又看了看裹在自己身上的被子，宋家理忽然倒吸一口凉气：“你！你不是同性恋！”

董逸陶笑了，笑得前仰后合：“谁跟你说我是同性恋？本人性别男，取向女。这还有什么需要质疑的吗？”

宋家理感觉自己受骗了，董逸陶的笑声听上去无比奸猾狡诈，这让她更加认定，自己从一开始就中了这家伙的圈套。他利用同性恋的身份一点点博取她的信任，只为了让她毫无防备，好在她喝醉的时候趁人之危！

“卑鄙！”

“Baby？别，别这么叫啊，有点肉麻。”董逸陶红着脸低下头，忽然脑袋上挨了一记老拳。

“麻你个头啊！你占了我便宜以为就这么算了吗？我可不是好欺负的！”宋家理撸起袖子一步步逼近。看这气势确实是不大好惹。

董逸陶连连后退：“喂，话不能瞎说，你乱讲话可是要负责任的啊！”

“什么！你还要我负责任？我还没让你负责任呢！”

话赶话，气拱火，宋家理终于忍不住爆发了，随手抄起一个折叠椅就追着打。董逸陶一见这架势，哪敢再争辩，急忙抱头逃窜。两个人绕着帐篷左半圈右半圈地转，直到董逸陶招架不住服软喊停，宋家理才暂且放下椅子，给了他一个解释的机会。

“不是你想的那样！我发誓，昨天晚上什么都没发生！”

“你放屁！你又不是同性恋，怎么会什么都没发生呢？”

“你怎么这么自信呢？我不是同性恋但也不是谁都不挑的。”

宋家理一口老血险些喷出来，感觉自己简直比被占了便宜还要屈辱。

董逸陶立刻从她的眼神中感受到重重杀气，也不敢再争辩，保命要紧：“你那天说过，想搭个帐篷睡在天台上，头顶是天、脚下是地。我这是帮你实现愿望呢！”

宋家理看了看帐篷，这才想起那天在天台上随口发的牢骚，不禁有些脸热。但低头看到自己身上的睡衣，又心生疑窦。

“你可别瞎想啊，这睡衣是你姐帮着换的，我可没碰你。”董逸陶立刻读懂了宋家理的眼神，忙不迭地补充道。

一听这话，宋家理的脑海里隐约闪过昨天晚上那断了线的记忆。

呕吐、眩晕，大喊大叫时被捂住嘴，险些跌倒时被搀扶。不知过了多久，她睁开蒙眬的醉眼，看到眼前闪耀起星星点点的光，像萤火虫在空中起舞。不知是体内的酒精还是深藏心底的童真，促使她不顾一切地起身，跌跌撞撞朝那星火扑去。

回想起来，她应该就是在那时候自觉自愿地一头钻进了那个点着星星灯的帐篷，并且董逸陶和宋家文两个人费了九牛二虎之力，最终也没能把她拽出来。

“……你姐说回去也是挨骂，不如就让你在这儿睡一觉，今天一早再悄悄回家。”

在董逸陶的帮助下，宋家理终于把记忆的碎片连接起来，回想自己刚刚说的话，脸一下子红得像猴屁股。这回丢人丢大了！以后还怎么觍着这张大脸见人呀！宋家理一扶额，借口宿醉头疼，一头钻进帐篷。

等她硬着头皮钻出来的时候，已经换上昨晚那套衣服，调整好情绪，故作淡定地挤出一个满不在乎的笑："刚才我说的那些都是开玩笑的！之前我把你当姐们儿可能不太合适，但你以后可以把我当哥们儿啊，我没意见！"

宋家理这话说得自己都觉得尴尬，简直是越抹越黑。

"行了，时间差不多了，再不回去你妈该醒了。"

宋家理答应着，慌慌张张地跟着董逸陶下了楼。

当她鬼鬼祟祟走到门口时，才突然发现院子的大门上着锁，她没带钥匙，根本进不去。

宋家理掏出手机给老姐发了个信息，半天没动静，等不及又打起电话，同样没人接。

"这家伙，把我扔在外面，自己睡得死猪一样！"她抱怨着把耳朵贴在门上，已然隐约能听到手机的铃声。她赶紧挂了，生怕动静太大没叫醒姐姐反而把老妈吵醒。

这时董逸陶从隔壁的西餐厅探出头来："怎么样？"

宋家理眉头一皱递过去一句唇语："门打不开！"董逸陶招手示意她过去，宋家理踮着脚轻手轻脚地转头进了西餐厅。

"怎么办？进不去。"

董逸陶想了想："你跟我来。"

当宋家理拎着高跟鞋踩上肩膀时，董逸陶才感受到藏在这个女人瘦小身躯里的重量。

他屏住气用力稳住，两腿一使劲，将宋家理高高托起。

“怎，怎么样？够高了吧？”

“再往上点……再上点！”宋家理从前并没有爬墙的经验，也无法在短时间内掌握这门技术，虽然扒着墙头奋力蹬腿，但还是被包身的裙摆限制了身手。

这可难为了站在下面的董逸陶，来自上面“高一点，再高一点”的指令，让他不得不憋足最后一口气，挺身站直并且踮起脚托着宋家理。此时他的脸涨得通红，额头青筋暴起。这时候他才知道“泰山压顶而谈笑自若”是那些站着说话不腰疼的人吹牛，真正泰山压顶的时候，即便是再会吹牛的嘴，也会因为憋足一口气而张不开。

通过一上一下协调一致的合作，宋家理终于一个猛蹬爬上了墙头。可遗憾的是在胜利到来的一刻，红色的裙摆“刺啦”一声裂开一道大口子，露出她洁白的大腿。

董逸陶在听到衣服撕裂声响的同时，肩上顿感轻松。

“怎么样，没事吧？”他压低声音抬头问。

宋家理骑在墙头上，怎一个狼狈了得。她一边努力拽着裙子护着自己走光的大腿，一边敷衍着轰董逸陶走，生怕春光乍泄：“没事没事，你快走！”

董逸陶见上面的人态度突变，颇有种被过河拆桥的感觉。他并没有意识到自己正站在一个女人的裙底下，也没有意识到视线的角度有些微妙，只是一心担忧这个笨手笨脚的家伙能不能从墙上安全下去。怎奈宋家理轰得紧，他只能一步三回头地退了回去。

直到从墙头上看不到董逸陶的身影，宋家理这才松了口气。她回头居高临下地在小院里扫视一番，每个房间都静悄悄地拉着窗帘。宋家理定了定神，一甩手先将高跟鞋顺着墙头扔了下去。鞋子落在草地上，并没发出多大响动，看来这草垫子还挺软。

如此一来，宋家理的胆子也大了起来，她朝与院墙一般高的那棵柿子树探了探脚，然后手脚并用像猴子一样攀着粗壮的树枝爬到了树上。

飞檐走壁、爬墙上树，没想到这些小时候没有尝试过的玩法，到了三十来岁却被成功解锁。别人三十而立，她偏三十叛逆。

想到这儿，宋家理反而来了劲头，胳膊也有劲了，腿也不抖了，全凭一颗童心享受起这爬树的过程。她找了根树枝落脚，一手攀着树干，一手掏出口袋里的手机，竟然在树上咔嚓咔嚓地自拍起来。

然而当她微笑着按下快门的一瞬间，罗敏红那张阴沉如水的脸，适逢其会地出现在照片的背景中，正从不远处用阴森森的目光注视着树上的宋家理。

斗法

随着快门的咔嚓声，宋家理脚下的树枝也同样发出了咔嚓一声应和。

“三十多了，游手好闲、百无一用，学点什么不好，你还学起爬树来了！”罗敏红手里拿着根针，在宋家理眼前一边唠叨一边比画，“手伸出来！”

看着老妈拿着针凶神恶煞的样子，宋家理忽然联想到电视剧里容嬷嬷扎针的经典桥段，不由得把手往身后缩了缩。

“快点啊，磨磨蹭蹭的干什么呢！”罗敏红的耐心恐怕比容嬷嬷还不如，见她不动，便伸手过来扯，抓住宋家理的手将一个刚刚缝好的红袖箍套上，顺着胳膊一直撸到胳肢窝。

“你试试这回还硌得慌不？”说着她将一只单拐送到宋家理手中。

宋家理拄着拐艰难站起来，脚上夹得厚厚的夹板吃不上劲，一半身子的体重只能落在拄着拐的胳肢窝上，现在有了这个红袖箍，确实比刚才舒服多了。

“挺好，挺好！你看，我又能健步如飞了！”她说着在屋里快速嘚瑟了两圈。

“你还嫌摔得不够重是吧？伤筋动骨一百天，照你这么嘚瑟，年纪轻轻落下残疾，你这辈子都别想嫁出去了！”罗敏红面冷心热，又从嘴里飞出刀子。

“嫁不出去正好。”宋家理小声还嘴，抬眼看到老妈严厉的眼神，急忙认尿，收了声乖乖坐下。

“脚好之前哪儿也不许去！”

“啊？崴个脚而已，让我在屋里憋三个月？就算脚好了，人都憋疯了！”

“我看没人管着你才会疯呢！我还没问你，昨天夜不归宿去哪儿了？”

宋家理心一虚，低头不语。

罗敏红则乘胜追击：“你别以为我不知道你去跟谁鬼混！你

不是说打死也不给别人做小三吗？”

宋家理一惊，愧疚的情绪顿时一扫而空，转而是满腹的委屈：“嘿！我跟谁鬼混了？我给谁做小三了？这话不能瞎说呀！”

罗敏红用手指尖捏起那条被撕扯得破破烂烂的红裙子在她眼前抖了抖：“你看看，你看看！还用我瞎说吗？你自己不害臊吗？”

看着母亲一脸嫌弃鄙夷，宋家理知道，不管她再说什么，她已经被牢牢地钉在老妈心中的耻辱柱上了。宋家理那不久前刚刚平复的心情又一次剧烈波动起来。

她胸口起伏着，气得发抖。她甚至都不想再解释一句，只想赶紧离开这里。宋家理拄着拐挣扎着站起来，将红袖箍摘下狠狠甩在地上，忍着钻心的疼痛，跌跌撞撞快步朝屋外走去。

这疼痛并非只来自身体，还来自心里。

“你去哪儿？”罗敏红在她身后紧追不舍，几次拉住都被宋家理甩开。罗敏红怕拽猛了再伤到宋家理的腿，不敢用力，只能跟在她身后，在嘴上下了最后通牒：“你给我站住，走了就别回来！”

这时宋家理正好走到门口，她停住脚步迟疑了一下，还是艰难地迈出了门槛。

两条腿忽然变成三条腿，宋家理着实需要些时间去适应。每走一步都很艰难，但她还是执着地一直往前走。她也不知道自己要去哪儿，只是赌气出了门，又带着不撞南墙不回头的劲头横冲直撞。觉得只有这样，她被禁锢的心才能找到一个喘息的时机。

“家理！宋家理！”身后传来姐姐的叫声。

宋家理终于停住脚步，此时她已经满头大汗，背后的衣服也被浸湿贴在脊梁上。她一边喘着气一边不由得感叹，原来有时候多一条腿并不能省力，反而更让人心力交瘁。

宋家文已经赶了上来，一把拉住妹妹的胳膊：“你现在这个样子，要去哪儿啊？”

“去哪儿也不回家了！”

宋家理说起赌气的话时，还像个小孩子，不计后果。

“你知道妈的脾气，刀子嘴豆腐心。她让我把这个给你拿来……”宋家文说着从口袋里掏出那个粗针大线的红袖箍。

宋家理只觉得一股热泪充润了眼窝，嗓子眼儿里哽起一个大疙瘩，堵得她说不出话来。

“谁要戴这么丑的东西啊……”她哽咽着挤出一句话。

宋家文二话不说，搀住她的胳膊，撸起袖子，果然宋家理手臂内侧已经被磨得一片通红。

“妈嘴毒，你嘴硬，真是一脉相承，谁也别说谁了。”

宋家文帮妹妹把红袖箍戴上，却还是攥着她的胳膊生怕她溜了似的：“我都跟妈解释清楚了，她也知道错怪你了。刚才话说重了，你就当没听见啊！”

“这怎么能当没听见呀！”

“你就别较真啦，她好不容易给你个台阶你就赶紧下吧。”宋家文别有深意地挤挤眼。

宋家理从这一连串的动作中感受到了一点不同寻常的意味。妈让姐姐来当说客，是否可以看作是低头求和呢？如果真是这样，那这是她头一次在和母亲的交锋中稍占上风。

宋家理决定要抓住这次机会做一做文章。她那颗被伤透的心岂是三言两语就能被挽回的？那样未免显得她不够矜持，以后再遇到这种情况，更是无法翻身得解放了。

“不管你说什么，反正我是不会回去了。她也说了，我要是走了就别再进那个门！”宋家理心里有了底，理直气壮地较起劲来。

只是她不知道，自己在和妈妈较劲的同时，其实委屈的是自己。

转了一大圈，宋家理还是回到了最初的起点——董逸陶西餐厅的天台。

“我这全套露营装备也算是没白买。”董逸陶一边给帐篷加固，一边似笑非笑地调侃。

宋家理眼睛一瞪：“喂，你是不是幸灾乐祸？”

“怎么会呢？你不是让我把你当哥们儿嘛。”

宋家理被戳中软肋，立刻收起吹胡子瞪眼的架势，乖乖跟着董逸陶走进帐篷。

还别说，这帐篷里弄得很像样。早上宋家理走得急，晕头转向几乎是逃了出去，根本没有注意到帐篷里用心的布置。现在闲下心来仔细看，躺椅的扶手上搭着毛茸茸的毯子，一旁是用西餐厅装红酒的木箱搭成了一个简易的小桌子，桌子上面水杯茶壶一应俱全，甚至还提前给她准备了iPad和小音响。帐篷的四周挂着图案各异的挂毯，不光能遮风，还让这小小的空间里多了些许温馨。简易的单人床被放置在帐篷中央，仰面躺下，刚好能透过帐篷的天窗看到漫天的繁星。

宋家理对这个临时窝棚很是满意，唯有一点不方便，就是每次下楼，她得拎着拐用一条腿沿着楼梯一阶一阶地往下蹦。这个时候，那第三条腿不但不能帮她，反而成了绊脚的累赘。下短短一小段楼梯，能让她大汗淋漓。不着急的时候她全然可以把这当作锻炼身体，但内急的时候可就不一样了。

这一天，宋家理急着下楼上厕所，在台阶上正摇摇晃晃往下走着。保持重心很难，但失去重心只要一秒。宋家理终于不需要一步一个台阶地往下蹦了，很快她就可以用最省事最快速的方式下楼——顺着脚下这十二级台阶一口气滚下去。到时候是蹭破皮还是骨折也只能听天由命了。

正当她眼一闭心一横准备把命运交给神灵时，一双有温度的手阻挡了她的下落，紧接着宋家理只觉得肩头一暖，整个身体被一个温暖的胸膛环抱。

当她睁开眼与对方四目相对的时候，她慌乱的目光正好对上他那双明亮的眼睛。

只这一瞬，宋家理不知道为什么有一种被闪电击中的感觉。也许是因为太久没有和异性有过这样紧密的身体接触，也许是因为上次她从树上摔下来的时候磕坏了脑子。

宋家理忽然不知道该以什么样的目光去和眼前这个男人对视。从前因为那个可笑的误解，她甚至从来没有从异性的角度和他对视，但现在，看着他滑动的喉结、结实的身板，还有能把生鸡蛋煎熟的炙热目光……

宋家理慌乱地避开董逸陶的眼神，心中小鹿乱撞，竟然有些想入非非。不是说要当哥们儿嘛，怎么才过了几天就要打脸？难道男女之间真的没有所谓的纯粹友谊吗？宋家理想到这儿，赶紧从董逸陶怀里钻出来，慌不择路地跛着脚逃掉了。

想家

董逸陶闭上眼，帐篷外面火光盈盈。他起身披上衣服走出帐篷，顿时一脚踏入初秋的清冷。

“爸，外面这么冷，你怎么不进去睡啊？”

火堆旁坐着一个敦实的身影，正在向面前的火堆里添柴。

他抬起头，举了举手里的啤酒罐：“你先睡吧，我喝完这罐就进去。”

董逸陶在火堆旁的石头上坐下，沾了篝火的光，这石头被烤得温热，坐上去一下子驱散了寒意。

“我陪你喝。”

火堆里的木头噼里啪啦地发出声响，两个人的脸被火光映得通红，看不出是微醺还是已醉。

白天，人们坐在帐篷前看着小孩与狗尽情奔跑，风与云嬉笑缠绕。夜晚，远处的山峦在月光的勾勒下于天空中画出硬朗的线条，抬头观星，银河在天空中撒下点点晶莹。

斗转星移间，在这片被上帝眷顾的土地上，梦想与现实有时真的会让人分不清楚。

“这地方真美！”董逸陶不由得感叹。

爸爸看了他一眼，轻轻一笑：“那是你没有去过喜镇。咱老家的景色一点也不比这儿差。”

“你老说喜镇好，喜镇有黄石公园？有科罗拉多瀑布？”董逸陶喝了口酒，显出一脸不服气。虽然黄石公园和科罗拉多瀑布也不是他的私有财产，但在美国土生土长的他，已经自然而然把这片土地当成了自己的归宿。对于父亲口中的那个“喜镇”没有一点向望。

但父亲的目光却望向远方，似乎要越过前方的山川河流、陆地大洋，到达万里之外的那片土地上。那里的山不露锋芒，水也鲜有大名，但那片土地却是生他养他的故乡。

到美国三十几年，他总是对那个地方魂牵梦萦。总是想起小时候在上冻的河面上滑冰车、抽陀螺，几个人骑着自行车在冰面上猛一捏闸，比赛漂移这些趣事。

董逸陶从小到大无数次听爸爸讲他小时候在喜镇的那些事，说起那些几十年没再见的儿时玩伴。每次聊起这些时，已经年过半百的他，兴奋得像个孩子。

在耳朵被一遍一遍的唠叨磨起茧子之后，他也会好奇那个叫喜镇的地方到底长什么样子。

初秋的喜镇在蓝天碧水间增加了一抹暖调。

山峰被上帝之手雕琢的棱角，像是天才画匠用油画刀在画布上尽情施展的杰作。

山脚下的西餐厅天台上，宋家理从帐篷里一瘸一拐地走出来，却看到董逸陶裹着外套，守着渐渐熄灭的炉子，缩在椅子上酣然入睡。

初秋的喜镇，昼夜温差已经很大了，没有太阳挂在天上的时候，大地就凉飕飕的。

这人不会是疯了吧！怪冷的，怎么在这儿就睡着了？宋家理看着渐渐熄灭的炉火，心中涌上一种说不上来的滋味。

她踱着脚回到帐篷里，拿了厚厚的毯子给他轻轻盖上。

董逸陶被惊醒，皱了皱眉，伸了伸腿："醒了？"

"你怎么睡这儿了？不会一夜就这么睡的吧……"

"没有，我做了个梦就睡不着了。然后上来坐着看了一会儿星星，就又睡着了。"

宋家理哪里信什么看星星的鬼话，她冲一旁的炉子挑挑眉："谢了啊，很暖和。"

心大的宋家理可以在帐篷里一夜安眠，可一墙之隔的小院里，罗敏红却一夜辗转难眠。虽然在嘴上不服软，但心里着实有些后悔，不应该把女儿赶出去。

她真怕宋家理又像从前一样跑到外面吃苦受罪。

其实白养着两个闺女，她一点都不嫌麻烦。虽然嘴上天天埋怨，催她们嫁人，轰她们走，但心里其实是舍不得的。她不知道自己这个当妈的是不是没教好，养的女儿一个呆、一个傻。要没有她看着管着，遇人不淑，吃亏上当，岂不是家常便饭？

天还没亮，罗敏红就拎着扫帚从屋里出来了，刚要扫院子，听到西屋仓库那边有窸窸窣窣的动静。

她一下子警觉起来，西屋租房的小两口很少过来，来也大多是在晚上，开着农用三轮车取了货就走。今天这一大早的，天还没亮仓库那边就有动静，不会是招贼了吧？

想到这儿，罗敏红握紧扫帚把，悄悄地往西边过道走去。一探头，正看到两个人拖着个大麻袋往屋里去了，看样子像是小张两口子。

趁着两个人往屋里搬东西的工夫，罗敏红已经三两步堵到了门口，正好跟屋里的小张对上眼：“哟！还真是你们两口子啊，这么早过来，吓我一跳，我还以为招贼了呢。”

小张两口子更是吓了一跳，看到神出鬼没的房东，不由得有些慌乱。

“罗、罗阿姨……”

“罗姨，您起这么早啊！”还是小张的老婆反应快，急忙推老公走到门边，挂着笑脸热情地跟罗敏红打招呼。

“老年人，觉少。”罗敏红说着，目光又越过两个人，看向刚刚被拖进屋里的那个麻袋，“这是新进的货？”

不等小张说话，他嘴快的老婆已经接上茬：“哦，对！我们要回趟老家，把店里没卖完的货先放回来，顺便取上要带回家的行李。”小张的老婆说完给小张使了个眼色，“快把要带的东西先拿车上去！我马上要锁门了。”

小张心领神会地搬起屋里一个纸箱，小跑着出了门。他前脚刚一出去，老婆后脚便在仓库门上落了大锁。

罗敏红的好奇心就这么被挡在了门外，只得讪讪地收回目光。

“唉，生意忙得很，我们也快一年没回老家了。孩子最近好不容易放假，我俩准备休息几天，回家陪陪孩子。”

罗敏红是有女儿的人，很是会换位思考，一听这话立刻感同身受：“谁说不是呢！这么长时间没见孩子，肯定想得不行。你走你的，这边有什么需要我照顾的随时开口。”

小张老婆客客气气地点头告别，刚迈出两步又被罗敏红唤住。

“对了，你们什么时候回来呀？上个季度的房租……”

罗敏红话未说完，小张老婆一拍脑门，满脸懊恼：“对了！看我这记性，说好了这几天给您，光惦记着回家看孩子了，把正事给忘了！”

罗敏红看着归心似箭的两口子，大手一挥：“看孩子是正事，有什么比回家看孩子更要紧呀？不着急，等你们回来再说！”

“行行，我们过几天就回来。您放心！”小张老婆拍着胸脯打包票。

罗敏红看她手里的两个包挺沉，还好心接过一个帮她送出院子。看着三轮车开得没了影，才无限感慨着进了院。

宋家理在帐篷里度过了一周多，脚好得差不多了，也开始有些想家了。并不是想念老妈的唠叨，而是想念自己那张柔软的床和温暖的被子。帐篷里虽然温馨，但毕竟不是长住的地方。没有董逸陶烧炉子的夜晚，还是有些冷得难熬。

到了第十天，宋家理掐指算好了姐姐肯定会作为老妈的说客在午饭之前过来请她回府，于是便早早摆好起驾回宫的阵势，在天台上坐等着。可都过了饭点，等到肚子咕咕叫了也不见人影，却隐约听到隔壁的院子里传来Candy的哭声。

Candy从一出生就是低需求的天使宝宝，爱笑不爱哭，懂事之后哭的次数更是屈指可数，像这样扯着嗓子哭实属不寻常。

宋家理再也坐不住了，拄着拐在天台上快速地向楼下冲去。

一周多的磨合，再加上红袖箍的加持，宋家理已经与那副拐融为一体，三条腿配合得十分默契，上下如飞、来去自如。

她三蹦两跳地下了楼，顺着哭声向小院疾走。这哭声揪着她的心，早把罗敏红那句“你踏出这个门就别回来”抛到了脑后。

哲学问题

院子里孩子哭、大人喊，像是在演奏贝多芬的命运交响曲。

“小文，求你了，就让我见一下孩子吧……”王喆手里拎着五颜六色的商品包装袋，里面全都是给Candy买的玩具和花裙子。但这份厚礼再配上一张风尘仆仆和低三下四的脸，并没有感动宋家文的心。

“你走！我跟孩子都和你没关系！”宋家文把自己锁在屋里，背靠着门泣不成声。

Candy哪见过妈妈这副样子，早被眼前这阵势吓得在墙角缩成一团，边扯着嗓子喊着妈妈，边号啕大哭。

“小文，你别哭了，别把孩子吓着！”王喆心急火燎又不知所措，听到孩子的哭声更是心乱如麻。

“你走！你快走啊……”

宋家文叫着，反复地重复这一句话。她这个平日里谨小慎微、喜怒不形于色的人，今天却像是拉开了情绪的闸门，歇斯底里地宣泄。

“小文，你不想见我可以，可是我这么大老远跑来，好歹让我见见孩子吧？”

“别老孩子孩子的了。你们之间的问题不解决，就别提孩子的事了！”罗敏红印象中，王喆是个挺机灵的人，现在不知怎么变得这么迟钝，张口孩子闭口孩子，看这样子根本没把家文放在心上。

这时宋家理三步并作两步走过来，从背后一把抓住前姐夫的肩膀："你没听见我姐说让你走吗？"

王喆和这位前小姨子并没有怎么正经相处过，只是听说她泼辣任性，今天还是头一次当面领教。虽然觉得很没有面子，但作为商人的他有一副能屈能伸的态度和一个肚子里能撑船的度量，既然有求于人，自然要放低姿态。

他不但不恼，反而冲宋家理笑笑："家理，你的腿这是怎么了？"

"我的腿怎么了用不着你管，你现在需要做的就是从这个院子里滚出去！还有你这些东西，原封不动地拿走，我们Candy不稀罕！"

王喆再怎么脸皮厚，被一家子往外轰，又被前小姨子这一通劈头盖脸的数落，脸上实在是有些挂不住了，只好悻悻作罢。

"那我先走，改天再来。"王喆有气无力地留下一句话，走之前还是固执地把手里的东西放下。

"哎，东西拿走啊！"宋家理在背后不依不饶地喊，如果腿脚方便，她早就拎着东西给他扔出去了。

晚饭的餐桌旁终于有了人气，可饭桌上的三个大人都各自在心里打着算盘。

宋家理一边夹菜一边偷瞄着罗敏红的表情；罗敏红一边扒饭一边窥着宋家文的情绪；宋家文一边咂着筷子，一边呆呆地望着Candy的小脸。

终于，Candy眨了眨圆圆的大眼睛，噘着小嘴将眉毛皱成八字：“妈妈，刚才那个叔叔是谁呀？”

饭桌上的三个大人同时停下筷子，一时都有些语塞。

半晌罗敏红才回过神来：“那个叔叔是你妈的朋友……”

话音未落便被宋家文驳了回去：“妈，跟孩子说话别张口就来。”她转过头对着Candy尽量摆出一张不带情绪的脸：“那就是个陌生的叔叔，跟咱们家没关系。”

Candy依旧嘟着嘴，皱着眉，用尽她三岁的心思仔细想了想：“那他是坏人吗？为什么把妈妈弄哭了？”

好与坏、是与非如何界定，这分明是个哲学问题。三个大人被一个孩子问住，深陷哲学的旋涡。

对于宋家理这样一个爱憎分明的人来说，她的世界里没有灰色地带，非黑即白，所以王喆当然是个坏人，坏透了。

对于宋家文这样一个优柔寡断的人来说，很难主动做出选择，所以进一步和退一步同样艰难。她既无法忘掉他的坏，也无法忘记他的好，所以只要他一出现，她的心便开始纠结，一旦纠结便免不了痛苦。

相比之下，罗敏红的立场更加复杂，进退维谷、左右为难。她恨透了这个让女儿伤心难过的男人，每次都想着下次再见，一定给他两拳替女儿出出气，但又本着宁拆十座庙不毁一桩婚的宗旨，并不希望两个人一刀两断就此缘尽，毕竟高配顶配都不如原配。究竟怎么办，她也没想明白，只能把选择权交给命运，交给老天爷。不是她这个当妈的不作为，而是这般情形下，她真的不知道自己还能做什么。

Candy只用了一顿饭的工夫就消除了她的烦恼，可宋家文看着Candy沉沉入睡，内心却久久不能平复。

窗外有人轻轻敲了敲玻璃，不用问宋家文也知道是妹妹。这是她们姐妹俩的暗号，那节奏和力道都写着名字。

宋家文在Candy的脑门上轻轻吻了一下，熄灯出门。家理果然拄着拐站在门前。

院门口的台阶上，姐妹俩并肩而坐。她们都望着前方，可前方却指向不同的远方。

“姐，你别有顾虑，你要是想回去就走你的。”

还没等她说完，宋家文便使劲地摇了摇头：“回去？回哪儿去？过去回不去，未来更是不知道什么样呢。真正能回去的，也就只有咱们喜镇这个家了。”

宋家理仔细琢磨姐姐的话，忽然觉得颇有感触。是啊，如果说这世上有一个地方永远都不会变，什么时候都为你敞开着门，那没有别处，只有家了。宋家理忽然觉得庆幸，屁股底下还能坐着几十年前的台阶，伸手还能摸到院门前光滑的石狮子，抬头就能看见那老木头雕的垂花门。

她已经很久没有这样仔细看过这个小院了，可它却一直默默庇护着她。

“回去吧。”宋家文拍拍屁股站起来，“这几天你帮我带带Candy，我怕我的情绪影响到她。”

不速之客

西餐厅的大门上贴着停业一天的告示，飞驰的车子里，董逸陶透过后视镜看着宋家理和Candy在后座上折风车。

初秋的小风顺着窗户吹入车内拨弄着风车，风车飞快地旋转起来。

拆了夹板的第一天，宋家理的脚丫子活动自如。憋了这么久，终于又可以四处蹦跶了，如此值得纪念的日子当然不能虚度，于是她带上Candy，搭上董老板的便车，开启了一场说走就走的旅行。

来到喜镇这么久，董逸陶还是第一次开车出去郊游。平日里忙活餐厅的事脱不开身，更重要的是没有个伴，自己一个人独行，无论走到哪儿都缺一份欢乐。但此时车里有了孩子咯咯的笑声，董逸陶那颗好久没有放松的心似乎一下子找到了慰藉，对今天这趟旅行，他简直比Candy还要兴奋。

“ Candy，叔叔带你去草原上放风筝怎么样？”

“好啊！好啊！可是我没有风筝怎么办？”

“小姨给你做一个不就得了。”

Candy重重地点点头，后座上的两个人开始用折风车的纸糊起风筝来。

而与此同时，对面车道上一辆白色路虎疾驰过来，与董逸陶的车子擦身而过。苏丽萍脖子上戴着一串明晃晃的珍珠项链，和耳朵上的那两颗珍珠耳钉相映生辉。她脸上没什么皱纹，却也看得出岁数不小了。头发梳得很是齐整，在脑后盘成一个又高又复杂的发髻，那墨一样乌黑的发丝，让人忍不住想伸手去摸摸，看看是真是假。已经掉得不剩几根的眉毛却还是精心画过的。此时她正漫无目的地望着窗外，眉头微蹙，似乎在想着什么烦心事。女人看到对面摇下的车窗里那个小女孩的身影，眼中一下有了神，不由得多看了两眼。

“妈，一会儿到了咱怎么说呀？”

来自驾驶座的问话让她不得不收回目光转过头来。

苏丽萍伸手捋了捋那半真半假的头发：“咱们是礼仪之家，全家人都是受过高等教育的。说话办事既要讲礼节又要讲道理。一会儿去了就有一说一，就事论事，总会讨论出一个解决方案的。你放心，但凡是有教养的家庭，不会听不进去话的。更何况，你妈我都亲自上门来了，她们总不会一点面子都不给吧？”说完她从小手包里掏出个镜子，把大红色的口红在薄薄的嘴唇上涂了两下，自信满满地抿了抿嘴。

路虎在小院门口停了下来，王喆依旧是大包小包地拎着礼物。不同于昨天的心慌意乱，今日他跟在母亲身后的步伐添了几许自信与稳重。

两个人进院的时候，宋家文正好在院里泼水扫土，这一盆水泼出来，正好有那么几滴不偏不倚落在了苏丽萍一尘不染的鞋尖上。

苏丽萍哎哟一后退，不想又踩到了身后的儿子。

“妈……”宋家文慌乱之中口不择言，将叫了一半的妈字又硬生生地吞了回去，“阿，阿姨，您怎么来了……”

宋家文见缝插针地瞪了王喆一眼，王喆则尿兮兮地眼神躲闪着，把头往老妈身后缩了缩。

就一眨眼的工夫，不等宋家文反应过来，苏丽萍已经一个箭步上前，一把拉住她的手：“哎哟，家文啊，你看你瘦的！一个人带孩子累得很吧？”

宋家文只觉得浑身触电一般僵硬，随着这既动听又刺耳的话扑面而来的是苏丽萍口中喷涌的热气。

当初，头一次见到这个未来的婆婆时，宋家文就觉得她热情豪爽待人有礼有节，可不像她亲妈那样泼辣。她暗自庆幸自己遇到了一个特别好的婆婆，比亲妈还亲的那种。可现在想来，自己那时候可真是天真幼稚。婆婆就是婆婆，永远不是妈，真到了有难的时候，只有亲妈会向着女儿。

亲妈罗敏红听到院子里的动静，也从屋里出来，看到前亲家也不免有些惊讶。

惊讶之后内心便是一阵纠结、尴尬涌现，也不知道该以什么样的脸色、什么样的口气去开口讲话。

倒是苏丽萍先摆出笑脸，一如既往地热情寒暄起来："哟，老姐姐，好长时间没见了！您这小院可真不错啊，我还是头一次来呢！"

苏丽萍的眼睛在院子里扫来扫去，虽然嘴上是在夸赞，却不知为什么让罗敏红有一种被人轻蔑的感觉。这院子里的一草一木、一砖一瓦，就像是长在她身上的骨肉，容不得外人评头品足："我们这里虽然比不得你们大上海，但好就好在空气干净，地方宽敞，日子自在，人心敞亮。"

"话是这么讲，不过也就是咱们这些老年人才适合在这里舒舒服服颐养天年，他们年轻人还是要到大城市才能好好发展。特别是小孩子，这教育呀、医疗呀，哪样不是大城市的好？你说是不是呀？"

说实话，苏丽萍这番话还真说到罗敏红的心坎里去了，让她无从反驳，也不想反驳。这里虽然空气干净、日子自在，但却盛不下年轻人的理想和未来。喜镇是她的家，是她生活了一辈子，离不开也不想离开的地方。她这一生都待在喜镇，它陪她长大又陪她变老。喜镇依旧平和安详，而她也依旧平凡渺小。罗敏红不希望自己的女儿和她一样一辈子平庸，更不希望隔辈的Candy依旧被困在这大山里，又长成另一代小镇上的姑娘。如果Candy一开始就能有好的平台，可能人生会更顺利一些。挺直腰杆硬气一点固然了不起，但也不得不承认这三分硬气中又夹着七分赌气，而赌气的后果，则是可能会让孩子比别人多付出半辈子的努力。是暂且低一低头，给彼此一个台阶；还是死咬住过去的矛盾不放，留下遗憾……罗敏红已经在心里有了答案，从不肯妥协的她，此时即便回想往事心有不甘，即便拳头攥得紧紧的，但她还是客气地伸手做出个请的动作，将苏丽萍和王喆让进了正屋。

风筝与烟花

一只大鸟在初秋湛蓝的天空上自由自在地飞，它有着用彩纸裁成的翅膀，拖着丝带绑就的尾巴，由Candy的小手拉着丝线控制着方向。

“Candy慢点跑，小心点！”

宋家理一边追着给Candy拍照，一边又担心孩子摔倒。

Candy抬着头望着风筝，一边在草原上奔跑，一边发出银铃般的笑声。

风筝迎着风越飞越高，几乎飞到了Candy把头仰到极限都看不到的高度。

宋家理按下相机的快门，镜头里却抓了个空。再看Candy已经扑倒在了草地上，正看着手上身上的泥土酝酿着情绪，看样子下一秒便会哇哇大哭。

宋家理心疼地急忙往过跑。而风筝也一下子失去了力量似的，眼看着就要坠落下来。

还不等宋家理跑过去， Candy一下子被董逸陶一双大手抱了起来。

“Candy，抓好！咱们可不能让风筝掉下来，是不是？” 董逸陶将风筝线递到Candy眼前，抱着她继续向前奔跑。Candy顺着眼前的风筝线向天上望去，那只彩色的大鸟在天上转了个圈，又跟随着奔跑的方向平稳地飞起来。而Candy那已经酝酿好的情绪一下子又收了回去，紧紧握着风筝线，专心放风筝。

“叔叔快跑！快跑呀！”

宋家理松了口气，看着两个人的身影越跑越远，渐渐在草原上缩成一个小点，她忽然感到一种前所未有的心安。

小院正屋的客厅里，罗敏红和两位客人在圆桌前对坐，而宋家文却站在屋子一角靠着墙，比客人还觉得不自在。

眼前这两个人不用张嘴她也知道他们想说什么，但是不管他们说什么、怎么说，答案都是明确的。婚已经离了，情早就断了，还有什么可以拿来谈判、拿来交涉呢？

“亲家，我今天来是想跟你们聊聊Candy宝贝的事。”苏丽萍抿了一口桌上的绿茶，嘴像是吃了蜂蜜那么甜，听得罗敏红只觉得嗓子里齁得慌。

“你可别这么说，咱们早已经不是亲家了。”

看罗敏红一副着急划清界限的样子，苏丽萍一下子就明白了这位当妈的心里在想些什么。她给王喆递了个眼色：“你心里那些话不说出来，人家小文怎么能知道啊？”

王喆突然被问，一时不知道该说什么好。支吾了半晌，终于还是让苏丽萍接过了话：“唉，我这儿子呀，说白了就是个直男，太实在、太呆板，好听的话不会说，哄女孩子的事情也不会做。满心赤诚，却经常让人家误会。你看他们俩当初不就是有误会了嘛。不然过得好好的，怎么说分开就分开了呢？但凡当初征求一下我的意见，我这个当妈的也绝对不会同意的！”苏丽萍说着，眉毛眼睛都跟着使劲，把自己都给说感动了。

但此时，宋家文的心里反而越来越冰冷。苏丽萍这副表里不一的嘴脸，宋家文早就已经领教过了。只是宋家文在经历磨难之后，却只是徒增了痛苦的记忆，现在的她还是像从前一样懦弱。

这懦弱给她带来了什么呢？之前在那个家，她一直唯唯诺诺谨小慎微，树叶掉了都怕砸着脑袋。而现在在自己家，她也还是没有办法像当初被他们轰出来时那样理直气壮地轰他们出去。

想到这儿，宋家文觉得到了必须要替自己说句话的时候，但当她鼓足勇气准备张嘴时，罗敏红却率先开了口：“当初他们分开我也是不赞成的。”

宋家文一脸难以置信地看着母亲，可罗敏红却继续说着，没有看她。

“俗话说宁拆十座庙，不毁一桩婚。两个人当初能走到一起都是缘分，缘分这东西也不是说没就没的。”

苏丽萍的眼睛忽然一亮，说话也变得有底气起来：“就是就是！我说什么来着，我们亲家是明白人！话不用多说，一点就透了。”王喆的表情也松弛下来，但当他偷偷瞟了一眼宋家文发绿的脸之后，又觉得事情也许没这么简单。相比苏丽萍这个做婆婆的，王喆当然更了解自己的老婆。即便现在已经成了前妻，但两个人也是正经从相恋到结婚一步步走过来的。他知道宋家文这个人虽然表面上看着软软弱弱，可心里却犟得很。她这种人，反而比火暴的丈母娘，或者泼辣的小姨子更难对付。他觉得唯一的解决办法就是内部分化，层层瓦解。现在罗敏红这一关已经初步过了，话不用再多说，只需要等着她们母女之间内部沟通。而他，只要坐收渔翁之利就万事大吉了。

王喆不傻，不像表面看起来那么老实，也不像他妈说的那么呆板。他和他父亲一样，都是做生意的好手，可以把人生中的每一件事当成一笔生意去算计。他早已经摸透了宋家文的内心和处境，知道一个单身女人带着孩子生活有多困难。他并不是心疼前妻，而是舍不得自己的骨肉跟着她漂泊，更无法容忍有一天自己的孩子要管别人叫爹。所以，“挽回婚姻”成了他最简单便利同时又互利互惠的选择。他稳赚不赔，而她别无选择。

王喆母子走后的客厅里，宋家文只觉得背后一阵阵发凉。被亲妈釜底抽薪后的绝望，让她再也无法倚着墙角站稳。

她腿一软，缓缓地滑坐在地上。

“起来，地上凉！”罗敏红拽宋家文的胳膊时才发现眼前这个人已经软得像没有了骨头一样。

两行泪从宋家文的眼中夺眶而出。“妈……”她颤抖着声音，“您还是我妈吗？”

罗敏红的手停住，心一阵刺痛。

“是不是觉得我在这个家碍事得很，想随便找个地方把我送出去？要是嫌弃我就直说，别把我往火坑里推呀！”

“哪里是火坑？你现在才是在火坑里呢！当初要嫁他也是你自己选的，怎么现在一天也过不下去了？”

“过去我眼瞎，现在看明白了。更何况，我现在有了Candy！”

“有了Candy更需要依靠，这道理还用我给你讲？”

“但那个依靠不是他！”

“就是他！只能是他！”罗敏红斩钉截铁，言语中容不得半点争辩。之后她又缓缓蹲下身握住女儿的手意味深长地说：“这是最好的选择了……就算是为了Candy。”

“什么为了Candy？您那是为了您自己！”

母女俩被身后的声音惊了一跳，转过头，宋家理正气呼呼地走进屋来。

“你知道什么呀？别跟着添乱啊！”

“我怎么不知道？您不就是看王喆他们家有钱，硬逼我姐跟他和好嘛！您替我姐想过吗？她要是在那儿过得好，当初能离吗？”

宋家文已经从地上爬起来，一手拉着妹妹一手拦着妈妈。她越发愧疚，觉得自己没用，因为自己的事把家里闹得乌烟瘴气。

“你们就别吵了，我知道你们俩都是为我好……”可如往常一样，两个气势十足、互不相让的人哪里听得进去任何劝说，反而是火力全开，越发针尖对麦芒。

“过得再怎么不好，也比单身女人带个孩子好过！你自己还一塌糊涂呢，就别瞎掺和别人的事了！”

“Candy的事就是我的事，怎么是别人的事？您要是嫌Candy碍事就直说，也不能随便把她推到别人家去养吧？以后我出去挣钱，Candy我养！”

宋家理说完，一甩手摔门而去。转过头才发现眼前的视线已经模糊，泪水夺眶而出。

当她跌跌撞撞走到院门口，泪眼婆娑的视线中一道亮光闪过，小小的烟火在门口绽放出一朵朵花。

董逸陶帮Candy紧紧捂住耳朵，正陪她一起看烟花。

Candy笑着跳着，眼中闪着烟火的亮光，耳边只有安静与美好，丝毫没有注意到院子里这场围绕她展开的争吵。

宋家理愣愣地站在原地，看着孩子的纯真和烟花一起绽放，遍体鳞伤的心瞬间被治愈。

董逸陶看到宋家理站着发愣，松开帮Candy捂耳朵的手，拍了拍小姑娘的肩膀。

Candy灿烂地笑着朝小姨招手。宋家理瞬间再次流出眼泪，她急忙伸手在脸上抹了一把，跑过去一把将Candy紧紧地抱在怀里，不舍得放开。

当宋家理睁开泪眼时，一下子被眼前的景象吓呆了。头顶的无影灯晃得她睁不开眼，手术室的墙白得发亮，几个戴口罩的医生正握着手术刀举着手术钳站在她跟前。而她，正四仰八叉地躺在手术椅上，活像一只待宰的羔羊。

“你，你们干吗？”宋家理声音里带着颤音。

“做无痛人流手术，你自己签了字的。”口罩后面的声音闷闷的，在空旷的手术室里像天外之声一样萦绕不散，仿佛命运的宣判。宋家理的灵魂在挣扎，可身体却虚弱得毫无抵抗之力。

就在这时，腹中的小东西似乎动了一下。宋家理瞬间像被电流击中一样，浑身颤抖起来："不行！我不做！我不做了！"

她呼喊着拼命想要逃离手术台，可这才发现自己的手脚全被捆绑在椅子上动弹不得。

眼前的白大褂们开始行动起来，那些冰冷的、锃亮的刀子剪子一同伸向她的身体。

一阵撕心的疼痛过后，她听到手术钳扔到手术盘上的当啷声。空间随之扭转，身下的手术椅向空中翻转，而眼前的白墙却下沉成了地面，它扭曲、变形，渐渐从中间裂开一个大口子。口子越来越大，变成一个巨大的黑洞，锯齿状的洞口如同张开的大嘴，似乎要将一切吞进那深不见底的黑暗。宋家理悬浮在黑洞上方，全靠手术椅上绑住她手脚的绳子才不至于滑落。谁能想到，她刚刚还拼命想要挣脱的东西，转瞬间却变成了救命稻草。

宋家理紧紧抓住绳子的同时，却感觉有个沉重的东西坠着脚踝，她低头一看，是个襁褓中的婴儿。宋家理心头一紧，下意识伸手去够孩子，但就在她松开绳子的一瞬间，身体失重，和婴儿一起坠向黑洞。

"孩子！我的孩子！"宋家理大喊着从床上坐起来，额前已经湿了一片，她喘着粗气呆坐了好久，这才敢肯定刚刚那只是梦。她低下头，摸了摸自己平坦的小腹，两行热泪从眼角流下。宋家理一把揪过被子，蒙住头重新躺倒在床上。

人去屋空

又是一个寂静的早上，像这段时间每一个寂静的午后和寂静的夜晚一样，小院里的餐桌上只有罗敏红一个人，形单影只。这几天，她连扫院子的心情都没有了，一桌的饭菜此时也闻不见一点饭香，空气里反而飘着让人反胃的臭味。唉，心情不好果然影响胃口。罗敏红放下筷子不断哀声叹气。两个女儿似乎已经做好了打持久战的准备，连唠叨一句的机会都不给她留。罗敏红是强势了一辈子的人，现在却有劲无处使、有话没处说。

落单的麻雀落在东屋的窗沿上叽叽喳喳叫个不停，似乎有心陪这个寂寞的大婶聊上两句，又好像是在嘲笑她咎由自取。

可不管那只鸟在说什么，罗敏红还是觉得自己没错。也许她的想法是有些自私，但换作哪个当妈的，都会这么做。

人生在世短短几十年，一个人过漫漫无期，有个伴便有了归宿，什么情什么爱都比不上长久的陪伴。感情这东西用不着轰轰烈烈，凑合加宽容，这一辈子也就过去了。

罗敏红自己也知道，这样的话从她口中说出来显得有些突兀，毕竟要说女子的刚烈，谁也比不上她。可刚烈了几十年，半辈子过去之后再回首，却只能暗自感叹这世上要是有后悔药就好了。

这样的话她从来没有对两个女儿说过，因为她性子里的那股刚强不允许她说出后悔两个字，但她不希望两个女儿像她一样吃性子犟的亏，做出以后后悔的事。

此时，窗沿上的麻雀也闭了嘴，一扇翅膀飞没了影。院子里彻底安静下来，只留下罗敏红一个人对着饭碗没精打采地拿起筷子。

忽然，一阵由远及近的警笛声打破了小院的宁静。罗敏红正纳闷向来治安良好的喜镇有什么事能惊动警察，随即自家院门便被拍响。

“谁呀？”她赶忙放下筷子去开门。可门一开，罗敏红顿时被眼前的情景惊呆了。

几个警察正一脸严肃地站在门口：“您是罗敏红吗？”

罗敏红愣怔地点点头。

“这是搜查证。我们需要检查一下您的住宅，请配合。”

打头的警察将一张盖了公安局印章的纸在她面前一抖，口气强硬得不容反驳。罗敏红活了这么大岁数也没跟警察打过什么交道，更别说带着搜查证找上门来的警察了。

等她从惊愕中缓过神来，两个警察已经绕过她朝院内走去，另外两个则留下来把守院门。

一转眼，刚刚还寂静无人的院门口不知从哪儿一下子冒出好多人来。左邻右舍哪里见过这个阵势，大家蜂拥而至，生怕错过了这千载难逢的热闹。

罗敏红此时也顾不上考虑什么丢不丢人了，她跟在警察身后，心里只顾着紧张。

“我有几个问题需要核实一下。您是不是把房子租给了一对姓张的夫妇？”

“是啊，小张他们两口子已经在这儿租了好长时间了。”

“哪间屋？”

“就那边，西边那几间都租给他们了。说是当仓库，平时他们也不住这儿。”罗敏红引着警察走向西边的过道。快到门口的时候，她忽然闻到一股熟悉的臭味。这股臭味已经在院子里弥漫了好几天，罗敏红上个礼拜做饭时打碎了一罐臭豆腐，她一直以为这臭味是那时候留下来的。但这西屋离厨房很远，臭豆腐的味儿再大也不至于飘到这儿来，而且越往西屋走，这味道越浓重。罗敏红的心“咯噔”一下，带路的腿一下子软下来：这屋里该不会……

“警官，小张他们两口子是出什么事了吗？”罗敏红壮着胆子颤巍巍地发问。

“案件还在调查中，具体情况我们目前不便透露。”

罗敏红一听“案件”二字，心凉了半截：完了，怕什么来什么。这小院的风水本来就不好，再跟案件扯上关系，还让她和女儿们怎么住下去！如果事情真像她想的那样，那这里就不光是风水问题了，简直成了凶宅！

“麻烦您给开下门。”警察一句话打断了罗敏红的思绪。

她看了看门上的大锁，一脸为难：“我，我没钥匙啊……”

“那不好意思，我们要破门了。”警察说着拎来大锤，砸了几下，大锁纹丝不动，反而是门上的合页啪嗒一声掉落在地。

当警察踩着倒在地上的大门走进库房时，一阵恶臭扑面而来。

罗敏红顾不上捂鼻子，跟在警察身后就打算往仓库里走。还没进门就被一个警察拦住：“您不能进去，我们需要保护现场。”

此时又有几个穿制服的陆续进了院子，一个拿着相机对着仓库里各个角落狂摁快门，另外两个戴口罩手套的在地上一个大麻袋前蹲下身，采集物证。

罗敏红脸色铁青，浑身发软。此情此景，简直和她在电视上看到的刑侦片一模一样。虽然对那恶臭的来源无比恐惧，但罗敏红还是忍不住伸长脖子，看向屋子中央的那个麻袋。

麻袋还是像她那天看到的那样，纹丝不动地躺在原处，只是此时，那块地板已经被从麻袋里渗出的不明液体浸湿。

罗敏红一阵恶心，弯着腰在院子里干呕起来。

当警察在西屋仓库没有门的门框上贴上封条时，罗敏红已然一脸生无可恋地瘫软在地。院门口围观的街坊看着被警察抬出院门的证物袋，一个个吓得魂飞魄散。

“宋家小院出人命了！”人群中有人惊呼。

领头的警察停下脚步：“什么出人命了！他们是市场监督管理局的，来依法查封假冒伪劣副食品仓库。”

直到宋家两姐妹闻讯赶回家，罗敏红还呆呆地坐在西屋门口的台阶上。

“妈！您怎么坐这儿了？”宋家文赶紧伸手去拽，“这地上多凉啊，快起来！”

此时罗敏红的身子已经软绵绵没了骨头似的无法起来，姐妹俩只得跟着坐下。

“妈，事情都查清楚了，不关咱们的事。以后往外租房注意点就行了。”宋家理故意轻描淡写地说，想给老妈宽心。

“以后？哪还有以后啊！谁还敢租咱家的房？”罗敏红并不

傻，她知道事情的严重性。更何况，不止她知道，在这个芝麻大点的喜镇，所有人都知道了她家今天发生的事。

“这有什么呀，又不是真的出了人命。”

宋家文用胳膊肘戳了戳妹妹，挤挤眼示意她不会说话就少说。

“妈，咱得往好处想，这样不靠谱的租客，早走早省心，早发现早止损！”

“呸！他们还欠我三个月的房租呢！”宋家文没想到自己比妹妹更不会说话，一不留神便戳中了老妈的痛处。

看着门框上的封条，看着屋内一片狼藉，罗敏红心里一阵绞痛。她一想到两个人跑路的那天，自己还傻乎乎给人家拎包、送人家出门，就恨不得扇自己两个嘴巴。

罗敏红猛地一起身，顿觉一阵头晕目眩，头重脚轻，一头栽倒在地上。

赊账

罗敏红睁开眼，高高的木质房梁渐渐由模糊变得清晰，两张熟悉的面孔出现在眼前。

“妈！”

“妈……”

姐妹俩一个带着惊喜一个带着哭腔，忙不迭地喊妈。

若是在电视剧里，这本应该是一幕一家人摒弃前嫌的温馨场景，但在现实中，罗敏红醒来的第一件事便是懊恼埋怨和唉声叹气。

“唉，捉了一辈子鹰，让家雀给啄了眼了！我这一世英名呀，我这三个月的房租呀……”

罗敏红喋喋不休地把自己埋怨了个够，忽然话锋一转，毫无征兆地将一口黑锅扣在了眼前的两个出气筒头上：“要不是因为你们两个这一档子接一档子的事，我怎么会这么掉以轻心让他们两口子给骗了呢！我早就觉得这两个人鬼鬼祟祟的，敢情还真是做缺德买卖的！你们是没看到，那变质的酱肉、劣质的粉肠……想想我就反胃！”

“妈，您就别事后诸葛了，这种事谁能想得到啊？还好咱就是损失点钱，谁吃了他们卖的肉那才叫倒霉呢！”

“废话！损失的又不是你的钱，你当然不心疼了！”

“我怎么不心疼啊……您的钱不就是我的钱嘛！”

“嘿！谁说的？闹了半天你还惦记着我的钱呢！”

宋家理劝了半天，不但没起效果，还惹了自己一身臊。无奈地朝姐姐撇了撇嘴，退到一边。

换宋家文出马。可还没等她张嘴，便被罗敏红没好气地顶了回去：“我已经够烦心了，你就别再哭丧个脸给我添堵啦！”

宋家文急忙收起脸上的悲哀，哭也不是笑也不是，也不知道该换上个什么表情。

其实姐妹两个最担心的不是小院的声誉，也不是损失的几个月的房租，她们最忧心的还是老妈的身体。老妈岁数一天比一天大，气性却不见小，万一哪天大脑一充血气出个好歹来，可是得不偿失。

这样的道理罗敏红自己虽然也清楚，但身体总是比大脑诚实得多。火气来了往脑门上蹿，头重脚轻，脊背冒汗，岂是想压制就能压制住的?

人，即便长大，却还是在内心深处藏着孩子的一面，就像襁褓中的婴儿总会因为各种各样的小需求哭闹一样，成人世界里很多崩溃点其实也极其细小。就好比罗敏红扛得住一个人把两个孩子带大的压力，却会因为房客跑了这种说小不小说大不大的事血压飙升。

宋家理不得不感叹“老小孩”这个词的贴切，却没有意识到，她自己在脾气这方面可是得了老妈的真传。过了三十，脾气反而越来越火暴，成了点火就着的炮仗。

虽然这是一家子一脉相承的基因，但罗敏红觉得宋家理这样不好，如若不改，哪里有人敢娶她?但对于自己，罗敏红的要求就宽松得多了，毕竟她已经一把年纪，不用担心被别人当作容嬷嬷或母夜叉，更不用担心嫁不出去，反正她这朵老菜花是再也不会开了。

“妈，您别说我，也别说我姐。现在的问题是，房子的事怎么解决？咱门上的封条还没撤呢！”宋家理知道气话再怎么说也是治标不治本，问题的关键还是要从源头抓起。

一时间，三个人各自陷入沉思。

罗敏红越想越恼怒，抓起床上的手机：“不行！我得打电话找那两口子讨账！”

说着正要拨号，被宋家理一把抢过来：“妈，您忘了?他们俩都被食品监督管理局查了，现在都跑路了，肯定不敢接您电话。”

罗敏红又一阵泄气："唉，老了，老了……我真是老了，什么事情也想不周到了……"

宋家理心里不是滋味，这是她头一次听到老妈如此自怨自艾。她这辈子是多强势的一个人啊，却也有感叹自己老的一天。她知道，说出这句话对罗敏红来说是一种发自内心的自我否定。强大的人最怕变得渺小，清高的人最怕坠落泥沼，强势的人最怕自己变老。这种心灵被肉体禁锢的感觉，她也感同身受。

"妈，您等着，这事交给我办，我一定把钱给您追回来！"

宋家理说完，风风火火地跑了出去。

西餐厅的天台上，一桌客人喝到微醺，心满意足地撤了。董逸陶上楼收拾桌子，正看到宋家理蹲在天台一角，抽烟喝酒打电话。

他从背后慢慢靠近，还不等喊她，便被宋家理"啪"一下把手机拍在桌上的声音吓了一跳。

"这位客官，有什么不顺心的事在这儿撒酒疯？"

宋家理无心玩笑，掐了烟，拿起手机继续拨，可刚刚还是占线提示音，现在却变成了"您拨打的电话已关机"。

"靠！"

宋家理气得一扬手就要摔手机，一把被董逸陶拦住："别这么想不开呀！手机可是你自己的，摔坏了又是损失！"

宋家理也知道是这么个理，只能把火压制下去。

"其实我倒没什么想不开，我是怕我妈想不开。她这人啊，强势了一辈子，被人耍了不说，还赔了钱，肯定咽不下这口气。"

"所以你就说你要替她出气？"

宋家理眨眨眼："你怎么知道？"

“你跟你妈一模一样，只是你自己没意识到罢了。”

“嘿，你说谁呢！谁跟她一样啊……”宋家理瞪了董逸陶一眼，却发现这话她还真无从反驳。

她口口声声说着老妈强势、老妈脾气火暴、老妈不讲理，但自己却不知道什么时候开始越来越像老妈了，一步一个脚印地踏着她走过的那条路往前走。那疾恶如仇的劲儿，那钻牛角尖的劲儿，那不服输的劲儿，那大包大揽的劲儿……她们两个人动不动就争吵、动不动就拌嘴，但其实是自己在和镜子里的自己较劲。两个人如果不像，反倒没有那么多矛盾了。

“有一点我和她不像……”宋家理喝了一口酒，“我没她那么强大。”

说完她缓缓低下头，将酒杯在手中转来转去。

“阿姨很厉害，一个人把你们姐妹俩养大。我能想象到她有多不容易。”

“何止是养大呀，都快成养老了。明明应该我给她养老的……”

宋家理说到这儿，抖着肩膀捂住脸，不知是在哭还是在苦笑。

“比起挣钱给她养老，我倒觉得能陪着她一起变老是件更幸福的事。”

宋家理抬起头，怔怔地看着董逸陶。

“这不是挺好嘛，无论什么时候，家里都有个吵不散的人愿意陪你拌嘴。”

“你们家不这样吗？”宋家理看出他眼中的光有些黯淡，试探地问。

“我爸和我妈很早以前就离婚了。我跟我妈没什么联系。”

“哦……”宋家理只是长长哦了一声，便不知道该说什么好了。她不觉得这个时候不疼不痒说句不好意思会有什么特别的意义，所以还不如不说。那种被人同情的感觉她从小没少经历，也因此格外反感。虽然不知道董逸陶是否也这么想，但她还是更愿意把阿Q式的快乐带给别人。

“这么说咱俩还真的挺像，我跟我爸也没有联系，甚至都不知道他是谁。不过不管他是谁，都不重要了，因为我有我妈。这世上真正关心你的人其实不在多，有一个就够了，你说对吧？”

“人生在世，父母健康，得一爱人，二三知己，足矣。”董逸陶微笑着看向远方。

宋家理偷眼看着他的侧脸，忽然觉得这个男人微笑的神情带着温度，甚至有些炙热。

“那个……”当他看向她的时候，宋家理慌乱地移开目光，“我算不算你二三知己中的一个呀？”

董逸陶一时被这直截了当的问话惊住，但看着宋家理一脸认真、没有半点玩笑的意思，忽然觉得眼前这个女孩做知己绰绰有余。

“当然。”

宋家理夸张地松了口气：“我还以为我自作多情。”她嘿嘿地笑起来，圆圆的眼睛挤成两弯月牙：“既然都是知己了，那就再开一瓶！”

说着，宋家理抓起一瓶啤酒，抄起瓶起子就要开，却被董逸陶一把夺了去：“一瓶十块，你看看你已经喝了几瓶了！”

宋家理低头一看，满地啤酒瓶，也不知道是因为醉意上头眼里出了重影，还是自己不知不觉中真的喝了那么多。但不管怎样，这钱她是不会轻易掏的：“嘿，你不是答应给我当长期饭票嘛！”

“饭钱可免，酒钱另算。”

宋家理被噎住了，眨了眨蒙眬的醉眼，一时脑袋发晕，竟无力反驳。

难缠的房东

西餐厅里，宋家理一边懒懒散散地收拾碗筷擦桌子，一边在心里算着账，昨天到底是喝了多少，才会稀里糊涂答应董逸陶给他打工还账。也怪一时兴起，为了让母上大人宽心，把大部分积蓄都进贡了。现在手头这么紧，以后想喝口酒还得靠擦桌子、洗碗、涮墩布来换，这代价也太大了吧！

她将抹布往桌上一扔：“董逸陶，你这是趁人之危！”

董老板刚刚盘完一天的账，合上电脑，慢悠悠地说：“你哪里亏了？我给你算笔账啊，店里有你帮忙， 我上菜的速度就能快一点，速度一快翻台就快，翻台快生意就好，生意好我就不差钱，我不差钱就能及时交房租，交了房租罗阿姨就开心，阿姨开心就少找你麻烦。所以说到底还是你受益呀！”

“你这算的是哪门子账啊！横竖都是你占便宜我吃亏！”宋家理噘着嘴，手上还是抓起抹布继续擦着桌子。

自从开辟了天台的大排档，西餐厅的生意一下子好了起来。晚上蜡烛一点、小风一吹、小酒一喝，再配上一三五的室外电影和二四六的精选音乐，一下子成功吸引了镇上的年轻人，这里一时间成了喜镇口耳相传的网红店。人气一旺，大家更是扎着堆地慕名而来，董逸陶一个人还真有些忙不过来。

他并不是真想白使唤宋家理，而是把她的那份工钱偷偷加在了房租里打到罗敏红的账上。

这也许是最近唯一一件让罗敏红觉得欣慰的事。她真心觉得像小董这么好的房客简直打着灯笼都不好找。

西屋门框上的封条虽然是撤了，房间里的臭味也散干净了，但罗敏红还是日日都在为那几间空房发愁。之前的房租没讨回来也就算了，现在连未来的收入都没了着落。指着西餐厅这点租金补贴生活的一家人，还真有些捉襟见肘了。

在面包面前，面子也不那么重要了。罗敏红鼓起勇气往镇上的房屋中介跑了几趟。但她的房子已经算是有了污点，要想尽快出租，只能把租金一降再降。

但租金还不是最主要的问题，房子出租最主要的阻力来自罗敏红的心理阴影。中介介绍来的租客也见了好几位，这些人不是做小买卖的，就是外地来打工的，一朝被蛇咬十年怕井绳的罗敏红一见到这些人就不禁联想到让她吃了大亏的小张夫妇。于是她将租客从外貌、人品、工作都一一考核，简直比派出所查户口都有过之无不及。经这么层层筛选，大多数房客都入不了她的法眼，零星几个符合要求的也被她这副难缠的架势吓得落荒而逃。后来罗敏红干脆也不找中介了，而是认准了熟人介绍，这家的亲戚、那家的朋友，坚持要找到知根知底的租客，才肯带去看房。

今天来的这小姑娘是陈言笑老家的表侄女，刚满十八，来镇上上护校。

陈言笑拍着胸脯替小姑娘打包票，罗敏红才犹犹豫豫地答应见见。

可看到这小姑娘的时候却又不免联想起那个坏透了的小张媳妇。

都是年纪轻轻的，都是长得干干净净体体面面，那么多相似之处，但是……她不由得心里犯嘀咕。

“你身份证带了吗？”经过三番五次的上下打量后，罗敏红终于开口谈到正题。

经过这段时间的观察和之前的教训，罗敏红总结出了经验：没必要寒暄，没必要客套，有一说一，直截了当。这样不绕弯子，也就不容易被别有用心的人绕进去，不容易被那些假象所蒙骗。

初次见面的小姑娘显然被这位严厉的阿姨给吓住了，赶紧从包里掏出身份证双手奉上。

罗敏红远看看近看看又戴上花镜仔细看看，并没有看出什么不妥，却还是迟迟舍不得把身份证还给人家。

宋家理在一边用胳膊肘碰了碰老妈，可老妈一扭身避开了，根本不理。

小姑娘不知所措地看了看陈言笑。

“老罗，我带来的人你就放一百个心！”陈言笑凑过来捏住身份证的一角，使了使劲，罗敏红才终于松了手，可嘴上却不肯放松。

“你家里几口人？爸妈是干什么的？兄弟姐妹都在哪儿？上

护校学费多少钱？你爸妈给你多少零花钱？有没有男朋友？养没养宠物？”

这一连串问题把小姑娘问了个目瞪口呆，陈言笑只剩下满脸尴尬，而宋家理更是尴尬得恨不得找个地缝钻进去。

“妈，您这么问把人吓跑了！”宋家理赶忙把老妈拉到一边，压低声音劝。

可罗敏红根本不听：“要是不心虚，有什么好怕的？”

“多少你得给陈伯伯留点面子！”

“什么面子不面子的，他又不是不知道之前那档子事。”

好在小姑娘脾气好，还真把这一连串问题都一一作答了。

罗敏红严肃的面色终于缓和了起来：“挺好挺好！你这个年纪就是该以学业为主，养猫养狗的玩物丧志，要找男朋友等到过了二十也不迟。”

“是，现在流行晚婚晚育嘛。我还小，不着急，好多大城市的女孩子都三十多岁才结婚呢。”小姑娘腼腆地笑着，可宋家理的脸却僵得笑不出来。

“可别！你可别跟她们学，三十多岁再考虑结婚就成没人要的老姑娘了！”果然不出所料，宋家理立刻听到了老妈的讽刺。

当宋家理还没有从这尴尬的氛围中缓过神时，罗敏红锐利的目光又停在了小姑娘肩膀上的一根毛发上。

那是一根有别于她乌黑发色的白色毛发，落在黑色的风衣上格外显眼。那粗细那质感怎么看都不像是人的毛发，况且如果真的是人的一根白发出现在年纪轻轻的小姑娘身上更是显得违和。于是，仅凭一根毛发，罗敏红的脑海中便还原出了一只体型巨大、眼冒蓝光的哈士奇。但不管是哈士奇还是吉娃娃，养狗是她不能容忍的。于是刚刚缓和的面色再次严肃起来，这次的房屋出租又以失败告终。

“妈！您这是找房客，又不是找儿媳妇，用得着那么苛刻吗？”宋家理跺着脚回到屋里，憋了一肚子的不满一股脑儿倾吐而出。

“苛刻？我这叫火眼金睛！她肯定没想到，肩膀上一根狗毛就出卖了她的人品。”

面对老妈严苛的选租客标准，宋家理很郁闷：“我今天可算是见识到什么叫作吹毛求疵了！”

“之前我倒是睁一只眼闭一只眼，不吹毛求疵，可结果怎么样？结果就是被别人骗了！吃一堑长一智，你懂不懂啊！”

宋家理说不过，只得无奈地叹口气：“幸好我之前租房子的时候没有遇到像您这样的房东，不然真的倒霉死了！”

“嘿，你这话说的，怎么就倒霉了？倒霉的人是我！我看啊，干脆这房子就不租了，省得麻烦！”

罗敏红一肚子委屈又升腾上来，一半气话，一半当真。她已经数不清这是第几次因为租房的事闹得不欢而散了。

“董老板，你干脆把西屋也租下来吧！我看我妈除了你，谁也看不上。”

晚上宋家理忙完西餐厅的活，和董逸陶一起坐在天台一角，开了一罐啤酒。

董逸陶就着酒听她发完牢骚，竟然咯咯地笑了起来。

“笑什么？我可是说真的。”宋家理摆出一副认真的表情，“你想啊，你要是把那边的屋子也租下来，西餐厅就可以扩建，一扩建就需要装修，一装修就需要设计，设计的活你可以找我呀！”

“这样我既要付你租金，又要付你工钱，我天天忙前忙后地做生意，到头来，其实是在给你打工啊！”

董逸陶的脑袋瓜转得一点不比宋家理慢，还不等她说完，便一眼看透了她心里打的什么算盘。

宋家理摆出个贱兮兮的表情：“怎么会呀，你看看这闪亮的桌子这干净的地，明明是我在给你打工嘛！”

两个人对视，眼神较量，宋家理终于心虚地败下阵来：“好吧好吧，我承认，我饥不择食慌不择路了，但我是真的想不出别的好办法了。我也想多多接活，但我们学室内设计的，在这小地方能派上什么用场呀？施工队嫌你碍事，客户说你骗钱。要想有发展，必须得去大城市，可是我……又是大城市的逃离者……”

“找不到活干，就给自己打工呗！”董逸陶喝一口酒，轻描淡写地说了一句。

“你搞笑呢？我认真的！”

“我也是认真的。”他放下酒杯，“既然房子租给一个人风险太大，那就租给很多个人，把风险分摊，利益最大化。”

宋家理听得晕晕乎乎：“什么意思啊？”

“把空房变成一家店，从房东变成老板。”

“你是说……”

“开客栈！”两个人异口同声。

小白帽

崇明大道路北的一大片空地被印着得名集团标志的施工挡板围了个严严实实。围挡墙上印着高大上的施工效果图：灯火通明的大厦、霓虹灯闪烁的街道、车水马龙的高架桥，就连为了烘托气氛用电脑加上去的路人甲乙丙脸上都是带着幸福的微笑，让走过路过的人看了不免去憧憬、想象，忍不住透过围挡大门的缝隙去窥探里面的动静。

这时，施工门从里面缓缓打开，一辆小轿车轻车熟路地驶了进去，车头的挡风玻璃下贴着一张得名集团崇礼分公司的车辆通行证。

不等车子停稳，古贺便一路小跑地冲到车子跟前鞠了一躬。

"王总，辛苦您亲自跑一趟！"古贺恭敬地拉开车门，迎接王总下车。

"走，带我到事故现场看看。"王总一脸严肃地皱着眉头，径直朝挂着"安全生产"横幅的楼走去。

古贺怀里抱着两个崭新的安全帽，亦步亦趋地跟在王总身后。

"现场安全部门已经来调查过了，其实您都不用亲自上去。楼里灰尘大，也不安全。"

"不要紧，看还是要看看的。怎么样，家属还在闹事吗？"

"让我劝回去了，保证不会再来了！"听他这样拍着胸脯保证，王总的眉头稍稍舒展了一些。要成为一个称职的员工、领导眼中的潜力股，古贺不允许自己放过领导的任何一个微动作、微表情，他继续给领导宽心：“事故原因已经初步查清了，是工人喝酒之后自己踩空坠楼。咱们的安全生产管理不存在问题。”古贺说着，将手里的两个安全帽一个扣在自己头上，一个双手奉上递给王总，又赶紧跑到前面，打开手机照明，帮王总照亮脚下的路。

随着工程电梯晃晃悠悠地缓缓上升，眼前的景象变得开阔。项目周围大大小小的地块、或高或矮的塔吊尽收眼底，拔地而起的高楼将远处的高山都比了下去。

电梯上的几个人，人人脑瓜上都扣着一顶安全帽。这安全帽看着就很结实，白白的，一尘不染，和工人们戴的那种黄色的完全不同。

古贺从销售部调到分公司没有多久，也是头一回接触工程，但他很快就从这安全帽的颜色中看出了门道。

白色在这里并非象征纯洁，而是象征权力。在工地上见了戴白帽的人，多赔赔笑脸一定没有坏处，因为他们不是甲方就是监理。同样，“红”运当头的也不好得罪，不是什么总就是什么工，上头人不在的时候他们就是大王。再往下，那些戴蓝帽或戴黄帽的人，古贺的眼睛便不大留意得到了。不管是有技术还是有力气，这些人在他眼里就如同那些挖掘机水泥罐车一样，除了多喘口气儿以外没什么区别。

但当一个戴黄帽的在工地上从有气儿变成没气儿时，他就不得不万分重视了。这种事处理好了就是升职的机遇，处理不好就是厄运。做销售出身的古贺，仅凭一条三寸不烂之舌便能摆平这类事件，这也是领导看上他、愿意培养提拔他的原因之一。

电梯到了六楼，王总站在工人失足的平台上向下望了望，下面的脚手架和绿网都已经换了新的，不管之前发生过什么，现在已经完全看不出半点痕迹了。

王总缩回脖子，满意地点点头："底下那个分包还得另找，你把好关。"

古贺满口答应着，遂引着王总原路返回。

当吴狄敲开项目部办公室的门时，古贺正盯着手机上那条女朋友发来的分手短信愣神。

这才异地两个月，她就熬不住了？

不过话又说回来，他们俩总共处了也没有半年。

"古总……古总？"吴狄连喊了几声，古贺才回过神来。

"哦，你呀。有什么事吗？"古贺明显有些心不在焉，丝毫没有留意吴狄那张堆满笑的脸。

但这并不要紧，一点也无法打击吴狄溜须拍马的积极性："古总，您要的我们工程队的资质，我给您带来了……"说着他双手奉上一个文件袋。

古贺接过来随手放在桌上。

吴狄显然并不甘心让这文件袋就这么静静地躺在古贺桌上："古总，那项目的事……"

"材料我先看看，项目的事回头再说。"古贺不等他说完，便用一种公事公办的口气把吴狄的话噎了回去。言外之意是那么多分包大眼瞪小眼盯着的项目，哪能轮得到你？

在这行当里混了多年的吴狄当然听得懂这层意思，他生怕自己扭身出了这个门，这桌上的文件袋便直接进了垃圾桶。

吴狄心一横，心想舍不得孩子套不着狼：“古总，这文件里有个地方我也不确定填得对不对，还得跟您请教一下……”说着他绕到办公桌一侧，伸手打开文件袋，取出文件的同时，一张卡啪嗒一声从他手上掉在了古贺脚下。

“什么东西掉了……”古贺低头去捡，拿在手里才看清是一张商场的购物卡，卡的一角标注着五千元。

“你这是……”古贺脸一沉，刚要翻脸，这回轮到吴狄打断他的话了。

“这可不是我掉的。您看看，应该是您的东西吧？”吴狄连连摆手，一副一本正经的样子。

古贺只愣了一下，立马明白了对方的意思。他将卡放在一边，往前拉了拉椅子，很是热心地跟吴狄一起研究起材料来。

到手的鸭子

古贺终于深刻理解了三十而立的含义。三十岁之前的男人不叫男人，叫男孩，谈一场恋爱，可以轰轰烈烈海誓山盟；经历一次分手，能肝肠寸断茶不思饭不想。但过了三十岁这个分水岭，男孩长大了，成熟了，这才发现，事业比感情更重要，金钱比浪漫更重要。谈恋爱，就是一场博弈；分一次手，就积累一次经验。经历几次恋爱和分手以后，内心平静得像一潭死水，就算再大的石头落下也激不起任何波澜。

转岗到分公司的这段时间，古贺一下子尝到了从低三下四到高高在上的滋味。

曾经虽然挣得多，但那求爷爷告奶奶的日子确实既挑战身体又摧残心理。而现在呢，虽然挣得没有以前多，但做甲方的感觉简直是爽歪歪。

项目部管吃管住，再加上承建方的巴结、分包的奉承，每天的饭局多得排都排不开。这样的生活既舒坦又乏味，很无聊却很上瘾。

饭桌上，吴狄给古贺点上一根烟："古总这么年轻就深受领导赏识，前途无量啊！"

"年轻什么呀，都奔四的人了。"古贺吐出一个烟圈，故作老成地说。

"就是您外派到这边来，没法照顾家，让嫂子辛苦了。有什么事您尽管吩咐，我给跑腿在所不辞！"吴狄拍着胸脯表决心。古贺却哈哈大笑："马屁拍过了啊！我还没结婚呢，哪来的嫂子啊！"

"啊？"吴狄一脸惊讶，这惊讶不是装出来的，而是发自内心的，"哟，您还单身啊？那我们这儿的姑娘可要抢破头了！"他脑子一转，立马适宜地开起玩笑。

没错，短短几日，吴狄和古贺的关系已经到了可以开玩笑的程度。

要说套近乎拉关系，吴狄确实有一套，不然也不会在这几年间搭着冬奥会的顺风车大发横财了。

“一会儿带您去个好地方！”吴狄凑到古贺的耳朵根，神秘兮兮地低声说了一句。

维纳斯夜总会的巨大霓虹招牌在夜空中变换着颜色，灯红酒绿下的人们往来如织。夜总会的包间里，灯光照着墙壁泛着暗暗的红光。任何一个人，或男或女，在这样的灯光气氛下，再加上酒精的加持，都变成了俊男靓女。沙发上两个打扮妖艳的小姐一左一右将古贺夹在中间。

两个人劝酒划拳谈笑自如，反而是古贺显得有些拘谨。

“老板，您又输了。喝酒，喝酒！”左边小姐嗲声嗲气，听得古贺起了一身的鸡皮疙瘩，但还是无法抗拒地端起杯子一饮而尽。

“哼，就跟她喝，我的呢？”右边小姐的战术明显不同。一半玩笑一半娇嗔，反而把古贺吃得死死的，眼睛一多半时间都停留在她身上。

要说右边小姐的脸蛋并没有多漂亮，身材也不出挑，但不知道为什么，古贺就是对她这种带着一点蛮不讲理的小任性很是着迷。这让他想起了一个人，一个在他还年少轻狂的时候错过的人。

“来，姑娘姑娘，你坐这边来！”吴狄何等聪明，早就看出了古贺的心思，将不受待见的左边小姐招到了自己身边，转头对古贺耳语：“喜欢的话今天就让她陪您。”

古贺大惊：“这怎么行！”

“有什么不行的？人您喜欢就行，其他的您不用管。”

古贺还要推诿，吴狄递去一个心照不宣的眼神：“都是男人，何必苦着自己？”

不知道是这句话引起了古贺的共鸣，还是那位小姐的诱惑实在让他无法抗拒，古贺停止了推诿，半推半就地与右边小姐一杯接一杯地喝起来。

吴狄搂着小姐，眼睛却全在古贺身上。看着两个人越喝越近乎，吴狄的心里渐渐有了底，心想今天晚上要是玩好了，明天的工程项目还愁拿不到手吗？

正当他眯着眼睛喝着酒，打着如意算盘的时候，包间的门忽然被从外面推开，左小妍慌慌张张地闯进来。

吴狄一下子变了脸，手下意识地从小姐的肩头收了回来：“你怎么来了？”

他站起身，赶紧迎上去拦住左小妍，压低声音的同时也极力压制着语气中的埋怨和愤怒。

“孩子烧到三十九度了，你还有心情在这儿搂着别的女人喝酒！”

左小妍话音刚落，古贺忙不迭地从小姐怀里抽回胳膊，一下子从醉意中清醒过来，马上坐得离小姐老远。

吴狄看左小妍要坏了他的好事，一把抓住她的胳膊，眼神不断示意：“别闹！没看见我这儿有客人吗？到外面说去！”

左小妍瞟了沙发上的古贺一眼，沉着脸被吴狄拽了出去。

一出包间门，吴狄便换了另一副面孔，做出一副可怜相，几乎要给老婆跪下。

“我的姑奶奶，你这是干什么呀？你这是要断我财路啊！”

“就知道钱！你儿子的命都不重要了？”左小妍当然知道吴狄的财路就是她的财路，刚刚在气头上怒闯包间，现在想想也确实有些后悔和后怕。现在说话虽然还是带着刺，但语气已经明显缓和了下来：“我给你打了那么多电话发了那么多短信……你看都不看！”

“哎哟姑奶奶，我这不是忙着呢嘛！”

“忙着搂小姐呢吧！”左小妍狠狠地瞪了吴狄一眼。

吴狄下意识地把刚才犯罪的那只手背到了身后：“你还不知道？这都是逢场作戏！儿子怎么样？”

“在医院输液，我三姨看着呢。”

“辛苦你啦，老婆，也辛苦三姨了。等我这大工程谈成了，一定好好请请他们老两口！”吴狄嘴甜的时候一点都不含糊。

左小妍又瞪了他一眼，可这一眼显然已经没什么杀伤力了。

“你先回去看着孩子，等我这儿完事马上去替你。”

吴狄好说歹说哄走了老婆，等再回到包间的时候，一开门却见古贺已经拎上了包，一副准备要走的样子。刚才和他黏在一起的右边小姐，也被打发走了。

“欸，古总，怎么这就要走啊？”

“嗯，不早啦。该回去了。”

古贺的语气明显生分了些。酒醒了，小姐没了，刚才两个人之间亲如兄弟的感觉一下子不见了。

吴狄觉得，到手的鸭子好像要飞了。

开源与节流

都说养儿方知父母恩，左小妍在为人母之后还专门发过朋友圈，由衷地感慨这句老话的正确性。自从当了妈，她的心没有一天不放在孩子身上。看着输液的针扎在儿子的小胖手上，就仿佛戳进了自己的心窝，感到钻心地痛。直到看着儿子的烧退了，身体一天天见好，老母亲的心才终于放松了一点。

为了防止家里的两个孩子交叉感染，她还是决定在弟弟痊愈之前，先把姐姐送到她三姨姥姥家待几天。

虽然是小孩，但出行几天的行李却一点不比大人少：书、玩具、衣服……在刚刚懂得臭美的小姑娘眼中，美与丑只在一念之间。没有人能读懂她眼中的时尚，即便是左小妍这个当妈的也不行。

姐姐把衣柜里的衣服摊了一床，在这件与那件之间犹豫不定。

“差不多行了，就去三姨姥姥家待几天，又不是去参加时装表演！”

左小妍忙不迭地收拾着闺女的洗漱用品，几乎已经失去了耐心。

可失去耐心的不止她一个，脾气秉性和她一脉相承的闺女看着满床的衣服，同样失去了耐心。

“我不要穿这个。这个不好看。这个丑死了！”她将入不了她法眼的衣服一件一件往地上乱扔，似乎是在表达小小年纪的她对时尚的执着。

左小妍看着这些自己精心挑选、价值不菲的童装被女儿一件一件扔在地上，心里头的火腾一下就蹿上了脑门。

“你有完没完？”

也许知道今天这顿打是逃不掉了，小姑娘愈加肆无忌惮，连同衣柜里妈妈的衣服也一块儿到处乱扔。

左小妍忍无可忍，挥巴掌要打，却见女儿正将妈妈的一件碎花连衣裙套在身上："我要穿这个！"

她回头看到妈妈怒气冲冲的脸和扬起的巴掌，急忙将脖子缩进大大的领口，咧嘴要哭。

左小妍已经扬起的巴掌忽然停在空中，关于这条裙子的所有回忆瞬间翻涌起来。

那是她大学时做英语家教赚下的第一笔工资，左小妍拿着它趾高气扬地走进了那家她向往已久的服装店。

这是整条街最高端时髦的服装店了，蕾丝花边泡泡袖，随便穿上哪一件都能圆左小妍一个公主梦。当然，这样的衣服价格也自然不菲。很长时间以来，她都只敢在店外的橱窗前伸着脖子看看，从来没有勇气踏进去。

与其说是没有勇气，倒不如说是兜里没钱心里没有底气。所以当她挣到了人生中的第一桶金时，第一个想到的就是进这家店逛一圈，给自己买一件能衬托她淑女气质的新衣服。于是左小妍的衣柜里就有了这件娃娃领泡泡袖、三层花边的粉色碎花连衣裙。

而第一次值得她穿上这件裙子出席的场合，便是和高中闺密宋家理的聚会了。

左小妍记得那是某个十一长假，QQ头像闪了闪，宋家理发来一个羞涩的表情，然后说："给你看看我男朋友。"

这是宋家理第一次带着古贺回老家，也是第一次把他介绍给身边的闺密。

左小妍看着高大帅气的古贺小心翼翼给宋家理剥虾的样子，

心中很不是滋味。

这说羡慕不是羡慕、说嫉妒不是嫉妒的感觉，让她自己也觉得彷徨。她希望古贺是个好男人，能给自己的闺密带来幸福，但与此同时，她又怕宋家理太幸福，把本来就不拔尖的自己比得更逊色。

于是左小妍趁宋家理不注意的时候没少盯着古贺看，想从他身上找出隐藏在帅气外表下的不安分。

只可惜那时候左小妍什么都没有发现，但因此留下的深刻印象，却让她在多年后一次不经意的碰面中，再次认出了那张脸。

虽然现在的他已经不是当年那个二十出头的大男孩，发际线有些后退，肚子有些鼓起，但周身散发的气场和魅力还是没有变。

左小妍的脑海中，那个夜总会包间里的男人和给宋家理剥虾的古贺渐渐重合在一起。

没错，就是他！

罗敏红一个接一个地剥着虾，剥好的虾仁却一个也没有落到自己碗里。

宋家理看着Candy碗里几乎要掉出来的大虾仁，夹出一个不由分说放到罗敏红碗里：“妈，别光给Candy剥，您自己也吃呀！”

罗敏红拿起那只虾，好像怕被它扎了手似的，迅速给Candy扔了回去：“Candy长身体呢，还是给她多吃点。”

“妈，您身体也刚好，得补一补。”宋家文不无担忧地说。

“什么叫刚好？我一直好着呢！”罗敏红使劲挺了挺身板，继续忙着剥虾。

宋家理和姐姐对视了一下，放下筷子清了清嗓子：“妈，有个事跟您商量。”

自从有了开客栈的想法，宋家理第一个便告诉了姐姐。宋家文是个没主意的人，凡事都听妹妹的。对于开客栈，她心里不免有些憧憬，却又有些担忧，担忧的主要原因就是怕老妈不同意。

“你用妈的房子开客栈她能答应吗？”

答应？门也没有。罗敏红还不等宋家理说完事情的始末，就已然摆出了拒绝的姿态。

罗敏红抬起眼，在两个闺女的脸上来回扫了扫。事出反常必有妖的道理她当然懂。

“商量什么？可别你们俩商量商量把我的存折拿走了。这种事想都别想啊！”

“我们一不图钱二不图色，您紧张什么呀！”宋家理放低姿态，摆出一副嬉皮笑脸的样子，“我们是想跟您商量怎么发财致富。”

宋家理把财和富两个字故意加了重音，颇有点传销的意味。她曾经听古贺说过，和赚钱、升值、财富相关的字眼能够在谈话中最大限度引起对方的关注。

可罗敏红还不像一般没有见识的老太太那样见钱眼开、容易受骗，她那股发自心底刚正不阿的劲、性格里带的倔强和思想上的保守，让金牌销售总结出的这套营销经验彻底失了灵。

“天上掉馅饼的事，别想！”

“不是那么回事，这是一个勤劳致富的好项目！”宋家理向前拽了拽凳子，娓娓道来，“您看咱都被确定为2022年冬奥会的举办城市了，现在崇礼发展得那么快，夏天避暑、冬天滑雪，全国各地的游客都往这儿跑……”

“所以呢？”

“所以这就是商机呀！”

“什么商机啊，我看你是投机！崇礼发展得再快，离咱们喜镇还远着呢。人家的光咱们沾不着！”

果然不出所料，就凭罗敏红这保守程度，想做通她的工作可是要费一番力气的。于是宋家理改变对策，将事先熬好的一大锅鸡汤，一勺一勺地给老妈灌下去。

什么发展不能靠运气，机会总是留给有准备的人；不争朝夕胜负，放眼全局论输赢……

当一锅鸡汤已然见底时，又倔又强硬的罗敏红终于有些松动了。

“你准备怎么着？”

宋家理怀着激动而忐忑的心情吞了吞口水：“想借您宝地一用。”

“借？怎么借？”

“借您的小院开客栈。”

屋子里顿时安静下来，两姐妹怀着忐忑与期待的心情观察老妈的表情变化。

罗敏红似乎是在咂摸这话中的深层含意，先是一怔，之后越品越感觉不对。

“应付一个租客尚且这么困难，更别说开个迎来送往的客栈了！再者说，镇政府边上三层楼的旅馆还空着没人住，谁会来住你家的院子呀？我看你趁早打住！”

罗敏红将碗往前一推，凳子往后一退，浑身的肌肉都在表达着抗拒。

“那怎么能比得了呢？就咱们镇上现有的旅馆那设施那服务，就算白请人去也没人住。现在出来旅游的人都是来寻求体验的：吃当地特色美食，住个性化有品位的客栈。咱们要是能把装修做好，服务到位，不愁客人不上门。”

罗敏红并没有被宋家理给她画的大饼迷倒，反应极快，直戳要害：“装修不得要钱吗？钱从哪儿来？”

宋家理见老妈一语中的，知道没办法再兜圈子了，急忙贴上一张谄媚的笑脸：“嘿嘿，钱也先从您这儿借……”

话音未落，罗敏红已然一拍桌子站起身来：“我说怎么净给我空讲投资战略呢，原来在这儿等着我呢！我告诉你，少惦记你妈我的钱！你这是刘备借荆州——有借无还！”罗敏红说着转身要走，宋家理急忙可怜巴巴一把抱住老妈的胳膊。

“哎，妈，妈！你先别急着否掉呀，咱们家现成的地方空着也是浪费，开客栈是小投资大回报，我也是为了帮助咱们家度过经济危机呀！”

罗敏红已经全然听不进去了，她甩开胳膊：“你呀，少动这些歪脑筋，好好想想怎么早点把自己嫁出去，也算是帮我节省开支了！”

宋家文冲Candy无奈地摊了摊手。可宋家理却仍旧不甘心，她可不认为把自己嫁出去就能帮家里度过经济危机了，这充其量只算是节流。节流可以作为手段之一，但并不是根本办法。要真正解决现在的困境，还得开源。

正当宋家理为出师不利连连感叹时，桌子上的手机震了一下。打开一看，是左小妍发来的短信：好久不见，有空一起吃饭吗?

约会前男友

宋家理直奔餐厅，左小妍难得约她，这么久没见，她可不想迟到让人家等。

这是市区的一家日式料理店。宋家理刚一进门，就被服务员“一拉下一妈丝”的夹道欢迎声吓了一跳，脚下一踩空，险些摔倒。

她定了定神，报上左女士的姓名，跟随趿拉着木屐的服务员来到了一间包间外。这是一个日式榻榻米包间，门口除了一双女式的高跟鞋外还有一双男式皮鞋。宋家理正在纳闷，服务员已经将包间门拉开。

古贺闻声转过头，正好对上宋家理惊讶的目光。

桌对面的左小妍从容地笑着起身，热情地拽着浑身僵硬的宋家理入了席。

一个星期前，左小妍踏进古贺办公室的时候，和今天穿的是同一套衣服。从衬衫裙到西服外套，再到脚上的高跟鞋，都是当季的最新款。当她刷着老公的卡买下这套价值不菲的行头时，忽然发觉自己已经好久都没有添过新衣服了。

对于一个大部分时间都在家的全职妈妈来说，再高档时髦的衣服都不如家居服实用，但这次买衣服的钱她觉得花得值，因为她要穿着这身行头办一件大事。

吴狄怎么也没想到，平日里对生意不闻不问的左小妍竟然向他打听起项目的名称了。最近吴狄整日为这个被老婆搅黄的项目唉声叹气，但左小妍却拍着胸脯保证能让它起死回生。吴狄起先还打死也不信，但当他接到左小妍的电话时却不得不信了。他来不及怀疑、没时间不解，唯有马不停蹄地赶赴这场重要的饭局。

刺身拼盘里加了干冰，仙气缭绕，寿喜烧在炉子上咕噜噜翻滚沸腾。

与桌上的菜肴一样，饭桌上的气氛也是冰火两重天。这边左小妍热情地与宋家理叙旧，吴狄殷勤地给古贺夹菜倒酒。而另一边，古贺对眼前的佳肴毫不关心，唯独注视着对面宋家理的一举一动，他瞳孔中映着的那个人却食不知味、处处拘谨。

“我们三个是老同学，你们两个又是老相识，大家都是老熟人，就不必客气了。来来来，先走一个！”左小妍端起杯，率先一饮而尽。

古贺对做东的左小妍还是给足了面子的，一仰脖干了杯中酒。吴狄赶紧有眼力见儿地给古贺满上。

宋家理虽然对“老相识”这个词有些敏感，却还是强压着不快没有表现出来。

与其说是老相识，倒不如说是老相好。左小妍心里虽然是这么想的，但也明白这种话哪能当面说出来！

她左瞟瞟，古贺目光游移；右瞟瞟，宋家理六神无主。

自己出马的时候到了，左小妍用胳膊肘捅了捅身旁的吴狄：“我点的三文鱼手卷怎么还没上啊？你去催一下。”

吴狄当然知道这是老婆故意要把他支走，但她心里到底打着什么算盘，他也猜不透，只能是她说什么是什么。

吴狄刚一出门，左小妍便也跟着起身，找了个要去洗手间的借口出去了。

此时包间里只剩下宋家理和古贺两个人。他们并没有大眼瞪小眼，而是全假装盯着眼前的菜。

终于还是古贺忍不住先抬起眼，目光顺着额头掠过她低垂的脸庞。

几年不见，她的头发褪掉了之前染的颜色，恢复了原本的乌黑油亮，几绺发丝别在耳后，朴实无华间透出和当初别无二致的单纯。因为低着头，古贺看不到她脸上的表情，也无法与她那双会说话的眼睛对视，但她大大的眼睛不断地眨着，不知是为了阻断其中透出的情思，还是在掩饰内心的慌乱。

“好久不见，过得还好吗？”他用一种深沉又深情的语调，问出那句久久在他心中盘旋的话。

宋家理依旧低着头，一边嚼着东西，一边用轻描淡写的口气答了句还行。

只这半晌之间，宋家理已经生生吞下了五个寿司，并不是因为它们美味，而是只有嘴里嚼着东西，才能掩饰她心乱如麻的思绪。

只可惜天不遂人愿，一个调皮的米粒顺着食道冲进气管，呛得她一阵咳嗽。

古贺急忙端起茶杯递过去，宋家理喝了水依旧咳嗽不止，看来这不开眼的米粒心术不正，存心让宋家理难堪。

宋家理哪肯在前男友面前失态，使劲绷着，憋得满脸通红，青筋暴露。古贺看着宋家理喘不上气的样子，越发着急起来，急忙上手给她拍背。不拍不要紧，这一拍，把宋家理之前憋回去的咳嗽全都拍出来了。

“我没事了，谢谢。”一阵手忙脚乱后，宋家理终于重新活了过来。她用古贺递过来的纸巾擦了擦嘴，抬眼看到古贺的白衬衣上分明被溅上了几滴口水。宋家理被咳嗽憋红的脸色刚刚恢复，转而又是一阵红一阵白：“哎呀！不好意思，把你衣服都弄脏了……”

古贺低头看了看，一笑了之：“咳！没事！之前我衬衣脏了你总给我洗呢……”

宋家理被这突如其来的回忆电了一下，一时不知道该说什么好。

这时左小妍和吴狄先后进来。吴狄并没有叫来什么三文鱼手卷，反而是脸色有些颓唐。

刚才在外面的时候，老婆给他安排了个任务：要想项目谈得成，就得下药下得准。既然古贺想再续前缘，他们就只能客串一回月老。

牵线搭桥这种事吴狄没少做，夜总会小姐撮合起来一点不含糊，但换作宋家理，他便觉得有些心疼了。看着小炭炉上的肉被煎得吱啦吱啦流油，吴狄只觉得自己的心也被煎得外焦里嫩。

但左小妍做的可是双赢的买卖，没有那么多顾虑，入席不过两分钟她便捡起话头，与古贺开启了商业互吹模式。

“所谓三十而立，就得像古总这样，手上有权，兜里有钱，手下有人，说话管用……”

古贺听到这话，不由得回想起几年前还在售楼处做置业顾问时经理的训话。那时候他的想法和左小妍说的一样，做梦都想活成现在这样的人。但现在，他已然成为别人口中的成功人士，却感到一阵莫名的空虚。

“……唯一有点遗憾的就是还没成家。”左小妍一语中的。说完她用余光瞟了瞟古贺，又看了看宋家理。

宋家理正低头喝茶，拼命装作不在意，却又一眼便被看穿。

“家理，古总说好久没有你的消息了，最近忙什么呢？也跟我们说说。”

宋家理面对这突如其来的尖锐问题，一时不知道该从何说起。可不管她从何说起，都无法掩饰自己尴尬的处境。自从和古贺分开后，在人家坐着火箭直线上升的同时，宋家理如同坐上了滑梯，一路下滑，从一个金牌设计师沦落为无业游民。

如果此时榻榻米有个缝隙，宋家理真恨不得一头钻进去。

“你那个西餐厅的事怎么样了？”吴狄似乎是看出了宋家理的窘态，见缝插针地帮着解围。

宋家理经他这么一提醒，便拾起话茬顺着说了下去：“哦对，西餐厅！最近重新开业了，生意比过去好多了。”

古贺有些惊讶：“你开了家西餐厅？”

“我……”宋家理的大脑跟着眼珠飞转，突然觉得自己找到了一个不错的台阶，“嗯，开业不久，还在摸索。”

她故作谦虚，模棱两可地答道。

古贺信以为真，立刻露出担忧的眼神：“商场如战场，生意可不是那么好做的，特别是在喜镇这样的小地方，人们的消费水平有限，经营不好很容易赔钱。你没有经验，可要处处小心。”

古贺中肯的建议在宋家理听来却很是刺耳，她感觉这建议既带着对她的质疑，又掩饰不住对小地方的轻蔑，好像她离了他就过不好似的。要强的宋家理，哪里肯在前男友面前示弱？于是她心一横，心想豁出去了，反正牛已经吹了，干脆就吹个大的。头可断血可流，在前男友面前面子不能丢！

“你说得没错，喜镇人民的消费水平是不行，小情侣约会到我们店里都不敢点贵的，一般也就三五个菜，一千出头都嫌贵……”桌上三个人面面相觑，宋家里却很是得意，凭她的智商情商和艺术水准，分分钟就能创作出一部经典凡尔赛文学作品。自觉不过瘾的她接着说：“不过还好现在滑雪的和慕名来喜镇旅游的人越来越多，店里经常坐不下，所以前一阵子我又把二楼的天台给开辟出来了，准备过一段把客栈也开起来，做成餐饮住宿一条龙！”

宋家理一番慷慨陈词，把在场的三个人说了得目瞪口呆。愣了半晌，吴狄率先捧场，频频点头鼓起掌来。

现世报

要说左小妍可真是个捧场王，即便是被宋家理的一套凡尔赛文学说蒙，也还是不忘初心：“真没想到，你们两个都这么优秀。一个当经理，一个做老板……”话已至此，点到为止，左小妍留下后面的半句让二人自行脑补。但说来说去，都是在强调两个人的般配，极力撮合二人。

吴狄听得如坐针毡、如芒在背，不知是该应和还是反驳。在桌子底下伸腿碰了碰左小妍的脚，示意她别多此一举。但左小妍却瞪了他一眼，不吃这套："下次真应该带我们去你店里看看！"

"没问题呀！吃饭住宿费用全免！"宋家理已经完全入了女老板的戏，拍着胸脯打包票。

只是她没想到，本以为是没影的事，却这么快就到了兑现承诺的时候。

"我送你回家，顺便看看你的店。"古贺已经拉开了副驾驶的门，只等着宋家理上车。

这回轮到宋家理干瞪眼了，她几番推辞，却终究拗不过古贺的热情和左小妍的撺掇，被塞进了车。

一路忐忑，车子里充满尴尬的气氛。

"果然，你无论到哪儿都那么优秀。"古贺率先打破沉默。

宋家理此时早没了刚才在席间吹牛不上税的底气，耷拉着脑袋谦逊起来："优秀什么呀，干啥啥不行，吹牛第一名"——后半句她憋在嗓子眼儿没说出来。

古贺认真地摇摇头："我记得你很早之前就跟我说过想开个西餐厅或者咖啡馆，现在梦想终于实现了。"

宋家理惊讶于古贺仍然记得她曾经的异想天开——那个连她自己都忘记的梦想，顿时心中一阵五味杂陈。

"梦想和现实还差得远呢……"宋家理低下头小声嘟囔。

"我是真的希望你能过上你想要的那种生活。"古贺将目光抬起，望着前方的道路。

车内的气氛忽然变得沉闷。宋家理开始仔细思考什么才是自己想要的那种生活。

曾经她最渴望的，就是和身边这个男人组建一个安稳的家，生一个健康的宝宝，三个人相依相伴，两个人白头偕老。现在，这个男人依旧坐在身边，但两个人的生活却变成了两条永远不可能相交的平行线，婚姻也变成她的梦魇，想要的生活也许永远无法实现。

时光飞速流逝，一年一月快得就像一分一秒。随时光流逝的，还有自己的梦想。它像不断上升的气球那样从眼前飘走，从够不着到看不见，如今梦想在天上她在地上，从此缘尽，即便拼尽全力也无法触及。

车子离小院还有一段距离，宋家理赶忙大喊停车。

“就送到这儿吧！前面……不好停车。”

古贺狐疑地望去，前方明明车少路宽有的是停车的地方：“没关系，还是把你送到家门口吧。再说还没看到你的店呢！”

“在这儿也能看到的，你看，前面那个就是！”

宋家理干笑两声掩饰紧张，趁着古贺停车张望之际，一下子拉开车门跳下车，指着远处西餐厅的天台：“你看，就是那家！”

水中月镜中花，吹牛吹出的泡沫，当然只可远观不可近看。

古贺没办法，只得跟她一起下车，顺着宋家理手指的方向朝远处看去。

傍晚的夕阳越过山峦，正巧洒在天台的一角，将眼前的景象勾勒得宛如梦境。古贺佩服得直点头：“看着不错，是你的风格。”

宋家理心中升起一丝自豪：“说实话，这还是我第一次把自己的设计近乎完美还原。之前在公司的时候，总是要应付各种各样的客户需求，从来没有哪个项目做得这么痛快。”

“这就是自己做老板的好处！”

虽然是吹牛，但宋家理听着来自前男友的赞许，还是忍不住心中得意，继续顺杆爬：“当然了！我的店可是喜镇第一家西餐厅，也是我们这儿最火的网红店。我也没想到第一次做生意就这么顺，也许是有点做老板的天赋吧！”

宋家理哈哈地笑着，正在享受吹牛的快感，身后忽然传来两声咳嗽。

她回头一看，脸上的笑容顿时僵住。董逸陶扛着一袋面粉站在她身后，表情带着些疑惑，显然是已经听到了宋家理刚才的话。

“这个时间，你怎么……”

“面粉用完了，我刚去超市买了新的。”

宋家理看着董逸陶肩上的面粉，忽然发自内心地相信头上三尺有神明。她知道吹牛不好，却怎么也没想到所谓的现世报竟然来得这么快。

这时古贺也凑上前来：“这位是？”

宋家理只觉得脸上的肌肉一跳一跳地不听使唤：“他……他才是我们西餐厅的……”

“你好，我是醉美西餐厅的……厨子。”

古贺赶紧佩服地伸出手：“幸会幸会，大厨可是餐厅的灵魂呀！”

董逸陶示意手上沾着面粉，便没有伸手去握，而是客气地点了点头："您客气了，老板才是灵魂。"说着他别有深意地看了看宋家理。后者已经心虚得抓耳挠腮，目光不知该投向何处。

古贺看董逸陶扛着沉甸甸的面粉，便主动提出开车把他们送到门口，宋家理一个劲地推辞，可不想董逸陶反倒大大方方地上了车。

宋家理坐在后排和董逸陶唇语交流。

"你干吗？是不是成心让我出洋相？"

"你不是想装老板嘛，我这是成全你。"

开车的古贺看着街道两旁的老房子，不由得感慨："这还真是没怎么变样。算一算，我上次来这里差不多是三年前的事了。"

往事不愿重提，宋家理故意不接话茬。可平日里话不多的董逸陶今天却意外地打开了话匣子："是啊，别处都在修路盖房、拆迁改造，像喜镇这样能保持当地特色的地方越来越少了。"

"话是没错，可发展才是硬道理，不拆迁改造哪来的经济价值呀？"

宋家理无心参与两个"心怀天下"的男人的讨论，她心里一直在想，万一撞上老妈，客栈的事该怎么解释。

可宋家理担心的事并没有发生，小院里静悄悄的，房门紧闭。罗敏红应该是去了合唱队还没回来。宋家理一直悬着的心终于落到了肚子里。老虎不在家，猴子称霸王，宋家理吹牛不上税的劲头又回来了！

"你看这儿，我准备挖一个小池塘，那边计划贴着墙种一排紫竹……"宋家理一边比画一边兴致勃勃地描绘想象中的蓝图，

“这院子虽然老，但老有老的魅力，有别人学不来的风格。这青砖灰瓦我都打算原样保留，现在讲究的就是修旧如旧。但这样的平房到底还是不如城市里的公寓住着舒服，主要是冬天太冷，门窗都漏风。我妈她腿不好，天一冷就犯关节炎。我也想借这个机会把屋子里装上地暖，换上亮亮堂堂的大玻璃窗，这样人住在里面心情也好！”

不管别人心情好不好，宋家理此时的心情可是好极了。小院未来的样子在她脑海中展开。想着老妈坐在院子里的摇椅上晒太阳，想着Candy在池塘边喂鱼、在花草间奔跑，宋家理就觉得无比幸福。

一墙之隔的正屋里，罗敏红靠在门上，院子里的灯光透过门缝打在脸上。看着女儿在院子里满嘴跑火车，罗敏红不仅脸上没有怒意，反而眼中透着柔和，仔细看去，似乎有晶莹在闪动。

抱佛脚

最近宋家理有些失眠，一躺在床上闭上眼睛，大脑便像开机的电脑，自动运行起她曾经熟悉的那款设计软件。

从窗户开多大、房间如何隔断，到在哪儿栽什么树、在哪种什么花，全部一一设计好了。就这样越想越精神，越琢磨越兴奋，一转眼窗外的天已经渐渐亮起来。但当她睁开眼透过窗户看向黎明的院子时，却又不得不回到现实，小院还是原来的小院，改建客栈的计划依旧八字没一撇。

可她那颗想要撸起袖子大干一场的决心却是越来越坚定了。

正当宋家理赖在床上绞尽脑汁琢磨该怎么说服老妈时，罗敏红竟然一推门闯了进来。

“都几点了，还不起！”

“妈，我昨天没睡好。”宋家理撒着娇敷衍。

“你也有没睡好的时候？”

“那当然啦，我早就说我这床的位置有问题。头西脚东，逆着地球自转的方向，一躺下血就往头顶上涌。时间短了影响睡眠质量，时间长了说不定还影响身体健康呢！”宋家理又开始借题发挥。这段日子她没少在这方面花脑筋，为了让老妈同意改建的事，时常拿各种各样的问题说事，落点不是风水不好就是有安全隐患，处处夸大其词、句句危言耸听。怎奈罗敏红并不是个耳朵根子软的，压根不吃这套，无论宋家理怎么使心眼耍口舌，罗敏红总是能硬生生把她顶回去。

可今天，正当宋家理已经准备好了第二轮说辞时，罗敏红却话锋一转：“天天就知道用嘴说，你不满意倒是动手改呀！搬砖砌瓦的活难不成还让我这个老太太动手？”

宋家理一时没反应过来：“不是……什么意思？”

“要动工还不趁着天气暖和赶紧的？天天赖在床上，什么时候能把生意做起来呀！”罗敏红说完，掀了宋家理的被子，没好气地转身出去了。

宋家理就这么被晾在原地琢磨了半天，忽然一下子从床上蹦起老高，只穿着背心裤衩飞跑到院子里高喊“老妈万岁”。

三个易拉罐碰在一起，宋家理第一个仰起头咕咚咕咚喝了大半罐。她一抹嘴见姐姐和董逸陶正愣愣地看着自己。

“看我干吗？看这儿！”

顺着宋家理的手势，两个人的目光齐刷刷地转向院子正中朝南摆放的香案。香案上左一只烧鸡，右一盘猪头肉，关公、财神、土地爷在中间并排而坐，一根香正在他们面前燃烧着。

“今天可是咱们联手创业的大喜日子，赶快把酒干了拜一拜，一定要虔诚啊！心中暗念菩萨保佑。”

董逸陶照宋家理说的干了手中的啤酒，弯腰要拜，忽然发现了一点问题：“可上面这三位里没有菩萨呀。”

“你不懂，关公、财神、土地爷这是职称，菩萨那是尊称！你这个人怎么这么较真呢，让你拜你就拜呗！”

董逸陶哭笑不得，被宋家理摁着脑袋拜了三拜。

这一套不伦不类的仪式，宋家理也是从别人那儿学到的。从前做设计师时，有些讲究的客户会要求在动工之前拜一拜神。那时候宋家理也像董逸陶一样，对这套封建迷信仪式既不信又不屑。但没想到，几年后的今天，她竟会自己张罗着求神拜佛。宋家理虽然也知道不能把创业的成败寄托在神灵身上，但这一次她是背水一战，不光投入了自己的所有积蓄，就连老妈、姐姐和董逸陶都没少出钱出力。客栈不再是她一个人的乌托邦，而是一个正正经经的股份集团。各位股东把希望全都寄托在她一个人身上，一句话，不成功便成仁！她输不起，也不敢输。所以不管是封建迷信还是科学真理，只要有一丝希望，她便不敢怠慢，就算不求别的，也求内心有一点安慰。

可惜求神拜佛并不能让现实中的难题迎刃而解。当宋家理把大脑中的设想输入电脑后，摆在眼前的首要问题是，什么样的施工队能把图纸中的理想变成脚踏实地的现实。

宋家理第一个想到的就是吴狄，但同时他也是宋家理第一个排除的对象。

以往的经验告诉她，熟人之间的买卖不是赔钱就是赔情，无论赔的是哪种，都算不清还不起。

但是在喜镇这样的小地方，走在路上一百米内能遇到五个熟人，吃顿饭能碰到三个亲戚，在街上随便抓两个陌生人打开微信一定会发现有一两个共同好友。在这样的地方，想要避开熟人做买卖，简直比登天还难。

镇上的包工队本来就不多，真正看得懂图纸并且有技术的更是少之又少。找外面的大公司，人家又看不上自己家这么小的活。宋家理电话一个接一个地打，一次接一次地碰壁。眼看着客栈还没动工，便遇到了困难，宋家理心急如焚。

吴狄的想法再一次被印证：要想事业行得通，必须搭车借东风；要想生意做得好，称兄道弟少不了。

遵循着这样的信条，吴狄搭着古贺的顺风车使事业发展进入了快车道。他很有信心地将做好的标书送到古贺办公室，却在出来的时候一脸的若有所思。

一路上，吴狄一直在琢磨古贺刚才那句话的意思。

“你们公司的实力我了解，还是不错的，但毕竟之前做的都是些简单的城镇住宅，谈不上什么设计，也没有正式和设计单位合作过，所以我担心我们这个度假村项目你们消化起来有困难……”

以吴狄的胃口，这世上就不存在他消化不了的项目，他怎么会嫌设计复杂项目大？他恨不得一口吃成个胖子呢！但古贺这话醉翁之意不在酒，明显是有别的意思。

吴狄猛地掉转方向盘，奔驰卷起一阵扬尘，呼啸着朝喜镇驶去。

宜动土

农历八月初二的日历被一把扯下，露出八月初三宜动土的大大红字。

在一阵噼里啪啦的鞭炮声响下，宋家理撸起袖子从吴狄手中接过铁锹，在事先堆起的小土丘上深深铲了一锹。这一下子她可是铆足了力气，似乎是要把这几年来失业在家的愤懑全部发泄出来，再把这些年落后他人的距离一口气追上。

随着罗敏红带头，在场的各位都呱唧呱唧鼓起掌。宋家理拿着铁锹，站在土丘上，颇有种君临天下的气势。

随着吴狄手中的快门咔嚓一闪，小院热闹的动工仪式照片发送到了古贺的手机上。然而在古贺的眼中，看不见土丘，看不见人群，也看不见小院里的一草一木，他唯一看在眼里的就是宋家理那张洋溢着微笑、自信满满的脸。

古贺记得，大概是十年前吧，当宋家理第一次拿到设计公司的实习资格时，她的脸上也挂着一模一样的表情。

“即便我无法成为高迪那样的大师，但我也要努力一步一步向他靠近。第一步是形成自己的风格，第二步是还原自然的艺术，第三步是让一砖一瓦都会说话！”

“我的大设计师，下一步准备往哪儿走啊？”

“往这儿走！”宋家理说着向前跨了一大步，一头扎入古贺怀里。

古贺痴痴地望着手机上的照片，嘴角不自觉地上挑。手机又震了一下，蹦出一条信息挡住照片上的脸：古总，这是我们新项目的设计师，眼熟吧？

古贺不得不佩服吴狄的领悟能力。也终于明白，为什么这么短短几年，吴狄能垄断周围几个镇的大小工程。在这个大鱼吃小鱼，小鱼吃虾米的年代，要想生存，靠的不是手而是脑。

搬砖的活有只要把子力气谁都能干，但搬砖的机会却不是人人都能争取到。吴狄之所以能赢，便是赢在了那一点就通的脑袋瓜上。

古贺不确定宋家理有没有这样的脑袋瓜，所以他想把他的聪明分她一点，能出力的时候帮她一把，只是希望她能离当初的梦想再近一步。

吴狄做梦也没想到有一天自己会成为罗敏红的座上宾。这个从中学时便对他横眉冷对的老太太，在今天的开工宴上竟然端着酒杯破天荒地对他露出了笑容。

“吴狄啊，我家的院子可就交给你了，可得好好干！我先提前敬你一杯，以示感谢！”

“罗老师，这我可不敢当！我绝对拿出一百二十分的努力让您放一百个心！”吴狄受宠若惊，将手中杯子连连下降，几乎要用杯口碰到罗敏红的杯脚。

自打罗敏红决定支持女儿的那天起，她便选择相信女儿的一切。

自己的孩子什么秉性罗敏红心里最清楚不过，她虽然不主张女儿和有妇之夫来往，却也知道她做事不会出格。多年的教育经验让她知道，与其明令禁止，不如留足空间让孩子自己应对，特别是对于那些吃软不吃硬的孩子。

宋家理就是吃软不吃硬的典型代表。当吴狄找上门的时候，宋家理已经下定决心，不管他再怎么强烈要求，她也绝对不能再把这个项目交给他，并不是因为上次天台做得不好，而是无论干得好与不好，这对宋家里来说都是难题。大家都是行内人，什么样的工出什么样的活配什么样的价钱，心里都明镜似的。活做得太好，就说明人家看着熟人的面子让了利，你便欠了人家的情；若是活做得不好，就是常说的杀熟，但既然是熟人，割一刀宰一下的，就更不好意思掰扯矫情了。

可宋家理没想到的是，吴狄这次却用了和上次完全不同的招数。他一见到宋家理便哭丧着一张脸，求她帮一把。

“老同学，拉兄弟一把吧！”宋家理正百思不得其解自己有什么可以帮到他的，吴狄便惨兮兮地说自己想拿个大项目，却苦于工程设计方面有欠缺，于是就赶紧临时抱佛脚。

“你就是我的佛脚啊！我得抱紧你的大腿，才能拿到那个项目！”

宋家理仍旧似懂非懂，却有种自己是唐僧，被妖怪盯上的感觉，不由得向后退了两步：“我有什么值得你抱大腿的？”

“你不就是大公司的设计师嘛！”

宋家理含含糊糊地点点头：“算是吧，曾经是。”

“这个项目是你设计的。只要你把这个项目给我做，那我们就是和品牌设计师合作过的团队了！简历里有了这一项，我们就有资格竞标了！那可是个大活啊！求求你了……”

一听他这么说，宋家理便拍着胸脯答应下来。什么负担、为难全都抛到脑后去了。可是开工没多久，宋家理担心的事还是发生了。

宋家理将设计图纸从眼前移开，一种似曾相识的无奈涌上心头。

“师傅，这堵墙的位置是不是搞错了？”宋家理将设计图纸铺在墙上，将图上标的标尺指给师傅看：“这两堵墙中间至少应该留出一条一米八的通道，可现在……”她两手伸开，还不等胳膊伸直就已经触到了墙面，“连一米五也没有。”

施工的师傅只管搬砖垒墙，并不懂设计图上的数字标尺，于是趴在墙上看了半天，也没搞明白错到底出在哪儿。这时吴狄正好过来，被师傅像救命稻草一样抓住：“我只管砌墙，墙砌在哪儿都是听吴总的。”

吴狄一副管事人的姿态，打发走师傅，笑容可掬地凑到宋家理身旁：“有什么问题你直接跟我说呀！就凭咱俩这关系，你一句话，你指哪儿我打哪儿！”

宋家理指着眼前的这堵墙：“能把它给我打了吗？”

吴狄愣了愣：“这不是新砌的嘛，打它干什么呀？”

“墙砌得是没问题，可位置不对。得向后平移三十厘米。”

宋家理说着用脚当尺子向后退了一步，站在墙原本应该立的位置。

吴狄看了看自己与宋家理之间的距离，满不在乎地笑起来：“这不就是一步之遥嘛！我还以为差多少呢！”

“差一步也是差呀！就因为这一步之遥，原来的竹林甬道就窄得放不下竹林只剩下甬道了。”

“这都是小问题，不就是一个过道嘛，人过得去就得了。实在不行就插几根假竹子意思一下，感觉上也差不了多少。再者说啦，你别看这三十厘米放在院子里不显山露水，但放屋里可是一大块面积呢！”说着他凑到宋家理耳边，神秘兮兮地压低声音：“我呀，专门跟他们说施工的时候把屋里面弄得宽敞点，虽说上面对报建面积管得挺严，但咱不怕，咱有关系！”

吴狄完全没有抓住宋家理的心，反而是让她在心里面鄙视了一下。

她一点都不想违反相关的政策，更不觉得牺牲院子空间加盖是明智之举。别说再重新加盖，就连罗敏红几年前在门口搭建的简易储物间都被她趁着这次机会一股脑儿地拆掉了。她对这个从小生活的小院有着无比深厚的感情，这里储存着她从小到大的记忆，在她点灯熬油勾画设计图时，每个细节都考虑到位，就是为了还原了院子本来的样子。

可眼前的景象并不是她想看到的样子。

“你的心意我领了，可是这三十厘米真的很重要。”宋家理执拗地直视着吴狄，眼里透出倔强和执着。

吴狄显然是被这目光惊了一下，可立马又摆出了他最拿手的赖皮嘴脸：“我的大小姐，你看这墙都砌成了，咱总不能把它推了吧？”

似曾相识的无力感在宋家理的心头升起，她攥紧拳头挣扎了许久，还是将拿着设计图的手垂了下来。

正当吴狄摆出贱兮兮的笑脸，拍着宋家理的肩膀以示安慰时，身后传来咚的一声巨响。

猝不及防间，吴狄径自向前蹿出两米。待他慌乱之中回头张望时，刚才还立在那儿的半面砖墙已经轰然倒塌，一个手里拎着大锤的男人正从弥漫的灰尘中走出来。

戳心

残砖断瓦前，扬尘四起，一个身影从灰尘中缓步走出。这宛若加了特效的出场，让宋家理一下子有些恍惚了。

她惊讶地瞪大眼睛，瞳孔中映出那个拎着大锤的影子。随着他渐渐走近，宋家理终于看清，那张脸好像是多年前的自己，脸颊上仿佛还留着那道红色的血印。

宋家理下意识地摸了摸自己的脸，不疼，也没有伤疤。可刚刚这一锤，却揭开了她内心早已经结痂的伤，往事和回忆如同血液一样向外喷涌。

“真没想到，你表面上文质彬彬的，抡起锤子来这么彪。”宋家理喝了一口手中的啤酒。半罐下肚，一天的劳顿时化成麻酥酥的电流，将绵软松弛的感觉顺着胳膊和腿传到指尖。

夜深了，收工后的小院里到处都是灰尘瓦砾，但此时却没有哪里比这儿还要安静。当忙碌的地方一下子静下来，便让人觉得无比放松。

宋家理和董逸陶坐在被砸掉一半的墙头上，一人拿着一罐啤酒。提起白天的事，董逸陶反而有些不好意思："不好意思，砸墙是我莽撞了……"

宋家理连连摆手："我可一点都没有责怪你的意思！反而是觉得你砸墙的动作特别帅……跟我有一拼呢！"宋家理哥们儿一样地拍了拍董逸陶的肩膀。

"和你？"

"对呀！巧了，我之前也做过一模一样的事。不过力气没你大，只在墙上砸了个洞。现在想想还真有点遗憾呢。"

"是啊，冲动是魔鬼。"

"不！我遗憾的是，没把那堵墙整个砸烂！"

董逸陶一口酒差点呛在嗓子眼，转头再看宋家理，只觉得眼前这个女孩有点虎。

"谁说冲动是魔鬼？冲动才能创造奇迹呢！"宋家理抬头望天，星星在头顶的苍穹上连成一把弯弓，形成一种箭在弦上的阵势。宋家理长长地出了口气："有些事啊，想得太多、太明白了，就失去了先机，也失去了动力。"

董逸陶依旧望着她的侧脸呆呆地出神，他觉得眼前这个女孩又不仅仅是虎了。她像一颗洋葱，每剥开一层，里面都藏着另一种模样，只不过了解她的过程有些"辣眼睛"。

而对于宋家理，即便她真的是一颗洋葱，辣眼睛也不是她的本意，那一层层辛辣的外衣只为了包裹那颗受过伤的心。

自打她重新回到喜镇那时起，就在用时间把自己一层一层地包裹，用乐观掩饰悲凉，用不在乎掩饰不自信，用无欲无求掩饰求而不得。

宋家理本以为随着时光流逝、地点变化，身边的一切都与从前大不相同了，自己也在一层层外壳的包裹下变成了另一个人，但今天当她站在倒塌的砖墙前，看着那个曾经的“自己”从扬尘滚滚中拎着锤子走出来时，忽然发现即使很多东西都在变，但有些东西也一直没变。

没有变的不止宋家理一个。在吴狄眼里，这么多年来深藏在心底的那个初恋从来都没有变过。他一直在等待着一个火花，呼的一下点亮他心里的那片篝火。即便是被董逸陶“砸了一锤”，他内心的火苗也并没有熄灭，反而燃得更旺了。他这两天没去小院的工地，闷闷不乐地铆着劲想着怎么在宋家理面前挽回面子，让她知道自己对她的痴心一直没变。

可同样的事，放到左小妍眼里，就变成了另一番模样。说文雅点，这叫“江山易改，本性难移”；说不客气点，就是狗改不了吃屎。曾经她以为吴狄只是有贼心没有贼胆的家犬，但现在看来，她还是低估了这条狼狗。

周末，吴狄难得在家，吃完午饭躺在沙发上陪儿子玩了没有五分钟就打起呼噜来。

左小妍收拾了碗筷，看着吴狄这一副懒散的样子，真想上去给他一拳。

可到了跟前还是习惯性地拉过沙发上的毯子轻轻给他盖上，

只是在他眼前空挥了几拳解气，在拳头快要碰到他鼻尖儿的时候，又赶紧收了回来，生怕被孩子看到。

左小妍赶着两个孩子进了卧室，左边一个右边一个搂着，唱着英文儿歌，有节奏地拍着，哄两个孩子睡觉。孩子们早已经习惯了这种规律的作息，没哄两下便乖乖地入睡了。左小妍轻声唱完一首儿歌，整个屋子便陷入了午后的宁静。看着两个孩子肉嘟嘟的小脸和长长的睫毛，左小妍心中涌上一股说不出的感觉。

这两个孩子便是她的全部。与其说是她给了他们生命，倒不如说她生命的全部就是他们。

怀上女儿之前，她是一个人，但自从验孕棒出现两道杠的那天起，左小妍就知道她不再是一个人了。

她把心放到肚子里，将完全看不出孕相的肚子挺起来。那种自信、那种骄傲，仿佛是拥有了全世界。

果不其然，没多久吴狄便跟他求婚了，还用他当时做第一笔生意挣的钱给她买了一颗一克拉的钻戒。一克拉的钻戒呀！那可是每个女孩的梦想。这枚戒指虽然只在结婚当天戴过一次，可左小妍每每打开那小盒子便有种骄傲与满足。不戴可以，但咱不能没有！别人有的，咱都得有！

左小妍的人生信条很简单，在她成为人母后，便是力争做个贤妻良母。她自认为做到了，可却发现自己做得越好，吴狄反而离她越遥远。

到底是什么问题呢？他明明一切都听她的，她明明不愁吃不愁穿，没有工作的压力，不用像别的女人那样为生计发愁。可为什么却觉得自己的人生在一点点从指尖溜走，自己慢慢变得越来越卑微，生活越来越不受控制了？

原以为自己凭借肚子里的孩子，一开始便赢在了起跑线上，但现在想想，却不知是赢还是输。不知道孩子是拴住了他，还是拴死了自己。

这种感觉在小儿子出世后变得更加明显。呱呱坠地的男婴并没能把整日在外面应酬的吴狄拴在家里，反而是拴得左小妍没了一点自己的时间。

左小妍走出卧室，轻手轻脚地关上门，吴狄依旧在沙发上四仰八叉地睡着，呼噜打得嚣张且响亮。

“老公……”左小妍趴在沙发上轻轻喊了一声。

吴狄皱了皱眉头吧嗒吧嗒嘴，反感地将头转向一边。

“吴狄，你先别睡了，我有事跟你说。”

“什么事回头再说，我正困着呢！”吴狄眼都没睁，含糊不清地哼哼了一句，翻了个身继续睡。

左小妍看着眼前这个拒绝交流的后背，深知现在别说是对牛弹琴了，就算是对牛吹喇叭也是白费劲。

她叹了口气，目光望向沙发后的日历，她专门用荧光笔在15号上画了一个大大的红圈，确保丈夫只要不瞎，两米之外都能看到。可这个大红圈愣是在那儿画了两个礼拜也没能引起某人的注意。他就那么每天在它面前走过来走过去，偏偏视而不见，一直到了15号当天，还是躺在日历正下方打着呼噜睡大觉。

左小妍一直等到今天都没有戳破，还是因为抱着一种不切实际的幻想，总想着毕竟是结婚纪念日，万一人家给她准备了惊喜呢？戳破多扫兴啊！可一直到这会儿了左小妍才发现，吴狄给他准备的“惊喜”便是没有惊喜，她真正害怕戳破的是自己那颗脆弱的心。

借刀杀人

手机在茶几上嗡嗡地震了两下，吴狄迷迷糊糊地伸手抓过来，勉强睁开一只眼扫了一下屏幕，紧接着另一只眼也跟着睁开了。

他下意识地朝卧室看了一眼，门虚掩着，里面静得没有一点声音。

吴狄从一旁拽过个靠枕，垫高脖子，举着手机看着那个烈焰红唇的头像，一下子睡意全无。

最近吴狄只顾围着宋家理打转，竟好久都没有和他这位红颜知己聊天了。虽然只是素未谋面的网友，但两个人断断续续也聊了一年多，言语间亲近得倒仿佛是老熟人。他们之间毫无隔阂，不用隐瞒什么，有时候吴狄觉得这个女人比自己老婆还要了解他多一点。面对老婆，他有太多的秘密，很多敢想不敢做的事情只能藏在心里，努力扮演一个好丈夫的角色。但对“烈焰红唇”—— 一个毫无生活交集、没有利益关系的寂寞女人，吴狄没什么好隐瞒的，他像拥有了一个树洞一样，把那些想吹不敢吹的牛、想做不敢做的事，在她面前，用文字一一倾吐。

“在吗？”

“在！当然在。只要你找我，我随时都在。”

对方隔空扇来一巴掌：“就会贫嘴！”

吴狄不恼，反而更起了兴致。他美滋滋地向“烈焰红唇”介绍起了自己近期的“大项目”，当然不忘吹嘘一下自己和初恋情人的进展。

“她现在对我依赖得不行，大酒店的事全权交给我。”

过了好一会儿，对方才回复：“看来不等这大酒店的工程结束，你就要当老板了！”

吴狄得意地发过去一串笑脸，躺在沙发上跷起二郎腿，光着的脚丫在空中欢快地一晃一晃，丝毫没有注意到卧室的门缝那边正有一双充满怒气的眼睛在注视着他。

左小妍看着吴狄这副得意忘形的样子，又低头看了看手机屏幕上的一串笑脸，恨恨地攥紧拳头，指甲嵌到肉里都不觉得疼。

吴狄牛正吹到兴头上，兴致勃勃地等着来自“烈焰红唇”的回复，那边却久久没有动静。

忽然，卧室的门一下子开了，吴狄做贼心虚，手一颤，手机啪一下砸在脸上。

看到左小妍，吴狄装作若无其事地捡起手机：“最近真是太累了，躺着看会儿新闻吧，一下就睡着了。”说着，他揉着脑门儿坐起来。

左小妍就像没看到他一样径直奔向厨房，抄起一把水果刀。

“最近忙哪个项目呢，累成这样？”左小妍背对着吴狄，紧紧攥着刀柄的指节发白。

吴狄将手机扣在茶几上，理了理有些蓬乱的头发：“还能是哪个项目啊，当然是古贺交给我的大项目了。”

“哦，就是你上次说的那个大项目啊……”左小妍脸上浮起一丝冷笑，语气平静，不带任何感情。

“别管大项目小项目，古总交代的活儿，肯定得干得漂亮点。”吴狄把脚丫子搭在茶几上，慵懒地陷在沙发里。

“做完这个项目你有什么打算吗？”

“打算？”吴狄晃动的脚丫忽然停下，他敏锐地觉得老婆这个问题问得饱含深意。仔细想了想，立刻换上一副愧疚的表情：“本来忙完应该带你和孩子出去玩一趟的，但这个项目之后还有个更大的项目，成败在此一举，关乎我这下半辈子，到时候恐怕是抽不开身呀！”

“噢，看来这‘项目’是人生大事啊……”左小妍的手微微颤抖，刀锋也跟着一闪一闪地冒出寒光。

当初嫁给他的时候，左小妍就是看中了吴狄的机灵，可没想到，结婚后吴狄这机灵没用在别处，全都用在了耍花招对付老婆上！在左小妍看来，吴狄所谓的“人生大事”无关事业无关家庭，反而全是和初恋情人的未来。

眼泪在左小妍的眼眶里打转，水果刀上的寒光直勾勾地映入瞳孔。

她转过身，缓缓走向吴狄，手在颤抖，可手中的刀却直直地指向前方。

吴狄一抬眼，看到左小妍握着刀渐渐逼近，一下子惊得瞪大了眼。

“你……你这是……”

还没等他话说完，左小妍已经直挺挺地站在他的跟前，刀尖指着他的胸口：“你说吧，选哪个？”

吴狄愣住。

左小妍机械地指了指茶几上的果盘：“想吃苹果还是想吃

梨？我给你削。”

吴狄张大的嘴半晌才闭住：“梨！……哦，不不，苹果。”

左小妍拿起一个苹果，坐在沙发上一点一点地削。苹果红得吓人，削出来的果皮是长长的一条，一直耷拉到地上。吴狄看着水果刀在左小妍手中灵巧地翻飞舞动，总算是长长舒了口气。

喜镇的清晨，熟悉的奔驰车稳稳地停在小院门口。

宋家理正拿着卷尺在院子里测量那堵重新砌好的砖墙，听到院外熟悉的车声，赶忙迎了出去。自从那天砸了墙之后，吴狄一连好几天都没出现，宋家理心里也犯嘀咕，不知道是不是把他得罪了，总想找个机会缓和一下关系，毕竟是老同学，闹僵了总不好。

宋家理刚走出几步，却迎面碰上了走进来的左小妍。今天的左小妍有些不一样，穿了高跟鞋，烫了波浪卷，嘴唇也涂成了大红色。周身散发着强大的气场，似乎连院里的扬尘都得避她三分。

“哟，你怎么来了！”

宋家理立马将脸上的惊讶换成惊喜，但同样的表情在左小妍眼里却变成了惊吓。

她在心里轻哼了一声：果然心里有鬼。

可左小妍脸上却挂起热情的笑模样：“你这里‘生米’都快煮成‘熟饭’了，我再不来看看，岂不是要错过饭点了？”

宋家理虽觉得这个比喻不怎么恰当，但还是笑呵呵地应着：“你来早了，现在乱七八糟的事一堆，‘剪不断，理还乱’，等真正尘埃落定了，你再来验收成果！”

左小妍又在心里冷笑了一声：哼，等你们尘埃落定了，我再来就晚了！到时候哪还是验收成果呀，分明就是咽下苦果！

但不管怎么样，这对塑料姐妹花还是手挽手亲亲热热地进了屋。

宋家理再一次将自己的蓝图描述给左小妍，脑海中的画面已经完成了百分之七八十，离自己的理想又进了一步。

“要说老同学可是真给力，让工人们加班加点，我都没想到这么快就有模有样了。”宋家理一半感激一半奉承地把吴狄在左小妍面前捧得老高。这夸赞的话要是让宋家理直接跟吴狄讲，她还真说不出口。因此，左小妍来得很是时候，正好可以借她传个话，也算是为那天的事缓解尴尬。

可不知道为什么，宋家理夸吴狄夸得越狠，左小妍的脸色越是铁青，直到她走出小院的时候，情绪都没有缓和过来。

左小妍坐在车里，握着方向盘的手气得发抖。她一脚油门蹿出去，只是拐了个弯，便又跟着一脚刹车，将车子停在了宋家小院隔壁的巷子里，一个借刀杀人的计划涌上心头。

葡萄架下

自从董逸陶砸下那“开天辟地”的一锤，便仿佛打通了小院的任督二脉，宋家理宛如开了挂，想啥啥灵、干啥啥顺。

师傅们三下五除二，已经把几间老房子修缮得有模有样，发黄掉皮的老墙被贴上了漂亮的新墙纸，漏风的窗户被改成了严严实实的双层玻璃窗户。老屋从外面看起来仍旧保持着原汁原味，可一进门却全然没了老旧的样子，里面焕然一新，很是舒适。

宋家理坐在西餐厅的天台上，抱着电脑将下一步绿化用的花草逐一敲定，并和苗圃老板说好隔天送货。

站在天台上居高临下，看着一块块青砖在工人们手中逐渐被垒成花坛，俯视着逐渐成形的院子，宋家理颇有些指点江山的成就感。

“宋老板，您要的咖啡。”

“哟！董老板，谢了您嘞！”

虽然客栈还没开张，但两个人已经早早开始以老板互称，相互吹捧着上了天。

“等过两天，把董事长接回来视察一下成果。她老人家保准满意！”

董逸陶口中的董事长便是罗敏红。虽然只是名誉董事长，却还是让罗敏红抖足了威风。

此时，罗董正在乡下的农家院子里攀着院子里葡萄架旁的梯子，伸手去够结在顶上的一大串马奶葡萄。

“西园晚霁浮嫩凉，开樽漫摘葡萄尝。”

一个儒雅的声音从葡萄架后传出来。罗敏红不用看，一听便知是陈言笑，能在这乡野之中出口成诗的，想来也只有他一个。

她带着Candy借住的这处院子，便是陈言笑老家的宅子。陈家原来人丁兴旺，但慢慢地儿女们各自结婚生子远走他乡，老一辈去世之后，这老宅子便空了下来，唯有院子里的葡萄架还在由陈言笑照料着。

小风一吹，葡萄架上的累累硕果摇摇晃晃，在洒着夕阳余晖的院子里留下一片水果的香甜。Candy追着舞动的光影在葡萄架下跑来跑去。

陈言笑一边将刚摘下来的葡萄送进嘴里，一边看着眼前这幅景象不禁感慨："小时候我经常跟姐姐弟弟也像这样，在这葡萄架底下追着跑啊闹啊。现在一晃也几十年了，葡萄架还是那个葡萄架，上面结的葡萄也还是原来的味道，但人可是真的老了，跑也跑不动了。"

罗敏红笑着点头。她虽然要强，不会像陈言笑这样直言不讳地服老，但刚刚攀上梯子摘葡萄的时候，也确实有些力不从心。可细品陈言笑的话，她又敏锐地从中发现了问题："欸，你不是你们家老小吗，怎么还有弟弟？"

"对，我是有个弟弟，不过小时候就过继到我北京的姑姑家了。他们老两口没孩子。"

这事罗敏红还是头一次听说，急忙点头，有些后悔问这个问题，生怕一不小心戳中了老陈的痛处。

可陈言笑似乎并不避讳，反而给罗敏红讲起了自己和弟弟小时候的事："他离开家的时候九岁，已经记事了，我比他大两岁，兄弟姐妹中我们俩玩得最好。我爹妈孩子多，送出一个大概也不心疼，但我那时候可是真的舍不得他。北京虽然是好地方，可去了那儿，啥时候才能回来呀？哎呀，当时就觉得特别远，害怕这一辈子都见不着了。"

"后来呢？他现在还在北京吗？"想着不问不问，但女人到了这个岁数，还是忍不住追问。

"后来？后来他出国了，还真是一辈子都没再见几回。"

"说一辈子还早，现在大家都退休了，说不定哪天你还能跑到国外去找他玩一圈呢！”眼看着气氛有些伤感，罗敏红急忙转移话题，可没想到这一转却一下子掉到沟里去了。“他前两年去世了……这辈子算是见不着了。”

天色黑下来，院子里悄无声息，只有鸟语和虫鸣。二人望着葡萄架，看着熟透的葡萄摇摇欲坠，看着完成使命的葡萄叶开始枯黄卷边，心中不禁生出一丝悲凉。

人这一生也是如此，开花结果只有短短的一两季，随后便是落叶归根，长眠于土。

如果说Candy是初春藤间的花骨朵，那家文家理便是盛夏里能撑起一片天的绿叶，而罗敏红自己则甘愿化作春泥给植物提供养分。一家人为了结出金秋的果实，各司其职、各出其力。

一大早，罗敏红便接到女儿的电话。

电话一接通，宋家文就在话筒里带着哭腔喊了一声妈。

“又怎么啦？哼哼唧唧的。”

“妈，不好了，隔壁的马破锣带着人来咱们家闹了！说咱们这儿施工有噪音，让停工，不然就告到县上去！”

罗敏红心里咯噔一下。马破锣是隔壁赵家儿媳妇的外号，她可是喜镇鼎鼎有名的泼妇。家里有个卧床的婆婆，让马破锣原本就暴躁的脾气更加无所顾忌。赵老太太和罗敏红虽说不算一辈人，但过去也常有走动。自打这个媳妇进了赵家门，她家的门风就败了。这女人天天在院子里大呼小叫，不是打男人就是骂婆婆，把隔壁的罗敏红家也吵得不得安宁，婆婆也被气得一病不起。这女人本来有个挺响亮的名字马翠玲，却被大伙背地里叫作马破锣。平时罗敏红与她很少打交道。表面上是因为大门没开在一条街上，走动起来不方便，但实际上是因为马破锣和罗敏红都听说对方不好惹，于是便故意拉开距离，尽量不打交道。可不知今天这是犯了哪一出，竟让马破锣找人打上门来了。

“慌什么，我还怕她不成？让你妹妹顶住，我马上回去！”罗敏红故作镇定地挂了电话，却一刻不敢耽搁地跑出门去。罗敏红嘴上虽然说着让女儿不用怕，但她知道，一旦马破锣出马，两个女儿绝不是她的对手，自己必须第一时间赶回去。

罗敏红来不及收拾东西，抱起Candy就往院外走。在村口的车站等了二十分钟也不见一辆车。正在她着急上火的时候，一辆熟悉的摩托车从远处驶过来。车子在站牌前停下，陈言笑摘下头盔露出微笑。

罗敏红坐在摩托车后座上，感觉浑身不自在。在她的行为准则里，即便是有急事也不应该随随便便上一个男人的车。不过好在她和陈言笑中间还隔着Candy。罗敏红不住地嘱咐着Candy抓紧陈爷爷的衣服，可自己的手却无处安放。

“你也抓着我扶好喽！”陈言笑逆风大喊。随着一个加速，罗敏红一个晃悠，也顾不了那么许多，急忙抱紧Candy也上手抓住陈言笑的衣角。

拉架

摩托车还没驶到小院门前，便看到一群人熙熙攘攘地围在院门口。

摩托车刚一停稳，罗敏红便跳下来，风尘仆仆地甩下头盔，抱着Candy直奔小院。

一直躲在人后不敢插话的宋家文老远就看到了母亲的身影，仿佛等到了救星一般，急忙跑过来接过Candy。

“妈，您可来了！快去看看吧，来了好多人，我妹一个人顶不住了！”

“怕什么，有我呢！”罗敏红横眉怒目，气势汹汹，可两颊却带着与表情不搭的红晕。

“妈，您没事吧，脸怎么这么红啊？”宋家文忧心忡忡地问。

不问不要紧，这一问，罗敏红一下子破了功，气势全无，脸反而更红：“呃……没事，可能是风吹的。”

两个人三两步来到小院前，马破锣正叉着腰对着宋家理唾沫横飞：“你们这儿没黑没白加班加点地叮叮当当，还让不让街坊四邻休息了？”

宋家理同样叉着腰不甘示弱：“我们严格按照政府规定早九点开工晚六点收工，中午还休息两个小时，怎么就没黑没白不让你们休息了？”

“嘿，扰民你还有理了！我婆婆八十了，岁数大了需要安静，你这一有噪音，她心脏就突突。万一突突出毛病来，你负得了责吗？”

宋家理冷笑一声：“你还好意思说呢！我这没施工的时候，一天到晚听你在隔壁冲你婆婆大声嚷嚷，心脏不突突才算怪呢！现在跑这儿装什么孝子！”

宋家理飞来一个大大的白眼，马破锣身后的左邻右舍顿时表情一变，纷纷窃窃私语。

马破锣对婆婆不好是左邻右舍中出了名的，但大家平时也都是私下议论，还没谁有胆量当面戳穿。此时马破锣还真有些下不来台了。

马破锣上前一步，不客气地指着宋家理，怒目而视："你少血口喷人啊！我一把屎一把尿地伺候我婆婆，你个小丫头片子凭什么在这儿说三道四！"

正当马破锣的手指头几乎要戳到宋家理的鼻尖时，罗敏红一下子从中间把二人分开："你不爱听年轻人数落，我说你两句总行吧？"说着她将女儿护在身后，"你孝不孝敬你婆婆我们管不着，人在做天在看，你问心无愧就行。但施工这事咱们有一说一，用不着把你婆婆搬出来做幌子。"

马破锣冷笑一声，将锋芒收了三分："既然有一说一，那咱们就说说这噪音补偿的事吧。"

如果说之前站在马破锣身后的左邻右舍还是来看热闹的，但现在当话题涉及他们自己的利益时，一个个眼睛瞪大，纷纷竖起耳朵仔细听。

宋家理那原本无所畏惧的眼中闪过一丝担忧。果然无利不起早，看来马破锣此次发难，不剥她们一层皮是绝不肯罢休的。况且看这架势，不光是她要吃肉，旁边的这群人也要跟着啃骨头喝汤呢。

"我说老罗啊，赵家嫂子说得也对，你们家施工，我们啥好处没有，光跟着吃土了。大家都是街坊邻居，你是不是也得考虑考虑我们……"

“对呀，老罗，咱们街坊这么多年了，都要相互着想不是？”

“听说大城市很多小区施工都给住户噪音补偿呢。咱们也得跟上时代潮流呀！”

宋家理实在听不下去了，拨开老妈挺身而出：“我们这又不是什么大工程，又没有吊车挖掘机，几个工人垒垒砖而已，至于那么上纲上线吗？”

不想宋家理一句话引起了众怒，大家三言两语，斥责的斥责、讥讽的讥讽，说得她连连后退，罗敏红像母鸡护小鸡似的将她护到身后：“行了行了，不就是要钱吗？要多少说个数！”

马破锣的嘴角露出一抹微笑：“怎么着一家也得一千吧！”

大家拍手应和，罗敏红娘儿仨惊得张大嘴，面面相觑。此时围观的人越来越多，似乎是听者有份似的，隔着两条街的“邻居”都闻讯赶来了。

照这个架势，一家一千，宋家理她们赶上散财童子了！

不等罗敏红说话，宋家理先一下子蹦了出来：“你可真能狮子大开口！”

“这是我们应得的！你要不给，我就去县上告！”

“你这是明摆着敲诈！别说一千了，我一分也不给！”

“你可真是铁公鸡呀，一毛不拔！”

两个人针尖对麦芒，越说越急、越说越气，连夹在中间的罗敏红都被二人推到一边去了。

“你不给钱就别想施工！”马破锣上了头，使出浑身的泼劲，在宋家刚漆好的红门上狠狠地踹了一脚，留下一个大大的黑脚印。

宋家理这下可急了，借着身高优势一把揪住马破锣的衣领子。马破锣可不是好惹的，上手就去扯宋家理的头发。罗敏红虽然威武了一辈子，却仅擅长动口从不动手，一见眼前这副架势，一时也慌了手脚，急忙喊一旁的董逸陶帮忙拉架。董逸陶上前刚要分开二人，却只听啪的一声，左脸一热，脑袋一蒙；紧接着又是啪的一声，右脸也一热，脑袋更蒙。

转瞬间两颊已经印了一大一小两个红手印。

马破锣的手掌皮糙肉厚，打在脸上火辣辣地疼；宋家理的手虽然小巧，但一巴掌上来也是威力不小。

被打蒙的不止董逸陶一个，在场的人全都蒙了。宋家理和马破锣一见打错了人，也不觉有些尴尬，可下一秒又生怕落后似的继续扭打在一起。围观的人七手八脚地拉架，最后却演变成一群人闹哄哄打成一团。只剩下陈言笑和抱着Candy的宋家文在层层人墙之外急得干瞪眼。

搬砖

宋家理怒火中烧。她头发蓬乱，脸上挂彩，正气喘吁吁地坐在桌前。

罗敏红手上用酒精棉轻柔地帮宋家理擦拭着脑门上指甲抓的伤口，嘴上却一点也不温柔：“马破锣这个泼妇，属猫的吧？爪子逮哪儿挠哪儿，一挠就是一道印。下手可真够狠的！”

宋家理虽然冷着脸没有接茬，可在酒精的刺激下，眉头还是不由得抽动了一下。

罗敏红的心也跟着一抽，手上消毒的动作更加轻柔细致，语气也立刻温柔起来："脑门可是整张脸的门面，不光是美不美的事，还掌控着运势。这个地方要是留道疤，可就彻底嫁不出去了！"

宋家理有时真佩服老妈，不管说什么话题总是能扯到嫁人的问题上。刚刚镇上派出所来民警劝架，罗敏红临了还不忘多看人家年轻警察两眼，心里琢磨什么，不用问也知道。

但此时宋家理根本就没有其他心思，眼睛直勾勾地盯着院子里的砖，脑袋里只想着下一步该如何是好。

也许当马破锣在她脑门上抓下那一道伤的时候，便已然把她这些日子积下来的好运一爪子挠没了。

眼看着天气一天一天转凉，一入冬，崇礼的雪场便热闹起来，客栈的生意全仰仗冬天的雪季。但看着建了一半的花坛，凹凸不平的地面，空荡荡的房间，刚从苗圃运来等待入土的新苗，以及手中这张被她攥得皱巴巴的停工通知书，宋家理那颗火热的心便变得拔凉。

前两天她在网上逛苗圃的时候，曾经想象着这些花草在院子里生根发芽的样子，但现在它们躺在地上，枝条上原本绽放着的花朵渐渐蔫巴巴地低下头，刚刚长出的新芽也因为缺水而萎蔫。宋家理蹲在院子中央，只觉得浑身无力，一屁股坐在了地上。

刚刚在母亲面前宋家理还不是这副颓样，反而是拍着胸脯保证工不会停，架不再打，一切包在她身上。

话虽这么说，但自己的闺女罗敏红最了解，她闹着要留下给女儿撑腰，却还是被宋家理强行轰上了回乡下的大巴车。

一路上她一边担心一边懊悔。担心的是宋家理性子太烈，处理不好邻里问题；懊悔的是自己刚才没发挥好，拳脚上胜不过马破锣就算了，口舌上竟然也没能占上风。

罗敏红望向窗外，刚好看到一辆摩托经过。她的脑海中忽然冒出陈言笑用摩托载着她的情景，瞬间耳边的风声、摩托的轰鸣仿佛又回来了。罗敏红就这么望着摩托车开没了影，这才愣愣地回到现实，丝毫没有察觉脸上已经泛起了两片红晕。她正为自己的走神感到有些自责，忽然一拍脑门："我说今天嘴怎么不利索，肯定是在摩托车上让风给吹瓢了！"

宋家理一直在院子里坐到天擦黑，随后便一骨碌爬起来，黑灯瞎火地独自搬起砖来。她将院门口的青砖一摞一摞地搬到花坛前，准备亲自动手给花坛收尾。

"自己动手，丰衣足食！"她念叨着哼起歌来，歌声越哼越响亮，渐渐由哼唱变成高歌。她专门唱那些欢快的曲子、喜庆的歌词，似乎生怕左邻右舍听不见似的。

"你不是不让我施工，故意想给我添堵吗？我偏不生气，偏不生气！我自己搬砖，我高兴得很！"

宋家理加快脚步，一次抱起的砖也越来越多，没几趟已经累得气喘吁吁，也不知道是在和别人较劲还是和自己较劲。

待她再回到门口准备搬下一摞时，刚好和搬着砖进来的董逸陶撞了个满怀。

高高摞起的砖块晃悠着摇摇欲坠，宋家理急忙扑上去抱住，连同董逸陶一起被强行来了个熊抱。

待砖头稳住，董逸陶的心还在嗵嗵直跳。

“你怎么来啦？店不管了？”宋家理接过上面的一半砖，转身没事人一样地向花坛边走去。

董逸陶顿了顿便恢复常态跟了上去：“这会儿就一桌，家文帮我盯着呢。再说，你都亲自搬砖了，我这个合伙人怎么也得帮一把吧？”

宋家理本以为董逸陶会拦着她，没想到他话不多说，只管出力。

两个人在院子里来来回回搬了不知道多少趟，堆在门口的砖已经被转移了一大半。

宋家理此时已经累得上气不接下气，一屁股坐在砖堆上，灰头土脸地喘气，活像一条刚跑了一万米的土狗。

董逸陶的额上同样沁出了汗。他从口袋里掏出那个形影不离的小喷壶，在手上滋了滋，掏出一包纸巾把手和脸都擦了个干净。刚要把剩下的半包纸递给宋家理，只见她满不在乎地用脏乎乎的手背抹了一把早已经被她擦花了的脸，顿时脑门上又留下一道黑印。

董逸陶张了张嘴，想着要不要提醒她一下，可犹豫了一下，却只是笑了笑。他忽然觉得即便是顶着一张花脸，也一点都不影响眼前这个女孩的可爱。

忽然“轰隆”一声，宋家理屁股底下没摞稳的砖一下子塌了，宋家理一个屁股蹲儿摔进砖堆。

宋家理长这么大都没有过如此狼狈的时候，更没有在别人面前出过这么大的丑。

屁股被摔得麻酥酥，可最疼的却不是那里。宋家理揉了揉被烟尘眯到的眼睛，两行泪水奔涌而出。她知道自己现在的样子很丑、很惨、很落魄，但不知道这是不是她这辈子最惨的一刻。曾经，她辞了工作从大北京卷铺盖回家的时候，已经觉得自己很惨了，但让她没想到的是，没有最惨只有更惨。即便她不再无所事事，努力了、奋斗了，也依然无法挽救她惨兮兮的人生。

宋家理哎哟着坐在砖头堆里不敢抬起头，生怕董逸陶看到她那张惨兮兮的脸，更害怕他看透她那颗已然伤痕累累却又无能为力的心。

朽木不可雕

董逸陶将刚擦干净的手伸到宋家理眼前，要拉她起来。

宋家理犹豫了一下，看了看自己脏兮兮的手："不用了，我自己起得来。"

董逸陶二话不说，毫不嫌弃地抓起她的手，将她从砖堆里拉了起来。

宋家理只感觉被一股力量裹挟着，再次回过神时便已经重新"脚踏实地"了。只是董逸陶拉着她的手还没有放开，他那刚刚擦得一尘不染的手上，肉眼可见地沾上了宋家理手上的灰尘。

宋家理急忙将手抽回来："不好意思啊，都给你弄脏了。"

"没事，我不嫌。"

宋家理有些惊讶，她低头看了看自己，果然要多埋汰有多埋汰。就现在这情况，别说是洁癖了，就是在公交车上给人让座，估计别人都嫌脏。可董逸陶这个有重度洁癖的人却毫不介意地向她伸出手。看着董逸陶脸上轻松的笑容，宋家理觉得越来越猜不透眼前这家伙了。

两个人蹲在地上将散落一地的砖头重新码回原位。看着地上的几块碎砖，宋家理又心疼起来。

“一块青砖三块五，碎了五块，小二十块钱又没了！”她一边小心翼翼地将碎砖拢到一处，一边嘀咕着唉声叹气。

董逸陶觉得好笑：“不至于吧，二十块钱也要计较？”

“二十块钱也是钱呀。一文钱难倒英雄汉，说的就是我！”宋家理一想到马破锣那话里话外绕不开钱的嘴脸，就气不打一处来。

董逸陶早从她的愁眉苦脸中看穿了她心里的难处：“不行就给点补偿，都是街里街坊，关系弄僵了总不好。”

宋家理眼睛瞪得老大：“给钱？凭什么呀！我施工都是严格按照规定时间来的，吴狄让师傅们加班加点，我还每次都拦着。他们就是胡乱找理由，狮子大开口，想敲我一笔！想得美，门也没有！”

眼看着宋家理的火气又上来了，董逸陶赶紧灭火：“说到底不还是钱的事嘛。钱有那么重要吗？就当破财消灾了。”

宋家理忽然愣了一下。钱有那么重要吗？这口气似曾相识。

大学刚毕业那会儿，面对着低到可以忽略不计的实习工资、一穷二白的男朋友、窄小局促的出租房，宋家理每天依旧过得心花怒放，别人问她怕不怕穷，她总会回一句：钱有那么重要吗？

那时候钱一点都不重要，只要能和心爱的人一起做喜欢的事，就算再穷也无所谓。但后来，也不知道是从什么时候开始，钱一下子变成了人生的目标、生活的全部，甚至吞噬了爱情，蚕食了梦想。

现在，钱无比重要。她将全部积蓄都投进了这个院子，这里面不光有她自己的钱，还有妈妈的养老钱、姐姐的积蓄，如果客栈的工程真的黄了，那她这辈子恐怕再无翻身的机会，一家人都要跟着倒霉了。

“重要！钱当然重要！”宋家理理直气壮地回答，一点都不去掩饰见钱眼开的庸俗，什么星空、远方、阳春白雪，在现实面前都被她抛在了脑后。

“钱不是什么好东西，你越想抓住它，就被它抓得越紧。”

宋家理呵呵了一声，一下子沉下脸来：“我最烦你们这些站着说话不腰疼的人。你以为你是马云吗？对钱嗤之以鼻？这种毒鸡汤你还是自己喝吧，我消受不起！”

说完她转身要走，身后传来董逸陶的声音：“我不是站着说话不腰疼，也没给你灌鸡汤。你愿意听我讲个故事吗？也许听完，你就明白我为什么会这么说了。”

接下来，董逸陶坐在院子里给宋家理讲起了一个他朋友的故事。

董逸陶的这个朋友是美国名校的商科高才生，因为他优秀，毕业后轻而易举跻身华尔街；因为他优秀，工作没几年便成为投行基金经理；因为他优秀，手握重金，将金钱玩弄于股掌之中。起初的幸运变成了后来的实力。就在他挣了大钱开始飘飘欲仙时，他似乎忘了有赢就有输、有赚就有赔这样一个浅显的道理。对于一个优秀的基金经理、一个稳操胜券的常胜将军来说，赔钱这个词似乎离他很遥远，钱对他来说只是一串数字，没有温度，没有情感，没有姓名，毫无怜悯心，不带负罪感。他甚至从来都没有想过当他欢呼着收获时，在世界的另一个角落有人正一败涂地，一无所有。

直到那个一败涂地的人变成他的至亲。

“后来呢？”宋家理的心悬在空中，替他那个朋友捏把汗。

“后来他爸从天台跳下去了。”董逸陶的眼中闪过一丝痛楚。

宋家理看着他的侧脸，半晌都没有说出话来。

“我明白你说的意思了。钱确实不是个好东西，我们都被它绑架了。也许有一天我们会重获自由，但也可能一辈子都无法逃脱它的掌控。”

“说到底，钱只是个工具。但到底是枪是钩是铲，就看你自己怎么利用它了。用对了就是实现梦想的帮手，用错了也可能成为自讨苦吃的凶器。所以有时候……”

董逸陶还想再说下去，宋家理一下子听出了端倪，她噌的一下子站起来：“你说了这么多，不会是又要劝我破财消灾吧？反正不管你怎么说，钱我是不会给的！”

“你想想，你开客栈对邻居们有什么好处？他们凭什么配合？”

“他们凭什么不配合啊！我出钱建我家的客栈，凭什么要让他们得好处啊？”

两个人从正反两方展开了辩论。

“话是这么说，但买卖不是你这么个做法。别人给你行方便是情分，给你使绊子才是人性！”

“我是不如你懂经营，但我知道这次要是这么轻易妥协了，那往后的日子就更要看人家脸色了。”

“硬碰硬只会两败俱伤，互利互惠才是真理。“

“互利互惠也要看跟谁，装修这么点小事都要找麻烦，我偏不给他们让利！”

董逸陶苦口婆心说得口干舌燥，见宋家理仍旧捂着腰包不为所动，不由得有些懊恼。

“你这人怎么一毛不拔呀！”

“对！我就是穷，我就是抠！你就此打住，慢走不送！”宋家理又倔又硬还理直气壮，几句话斩钉截铁，噎得董逸陶只能摇头叹气。

软硬兼施

左小妍将勺子送进儿子嘴里，眼睛却透过阳台紧闭的玻璃门，盯着吴狄正在讲电话的背影。

即便看不到他脸上的表情，也听不到和电话那边的对话，但凭着她这么多年对老公的了解，从吴狄那微微拱着的肩膀、稍稍前倾的脖子，左小妍还是一眼便看出电话里说的那件事，一定让他很烦心。

儿子已经将一口饭嚼烂咽下，再张嘴，妈妈手中的勺子却空悬着没有及时送过来。小儿子拍打着饭桌，不满意地哼哼起来。左小妍的心思早已经不在饭桌上，直到大女儿碰了碰她的胳膊肘喊了声妈妈，她才回过神来继续喂饭。

这时，吴狄也挂了电话回到饭桌前，话不多说，开始囫囵地吞饭。

左小妍依旧心不在焉地喂着儿子，眼睛却悄悄地打量着对面老公的表情。

“怎么，你那个大项目不顺利？”她试探着问。

吴狄顿了顿，叹了口气：“项目没多大，麻烦却不少。也真邪了门了，镇上的人什么时候也学会了城里那一套，屁大点的工程还要起噪音补偿了，这不是敲竹杠嘛！”吴狄愤愤然地打抱不平。

左小妍却不动声色，一副事不关己的样子：“要补偿也是跟业主要，你干你的活，不影响吧？”

“怎么不影响啊！那边狮子大开口，哪个冤大头会这么惯着他们呀！价钱没谈拢还告到建委去了，事情没核实之前就先来个停工。这帮刁民还挺能的，怕是背后有高人指点吧？”

话音刚落，儿子哇的一声哭了。吴狄看去，只见小儿子鼻子上沾着米糊，左小妍一边给儿子擦脸，一边连声道歉。

吴狄摇摇头，满口埋怨：“唉，干啥啥不行，喂个饭都能给孩子喂到鼻子里去。”

话虽不顺耳，左小妍却没有反驳，只是在心里冷笑一声，暗想吴狄对她并不了解。

宋家理挂了电话，依旧愁眉不展。刚才在电话里她已经和吴狄反复核实过，施工过程中并没有什么违规操作。对方话不多说直接举报到建委的做法显然不是一拍脑门的一时冲动，看上去更像是懂行者的精心筹划。对方似乎知道，即便举报不实，在查明是非之前，停工也是躲不过的。一旦停工，经济损失、时间损失……一想到这些，宋家理的耳边就响起纸币被撕碎的声音。

“也许是哪个人狠话不多的竞争对手专门给你使坏。你想想，你开客栈这事有没有妨碍到谁的利益？最近是不是得罪过什么人……”

吴狄的话又在宋家理脑海中响起。她觉得他说得有道理，但左思右想，怎么也想不出那个人狠话不多的是谁。

眼看着天要转冷，如果没能在今年的雪季之前把客栈开起来，那她的第一次创业基本上就被宣判死刑了，一起陪葬的不光是真金白银，还有她这么多年来的梦想与决心。

宋家理一闭上眼，仿佛就已经看到自己一蹶不振的样子。做了三年的失败者，好不容易鼓起勇气要摆脱这个不光彩的头衔了，如果在刚一起步的时候就跌跟头，她恐怕再也没有翻身的机会了。

待宋家理再次睁开眼，失去光芒的眸子中又重新燃起了火焰。她别无选择，必须放手一搏。

宋家理坐了一个小时的公交车，来到了县建委。一下车，她便拿出秋菊打官司一般的决心，鼓足勇气，一步一步地朝建委大门走去。

一辆白色丰田霸道霸道地从她面前呼啸而过，领先一步停在建委大门口。

车门一开，正好拦住宋家理的去路。她反感地抬头一看，正看到古贺从驾驶座跳了下来。

“这么巧！”古贺笑着迎上来。

“哦，是啊，是挺巧，这都能碰见……”宋家理脸上的惊讶瞬间被尴尬掩盖。

“我来找建委的一个朋友聊点事。你呢？是来办事吗？客栈的工程还顺利吧？”

宋家理一下被戳到了痛处，不知该如何作答。此时她确实想找个人来诉苦，但这个人绝不能是古贺。如果在这个世上有一个人需要她见面之前先充充大样，那这个人就是古贺。倘若问她原因，宋家理自己也不知道。

也许这就是前男友效应。

就算是打肿脸充胖子，也绝不能让他觉得自己过得不好。但话说回来，如果已经到了需要打肿脸充胖子的程度，那便证明自己过得肯定不好。

“都挺好。”宋家理摆出一个社会化的假笑。

古贺轻轻点点头：“那就好。走吧，咱们一起进去吧。”说着他伸了伸手让宋家理先走。

可宋家理的两条腿像被钉子钉在了地上，怎么也迈不动步。跟他一起进去，岂不是分分钟打脸？

“那个……你去吧，我事已经办完了，正准备回去呢。”宋家理说完便向后退。虽然前进困难，但退起步来却顺溜得很。

看着古贺只跟门卫打了个招呼便顺顺利利地进了建委大门，显然是这里的老熟人了，宋家理不由得心里有些不是滋味，灰溜溜地转身，默然离去。

宋家理在空荡荡的屋子中央打了个地铺，仰面躺下。屋子里没有灯光，只有窗外的月光隐约照进来。宋家理呆呆地望着天花板上预留出来的灯位。如果当初工程顺利进行，现在这个屋子里的灯早已经被点亮了。但现在，眼前只有一个黑洞洞的灯口，耷拉下一截裸露的电线。没被点亮的不只是这个房间，还有宋家理的心。

她划开手机，屏幕上的亮光在瞳孔中映出两个闪烁的光点。但不一会儿，这光点便立马暗淡下来。手机屏幕上赫然显示着银行的余额，仅有几位数字，一只手便数得过来。

宋家理叹了口气，将手机扣在胸口，只觉一阵憋闷。

即便生活磨掉了她的棱角，磨没了她的脾气，磨走了她的倔强；即便她想和解，想道歉，想用钱摆平，但兜里没钱，连服软的资格都没有。

转天一大早，宋家理便再次站在了建委门口。这一次别说是碰到前男友，就算前面是刀山大海，她也得坚定地闯过去。既然服软这条路走不通，她就必须硬气下去。

巾帼不让须眉

“什么？”宋家理没想到自己会在建委的办公室里失态得大嚷起来。

工作人员愣了五秒，又把刚才的话重复了一遍：“停工通知已经撤销了，随时可以恢复正常施工。您……还有什么问题吗？”

宋家理仍旧是一脸难以置信的表情，半晌才恍然大悟地点点头，又急忙摇摇头：“没问题！我没什么问题了。谢谢啊！”

说完她迷迷糊糊地转身离开，直到走出建委大门的时候还是感觉在半梦半醒之间。

宋家理简直不敢相信事情就这么轻而易举地解决了，她分明什么都没做，甚至没有按照那些人的要求掏钱补偿。是马破锣忽然良心发现，还是神兵天降助人为乐？宋家理呆愣愣地站在建委门口，虽然百思不得其解，却还是忍不住觉得心情畅快、一身轻松。

“管他呢，反正事情是解决了。”

她脚步轻快地走向车站，原本无力的双腿此时又恢复了力量，仿佛连夹杂着建筑灰尘的空气此时都变得格外香甜。宋家理根本没有注意到，路边正停着一辆没熄火的白色丰田霸道。古贺透过车窗，看着宋家理兴高采烈地登上公交车，不由得被她那种由衷的喜悦感染，露出发自内心的微笑。

清水河畔的红门外再一次花团锦簇、人声鼎沸，宋家理在众人的瞩目下爬上梯子，揭下大门门头上的红绸，“家理客栈”四个大字跃然眼前。

罗敏红带头欢呼鼓掌，Candy也在妈妈怀里把小巴掌拍得啪啪响。

随着一阵噼里啪啦的鞭炮声，宋家理一把推开大门，引着好奇的街坊进院参观。

一进大门的位置竖起一扇古色古香的影壁，朝外的一面写着一个大大的福字，朝里的一面则刻着荷塘月色主题的浮雕，寓意家和万事兴。

院子四角，栽满一串红的花坛将整个院子烘托得喜气洋洋，与屋檐下挂着的矮牵牛相得益彰。

堂屋的正中有一块硕大的牌匾，上书“木兰堂”三个大字；两侧的朱漆柱子上贴着一副手写对联：雷厉风行业兴起，巾帼不乏英雄气。

陈言笑站在院子中央，背着手仰着头，看着自己的书法作品，一脸自豪。对这幅墨宝更满意的还要数罗敏红，今天一早她已经站在院子里欣赏了半晌，不光喜欢这运笔有力、气势磅礴的字，字句里的含义更是恰到好处，和这院子里的主人相得益彰，巾帼不让须眉说的不就是她和两个女儿嘛。等客栈一开起来，看谁还敢小瞧她们宋家小院的娘子军！

为了增加格调，给到场的宾客留个好印象，宋家理偷偷拿着姐姐一瓶很贵的香水在卫生间里喷了又喷。当她看到每一个从洗手间出来的客人脸上都带着满意的微笑，就知道这香水没白糟践。

“老罗呀，你可真有福！你这俩孩子到底是出去见过世面，看把这小院捯饬的，有模有样！”

“是啊，你们家理的朋友还不少！你看看，门口那些个花篮，都是有头有脸的人送来的！”

之前对小院工程并不看好的街坊四邻，此时一个个嘴上像抹了蜜，把罗敏红夸得就快找不着北了。她原本最不待见门口那几个花篮，主要是不待见送花篮的人，不管是吴狄、古贺，还是王喆，没有一个能让她产生好联想。

但无论如何，家理客栈还是在一片喜庆中，载着一家人的美好愿景正式开业了。可开业只是个开始，迈出第一步，才知道前路漫漫，脚下泥泞，愿景和现实还是有很大差距的。

宋家理坐在西餐厅的吧台前，对着电脑上的客栈预订网站发呆。为了将客栈的接待空间最大化，她把原本设在正屋的接待空间也改成了客房，客栈的前台干脆和西餐厅的吧台合并为一体。但事实证明，宋家理还是多虑了，即便已经进入了滑雪季，客栈在网上的预订量依旧惨淡得让她不忍直视。

罗敏红原以为的扬眉吐气也变成了唉声叹气，她坐在屋里和供在桌上的财神爷大眼瞪小眼。招财猫不断摇摆的胳膊，不但没能给客栈招来客源财源，反而招来了邻居的风言风语。

"原以为她们家只是门脸风水不好，原来整个院子都是个风水坑呀！"

"要说老罗都这么大岁数了，还跟着孩子们瞎折腾什么？别最后搞得生意没做成，反而把自己的养老钱搭进去了。"

"想挣钱也得找对路子，镇上的旅店都住不满，更别说什么客栈了。"

罗敏红下巴和脖子的夹角越来越小，直到后来每次出门都低着头，恨不得用脑瓜顶看路。

进账少让她心慌，更让她心疼的是闺女的付出。

她眼看着宋家理为这个小院操碎了心，从院子里的一草一木，到客房里的枕头床单，为了节约成本，宋家理一个人既是老板又是园丁，既是保洁员又是服务员。有客人的时候满脸堆笑热情洋溢，没客人的时候愁眉不展垂头丧气，没有哪一天是能够清闲下来坐在自己打理好的小院里享受一番的。

但不是所有的努力都能换来回报，也不是有梦想就能实现。即便宋家理每天盯着预订网站看到眼睛里血丝密布，但没有预订就是没有预订，客栈的生意依旧惨淡。她丧气地关掉网页，刚刚合上电脑又忍不住打开在搜索框内输入一行字：客栈生意不好怎么办？

不查不知道，一查才发现同样的问题网上一大堆，看来客栈不挣钱并不是宋家理一个人的难题。看了几篇文章，里面说百分之九十五的客栈都面临挣钱难这个问题。做生意需要的不是情怀，而是面对现实。

看到这儿，宋家理长长叹了口气，后悔自己没有早点看到这些文章。看来创业的时候确实要少看些鸡汤文，多听些逆耳忠言。可现在说什么也晚了，偌大一个客栈已经开门接客，只可惜情怀满满，却客源寥寥。宋家理一篇一篇地浏览网上的支着儿、经验，有人建议降价，有人建议重新装修，还有人干脆直接劝退，幸灾乐祸，恨不得赶紧让你关门大吉。左看右看看了一圈，宋家理发现这些所谓的答案分成两类，一类是外行站着说话不腰疼的瞎支着儿，另一类则是内行深藏不露的软广告。

宋家理啪的一下合上电脑，揉着酸痛的眼睛，用力伸了个懒腰。可胳膊还没等伸直，便一拳打在了什么东西上。

宋家理一回头，看到董逸陶正一脸痛苦地揉着下巴：“你干吗打我？”

宋家理虽然心里有歉意，嘴上还是不肯服软：“谁让你鬼鬼祟祟站在我身后偷看的！”

董逸陶张了张嘴，正了正下颚，还好这姑娘手劲不大，不然让她这么东一掌西一拳的，说不定哪天就被打成面瘫了。不过董逸陶并不想跟她计较这些，反而大度地献上一计。

“你不是发愁生意不好嘛，我来给你支个着儿。”

酒香最怕巷子深

随着“咔嚓咔嚓”的快门声，家理客栈的里里外外由远及近被定格在单反镜头里。宋家理精心雕琢的一砖一瓦、一草一木在光影的加持下散发出小院特有的魅力。古老建筑加现代装潢，在镜头中融合成一门艺术。

宋家理翻看着电脑屏幕上一张张照片，不住地咋舌赞叹：“要的就是这感觉！高大上的气质一下子就出来了！”

可董逸陶却摇摇头，显然对这些照片依旧不满意。他一边精益求精地修图，一边一脸认真地给宋家理上课：“现在是自媒体时代，别管是照片还是视频、好吃的还是好玩的，优质内容太多了。别说百花齐放，简直就是遍地开花，一不留神就被竞争对手比下去了。但也正因为这个时代，你要是真的耀眼，谁也挡不住你的光芒。”

宋家理看着眼前本已经很美的照片一点点变得更精致更梦幻，一脸的佩服，半张着嘴，求知若渴。

董逸陶看她好学的样子，也毫不吝啬地教她：“这就好比在人潮拥挤的天桥上卖东西，你要怎么做才能让大家注意到你呢？”

“大声吆喝？”

“但如果你周围也有其他买卖人跟你同时吆喝博顾客眼球呢？”

宋家理陷入沉思。

“这就是优质内容的重要性了。你的眼光必须比所有顾客更苛刻。”

宋家理恍然大悟，一脸佩服地看着董逸陶：“你怎么这么懂？”

经这么一问，董逸陶一下子没了刚才传道授业的自信，变得腼腆谦虚：“我……我有个自己的小账号，有那么一点点经验。”

宋家理夸张地瞪大眼睛，追着董逸陶非要看他的账号。董逸陶实在没办法，只能红着脸打开手机给她看。

宋家理张大的嘴半天没有合上：“十万+！”

她看看账号主页上那一张张精致的餐点照片，又抬头看看眼前的董逸陶。果真，照片里从围裙到背景再到杯碟碗盘全都和西餐厅里的陈设一模一样，更重要的还有董逸陶那双白净利落的手。

宋家理没想到，天天朝夕相处的董逸陶竟然是网络上小有名气的美食博主。他的账号之所以出名，不单单因为那些让人垂涎的美食，更因为他展现了一种本真的生活方式。网络上，董逸陶保持神秘从不露脸，只专心做美食。

还不等他多说，宋家理已经拜倒在他膝下：“大神，请收我为徒！”

就这样，董逸陶半推半就成了宋家理的师父。他毫无保留，手把手将自己这些年积累下的关于做自媒体的经验和技巧倾囊相授。

而宋家理也同样求知若渴，敏而好学，她指着照片里雪白床单上点缀的那朵粉色郁金香："客人真正入住的时候，我也不会在床上真的摆朵花。咱这算不算'照骗'呀？"

"这怎么能算照骗呢？这只能说是稍加修饰，就跟女生相亲的时候化个淡妆是一个道理，表示尊重对方。"

宋家理若有所思地点点头。董逸陶这才注意到她素面朝天的脸，他心呼完蛋，果然几句"师父"叫得他得意忘形。言多必失，一不留神便捅了女生的马蜂窝。

再看宋家理，依旧全神贯注盯着屏幕按部就班地调色，似乎完全没把这话放心上。

董逸陶刚松了口气，只见宋家理已经快速修完这张图，翻到了下一张。硕大的屏幕上，赫然出现一张唯美的人像照。特写镜头将女孩长长的睫毛拍得根根分明，她正嘟着嘴，一脸憨憨的认真相，摆弄着手中一枝红玫瑰和一枝粉色郁金香摇摆不定。

宋家理当然记得这个情景，下午她拿着两枝花犹豫许久才最终选定了粉色郁金香。她还记得当时征求过董逸陶的意见，他说红玫瑰太艳俗，郁金香的清纯和白床单更配。

当时宋家理可能是太过投入，完全没有意识到董逸陶的镜头正锁定了她的侧脸按下快门。

"你拍我干吗？"

董逸陶的汗"唰"一下冒出来："呃……这……咦？这是我拍的吗……"他支吾着，赶紧将电脑转向自己："擦枪走火。快门瞎摁的。"

不等宋家理多问，董逸陶已经三两下合上电脑，不辞而别了。

一套高水平的大片确实给家理客栈增加了不少网络曝光机会，在预订网站的排位也靠前了不少。

但别人看不到的是，在这点小成绩的背后是宋老板废寝忘食的努力。虽然客栈不大，但各个平台都有她运营的官方账号，拍摄美图、美景、美食成了她的每日功课，天天缠着隔壁董老板现场教学。怎奈宋家理使出浑身解数，点赞收藏还是少得可怜。

看着女儿满脸颓唐的样子，罗敏红不由得有些心疼。没开张的时候她担心生意不好在街坊邻居跟前丢面子，但到了现在她才发现，自己最担心的还是家人。

“老话说得好，酒香不怕巷子深！”罗敏红嘴里总是能冒出这样那样的老话，殊不知时代不同了，再好的酒也害怕得不到展示的机会。

连宋家理自己也犯嘀咕，这“好看不火系列”到底能坚持多久。开张之前她梦想着自己做老板日进斗金，能过上躺着数钱的舒坦日子，但真正做起事来，她才感到身心俱疲。

生意不好，就得忙着宣传修图写文案，搞特价做活动，盯屏幕盯到眼冒金星；生意好，又要忙着打扫房间洗床单，腰酸背痛一刻不得闲。更要命的是客栈生意不分白天黑夜假日公休，即便是半夜躺在床上也要时刻准备着听吆喝，哪屋的洗澡水不够热、哪屋的空调不够暖。短短几个礼拜，宋家理已经从十指不沾阳春水的大小姐，变成了爬梯换灯泡、弯腰通下水、徒手抓蚊子、跺脚踩蟑螂的全能选手。

与其说是老板，不如说是管家。从小到大，宋家理最烦管别人的事，更不愿别人管自己的事，可没想到风水轮流转，造化弄人，转来转去自己却变成了一个地地道道的老妈子、事无巨细的管家婆。

“这是您的房间，欢迎入住。左边是空调遥控器，右边是电视遥控器。淋浴左边冷水右边热水，毛巾在镜子后面，洗漱用品在抽屉里，衣柜里有更厚的被子和多余的枕头。希望您在家理客栈可以找到家的感觉……”

送走前一天的房客，安顿好新入住的客人，忙了一天，宋家理累得瘫倒在沙发上。她真希望屁股底下坐着的是按摩椅，能帮她放松筋骨、纾解疲劳。可哪有这样的好事，客房里的床单被罩还等着她换洗呢。

宋家理挤了挤泛酸的眼睛，从沙发上爬起来，拖拖沓沓地走到刚刚退房的客房前，正要推门进屋，却透过门缝看到罗敏红正弯腰在床前忙活。她将旧的床单换下来，直起身下意识地捶了捶腰，紧接着又继续拆被罩。

“妈，不用你，我来！”宋家理从老妈手里一把扯过被角，可罗敏红却拽着另一端不松手。

“怎么，就你能，这么简单的事，我做不来吗？”

“没你想的那么简单，床怎么铺、枕头怎么摆都是有规矩的。”

“有什么规矩，我可以学呀！”说着她抖开雪白平整的被罩麻利地套上，被子像羽毛一样轻轻落在床上，平整、松软，宋家理看着真想躺上去美美睡一大觉。

“怎么样，比你强吧？”罗敏红掸平枕头上最后一个褶，一脸骄傲地看着自己的作品。可宋家理却敏锐地注意到老妈撑在腰后的手，假借叉腰动作掩饰疲劳。

“这么大岁数了，能不能别逞能啊？”

“谁说我岁数大了？我还年轻着呢！我这人就是勤快，手里没点活，就浑身不自在。”罗敏红说着，腰叉得更加理直气壮，“怕就怕我后勤工作做得好，你外联工作跟不上呢！”

宋家理一时被搙得哑口无言。在嘴硬这件事上，还没有谁能比得过罗敏红。

“你别在我眼前傻站着，怪碍事的，还不快去看看有没有新订单！”

说着，她把女儿推出门去，转身又接着忙活。

宋家理透过玻璃看着母亲操劳的身影，心里有点甜又有点苦。

客栈开张的这些日子，她一直都怕老妈埋怨她，连走路都尽量躲着。生意半死不活，挨骂是肯定的，只是早晚的问题，她连老妈埋怨她的话都预料好了：不听老人言吃亏在眼前！我当初说什么来着？我反对的事你做了也是白做。现在可好，钱投进去了，家搭进去了，折腾来折腾去，也没搞出什么名堂……

可等来等去，这些埋怨的话一句都没有来。老妈破天荒的缄默让宋家理觉得更加心慌、更加愧疚。谁不愿意坐在家里享清闲？更何况是妈妈这个年纪。她嘴上只会说些逞强的话，什么苦呀累的从来闭口不谈。宋家理看着老妈受累，简直比自己吃苦受罪还要难受一百倍。原本开客栈是想给家里开源，现在源没开成，却开了个大窟窿。为了弥补这个窟窿，不光自己忙得不可开交，一大家子都跟着吃苦受累。宋家理觉得自己这个梦做得太大了，代价也太大了。越是这么想就越想退缩，可一想到退缩又觉得更加愧疚，于是便陷入了进退两难的境地。但即便犹豫不决、踌躇不定，也似乎总有种力量在背后推着她摸黑前行，那或许就是来自家人坚定不移的支持。

翻车

美甲店里，宋家理抱着电脑窝在沙发上酣睡。她的嘴微微张着，嘴角自然下垂，像极了张嘴衔钱的金蟾蜍。在她的梦里，自己脚下踩着云朵，头上顶着太阳，呼风唤雨手到擒来，翻手是金覆手是银。连宋家理自己都知道这是梦，一个无法实现的梦，但她还是沉浸其中不愿醒来。从小到大，宋家理从没觉得钱这么重要，现在她才知道，现实和理想之间的障碍就是金钱，但与此同时，现实和理想之间的桥梁也是金钱。

宋家理从关于钱的春秋大梦中醒来，可踩在云端的轻盈感依然没有消散。

她打了个哈欠低头一看，发现宋家文正捧着她的臭脚对着一旁摊开的足底按摩图典认真地通经络掐穴位。

宋家理心头一紧，眼泪“唰”的一下就飙了出来：“啊！快放开我，痒死了！”

她笑得上气不接下气，挣扎着要从姐姐手里夺过自己的脚。

“你别动，好好待着给我当模特！”宋家文一手掐着妹妹的脚脖子，一手戳着她脚心的穴位。

宋家理这边像是被点了笑穴，笑得几乎要背过气去：“姐姐，你就饶了我吧！你要学足疗也不能拿我当小白鼠呀。”

宋家文扫兴地松开手，合上图典：“我知道我手艺不好，但你不让我多练练手，我什么时候才能有进步啊？”

宋家理急忙抽回脚，藏进鞋里：“你白天可以多跟侯师傅学学啊，她不是专业的嘛！”

“她是专业，可人家也不正经教我呀。你想想，她把手艺都传给我了，不是砸自己的饭碗嘛！”

“说的也是，你要是会，就不用雇她了。”

侯师傅是宋家文店里新雇的按摩师。自从美甲店增加了足疗业务，生意是比以前好了不少，但多出来的一大半利润都给侯师傅开了工资，宋家文忙前忙后赚了个吆喝，于是忍不住想偷师学艺，憧憬着自学成才的那天就是小店翻身之日。

然而咸鱼翻身可不是件容易的事，在翻身之前需要随时做好翻车的思想准备。

宋家文的美甲店迎来了有史以来的第一位男性顾客。当魏大同对照着大众点评，看着美甲店的粉红色招牌正原地纳闷时，独自一人看店的侯师傅只觉得眼前一亮。这个身穿滑雪服的靓小伙，长了一张深得中年妇女喜爱的脸。

“小伙子，你是找人还是找地儿？”

“我看网上说这里新开了一家足疗店……”

话未说完，魏大同已经被侯师傅拉着让进了店里。

“没错没错，你可算是找对地方了！”

魏大同被让到粉红色的沙发椅上坐下，看着满墙琳琅满目的指甲油、手边各种各样的美甲杂志和店里的甜美装饰，总觉得自己与这里格格不入。可侯师傅的热情容不得他质疑，三两下便端来了热水。

魏大同一开始还有种进了黑店任人宰割的感觉，但当两只脚泡进热水盆的一瞬间，他忽然一下子飘飘欲仙，一整天在雪场上的疲惫顿时缓解。

不得不说，侯师傅确实有两把刷子。她将薰衣草精油倒在手心搓热，顺着脚底经络细细地按摩起来。眼前的这双脚虽然宽大，但保养得细皮嫩肉，比女人的脚还要娇嫩柔软。侯师傅不由得对魏大同多看两眼，看起相来。

侯师傅看相不是看脸，而是看脚。

用她的话说：千人千面，一千双脚，就有一千种命。

侯师傅自诩按过的脚成千上万，这也更让她对自己的这套理论深信不疑。

而面前的这双脚，脚趾圆圆，脚掌宽厚，说明眼前的这个人，一定是命好，衣来伸手、饭来张口的那种。

“小伙子，一看你这脚，就是享福的命！”

享福？魏大同听到这两个字，一时竟感慨万千。

他确实是享福命，虽说投胎是个技术活，但魏大同不费吹灰之力，投到了个富裕人家。含着金汤匙出生的他，注定一辈子衣食无忧。但或许是小时候太淘气、太爱嘚瑟，生生把好运气都造没了。所以，从某一天开始，魏大同的事业发展变得不顺畅，从国家滑雪队青年组王牌，一路出溜到现在的滑雪俱乐部后勤助理。家里人劝他拉倒算了，但魏大同还是舍不得离开雪场，他还梦想着有朝一日能重返国家队、重登领奖台。但现实和理想相差太远。即便如此，魏大同还是选择保持乐观的态度。他尽职尽责做着自己的本职工作——协助做好俱乐部的日常管理和后勤保障工作。不过每次组织集训营，他不光带着瓜子泡面矿泉水，还会带上自己心爱的雪具在雪场上撒欢过把瘾。只不过今天这瘾过得有点大发了，从雪场上下来，浑身散了架一般，仿佛胳膊腿都不是自己的了，想着此时找个足疗店捏捏脚，肯定解乏。

也许是一天没生意的缘故，侯师傅积蓄了一整天的力量无处可使，好不容易逮着一个客人，捏得格外卖力，从肝经到肾经，从三阴到三阳，心肝脾胃，哪个穴位都按得稳准狠。只是苦了魏大同，一番下来已经疼得龇牙咧嘴。

“小伙子，你这肾经不通啊！不通才痛。”

肾虚这锅可不是说背就背的。魏大同咬牙忍着痛，只能在心里喊冤：不是肾的问题，是鞋的问题。

花好几千海淘的网红滑雪鞋，第一天上脚，没有想象中的英姿飒爽，只有超出想象的酸爽和没脸见人的狼狈，最终害他沦落到在镇上的足疗店里听大妈絮叨补肾偏方。

果然，鞋这东西别人怎么说不重要，舒不舒服只有脚知道。

侯师傅的手虽然重，但每一下都掐在穴位上，又疼又爽，疲倦一扫而光。然而与此同时，侯师傅的嘴也不闲着，魏大同在享受按摩的同时，必须忍受中年妇女的碎嘴子。

他随手拿起一本杂志挡在眼前，立起一堵“墙”，侯师傅的声音在墙那边越来越缥缈，魏大同的意识也随即渐渐模糊起来。

脚下的雪松软如棉花，魏大同光着脚踏在雪上，感到一阵冰凉，沁人心脾。脚下的山峦被白雪覆盖，勾勒出优美的弧线。一路向下，或陡或缓，延伸到看不见的山脚下。

那雪坡平整得没有一道脚印，勾着他蠢蠢欲动的占有欲。

魏大同踩着雪板，纵身一跃便飞入冰雪的怀抱，风夹杂着雪花打在脸上，清新而湿润。当单板在雪坡上留下好看的弧线，速度与激情的游戏正在上演。忽然，身边有人飞速滑过，原本寂静的山脚下有人欢呼。眼前的白雪中飘扬着小旗，转弯、跳跃，你追我赶。魏大同瞬间又被几个身影超越，他的胜负欲一下子被激起，速度、技巧，他使出浑身解数全力追赶，一个弯道超越、一个跳跃占位，眼看着已经紧紧咬住滑在最前面的选手。

心跳、气喘，他觉得筋疲力尽，仿佛下一秒就要栽倒，但又觉得兴奋紧张，也许再坚持一下就要夺冠。

双手攥拳，十个脚趾紧扣雪板，魏大同使尽最后一丝力气一个飞跃……

美甲台上的脚趾微微动了一下，粘在趾甲中央的水钻闪闪发光。宋家文看着自己的作品，满意地点点头。今天这个客人有些不寻常，一双脚大如斗宽如船，但这毫不影响她的爱美之心，雪白细腻的皮肤让杂志上的新款美甲在他脚上显得更加富丽堂皇。看着这样好的皮肤，连宋家文都觉得有些羡慕。她顺着这双脚往上看，毯子下露出客人裸露的一截小腿，那雪白的腿上黑汗毛……

宋家文忽然觉得哪里不对，定睛细看：果然，那雪白的腿上密布着一层黑黑的毛——腿……毛。

宋家文“啊”的一声，吓得倒退两步。躺在沙发椅上睡梦正酣的魏大同一下子被惊醒。

当美甲杂志从他脸上滑落下来的时候，宋家文整个人都凌乱了。

魏大同到头来也不知道自己最后那个飞跃有没有让他赢得比赛，他只知道自己一低头，几乎闪瞎了双眼。

他那被精心修剪过的脚指甲上，正亮闪闪地发着光，简直比他梦里的奥运金牌还要耀眼。

“这……什么情况？”他下意识地用手去抠，可这大钻石纹丝不动，粘得那叫一个结实。

宋家文定了定气凝了凝神：“客人，你还满意吗？”

“什么？满意？”

“满意就好。您这次消费一共是218元。”宋家文虽然不能理解男人美甲的时尚，却充分尊重顾客的选择。她努力装作淡定，话说得一本正经。

但魏大同可淡定不了，他看看自己的脚，又看看宋家文的脸，一时竟不知道火往何处发。

精致男人

一进酒店房间，魏大同就被一股浓烈的臭袜子味熏得差点背过气去。

“俩钩！”

“两个尖。”

“我炸！”

胖子和老鬼正盘着腿坐在大床上斗地主。两个人都是俱乐部的技术大牛，只因滑雪季酒店房间紧俏，只剩下最后一间大床房，魏大同不得不和两个人凑合挤在一间房。当然，睡加床的自然是作为助理的魏大同。不过另外两位也好不到哪儿去，两个大老爷们儿睡一张大床的画面，即便是想想都觉得头皮发麻。

胖子和老鬼见魏大同进来，招呼他过来一起玩。

“你小子跑哪儿去了？从雪场出来就没影了。”胖子喝了口啤酒，又甩出一个顺子。

“脚疼，找地儿按了按。”魏大同绕过地上的加床，在扶手椅上坐下。

“新鞋很酸爽吧？我说什么来着，早劝你别买硬度那么大的鞋，一般人根本承受不住。”胖子有些幸灾乐祸，丝毫没有察觉到魏大同脸上露出的一丝尴尬。

一旁的老鬼盯着魏大同裹在袜子里的脚有些狐疑：“你上哪儿找的按摩？酒店的按摩早就约满了。你不会是……”说到这儿，老鬼脸上露出坏笑。

“滚滚滚！少瞎猜。我去的可是正经地方。”话虽然这么说，可魏大同心里却有些含糊。他不由得把脚往腿底下藏了藏，生怕同伴看出他袜子底下的玄机。这事要是传出去，还不让人笑掉大牙！

想到这儿，牌也没心思玩，脱了上衣径直走进浴室。

晶莹的水花洒在纹理分明的胸大肌上，随着肱二头肌与肱三头肌配合默契的伸缩，绵密的泡沫打满了身体的每个角落。泡泡与水花将魏大同脚上闪闪发光的水钻映衬得更加梦幻。魏大同下意识一低头，看着这双华丽丽的赤脚，他不由得想起今天在美甲店的奇遇，脑海中不知为何忽然浮现起宋家文惊慌失措的脸。他也不知道自己抽了什么风，痴痴地抽了抽嘴角，独自在花洒下傻笑起来。

“对不起！不好意思……我，我误会了。我还以为您是来做美甲的……”

“拜托！我一个大男人，做什么美甲？”

宋家文听完魏大同的一番抱怨，简直惭愧得无地自容。本来就不怎么灵巧的嘴，更加拙上加笨。

“那……这怎么办呀……”她咬着嘴唇抠着手指，眉毛垂成八点二十。

“还能怎么办？给我卸掉呀！”

“啊？”宋家文看了看魏大同脚上刚刚做好的精致美甲，不免觉得有些心疼，“这水钻是进口的，挺贵的。”

魏大同几乎被气乐：“所以呢？我就得带着它出去丢人现眼吗？”

“我不是这个意思……我就是觉得有点可惜。而且刚刚做的趾甲马上卸掉，对趾甲本身是有伤害的……”

“行了，你也别说这么多了，我看你就是心疼钱。放心，我不差钱！”魏大同从钱包里掏出几张百元新票拍在宋家文面前的桌上，“不用找了！今天算我倒霉进了黑店！”

宋家文看了看被甩在桌上的钞票，又看了看怒气未消的魏大同。她将钞票拿起，恭恭敬敬递了回去：“钱您收好。这美甲算我送您的，不收钱。但卸甲，不好意思我这儿做不了，麻烦您自己回家抠吧。”

宋家文直视魏大同的眼中一下没了刚才的怯懦，转而满是屈辱与愤怒。

肥皂泡顺着脚踝流到地上，魏大同弯下腰，用力抠了抠脚上那颗水钻，纹丝不动。

“到底用的什么胶啊？这么结实！”他自言自语着直起身子，晃了晃脚趾。不知是不是因为浴室里雾气朦胧，有那么一瞬间他忽然觉得这脚指甲看上去也没有之前那么违和了。

魏大同就这样和脚上的美甲和睦相处了一个礼拜。并没有他想象的那么别扭。他没有因此变得娘娘腔，却不知不觉间变得更精致了。

只是同屋的二位注意到魏大同最近多了个习惯：袜子不离脚。睡觉的时候不脱，在雪场更衣室里不换，即便是去洗澡，浑身上下脱精光，脚上的袜子却不能少。

“你老穿着袜子闷不闷？”

“我脚怕受凉。”

“你又不是大姑娘！”

“暖身先暖脚，脚暖人就暖。”魏大同没招，只能把曾经嗤之以鼻的老话搬出来救场。可话一出口，别说别人不信了，就连他自己也觉得尴尬。

三个人的大床房让他连抠脚都没有个私人空间。魏大同把自己反锁在厕所里，坐在马桶上再一次向脚趾上的大水钻发起进攻。他今天必须把它抠下来，不然在哥们儿圈里就没法混了！

可那颗水钻像是被宋家文施了魔法，就是牢牢地扒住他的趾甲不放，仿佛长在了魏大同身上。

当魏大同揣着事先准备好的218块钱站在美甲店门口时，那颗原本什么都不在乎的心竟然怦怦地跳起来。以往就算站在U型池顶端参加国际大赛时，他也没这么紧张过，但今天，也不知道自己紧张个什么劲。

魏大同鼓起勇气刚要迈步，只见美甲店的门从里面开了，宋家文正推门走出来。

魏大同一个箭步飞身躲进隔壁的院门。

社会性死亡

魏大同躲在小院门里灯下黑的阴影中，看着宋家文经过院门口径直走向了院子另一边的西餐厅。

魏大同舒了口气也叹了口气，果然自己不该没头没脑地跑来。多亏没见到，就算见了估计也是自讨没趣。

他迈开腿刚要向外走，被身后的一个声音叫住。

“您好，是住店吗？”

魏大同回头一看，一个笑盈盈的年轻女人不知什么时候已经站在了身后。

他这才想起抬头看看头顶上的招牌：家理客栈。

宋家理热情地带着魏大同穿过古朴的小院来到东侧一间空

房内。

门一打开，一张宽大的双人床映入眼帘。

“房间还满意吧？”宋家理的问话中带着胸有成竹的语气。凡是遇到这种说看看房间再决定是否入住的客人，她招待起来往往更有底气，因为她对自己客栈的房间百分之百自信。开业这么久，还真没有哪位客人看了房间之后不满意的！

魏大同原本想着房门一开就集中火力挑毛病，什么窗户太小、床太窄、通风不好、采光差，各种问题手到擒来，毕竟他每年都带队来滑雪，在这儿住过的酒店数不胜数，踩过的雷也不计其数，随便拎出一两条就能化解掉刚刚慌不择路的小尴尬。

但当魏大同进入房间后，左看右看却挑不出一点毛病。屋内窗明几净、一尘不染，卫生间设施崭新，洗漱用品一应俱全，床单雪白，被子平整，特别是屋子正中的那张一米八的大床，简直让魏大同恨不得马上躺倒。

住了两个礼拜一米二的酒店加床，魏大同着实怀念睡大床的滋味。现在只要能让他睡大床，他甚至都不在乎身边多个人——老鬼还是胖子，他来者不拒，谁都不挑！而现在，魏大同面前正摆着一张无比舒适的大床。

宋家理看着这位客人眼睛直勾勾地望着房间迟疑不语，急忙接过话茬：“这间要是不满意，咱们再去看看下一间。”

“不用了，这间我订了！”

魏大同一头栽到大床上，顿时有种陷入云端的幻觉，长手长脚的他终于可以舒舒服服地在床上摆大字了。更让魏大同没想到的是，这里的价格比之前酒店的标间便宜一半，房间大，价格公道，长租还有优惠。他毫不犹豫地订了两个礼拜的长租，不是一间，而是包场，他果断把俱乐部另外几个睡加床的队友都安排到了这间客栈。作为后勤助理，这也许是他唯一能做主的事了。

魏大同躺在床上给胖子和老鬼发了短信：你们俩过二人世界吧，我另有新欢了。

而魏大同所谓的“新欢”化身九宫格，马上便登上了他的朋友圈。定位显示：家理客栈。

当胖子、老鬼和另外几个队员一起来到客栈的时候，魏大同正在隔壁西餐厅举着一杯马提尼和几个漂亮姑娘相谈甚欢。

老鬼一进门便看到他一脸得意正嘚瑟得欢，不用猜都知道他吹的是哪一套牛。

“想当年，我十五岁就拿了世锦赛U型池少年组的冠军。那时候赛场上就我一个中国人，我夺冠的时候整个奥地利阿尔卑斯山度假小镇都沸腾了！”

“真的假的？那么厉害？”

围在一旁侧耳恭听的几个姑娘连声赞叹，望向魏大同的目光中满是钦佩。

魏大同确实没骗人，他虽然现在落魄，但曾经还真是无比光鲜。他少年夺冠的事当时还上了体育新闻，只不过那都是老皇历了。

在那次夺冠后，被称作单板神童的魏大同志得意满、摩拳擦掌。以后的路他都想好了：进国家队，冲奥运奖牌！这样想着，魏大同只觉得眼前的康庄大道无比宽敞，就这样昂首阔步地走下去，奥运冠军的领奖台就在前方向他招手。

可让魏大同没想到的是，就在他将要参加国家队选拔赛的两个月前，一个1080度转体，让他原本笼罩在光环中的人生，来了个180度大扭转。

“那后来呢？”长头发的姑娘眼中闪着亮光追问。

“后来……”魏大同不自觉地避开目光，咧嘴嘿嘿笑了笑，“后来有无限种可能。等着看吧，2022年冬奥会，就是我的又一个高光时刻！”

姑娘们的眼睛瞪得更圆了：“哇塞，你这是要冲击奥运会呀！”

魏大同的嘴咧得更大了：“谁还没个金牌梦呀！”

话音刚落，魏大同只觉肩膀被狠狠拍了一巴掌。回头一看，老鬼一脸窃笑地站在他身后，凑到他耳边小声说：“兄弟，吹牛钓来的妹子，不靠谱！”

魏大同推了他一把：“瞎说什么呢，我可没你那么龌龊！”

魏大同确实没有往那个方面想。这几位姑娘是他在家理客栈的院子里碰到的。三个单身女孩第一次来崇礼滑雪，入住时大包小包拖了五个皮箱，要不是魏大同帮忙，几个女孩外加宋家理可着实要费一番力气才能将行李安顿好。

魏大同瞟了一眼邻座的三个女孩，生怕她们听到老鬼以貌取人的猜忌。

几位雪友挨着魏大同在吧台坐下，酒刚下去半杯，老鬼便开始施展自己的把妹绝招。

“妹妹，你们第一次来滑雪，得请人教一教啊！哥哥我可是深藏不露的高手，免费给你们做护花使者怎么样？”

三个女孩看了看眼前的油腻大叔，尴尬得面面相觑。

“不用了，我们已经跟大同哥说好了，这几天有什么问题就向他请教。”梳马尾的女孩冲老鬼挤出一个微笑，大大方方拒绝了他的热情。

老鬼没趣地挠挠头，觉得有些没面子，心里嘀咕：这才认识多一会儿，就大同哥了？

他看着正和姑娘们相谈甚欢的魏大同，心中不禁燃起强烈的胜负欲。

“你们可别被他忽悠了。他就我们俱乐部一个后勤助理，还进国家队、参加奥运会呢，吹牛吧！”

姑娘们脸上的崇拜一下子僵住，魏大同顿时一脸尴尬。

他承认，奥运梦对他来说是有些遥远。在他因伤病休养的那两年，有无数和他同龄或比他还小的新星崭露头角。魏大同本以为伤好了他还可以重新回到人生巅峰，继续在雪场上飞翔跳跃，但运动员的人生巅峰也就只有短短那么几年，特别是有伤病在身的时候，即便梦想飞得再远，也还是心有余而力不足。

这之后魏大同沉寂了一段日子，但还是没有放弃对冰雪运动的热爱。国家队进不去，他便去了滑雪俱乐部，虽然是管后勤做助理，但只要能训练、能进步，他便无比满足。虽然分工不同，但丝毫不影响他革命工作的热情；U型池高难度的跳跃旋转无法完成，他便转战障碍追逐。同样的单板在他脚下，即便没有花样翻新的姿势，也还是保持着速度与力度。就这样，魏大同又活过来了，和他心中的梦想一起活了过来。尽管这梦想不切实际，却是支持他生活的养分。

但此时，喜镇的醉美西餐厅里，魏大同正因为他不切实际的梦想，经历着一次大型社死。

美人救英雄

正是饭点儿的西餐厅顾客满堂，大家一边吃饭喝酒，一边不忘腾出个耳朵留心着隔壁桌的八卦。此时，魏大同真切地体会到无数道目光打在脸上热辣辣的灼烧感。

“我还以为多了不起呢，敢情就一滑雪俱乐部管后勤的！”

“还真敢想！他要是能拿奥运冠军，我都能获诺贝尔奖！”

这些不高不低的窃窃私语声飘到耳朵里，魏大同只觉得嘴里嚼碎的薯片像满嘴玻璃碴子，吐不出也咽不下。他忍了再忍，真想一拍桌子跟那些碎嘴的闲人干一仗，但人家说的是事实，他又能以什么样的话反击呢？现在的他就是一个没资格没实力的失败者，越是争辩反而越让人看笑话。想到这儿，魏大同攥紧的拳头无力地松弛下来，他甚至不知道脖子上这颗沉重的脑袋该往哪儿放，抬起头没脸见人，低下头面红耳赤。

这时，身后传来一个略有些熟悉的声音：“冠军和金牌有那么重要吗？重在参与就不能怕输。兄弟，我挺你！”

宋家文说着，亲切地从背后拍了拍大兄弟低垂的肩膀。魏大同像是被打了一剂强心针似的，一下子来了劲头。

“没错！我就是个普通人，普通人就不能有梦想吗？”

他恢复自信地转过头，正撞上宋家文明晃晃的目光，两个人不约而同满脸惊愕。

魏大同没想到，在背后挺他的人，竟然是她！

宋家文更是没想到，那个被群嘲挤对的可怜鬼竟然是这位冤家！

她当然记得这张脸，不光记得，她甚至知道这货藏在袜子里的脚指甲上涂着什么颜色的指甲油！

两个原本水火不容的人，此时竟站到同一条战线上来了。

宋家文一想到那天他在美甲店气焰嚣张的样子，立马后悔自己不该替这家伙出头，但话已经说出去了，开弓没有回头箭。

果然，邻桌的大哥忽然被反驳，很不爽："梦想可以有，但白日梦最好还是少做。重在参与也得看人，奥运会是什么地方？全世界最强的高手才能参与，比的就是高下，拼的就是实力，哪是随便谁都能上去自娱自乐的？"

"大哥，满大街的冬奥宣传语您不会没看到吧？国家都在普及发展冰雪运动呢，怎么能说是自娱自乐呢？"

大哥一时吃了瘪，被这牙尖嘴利的漂亮女人撑得无话可说。董逸陶一看这架势，生怕冲突升级，赶紧送上免费的小零食，赔笑打圆场。但董逸陶具体说了些什么，魏大同一句也没听见，他眼睛从这一刻起再也没有离开过宋家文，不错眼地追随着她端酒上菜的忙碌身影。直到顾客走光，餐厅打烊，魏大同依旧坐在桌前不肯离去。

"这位先生，我们要打烊了。"宋家文不冷不热地招呼。一想到刚才直呼"兄弟"的亲切，她就觉得尴尬，现在干脆装作不认识。

但魏大同拒绝被无视。他可不在乎尴尬，觍着大脸起身跟在宋家文屁股后面："你不会不认识我了吧？"

宋家文转身没吭声。

"你是这儿的老板吗？"魏大同见对方不答，忐忑地继续试探，"不……不会是老板娘吧？"

宋家文抬头白了他一眼，一个急转弯，试图甩掉这个没话找话的跟屁虫。

魏大同哪是这么容易被甩掉的，他只有两个优点—— 一个是在雪场上擅长滑跃转弯，另一个就是瞄准了一件事锲而不舍。

宋家文刚才瞪他的那眼反倒让他更踏实了，看来她跟那个男的没啥关系。这样一来，魏大同搭起讪来底气更足了。

"刚才……谢谢你帮我解围啊！"他嬉皮笑脸地继续紧随其后，甚至撸起袖子帮宋家文收拾桌上的杯碗盘碟。但因为分心看宋家文眼色，魏大同想要帮忙的手总是慢半拍，他刚要递杯子，抓了个空；再去拿碗，又被抢先一步。

餐厅里只有杯盘碰撞的清脆响声。看着宋家文一双又快又巧的手三两下将餐台收拾干净，魏大同自觉没趣，只得告辞，临走前不忘最后再套套近乎。

"我们俱乐部在隔壁客栈包场长租，这些日子可能少不了过来麻烦你。"

宋家文一听这话，顿时元神出窍，手里的抹布掉在地上都毫无察觉。她想起傍晚妹妹跟她说的大客户。就是因为这个大客户把客栈所有的空房都包了，宋家理在那边忙得要命，这才找她替班来西餐厅帮忙。而她就刚才这么一会儿，不知道对"大客户"翻了多少个白眼。

上一秒还冷若冰霜爱搭不理的宋家文，忽然一反常态地热情起来："缘……缘分啊！您有什么需要随时跟我说，一定竭诚为您服务！"

魏大同愣了一下，机械地点点头。走出西餐厅的时候，他还没从这突如其来的话风转变中缓过劲来。

“不会是她对我也有什么想法吧？”魏大同躺在床上，望着白墙想入非非。

白墙的另一边，宋家文哭丧着脸自怨自艾：“都怪我，早知道应该态度好点，跟他较什么劲呀！好不容易来个长租的大客户，万一他跟我较真，煮熟的鸭子可就飞了！”

宋家理仔细回忆了一下接待过的那位客人：个子挺高，腿不是一般的长；眼睛不大，脸上时常挂着笑，笑起来能看到两个浅浅的笑窝。

“看着倒是挺阳光的。不过也难说，这年头人不可貌相。”宋家理说着也担心起来，不由得埋怨姐姐，“你也真是的，金主爸爸也敢得罪！冤家宜解不宜结，开门做生意要的就是和气生财。况且我听说他们这个滑雪俱乐部实力很强的，每年都来崇礼训练。搞好了来个长期合作，咱以后的生意就不用愁了！”

宋家文觉得妹妹说得很在理。正因如此，这一晚上她更加坐立不安，绞尽脑汁琢磨讨好“金主爸爸”的办法。想来想去，她觉得这件事的症结在脚上。

霸王硬上弓

当魏大同被宋家文连拖带拽“请”进美甲店时，他又心虚又兴奋。

昨晚西餐厅打烊前她的嫣然一笑和现在的出奇热情，都让魏大同忍不住想入非非。他早就听说过有的足疗店有所谓的“大保健”服务，可从来都是有贼心没贼胆，没想到在这样一个芝麻大点的喜镇，却被眼前这个外柔内刚的女人霸王硬上弓了！

一进门，宋家文便把魏大同径直引到里间的VIP室。每向前迈一步，魏大同都觉得脸红心跳，腿肚子转筋。

“咱们这是……”

还不等魏大同吞吞吐吐地说完，宋家文已经热情洋溢地接过话来：“我这个美甲店和隔壁的客栈西餐厅是一条龙服务。虽然规模比不上大型度假村，但我们这儿擅长个性化服务……”

魏大同敏锐地抓住了宋家文话中的关键词“个性化服务”，从这几个字上读出了若有似无的言外之意。

然而当VIP房间的门被关上，宋家文微笑着一步步靠近时，魏大同单纯的思想又开始纠结起来。

“别……别……”

宋家文停顿了一下，似乎明白了他话中的含义：“没事，不用担心，这里没别人。”

魏大同的喉结上下颤动，揣在心里的小兔子几乎要从嗓子眼蹦出来。

他不是不想，只是觉得这样的进展速度有些太快了，但是……管他呢！魏大同闭上眼睛，做好任宋家文摆布的准备。

这时，耳边传来那熟悉的温柔声音：“还愣着干吗呀？把袜子脱了呀！”

魏大同睁开眼，看到宋家文已经坐在床尾的凳子上，打开了卸甲用的工具盒。

果然宋家文没有魏大同想象的那么开放，而魏大同也没有宋家文想象的那么蛮不讲理。随着她在他面前越来越多地展露笑容，魏大同那颗本已经怦然而动的心，更加为之倾倒。

于是，魏大同作为滑雪队助理和奥运业余选手的日常中又多了一项——追女孩。确切地说他追的这个人已经不是女孩了，而是女人—— 一个三岁女孩的妈。

“你喜欢什么颜色？”

“你爱听谁的歌？”

“你爱看什么样的电影？”

…………

魏大同诸如此类的问题，着实让宋家文头大。

有了Candy之后，她的关注点早已经从自己转移到了孩子身上，什么电影、音乐都变得十分遥远。

但对于魏大同这个年龄的阳光大男孩来说，谈恋爱，谈的就是浪漫。只可惜宋家文并没有这么想，魏大同狂热的追求对她来说不光不是浪漫，反而是负担。

男人永远是长不大的孩子，更不要说是这种比他小了好几岁的大男孩了。

“求你啦，别再跟姐开玩笑了，好不好？”宋家文拿出哄孩子的语气，一半责怪一半恳求。可魏大同一点不觉得自己是在开玩笑，他认真得很，这份认真堪比宋家文第一次给他做美甲。在他心里，也许从那时开始，两个人的缘分就注定这样剪不断理还乱了。

托魏大同的福，客栈的生意一下子从低谷蹿升到巅峰，母女三个人忙得一刻不得闲，就连Candy也跟在大人后面跑得欢实，时不时还能充当个二传手。看着住满客人的小院，一家人累并快乐着。

罗敏红叠完最后一条浴巾，已经累得直不起腰了。宋家理刷了大半天的厕所浴缸，也同样腰酸背痛，一进屋就一屁股瘫在沙发上：“妈，咱别干了，歇会儿吧！”

“歇什么歇呀，枕套和被罩还没洗完呢！今天不弄，明天拿什么给人家换呀？”罗敏红嘴不停手也没闲着，抱起沉甸甸的洗衣篮出了门。

看着母亲辛劳的背影，宋家理的心暗戳戳地疼。她一骨碌爬起来，三两步追上去，二话不说抢过洗衣篮，直奔院子里的洗衣房去了。

到了洗衣机跟前，宋家理才发现里面还放着洗好了还没晾的衣服。

“这谁呀？这么不自觉……”

她想等会儿再来，可看了看洗衣篮里的床单被罩，又想到老妈刚刚说的话，犹豫片刻，还是决定做一回活雷锋。

宋家理将洗衣机里洗好的衣服一件一件掏出来。白T恤，白T恤，又是白T恤……看到一色的白色T恤，宋家理已经大致猜到这些衣服的主人是谁了。

除了住在隔壁的那个洁癖，还能有谁？

宋家理一边摇头，一边继续将洗衣机里剩下的衣服一股脑儿掏出来，一件一件晾好。在她晾其中一件衣服时，一个东西落在脚上。她低头一看，一条男士内裤正搭在她的脚面上。

宋家理愣神的工夫，身后传来董逸陶慌乱的声音："对不起对不起！我洗的衣服忘了收了……"

然而此时，比董逸陶更加慌乱的是宋家理。她实在无法想象两个人面对一条内裤的尴尬，灵机一动，干脆弯腰将地上的内裤捡起来，快速藏在裤兜里，没事人一样转身嘻嘻哈哈起来。待到她抱着空空的洗衣篮回到房间时，才发现一个棘手的问题正摆在眼前。

宋家理拈着两根手指，将裤兜里潮乎乎的男士内裤拎了出来。

她觉得自己简直像个变态。

她扶额，她捶墙，她忏悔，可无论再怎么悔不当初，也还是改变不了她"偷"了人家内裤的事实。宋家理甚至怀疑自己是不是单身太久心理变态了，自己潜意识里住着一个恶心的"内衣小偷"？想到这儿，她不由得鸡皮疙瘩掉一地，急忙一松手将内裤扔到一边。

正当宋家理在屋子里转来转去想找个地方窝藏赃物时，房间的门被敲响。

“谁啊？”

“我，董逸陶。”

宋家理心里咯噔一下：完了，一定是被发现了。

她眼一闭脚一跺，做好了一世清白毁于一旦的准备，丧眉耷拉眼地开了门。

门一开，董逸陶便一脸严肃地开了口：“你这么干可不行……”

宋家理慌忙摆出一副极好的认错态度：“我知道，我错了！”

“你知道就好。我明白你心里想什么……”

宋家理一惊，赶紧摇头，生怕董逸陶真把她误解成变态。

可董逸陶不管她头摇得像拨浪鼓，依旧一脸笃定地继续说：“你怕增加成本，我理解，但也不能因为这个，把一家人身体累坏了。你年轻扛得住，你妈可是岁数不小了，别再因为这个累坏了身体。”

瞬间的风云突变让宋家理的大脑来了个180度大转弯，她眨眨眼，忙不迭地点头答应。

“你说得对，你说得特别对！”

线下活动

宋家理就这么稀里糊涂地采纳了建议，将客栈布草清洁这块工作全权交给董逸陶负责。董逸陶没有让她失望，很快便找到了靠谱的专业清洁公司，清洗消毒熨烫一条龙，院子里的洗衣机终于闲下来了。

师父果然称职，凡事都比她技高一筹。作为聪明的学生，宋家理很快便来了个举一反三，将客房迷你吧的采购也一并交给更有经验的董逸陶去寻找供货商。这样一来，她便能腾出更多时间做宣传开辟市场。

没入行的时候，宋家理以为开客栈嘛，就是把空房间租给别人住，没什么技术含量，但真正开门营业之后，宋家理才发现这里面的门道可多了去了。

她一边在网上给自己的客栈做宣传，一边也没少学习别人的经验。各色各样的客栈千千万，遍布祖国的大好河山，它们之中有些日日爆满，需要提前几个月预订；而更多的则是日日闲置，坚持不了多久便被激烈的竞争击垮。

家理客栈虽然还不至于沦落到后者的行列，但宋家理懂得居安思危的道理。她害怕运气会像时间一样从指缝溜走，毕竟下个月就不一定能碰到一个魏大同这样的金主爸爸了。

宋家理将网上这些成功案例和失败案例全都总结出来仔细学习对比，渐渐发现一个规律：要想生意做得好，花样创新不能少。这年头光像老黄牛一样埋头苦干是行不通的，实干的同时还必须抬头看路，找准方向才是王道。

很明显，所有成功的客栈都有自己的特色。这种特色不单单是网红风的一张照片，或是抄来的一句口号，这种特色必须是看得见摸得着、别人无法复制的。

宋家理托着腮帮子冥思苦想，家理客栈相比度假村大酒店又有哪些特色、什么优势呢？

“人！”

“人？”

宋家理不解地望着董逸陶。

“家理客栈最大的优势就是给了客人一个自由交流的平台。”宋家理一脸的求知欲勾起了董逸陶的表现欲，他像幼儿园老师一样，耐心满满地循循善诱，“你有没有体会到，住在大酒店，即便是门对门或者一墙之隔，人和人之间也很少交流？”

宋家理想了想，的确是这么回事。

“但咱们这里就不一样了，只要进了这个小院，大家就是‘一家人’。早上拉开窗帘的时候，可以和对面窗户里的人打招呼；晚上睡前，大家听着同样的鸟语蝉鸣。在这里，可以遇到志同道合的人，谈天说地；又或者遇到命中注定的人，邂逅爱情……”

说到后半句，董逸陶的声音越来越小，可宋家理却听得越来越激动。

“对，你说得太对了！”

董逸陶还没缓过神来，便被宋家理一个熊抱险些扑倒。

“师父就是师父！经你这么一点拨，我有主意了！”宋家理说完，便扔下董逸陶，脚步轻快地跑没了影。

家理客栈的主页上发布了线下活动的公告：

不管你来这儿是为了邂逅冰雪，还是迎接奥运，总之，很高兴在这里遇见你。

说出你和冰雪之间的故事，讲述你和奥运的渊源，不管是回忆还是梦想，不管是眼泪还是欢笑，我们都愿意倾听。

这里是喜镇——家理客栈。

“家理”不仅仅是个客栈，还是客栈老板的名字。

欢迎回家，我们在“家理”等你。

宋家理灵光一闪的点子便是这个喜镇独一份的“雪友交流会”。

一个雪后的下午，家理客栈的小院里支起帐篷点上暖炉，烤红薯的焦香飘出院子，把清水河畔的整条街都染上了香甜的味道。

暖炉上的水壶咕噜噜冒着热气，屋檐下晶莹剔透的冰锥渐渐融化成一串不疾不徐的水滴。院里傲骨嶙峋的梅花伸展着腰肢，枝头的白雪飘然落下，隐隐露出新芽的影子。

冬日、暖阳、新雪、温茶，大家在这古香古色的院子里，体会到了诗中的意境。一场在冰天雪地中颇有暖意的茶话会就这样开始了。

“很荣幸因为冰雪在这里和各位相遇。”作为东道主的宋家理在一片掌声中站起身，一直举着相机左右拍照的董逸陶此时将镜头牢牢锁定宋家理的脸。她的脸蛋红扑扑的，不知是冻得发红，还是因为腼腆而红。

“我希望大家在彼此了解的同时，也通过冰雪来了解喜镇，认识我们脚下这片土地。”宋家理举起手中的茶杯边喝边讲，“曾经，这里是北方张库大道的一个中转驿站。从明朝开始，商人们就把来自中原腹地的茶叶和货物经过这里运送到北方的蒙古高原和中俄边境，回来的时候再把北方的毛皮和马匹转运回来。这条路虽然不像丝绸之路那么著名，但也承载着我们的辉煌历史。希望大家可以从今天的茶叶中品出历史的滋味，也从今天的茶话会中得到对未来的启发。”

跑来凑热闹的魏大同带头鼓起掌来。在座的各位举起手中的茶杯，以茶代酒相互碰杯。他们有的是第一次来滑雪的初学者，一上雪场便爱上了那种耳畔有风的感觉；有的是在雪场上摸爬滚打多年的资深玩家，登上雪板便与一片洁白的世界融为一体。

家理客栈第一次线下活动获得了出乎意料的好反响。古色古香的院子、诗情画意的美图、线下奔现与线上交流同时进行，在网络上掀起一小波“到喜镇来看雪”的热潮，随之而来的便是客房预订的小高潮。

宋家理盯着电脑屏幕，忍不住笑出声来，心想着这两个月的进账算是有着落了。

小太阳

一大早，宋家理风风火火地指挥着送货工人将硕大一个按摩椅安置在老妈屋里。

罗敏红围着按摩椅转了好几圈，口中终于冒出那句口头禅：“乱花钱！”

宋家理也不着急反驳，推着老妈的肩膀将她请到椅子上坐下：“是不是乱花钱，先坐下试试再说。”

随着电钮一摁，罗敏红耷拉的嘴角挑起来了，微蹙的眉头也舒展开了，就连那张爱唠叨的嘴也暂时闭紧了。

“怎么样，舒坦吧？”

“舒坦是舒坦，但这东西挺贵吧？”

宋家理早就知道老妈好这口。每次去商场，她都要赖在人家卖按摩椅的地方体验上好半天，从头到脚摁了个舒坦，可末了也舍不得掏钱包。

宋家理早想圆老妈这个心愿，但一看价钱自己也直挠头。现在不同了，客栈生意好，进账多，宋家理掏钱买东西瞬间便有了底气。

“你用着好就行了，贵不贵的咱不差钱。”

说完，她转向Candy，神秘兮兮地从身后掏出一个大纸袋：“Candy，这个是小姨给你的礼物，快打开看看是什么。”

Candy兴奋地拍着手，小脑袋迫不及待地几乎要钻进袋子。

“不差钱也不是这么个花法！”罗敏红摇头叹气。

“咱妈那么辛苦，买个礼物是应该的。Candy一个小孩子，你老给她买这买那干什么！”宋家文果然是罗敏红的女儿，娘儿俩说起话来连口气都一模一样。

宋家理压根不理她们这套，帮着Candy从纸袋里掏出礼物：“怎么样，Candy喜欢吗？”

眼前是一整套儿童滑雪服，圆圆的头盔上印着Hello Kitty的卡通图案，蓝粉配色明艳而可爱。

Candy抱着头盔高兴得几乎跳起来：“喜欢，太喜欢了！”

宋家文看着女儿高兴的样子，脸上也顿时绽开花来：“你还真会挑，她正念叨着想去玩雪呢。”

一家人七手八脚地帮Candy换上滑雪服，还没等拿出手机拍个照，Candy已经小燕子似的飞出门去：“大同哥哥，快教我滑雪！”

魏大同闻声出来，看到穿着滑雪服的Candy可爱的样子，心都被融化了：“哟，这是哪儿来的小运动员啊？这么可爱，这么漂亮啊！”他一把将Candy抱起来：“想跟我学滑雪是吧？没问题啊，叔叔明天就带你上雪场！”

“Candy，你赶紧下来！都这么沉了，还让哥哥抱！”宋家文不好意思地追过来，伸手要接，可Candy却搂着魏大同的脖子一扭头，根本不让妈妈抱。

魏大同也乐在其中，一点没有要撒手的意思。

“没事，我愿意抱着她。”他说着在Candy的小脸上亲了一口，“Candy，我可是跟你说了好多遍了，叫叔叔，怎么能叫哥哥呢？这辈分都乱了。”

宋家文憋着笑故意唱反调：“哪里乱了？我觉得挺好。”

“当然不能这么叫了。她叫我哥哥，叫你妈妈，那我不是得管你叫阿姨了？”

“没问题啊，我的年纪，可以给你当阿姨了！”宋家文知道魏大同话里的意思，却非要故意做出一副倚老卖老的样子。她并不是真的想给他当阿姨，只是想借这个称呼变相地拒绝他。

虽然如今姐弟恋已经不是什么新鲜事，但宋家文毕竟比魏大同大了将近十岁。在喜镇这样的小地方，年龄是永远都不可能迈过去的坎。即便她能接受、妈妈和妹妹能接受，街坊四邻的唾沫星子也能把她淹死。更何况，她现在不是一个人，她还有Candy……

穿着崭新滑雪服的Candy一上雪场便成了一道亮丽的风景，身后引来一票人围观拍照，大家都被雪场上这个年纪最小的娃娃给萌化了。她像是一只笨拙的小企鹅，在教练魏大同的引导下一步三晃地艰难移动。宋家文虽然会滑雪，但也只是初级。她今天的主要任务是给Candy拍照。

宋家文举着手机在Candy前方倒着行走，生怕错过女儿任何一个可爱瞬间。

Candy初上雪场有些害怕，浑身紧绷生怕摔跤，可还是壮着胆子咬着牙，重复着魏大同教给她的动作要领，但一不留神，还是重重地摔了个大马趴。

“Candy！”宋家文本以为Candy会哭，但却惊讶地发现这小家伙连眉头都没有皱一下。

“没事，自己站起来！”魏大同一边引导，一边鼓励。

Candy试了几次，还是因为地滑使不上力气。

“加油！按我教你的办法再试一次！”魏大同把拳头攥紧，恨不得替她使劲。

宋家文看着趴在雪地上的女儿，不由得有些心软，毕竟她还那么小：“Candy，是不是摔疼了？要不要妈妈抱？”

可Candy却比她想象的坚强很多，她脸上透出倔强——那是三岁孩子的顽强。

Candy再次努力，终于艰难地独自站了起来，脸上还露出傲娇的小表情：“妈妈，你看我！”

宋家文忽然一阵感动，一阵鼻酸，眼前的景象瞬间被泪水虚化。此时，她为自己是Candy的妈妈而感到无比骄傲。

魏大同正拍着手给Candy鼓掌，忽然身后一声尖叫。回头看时，宋家文正攥着手机向后滑落。

魏大同脚下一用力，雪板即刻提速。

宋家文感觉像是亲眼见到了瞬移，一晃神，魏大同已经绕到身后将她抱住。

宋家文终于在斜坡上停下来。惊魂未定中，她感觉自己正被一阵温暖环绕。宋家文缓过神来，慌忙转身从魏大同怀里挣脱，脚下不稳，跌坐到地上。

“妈妈好笨呀，妈妈也摔跤了。”Candy在不远处捂着肚子开怀大笑。

两个人这才从尴尬的对视中解脱出来。

宋家文浑身发软，心跳得像擂鼓。她垂下眼帘，想避开那炙热的目光，却看到一只大手已经伸到眼前。

她不自觉地抬起头，瞬间被这个大男孩的微笑感染。他的微笑像是小太阳，可以融化冰雪，温暖人心。

宋家文犹豫了一下，还是伸出手，握住那温暖的大手。

吃独食

这一个月下来，宋家理深深感叹有钱真好。钱这东西，花在哪儿哪儿好，给Candy买的品牌服装就是比地摊上的处理货漂亮，老妈坐上按摩椅果然不再腰酸背痛，只留一身轻松。宋家理觉得她最成功的一次投资便是装修小院，这不，小院转头就给她带来了回报。

她就这么满心欢喜，哼着小曲翻开账本，敲着计算器核算了一会儿，原本挑到耳根的嘴角便一点点垂了下来。

她将计算器清零，又快速敲了一遍又一遍，可不管她怎么算，屏幕上的数字还是那个负数。

“不可能！”宋家理“腾”地一下从椅子上站起来，将计算器重重地砸在桌上。

账本上白纸黑字，除了月初魏大同的那笔进账以外，其余全都是支出，那一串减号看得宋家理一个脑袋两个大。她怎么也没想到，入住满满的一个月竟然会入不敷出。

宋家理失眠了，躺在床上，脑子里都是数字。茶话会场地布置、水电网费，电商服务费、广告宣传费、耗材费，布草清洗、客房清扫、客房用品采购的费用再加上给“董事长”大人送礼的钱……宋家理觉得每一个减号都在割她的肉。她开始后悔，当初就不应该给魏大同那么大的折扣。不过话说回来，如果在价钱上没有优势，人家又怎么会选中这里来包场呢？

一晚上，宋家理都瞪着大眼，黑眼珠盯着白月亮，一直从黑夜熬到黎明。她前思后想左算右算，终于还是发现了账本上的小猫腻。

第二天一大早，她便拎着账本拍响了董逸陶的门。

门一开，宋家理便怒气冲冲地将账本扔到董逸陶怀里。

“你贪污！你可耻！”

董逸陶满脸无辜地看着她气得涨红的脸，一脸蒙圈地背起从天而降的锅。

贪污这顶大帽子扣得他摸不着头脑。

宋家理不由分说把他拉到客栈前台的电脑前，逐条指出有问题的明细："你以为我这么好糊弄吗？你看看，布草清洁、客房打扫，还有迷你吧的采购，交给你的这几项，价格整整比市场价贵了百分之二十！这不是贪污是什么？"

董逸陶只是草草扫了一眼，对这些数字，他早就心里有数。

"我找的人，虽然不是最便宜的，但一定是最可靠的。"

董逸陶轻描淡写一句话，让宋家理更火了："什么可靠不可靠啊，我又不是选会计、招保安。这些边边角角的工作，只要省钱省事不就行了？你说来说去还是为多花钱找理由！"

董逸陶无奈地摇摇头："布草清洁、客房打扫对你来说可能都是些不用动脑的体力活，但就是这些细节才能体现一个客栈的好坏。"

董逸陶中肯的话让宋家理有些动摇。虽然依旧不愿低头，但她还是将语气放缓了些："你倒是说说，你找的这些人，可靠在哪儿啊？"

董逸陶拉开椅子坐下："迷你吧的采购我承包给了婷子妈，她家是开超市的，有靠得住的供货商；打扫卫生的阿姨是干货店王姨家的亲戚，人手脚勤快，知根知底；还有布草清洁就更是熟人了，隔壁马姐家的洗衣店，离得近，洗得又干净……"

董逸陶话没说完，宋家理已经气得鼻子都歪了："你是不是故意跟我作对啊！你明知道当初小院施工的时候，马破锣带着这些人变着花样为难我，现在干吗还要把这些挣钱的买卖交给他们干呀！"

宋家理重提往事，现在还恨得牙根痒痒。

"我不是早就跟你说嘛，做买卖最忌讳吃独食。都是几十年的邻里街坊，总不能因为那点小事结下仇吧？现在都过去了，既然成了合作关系，大家就应该有福同享，有难同当。”

宋家理脑海中忽然闪过一道光，瞬间将所有的事情都连成了线。

她终于明白当初小院停工的事为什么那么容易就解决了：“你是不是早就给他们许诺了？合着我们家理客栈出了个内鬼，处心积虑跟外人合伙给我设圈套啊！还说什么怕我和我妈辛苦受累，原来都是借口！”

董逸陶连连喊冤：“我哪有那未雨绸缪的本事啊？我是真心疼你……和阿姨，灵机一动才想出这么个一举两得的主意。”

“嘿，你以为我夸你呢？”宋家理抡起手中的账本，追着董逸陶拍打。两个人就这样猫捉老鼠一样，从屋里追到院里。

“我错了，我错了！下次注意，这次就饶了我吧！”

“这次我就够吃亏了，你还想有下次啊！我以家理客栈总经理的名义给你三天时间，赶紧把你跟他们订的那些合同给我统统终止。”

“合同签都签了，白纸黑字，咱们总不能违约吧？”

“违约也是你的责任。本来客栈前期装修就花了那么多钱，现在生意不好，你不省着点，还当起散财童子了，大笔一挥，几个字签出去，我们原本就不富裕的客栈更是雪上加霜了！”

“现在的问题不是节流，是开源，你听说过哪个世界五百强是省钱省出来的？考虑问题得看长远，不能被眼前小小的得失蒙住眼。”

“你说的道理我都懂，但我的生意我做主，跟他们有什么关系？干吗要看别人眼色？”宋家理脖子一梗，倔劲又上来了。

董逸陶看着她不开窍的样子，急得直挠头："再好的种子，也得种在土里才能开花。别说是左邻右舍了，整个喜镇都是你的土壤。大家都生活在一个自然系中，一荣俱荣、一损俱损，你要是把他们全得罪了，你这买卖也做不长久！"

"得罪就得罪，谁怕谁呀？"

宋家理话音未落，门口传来马破锣的叫门声："里面的，开开门！"

宋家理不由得打了个冷战，一下子没了刚刚叉着腰叫嚣的底气，下意识地缩了缩肩膀躲到董逸陶身后。

化干戈为玉帛

宋家理提起一口气，打开院门。真是说曹操曹操到，以马破锣为首的一众街坊邻居，煞有介事地将院门围了个严实。此情此景和上次施工被堵门时如出一辙。

宋家理吞了口唾沫，表面上虽然装出一副刀枪不入的样子，但心里却暗暗发毛。一想到上次干架时被马破锣揪掉的那撮头发，她就忍不住头皮发麻。

还不等宋家理开口，马破锣先用标志性的破锣嗓子开了腔："宋老板……"

不等她往下说，宋家理先是心头一颤。邻里街坊叫她二丫头的比较多，“宋老板”这么礼貌却生分的称呼她还是头一回听到。宋家理脸上红一阵白一阵，猜不透对方葫芦里卖的什么药。

马破锣刚一停顿，婷子妈就迫不及待地接过话：“我们今天把咱们镇政府的同志给请来了，就是要跟你说这事……”

宋家理心里“咯噔”一下，心想坏了，这回又是什么麻烦事，把镇里的领导都给惊动了？

这时，镇里的同志被众人簇拥到最前面，不慌不忙地开了口：“给大家宣布一个好消息，经过商户们投票，镇政府研究，决定推举家理客栈代表咱们喜镇参加市里的冬奥特色商户评选……”

宋家理被从天而降的大馅儿饼砸得晕头转向，直到负责人把参选通知和推荐信交到她手上，她才从蒙圈中回归现实。

“二丫头，这可是个好机会呀！”

“争取把咱们家理客栈品牌一炮打响！”

“让人们瞧瞧咱喜镇的好山好水好风光……”

看着眼前一张张笑脸，听着一句句恭喜和嘱托，宋家理忽然觉得惭愧。就在刚刚，她还在因为账本上那几个数字斤斤计较，却不知道这些所谓占了她便宜的邻里，竟默默帮她争取到如此宝贵的机会。宋家理回味董逸陶刚才那一番话，确实，不论是什么样的种子，只有种在土壤里才能开出美丽的花。而泥土中不管是蚯蚓还是肥料，都在各司其职为种子提供养分。大家共同生活在喜镇这片土地上，只有和谐相处才能共赢。

冬日暖阳照亮了宋家理的脸庞，她握着沉甸甸的推荐信，感觉自己手中捧着整个喜镇的期望。

但期望越高，压力就越大。当宋家理对着电脑冥思苦想准备推介用的PPT时，才发现自己力不从心。

想来，这竟然是她离职后第一次打开这个软件，那些曾经重复过无数次的推动鼠标的动作，现在已经有些生疏。更让宋家理不习惯的是这种重回职场的感觉，她已经好几年没有面对客户面对领导了，在人前侃侃而谈的本事几乎丧失殆尽，一想到要在人才聚集的推介会上亮相，她的心便开始瑟瑟发抖。

宋家理忙了好几天，天天熬到后半夜，才把推介用的PPT做好。可刚刚演示了一遍，便立马垂头丧气起来。

她看着镜子里的自己，要身材没身材，要口才没口才，当真是个蠢材。

宋家理好一阵郁闷。她又习惯性地掏出床垫底下的烟盒，刚想到院子里抽一根，开门一抬头便看见自己亲手贴在院墙上的禁烟标志。

“能戒就戒了吧，要不白瞎了这青山绿水好空气。”头顶传来声音。宋家理一抬头，看到董逸陶正趴在天台栏杆上居高临下。

天台上，两个背影披着毯子并排坐着。宋家理手里捧着一杯冒着热气的红酒，肉桂、丁香，再加上橙子与苹果的酸甜，感觉每喝一口都从喉咙暖到心里，温热的气体在寒冷的空气中结成团团水雾。

同样是“吞云吐雾”，这样的方式既温暖又健康。

“那天的事，对不起啊……”

宋家理很不喜欢将气氛渲染得太过煽情或正式，即便是心中再诚恳，嘴上也还是带着轻描淡写的固执。

她说完还是忍不住偷偷瞟了董逸陶一眼，想从他原本就不太丰富的表情中读出点什么。

董逸陶却面无表情地问了句啥事，比宋家理还要轻描淡写。

“就是……就是关于上月支出的事……”

“上月支出有什么问题吗？”董逸陶憋着笑，故意揣着明白装糊涂。

“哎呀，好了好了，我错了！是我错怪你了。”宋家理也不再强撑面子，大大方方低头认错，顺带还把马屁拍得啪啪响，“还是师父你眼光高远，有先见之明！”

宋家理明白，如果不是董逸陶提前打下的基础，马破锣怎么可能摒弃前嫌带着一众人给她投票？如果不管不顾吃独食，她肯定会错过这样一个展示家理客栈的重要机会。

“翻篇，翻篇。”董逸陶举起酒杯轻轻和她碰了一下。

宋家理又倔又犟的性子活脱脱随了她妈，为坚持自己的原则就敢拿着鸡蛋往石头上撞，不圆滑也不灵活的她经常把小事放大、大事搞砸。但这次她长了见识，从董逸陶身上学到了四两拨千斤，学到了舍与得。

可比起这些，宋家理更想学的是董逸陶那种云淡风轻的佛系范儿。生意好的时候他不骄不躁，生意不好的时候他也不急不慌，这世上似乎就没有什么事可以让他着急上火。

可宋家理就不同了，此时她正因为那不成功的PPT和不争气的自己着急上火。

“再来一杯！”她一仰头干了杯中酒，将空杯子递给董逸陶。

“你悠着点！刚戒了烟就准备变酒鬼吗？”

“我哪有工夫变酒鬼啊，喝完这杯我还得回去改PPT呢。喝个半晕不晕的，正好给眼睛加个滤镜，省得对着镜子练习的时候那么辣眼睛。”

宋家理自嘲起来从不嘴下留情。

“不至于吧？有点自信好不好！”

“PPT没亮点，解说没重点，出席这么重要的活动连套像样的衣服都没有，自信从哪儿来？”

“要不……明天我陪你去商场逛逛？”

宋家理差点被喝了半口的酒呛到：“你……陪我……逛街？”

董逸陶急忙解释：“正好我明天要去市里采购，顺便陪你逛逛……”

凶神恶煞

宋家理还真没有和古贺以外的男生一起逛过街，此时董逸陶走在身旁的感觉怪怪的，让她有种说不出的尴尬和拘束。

身旁一对对肩并肩手拉手的情侣与他们擦肩而过。宋家理不由得想到，曾几何时，逛街时的她也是习惯性地用手挽着古贺的胳膊，像每个幸福的小女人那样，但现在，她和董逸陶并排走着，保持着不远不近的距离，甚至不知道手往哪儿放、胳膊怎么摆。

逛了几家店，宋家理都没选到合适的衣服。

“你累不累？要不你找咖啡店进去歇会儿，我自己去逛就行。”

宋家理已经不好意思让董逸陶陪着她一起逛下去了，毕竟人家既不是闺密也不是男朋友。就算是男朋友，也不一定会有这样的耐心。

以她从前的经验，逛街逛到这个时候，身旁的男人往往就会开始不耐烦，不是催着买就是催着走，不是喊饿就是喊渴，这些都是古贺从前常用的套路。

“没事，你都不累，我怎么会累！”董逸陶说完，又觉得自己这话有些别扭，急忙补充，“我是说，我的体力总比你的体力好。”

这话说得让宋家理不知该怎么接。

果真，不会说话还是少说为妙。董逸陶干脆收声，闷头走进一家精品店，专心帮宋家理挑起衣服来。

眼前模特身上的毛呢小黑裙让董逸陶眼前一亮。

宋家理看他站定不动，也回过头，顺着董逸陶的目光看去。

“我觉得这件你穿上一定好看……”他说得很肯定，似乎已经在脑海中想象着她穿上它的样子。当宋家理真正穿上小黑裙站在他面前时，董逸陶还是被惊艳了一下。

“行吗？”宋家理扭扭捏捏从试衣间里走出来。

董逸陶从沙发上站起来，眼睛一刻也没有从宋家理身上移开。

他看着她左转右转，看着她对着镜子理理头发，不知道该说点什么，他真真切切地感觉到一种无法用语言形容的怦然心动。

“好看！”他憋了半天，也只能说出最简单的两个字。

“好看是好看，就是太贵了！”宋家理凑到他耳边小声说。说完又转向导购小姐，试探地问：“这件有折扣吗？”

导购小姐礼貌地笑笑：“我们家的衣服从来不打折的。您和您先生眼光真好，这件是我们这一季的主推款，您穿上超级显气质的。我们这面料是百分之百美利奴羊毛，您看看这光泽、这质感……”导购小姐何其聪明，一眼便看透了这位女顾客的心思，一边拍着两个人的马屁，一边鼓吹自家产品。

其实不用她说，这件衣服宋家理一上身便爱上了，不管是剪裁还是面料，都透着满满的高级感，和推介会这样的大场合简直不要太般配。可问题只有一个，就是贵。但贵也不是人家衣服的缺点，而是她自己的不足。

宋家理在镜子前转了一圈又一圈，想了想账本上的数字，又摸了摸自己干瘪的荷包，还是不得不把裙子脱了下来。

“我们再看看……”

宋家理对导购小姐挤出一个礼貌中透着点尴尬的笑，依依不舍地走出了店门。

接下来无论她再怎么逛，也没看到一件能和那小黑裙媲美的衣服。

转了一天，两个人最终还是空手而归。

晚上，宋家理躺在床上，脑子里还是忍不住想到那件小黑裙，穿上它就像是被施了魔法，胸也挺了臀也翘了，腰杆也直起来了，头顶被光环笼罩，周身散发着自信。

果然人靠衣装马靠鞍，宋家理缺的就是这么一件可以给自己提气的行头。

她翻来覆去睡不着，终于还是摸出手机，输入品牌和货号，在网上搜索起来。

果然，导购小姐没骗人，网上的价格和实体店一样，一点优惠也没有。她又搜了搜别的品牌同款，价钱虽然便宜不少，但面料不一样，质感显然没得比。一分价钱一分货的真理亘古不变。

宋家理叹了口气，虽然心里想着算了，但手指还是不死心地点开了二手网站app。

熄了灯的房间里只有手机亮着，屏幕微弱的亮光打在宋家理脸上。忽然，她昏昏欲睡的眼睛一下子亮起光。

手机屏幕上那件她朝思暮想的小黑裙，正以半价挂在网页上。

宋家理激动地用手指点开商品介绍：几乎全新，仅限自提。议价免谈！

这么简短的介绍她还是第一次见，虽然语气是冲了点，但宋家理觉得也无伤大雅，毕竟她并没想着砍价。能以这样的方式遇到它，已经是天大的缘分了。

宋家理给卖家发去一条信息：宝贝还在吗？

马上就收到一条自动回复：成色自己看图，什么专柜原价多少……是不是正品……有没有上身图……我忙，统统不回。事儿精滚远点！上来大刀砍一半的滚+爬！

宋家理有点蒙，她在网上行走这么多年，从没见过这么毒舌没礼貌的人。

宋家理一气之下想要放弃，可看到图片上的小黑裙，又一下子不舍起来。卖家虽然素质差，但这条裙子是无辜的呀。

她咬了咬牙，经过一番激烈的心理斗争，最终还是决定要把这条裙子从这个没素质的主人手中拯救过来。这样想着，宋家理心里便痛快多了。

她舒了口气，打下一行文字：我可以同城自提，也没准备啰唆，更没想砍价，您这一通文字是不是火气有点大呀？

过了好一会儿，对方回复过来：不是冲你，我对所有人都是这条，以防万一。

宋家理无奈地摇摇头，果然林子大了什么鸟都有，遇到这样的奇葩也算是大开眼界了。

虽然交流不怎么愉快，但宋家理还是痛快地和卖家定好转天交易的时间和地点。她还真有些好奇，当面交易的时候也想看看，在网上说话这么冲的人，现实生活中会是什么样的凶神恶煞。

拾人牙慧

左小妍抱着一摞一摞高过头顶的衣服在客厅与卧室之间来回穿梭。自从有了娃，家里就没有利索过，衣服、玩具、儿童画册总是乱糟糟地散落在各处，她前脚刚收拾好，两个小魔王后脚便又弄得一团糟。

要说小孩不懂事也就罢了，家里那个本应该懂事的大人更是一点不让人省心，袜子、裤衩、脏衣服逮哪儿扔哪儿，无论说他多少次，就是改不了。结婚后，左小妍总算是见识到了油瓶子倒了都不知道扶的人。在他们家，那些扔在地上的东西，只要她不伸手捡，吴狄绝对不会碰——不光不碰，连看都看不见，就这样从上面迈过来迈过去，竟然一点都不觉得碍事。

左小妍不知道天下男人是不是都有这样的选择性“视障”。

在这个家里，一对三的较量，左小妍永远也胜不了。她终于明白，让自己解脱、让家里整齐起来的唯一方式便是断舍离。

左小妍将孩子们不玩的玩具、一家人不穿的衣服都一件件挑拣出来。一开始她还犹犹豫豫依依不舍，到后来便开始大刀阔斧地扔衣服。把衣服从衣柜里扔出去的动作让她觉得特别解压，那些廉价的、过时的、备受冷落的，通通被挑出来扔在地上，不一会儿，客厅里便堆出一座小山来。两个孩子趴在小山上淘气，把不要的衣服当成玩具扔来扔去。左小妍并没有像往常一样制止，而是就这么看着，看着这些即将退出历史舞台的衣服，脑海中有回忆飞舞。

蓝白条纹的针织裙，是她怀老二的时候买的。那时胖得什么漂亮衣服也穿不了，这条裙子腰身宽松，能完美遮住身上的肉。她还记得穿着它去产检，身旁的其他孕妇都有老公陪着，只有她孤零零一个人坐在医院的椅子上。想到这儿，她恨恨地把针织裙扔到一边，拎起旁边另一件黑色裙子。这裙子很漂亮，是她今年生日时新买的，当时价钱挺贵，她还着实心疼了一番，但一想到可以穿着它去和老公约会，吃一顿浪漫的生日大餐，左小妍便毫不犹豫地刷了卡。但生日那天晚上，吴狄忙完生意回到家，时钟已经过了十二点，于是这条价格不菲的裙子连穿出门的机会都没有。左小妍每天在家看孩子做饭忙得不可开交，她甚至想穿上这条裙子在家独自走个猫步，也算钱没白花。可衣服拿出来还没上身，整个人却被生日那天的不愉快所影响，变得一下子没了心情。

经过一整天的断舍离后，左小妍忽然明白了一个道理，也许她最应该舍弃的是对老公的依赖，还有那些令人不愉快的回忆。

宋家理穿着一件驼色大衣从公交车上下来。她站在原地左右张望，有些好奇又有些忐忑地等着来接头的卖家。驼色大衣白围巾是两个人接头的暗号。离约定的时间还有五分钟，宋家理特意在路上留足了时间，生怕一不留神又惹到这个坏脾气的卖家。

可她站在寒风中等了十分钟，也不见有人过来打招呼，明明已经过了约定时间。冷风像刀子似的刮过脸庞，宋家理吸溜着鼻涕，冻得直跺脚。她将脸往围巾里缩了缩，心里暗暗骂街。正骂着，一个穿着长羽绒服、从头到脚捂得严严实实的女人手里拎着袋子径直走过来。

她冲宋家理晃晃手中的袋子："二手货！是你吧？"

见过不会说话的，没见过这么不会说话的！宋家理一个白眼翻上天，气得差点乐出来："这位大姐，您叫谁二手货呢……"

她没好气地瞪了那人一眼。不瞪则已，一瞪两个人都吃了一惊。

"左小妍？"

左小妍这才看清宋家理从围巾里露出来的脸。她先是一惊，再是尴尬，但很快脸上便换上充满优越感的笑容："没想到，在网上买我衣服的人是你呀！"

宋家理不好意思地笑笑："那天逛街的时候看到同款，原价挺贵的，就在二手网站上搜了搜。没想到这么巧。"

“嗨，你早说呀！还付什么钱啊，我直接送给你！”左小妍爽朗地笑着，将装衣服的袋子往宋家理怀里塞。

“那可不行，钱该怎么付还怎么付，这衣服挺贵的……”

“原来贵，变成二手货就不值钱了！”

左小妍不由分说拿出手机在网上取消了交易，宋家理很快便收到后台退款。

宋家理看着手机上这笔退款，心里那叫一个不是滋味。回去的路上，坐在公交车上，她耳边一直回响着左小妍嘎嘎的笑声。这原本爽朗的笑声在她听来却格外刺耳，仿佛是在嘲笑她的卑微。

这是宋家理第一次在左小妍面前觉得卑微。上学的时候她比左小妍成绩好，工作之后她比左小妍有出息。不过虽说后来两个人都被爱情拖了后腿，各自因为失恋和结婚走起了下坡路，但现在看来，走下坡路的只有她自己。人家左小妍明明是一路上坡，是过得风生水起衣食无忧的阔太太；人家从衣柜里随便抖出几件不稀罕的衣服，都是她望尘莫及的宝贝。

宋家理忽然觉得自己不知不觉间竟然被左小妍甩下好几条街。她从未想过自己有一天会沦落到穿她穿剩下的衣服。受人怜悯的感觉真是糟透了。

回到家，宋家理将这条梦寐以求的裙子穿在身上，却感觉到被荆棘捆绑般的桎梏。镜子里的那个自己活脱脱像个偷穿大人衣服的小孩，根本无法撑起小黑裙的气场。

宋家理忽然觉得自己活得很失败，拼死拼活忙前忙后做的这些努力，似乎都是无用功。也许妈妈说得对，她就是应该像左小妍那样早早找个能养家的男人嫁了，这样至少能少奋斗十年，少走一段弯路。

现在想来，在家相夫教子又有什么不好？男人负责挣钱养家，女人负责貌美如花，比她现在这种通马桶修灯泡抛头露面的日子幸福滋润得多。一手好牌，愣被她打得稀烂。可以选择更加舒适悠闲的生活，可她偏偏放着阳关大道不走，非要蹚这小河沟。

宋家理终于意识到自己三十岁的倔强和任性，除了把她磨炼成越来越糙的女汉子之外，没有带来任何益处。她没想到，多年形成的世界观，竟然就因为这么一条裙子而动摇。

宋家理正对着镜子发呆，忽然感觉后背被重重地拍了一下。

“腰杆挺起来！”

她回头，惊讶地发现老妈正站在身后。罗敏红用两只手扳着女儿的肩膀，将她的身姿调整得笔直挺拔：“你看看，这就好看多了！”

宋家理急着辩解：“衣服是好看，可惜我驾驭不住。这衣服不适合我，我正准备换掉呢。”

“换它干啥？我看挺好！正适合上推介会穿。”

“可是……这衣服……”

宋家理话未说完便被罗敏红挥手打断：“再好的衣服也得有自信才最美。”

宋家理一时愣住。她再次看向镜子里的自己，腰杆笔直、下巴微扬。她忽然感觉捆绑在身上的那些荆棘一下子消失不见，小黑裙的优美线条，仿佛是她身体的一部分。

宋家理对着镜子微微扬起嘴角。衣服固然重要，更重要的是撑起衣服的那个自信的灵魂。

起点与未来

一大早，董逸陶便开车进了城。商场刚一开门，他便顶着全体服务员的目光直奔二楼女装柜台。

“先生，有什么可以帮您的吗？”导购小姐看这位手足无措的男顾客在店里来来回回转了好几圈，礼貌地上前帮忙。

董逸陶指着门口的模特：“之前这个模特身上穿了一件黑色的裙子，现在怎么不见了？”

导购小姐想了想：“噢，您是说那件黑色的毛呢裙吧？”

董逸陶忙不迭地点头。

“那件衣服卖得太火了，连模特身上的那件展示品都被人买走了，目前没货了。要不您看看别的款？”导购小姐抱歉地解释。

“那款什么时候能到货？”董逸陶还是不死心地追问。

“这个说不好，我们也在等通知。不过……我可以帮您查查别的分店有没有货。”

董逸陶原本失望的心中又燃起一丝希望。

导购小姐对着电脑敲了几下，看了一会儿又皱起眉来：“不好意思，咱们市里几家店都没货。唯一有货的分店在开发区，离这儿要五十公里呢……”

“没事，告诉我地址，我这就去。”

导购小姐惊讶地愣了一下，这才急忙将地址写在便签上递给董逸陶。她不由得揣测是什么样的女人这么有福气，这个男人甘愿开车跑那么远，只为买一件让她心仪的衣服。

出了商场，董逸陶便一脚油门上了高速。推介会就在明天，他必须快马加鞭，尽快把那件她喜欢的衣服买回来，然而当他拎着购物袋风尘仆仆地走进小院时，却看到宋家理正穿着那件小黑裙向他走来。

“你跑哪儿去了？一整天不见人！我还想让你帮我参谋参谋明天的演讲稿呢！”

宋家理说话间发现董逸陶的眼睛一直盯着自己身上的裙子，她有些不好意思地挠挠头：“怎么样？我还是决定明天穿这件。先穿上热热身！”

“挺好，挺好……”董逸陶下意识地将手中的购物袋藏在身后，挤出一个不是滋味的笑。

宋家理穿着小黑裙、蹬着小高跟，自信地在演讲台上向大家介绍着家理客栈、介绍着喜镇。

演讲稿的内容她早已经烂熟于心，每一张PPT也都印在脑子里。

看着她对家理客栈的未来侃侃而谈，董逸陶觉得宋家理整个人都在发光。

“几年前，我还是生活在大城市的打工者，每天像沙丁鱼罐头一样挤在地铁里，被早晚高峰的巨大浪潮席卷着随波逐流。几个月前，我还是找不着工作赋闲在家的啃老族，每天吃饱混天黑的咸鱼。但不管是罐头还是咸鱼，都不是我想要的生活。大家可能差点忘了，在被做成罐头之前，每一条鱼都渴望拥有一片自己的海洋。家理客栈就是我的海洋，但它不是我一个人的乌托邦，而是整个喜镇梦想的起点。在乡村振兴的当下，高耸的山峦困不住我们山里人的视野。作为新一代小镇青年，我很骄傲，因为我们的理想可以带着我们的家乡腾飞，飞过山岭，直冲云霄！家理客栈虽然不像大酒店一样富丽堂皇，喜镇也没有大城市的霓虹灯闪耀，但人们可以在这里触碰冰雪、体验奥运、拥抱自然，了解藏在青砖灰瓦中的历史，感受代代相传的传统文化。大家因为热爱生活而在这里相遇，也会因为缘分而更加懂得珍惜……”

演讲台上，宋家理眼中光芒闪耀，它不仅照亮了家理客栈，还点亮了一直以来默默无闻的喜镇。作为喜镇选送的唯一商户代表，她将这个小地方小人物的梦想，大声说给在场的所有人听。

台下响起一片掌声，坐在嘉宾席的古贺将巴掌拍得山响。前来助阵的宋家文举着手机将镜头对准台上的妹妹。视频通话另一边的家理客栈，另外两位股东正围着手机远程观看直播。

罗敏红此时已然热泪盈眶。看着女儿站在台上，将用心血绘制成的蓝图展示在人前，想着她这些年在感情和事业上受到的挫折，想着她这些日子为客栈付出的辛苦与汗水，想着她一点一点把想法变成现实，想着她从一出生便缺失的父爱……从小最让她操心、最让她疼爱的小女儿，似乎是从这一刻开始才真正长大了。

董逸陶急忙递来纸巾。他犹豫了一下，还是抬起手，动作僵硬地拍了拍阿姨的肩膀以示安慰。

罗敏红多年来在人前的好强与坚韧一下子崩裂，像个渴求安慰的孩子一样，靠在董逸陶结实的肩膀上呜咽起来。

鼻涕眼泪蹭了董逸陶一身，可他僵硬的身体却渐渐柔软下来。他觉得这泪水无比温暖，流淌着一位母亲对孩子的爱。他想起自己也体味过同样的温度，那是爸爸的眼泪——在他选择离开这个世界前，最后一次拥抱他儿子时流下的眼泪。他走之后，董逸陶便再也没有感受过那样的温度。或者说，他在刻意回避那种温度，拒绝一切有感情交流的身体接触。因为每一次触碰，都会让他回想起那个无比眷恋又不堪回首的瞬间，于是那原本的温暖渐渐被紧绷、僵硬取代，变成痛彻心扉的回忆。

直到现在，董逸陶终于再一次直面深藏在心底的痛。看着伏在他肩头抽泣的这位母亲，他忽然开始想念，想念那消逝已久的亲情，想念他已在天堂安家的父亲。

挂了视频通话，董逸陶一个人回到西餐厅的厨房，忽然感觉这个空间很清冷、很孤单。他看了看表，应该再有一个半小时，宋家理便会奏凯而归了。他觉得时间过得很慢，想让她现在就出现在自己面前。

他操起刀开始默默切菜。西餐厅的门外挂着今日歇业的牌子，而门里面的厨房里却在煮着一道充满东方味道的饭菜。

“莜面窝窝你吃过吗？”

“What’s that？（那是什么？）”

“在家说中文！跟你说过多少次了。”董卫国一脸严肃地教育儿子。他知道这样的要求对于一个从小生长在美国的孩子或许有些苛刻，但他必须这样，总不能让他忘了本，忘了故乡喜镇。

董逸陶冲爸爸撇撇嘴：“没吃过。中餐馆好像没有这道菜吧？”

“这是咱们家乡的饭，只有在咱老家才能吃到。今天我就给你做这道莜面窝窝……”

一片白茫茫的蒸气中，董逸陶抹了一把湿润的眼睛。他揭开锅盖，一个个莜面卷精神抖擞地并排站立。

“你看好了，我教你做咱们老家的莜面窝窝……”董卫国说。董逸陶好奇地凑到爸爸跟前，看着他揪下一个小面疙瘩，放在菜刀的平面上，用手掌一搓就成了一个小面片，之后再揭起来顺势在手指上一绕，莜面立刻卷成一个卷儿。董卫国说：“把它立在笼屉上，做完一笼后咱们就可以上锅蒸了！”

但当董逸陶和爸爸一起掀开冒着热气的蒸锅时，两个人大失所望：“这什么呀？都塌了！”

董卫国看着锅里塌成一坨的莜面，懊恼地挠了挠头：“是哪步出了问题呀……”

他当然找不出问题所在，毕竟离开喜镇的时候，他还是个孩子，只知道吃，根本不会做，所以他做给董逸陶的莜面窝窝没有一次是成功的。但董卫国还是不厌其烦地一次次尝试，不管做得多磕碜，他都过瘾地吃个盘光碗净，因为这是他儿时的记忆，即便走得再远、过得再久，他还是最爱吃这口。

当董逸陶回到喜镇，第一次吃到正宗的莜面窝窝时，泪水顺着脸颊流到了碗里。果然是那个熟悉的味道。老爸的厨艺虽然不精，却还是让他在遥远的大洋彼岸尝到了家的味道。只可惜，此时桌子对面，爸爸再也无法陪他吃这顿饭了。

董逸陶终于还是超越了老爸，做出了正宗的莜面窝窝。不仅如此，他还在喜镇找到了那个可以和他一起吃饭的人。如果此时能和她对桌而坐，他一定要把藏在心里的这些故事全部讲给她听。在这样一个重要的日子，给他们俩一个崭新的未来。

寻找队友

走上演讲台的时候，宋家理还手脚冰凉，当她捧着“冬奥特色商户”的奖牌迎着掌声走下台时，却感觉一阵热血沸腾。

等在台口的宋家文激动之情溢于言表，宋家理一下场她便迫不及待地冲过来给了妹妹一个大大的拥抱：“好样的！我代表咱们罗董事长祝贺你！”她说着将一束鲜花塞到家理手中，别有深意地挑了挑眉：“香槟玫瑰配绣球，董老板亲自挑的花。”

宋家理正捧着花和奖牌沉浸在咸鱼翻身的喜悦中时，身后传来一声熟悉的呼唤：“家理……”

两个人闻声回头，看到一身西装革履的古贺正径直朝这边走来。

宋家文笑得灿烂的脸一下子展平没了表情。以她的经验，偶遇前男友就和遭遇前夫一样，一准没什么好事。她虽然不清楚两个人之间的是是非非，但对这个浪费了妹妹青春的男人，她打心里没什么好印象。

宋家文的冷脸，并不能阻挡古贺的热情，他大方地伸出手：“好久不见。”

宋家文两手一插兜，转头对妹妹说了一句“我在门口等你”，便晾下二人走开了。

宋家理明白姐姐的心思。这就和她遇到前姐夫王喆时是一样的心情，生怕姐姐在同一个坑里摔两跤，在同一个渣男身上吃两次亏。但她还是对古贺有些抱歉，毕竟当初提分手的不是他。

可古贺似乎早已经不在意以前的事了，他眼里关注的只有当下和未来。

今天演讲台上的宋家理让他觉得眼前一亮，他甚至很难把眼前这个充满自信的创业者和记忆中那个小女人联系在一起。从北漂到CEO，从命运的从属者到人生的掌舵人，每一次见面，宋家理都在用自己独特的方式给他带来惊喜。

“在一起这么久，我都没发现你的口才这么好……”古贺说话间，脸上带着充满感怀的微笑。这微笑如果细品，有点淡淡的酸楚。

宋家理苦笑着摇头：“你是没看到我对着镜子练了多少遍。没办法，先天不足，只能靠后天多练。”

古贺想当然地把宋家理的话当作谦虚。他看着她怀抱奖牌，一股骄傲的清甜涌上喉头。可再回味，又忽然失去了滋味——毕竟现在，他与她已经成了不相交的平行线。

一想到她今后的人生他无法参与其中，古贺便有一种一身力气却没处使的感觉。

“赏脸一起吃个饭？为你庆祝一下。”他犹豫了一下，还是说出了这句话，虽然他也知道，她不可能答应。

“好啊。等我一下，我去跟我姐说一声。”宋家理说完便朝门口走去。

古贺站在原地，头脑有些发蒙，愣愣地看着不远处正在对话的姐妹俩。直到宋家理转身向他走来，古贺才意识到这一切是真实的。

“想吃什么？”古贺坐在餐厅里翻着菜单。

这是市里最高档的一家西餐厅，情侣约会的打卡地。如果放在从前，这样二人世界的浪漫约会，是她求之不得的。可不知道为什么，此时宋家理看着菜单上的图片，却一点胃口也提不起来。

她拿起桌上的水杯一饮而尽。刚才为了说服姐姐，她还真是费了一番口舌，但为什么执意要和眼前这个人出来吃饭，她最终也没说清。

和前任的饭局总会有些微妙的情绪悬浮在空中。两个人之间的默契似乎依然存在，即便不捅破那层窗户纸，二人也心知肚明。

她想，自己在期待什么呢？她自己也不知道。

身上这条二手裙子让她想了很多，她质疑自己的选择，否定从前的努力。她不知道她现在所做的一切到底有没有意义。就算客栈一点点步入正轨，之前的预想一步步实现，但又能怎么样呢？她还是觉得生活中缺了点什么，有种欲求不满的感觉。看着别人穿金戴银，拎着名牌包，开着豪车，宋家理便忍不住攀比。重复的梦做了一次又一次，那个漆黑一片的无底洞像幽灵一样时不时就进入梦中骚扰她，无论她怎么躲怎么逃，它总是在她脚下延伸扩大，让她走投无路。她一次次搬起身边的大石头费力地扔向洞口，但石头落下便没了踪影，甚至激不起一丝浪花。这无底洞不光填不满，还一点点将她吞噬。正当她坠在洞口命悬一线的时候，一段绳索忽然从空中落下，宋家理知道这是她逃出生天的唯一希望，但当她伸出手抓住绳子，眯着眼努力想看清绳子那端那个人的脸时，便一下子从梦中惊醒。

古贺将切好的牛排移到宋家理面前。

“我给你切好了，趁热吃。”宋家理看着切成小块的牛排，又透过烛光看看绅士的古贺。在一起八年，他从来没有这么体贴过，那些让男人切牛排剥虾拎包的女人，在他眼里就两个字——矫情，所以这八年来，宋家理早已经学会了自己剥虾自己切肉自己扛麻袋。但现在，经过一轮又一轮的相亲培训，这个曾经极度自我的男人，已经把自己修炼成了万千女人的理想型。

果然男人是需要女人调教的。宋家理花了八年都没教出来的学生，却因为一个速成培训班而一下子开窍，坐上了直通名校的顺风车。

餐桌对面，古贺自信满满地说着近况，还特别强调了一下存折上的数字和事业上的小成。

“当初觉得买房很困难结婚很遥远，但现在看来都是眼前的事了。”

“恭喜你啊……”宋家理努力了半天，只挤出一个不自然的笑。

“有什么可恭喜的……钱到位了，但人的位置还空着。”

餐桌上一阵沉默，刀叉和盘子的摩擦声显得格外刺耳。

古贺对婚姻的理解很简单，一个萝卜一个坑。情窦初开的时候，他就幸运地找到了自己的萝卜，只是那时候他根本没意识到萝卜虽然好养活，但也需要施肥浇水。就这样，他失去了一棵白白胖胖的大萝卜，只留下心里一个填不满的坑。

“家理，你愿意回来吗？”

“啊？”宋家理一下子愣住，刚刚叉起的一块肉掉在桌上。

古贺从自己盘子里挑了块大的夹给她："回到我身边，让我照顾你。"

在三十多岁的年纪，照顾这个词比爱更让宋家理心动。没有哪个女孩生来就是条汉子，没有哪个女人不渴望被人宠爱照顾，什么不婚主义、单身贵族，都是给自己找的借口，用来掩饰孤身一人的悲哀。她真正渴望的还是一个携手同行的队友，起码有人给她换灯泡，有人帮她通下水道；有人为她遮风挡雨，有人替她分担压力。而对于宋家理来说，这个队友的选择，没有谁比古贺更合适。

认命

这顿饭并没有喝酒，却吃得宋家理晕乎乎。在回程的车里，古贺把座椅加热打开，暖气调到最大，果然用实际行动践行着"照顾你"这句话。不知道是车里太热，还是氛围太暧昧，一路上宋家理都觉得脸上烫烫的。当车子在路边停稳，她脸色绯红地走出车门时，外面的空气变得奇冷无比，晶莹的雪花纷纷飘落，打在脸上，留下一片冰凉。

"下雪了！"她喜欢雪的纯白，却还是忍不住在雪中瑟瑟发抖。果然，这种守得住风度守不住温度的小黑裙经不住风雪，只适合穿在温室中。

宋家理抱着手臂踏着雪快步走向客栈，忽然感觉身体被一阵暖意包裹。她抬起头，透过飘落的雪花遇到古贺深情的凝视。他正将自己的大衣披在她身上，带着体温，和那熟悉的味道。

那时候也是雪天，北京的雪来得那么珍贵，带着人们的兴奋和期盼悄无声息地降临。

“下雪了！下雪了！”宋家理兴奋地在雪中转着圈，路灯橙黄色的光将飘落的雪花照得暖意融融。

“这位同学，你有没有见过世面呀？下雪了有什么可高兴的？”

“下雪好啊，下雪可以滑雪、堆雪人、打雪仗！我老家喜镇一到冬天就经常下雪，小时候我和我姐就是在院子玩着雪长大的……”

宋家理话音未落，便被一个雪球击中脑袋。

古贺看着她滑稽的样子，肆无忌惮地大笑。

“喂，古贺，你胆大包天！”

宋家理抖掉头发上的雪，撸起袖子，抓起一把雪：“你不知道我是打雪仗的小能手吗？让你看看我的厉害！”

古贺看着宋家理把手里的雪三两下捏成一个硕大的雪球，大呼不妙，拔腿就跑，一边跑一边抓雪还击。

“师妹，饶命！”

宋家理果然不是吹牛，瞄准了一记远投，正中古贺后脖颈。冰凉的雪水蹿入领口，好一个透心凉。

古贺一声惨叫，夸张地扑倒在地。

宋家理又攒起一个雪球跑过去，打算乘胜追击，可一看古贺已经趴在地上不动弹了。

“喂！你干吗呢？起来应战呀！”

古贺还是不动。

宋家理有些着急了，她扔了雪球跑过去："古贺！古贺！"

她俯下身摇晃着古贺的身体，可对方就是毫无反应。

宋家理一下子紧张起来："古贺，你怎么啦？你起来，别吓我！我刚才打哪儿了？是不是打得太重了？"宋家理费劲地抱起古贺，急得眼泪都要掉下来了。

忽然，怀里的人动了一下，扑哧一下子笑出来，唾沫星子喷了宋家理一脸。

"你碰着我痒痒肉了！"

宋家理愣了两秒，站起来抹了一把喷在脸上的口水，目光一下子变得凌厉。

古贺知道大事不妙，贱兮兮地抱住宋家理："别恼别恼，我开玩笑的。"

"好啊你，在这儿跟我飙起演技来了！"宋家理挣扎着要捶打他，可手臂已经被古贺牢牢困在怀里。她情急之下只能动嘴，一口咬住古贺的下巴。

"啊！你属狗的？怎么还咬人！"

宋家理满意地看着古贺下巴上的牙印，一脸得意，早忘了自己还处在人家的控制之下。

古贺将环抱着宋家理的手又紧了紧，然后夸张地活动了一下腮帮子。

"喂，你干吗？差不多行了啊！这样冤冤相报何时了……"

宋家理看着血盆大口朝自己靠近，惊恐地闭上眼睛，挤出双下巴。

忽然，一个温热柔软的东西落在唇上，她睁开眼，遇到一个深情的凝视。

宋家理就这样愣愣地望着古贺。他的脸比那时消瘦，眼神比那时成熟，但眼中的深情却一直没变。

男士大衣披在肩膀上沉甸甸的，在它的庇护下，宋家理终于不再颤抖。古贺并没有将手收回去，而是透过大衣轻轻搭着她的肩膀。

从车子到门口的短短几步路，宋家理觉得很长，她甚至能清楚地感觉到那只搭在肩膀上的手在一点一点地收紧，甚至能感受到那只手的温度。

古贺希望这条路能够长一点，他就可以一直和她走下去，不用放手，不用离别。

路的尽头，客栈隔壁的天台上，一双手紧紧握着冰冷的栏杆。在这里能够俯瞰清水河畔的整条路。路灯昏黄，小路幽静，飘落的雪花洒在一对行人的肩膀上。他们像情人一样依偎着相伴而行，仿佛一幅画，仿佛此时这世界上只有他们两个人。

董逸陶静静地走回天台上的帐篷。帐篷外冰天雪地，帐篷里却温暖如春，暖炉冒着热气，桌上摆着餐食。莜面窝窝早已经冷掉，没有动过的碗筷依然静静摆在桌上。董逸陶拉开椅子坐下，给自己斟上一杯酒，犹豫了一下，也给对面的杯子满上。

"其实从上大学那会儿我就想着，以后遇到了那个对的女孩一定第一个带来给你看，但现在看来，有些难以实现。今天本来是想让你见见她的，但看样子这顿饭只有咱们爷儿俩吃了。"说着他给自己盛上一碗，"不过也好，咱爷儿俩好久没这么好好聊聊了。"

董逸陶吃了一口已经冷掉的莜面窝窝，在嘴里细细地品嚼：

“你说得没错，喜镇是个好地方。这里山好水好姑娘也好，一切都那么干净、那么纯粹，怪不得离开那么久还是你一辈子的念想。你肯定没想到，我这么一个急功近利的人，现在会选择这样的生活……”

董逸陶一口干了杯中酒，一股辛辣留在喉间。

“不知道你还记不记得，咱们俩还因为这事争论过。我说金钱是唯一可以证明自己的东西，你说不是。那时候我不理解，现在我懂了。钱花没了可以再挣，但有些东西一旦失去了，就再也回不来了。”董逸陶看着对面空荡荡的座位，看着纹丝不动的酒杯，想起曾经无数次和爸爸喝酒碰杯。那玻璃碰撞的清脆声此时却被一片寂静取代，这种寂静让他觉得可怕。即便桌上有酒有菜，帐篷里温暖宽敞，但这种独自一人无依无靠无人倾诉的感觉，却裹挟着无法驱散的孤独。

忽然，帐篷里的安静被一阵窸窸窣窣声打破。董逸陶回头，发现宋家理正站在帐篷门口。

他慌忙站起来，都没有发现身后的椅子已经倒了下去。

“你……什么时候来的？”

董逸陶使劲回想刚才自己有没有说些什么不该说的话。

宋家理大咧咧地摇摇头，目光直接越过董逸陶，聚焦在餐桌上的莜面窝窝。

“哇，太棒了吧！我还说晚上没吃饱想来你这儿觅点食，原来你自己在吃大餐呀！”

宋家理毫不客气地坐在董逸陶对面那个空位上，端起碗来就要品尝。

“你等等！”董逸陶急忙抢下她手中的碗筷，“我去给你热一下。”

暖暖的帐篷里，餐桌上冒着热气。一碗莜面下肚，再寒冷的天气也不在话下。

宋家理放下空碗，满足地拍拍肚子：“可以啊董老板，没想到我只是随手教了你两下，你还真学会了！”

董逸陶谦虚地笑笑：“随便做来试试。”他说完便在心里暗骂了自己一句，明明想好要敞开心扉的，可一张口还是言不由衷。

“在我们喜镇，家家餐桌上都少不了莜面。你学会了做莜面，也算是半个喜镇人了！”宋家理轻轻拍拍董逸陶的肩膀，他却感觉像是被授予了多大荣耀似的。

爸爸去世后，他只身一人拖着行李离开从小生活的地方，来到大洋彼岸所谓的故乡。这里所有的事物都无比陌生。陈言笑虽然是他血缘上的大伯，但两个人也只在父亲的葬礼上见过一面。陈言笑也没有想到，这个美国侄子会选择放弃前程似锦的未来回到喜镇寻根。

其实董逸陶也没想到自己会在喜镇待这么久，比起寻根，他更想在这里扎根，真真正正成为一个喜镇人。安一个家，爱一个人，两个人在这个安静的小镇相知相伴。

此时透过莜面窝窝上的热气，桌对面宋家理的脸朦胧且好看。她又换上了宽松的帽衫运动裤，和路灯下披着男式大衣的那个女人判若两人。

董逸陶多希望她可以像平常一样滔滔不绝地跟他吐槽，吐槽那个借着给她披衣服对她动手动脚的男人，吐槽那个请她吃饭却让她吃不饱的男人。可宋家理却一句没提，而是将目光放空，描绘着她所谓的未来。

“现在客栈也算是渐渐走上正轨了，我对我妈和我姐也算是有个交代。其实当初有开客栈这个想法，也是为了给我妈找个事干，毕竟我们家的院子当村房租出去还是有些可惜的。现在好了，客栈一点点有了名气，我妈的养老钱应该也不用愁了。不过这一切还真多亏了你！要不是你一点点教我，现在我可能还在抓瞎摸黑呢！”宋家理把所有人都提了一遍，唯独没有提到自己。

“我做什么都是次要的，主要还是你。客栈一步步走到今天，都是你自己的努力。”

“我？我也就是走一步算一步，被时间和命运推着走。有时候不得不承认，人真得认命……”宋家理说着，顺手拿起桌上的酒瓶给自己和董逸陶一人满了一杯。

董逸陶头一次从宋家理口中听到“认命”两个字。他认识的那个宋家理是多么叛逆大胆、义无反顾，如果她认命，当初就不会成为快进生活中的逆行者，不会逆着人流回到喜镇。他之所以认准她，就是因为这个女孩特立独行、敢作敢当。但现在她变了，她口口声声地讲述着女人所谓的归宿。

“……我姐应该好好找个归宿。我呢，也不能老是这么赖在家里……Candy大了，到了上学的年纪，还是应该往大城市去……”

“你为什么会忽然这么想？”董逸陶很少打断别人的话，但这回他实在听不下去了。

宋家理一时被问得不知该怎么回答。她沉默了半晌，深深叹了口气：“也许这就是妥协吧。就像你之前说的，要和身边的人达成和解很不容易，和自己达成和解更难。”

董逸陶看着宋家理仰头干下杯中酒，脸上泛起一丝苦涩。

唾沫淹死人

滑雪俱乐部的训练已然接近尾声，每每到了这时候，总是有人欢喜有人愁。有些人已经进入了疲惫期，只盼着早点回家躺尸，最后这几天便浑水摸鱼；有些人压根没玩够，舍不得打道回府，计划着再多玩几天。而魏大同就是后者，只不过他想留下来的理由不仅仅是因为贪玩。

每年雪季，他总是要比其他队员来得早走得晚，恨不得在雪场赖到开春雪化的时候，只为了最大限度地集中训练。

滑雪一靠技巧二靠经验，在场上没有太多的时间去做思考，全凭着身体的协调性和熟练度。每一块肌肉都是有记忆的，练得多了便自然得心应手。虽然在U型池这个项目上他曾经算个高手，但在障碍追逐这个领域他还是新手。新手只有多练多学才有机会变成老手。而成了老手，魏大同才有机会接近自己登上奥运舞台的梦想。

但今年不同往年，让魏大同舍不得离开的，还有另一个原因。

滑雪场缆车上，魏大同和宋家文一人坐一边， Candy在两个人中间悠荡着双腿兴奋无比。三个人像极了一家三口。

今天魏大同要带她们上中级道体验一次飞翔的感觉。别说三岁的Candy了，就连初级选手宋家文也是平生第一次登上中级道。

她并不像Candy那么兴奋，而是心脏狂跳、手心冒汗。

“要不就算了吧，我和Candy还是看你滑吧。”

“后悔啦？”

宋家文忙不迭地点头。

“后悔已经晚了，你已经上了贼船，下不去了！”魏大同说着，一把攥住宋家文的手。

她的脸红了一下，并没有挣脱，而是低下头露出一个幸福的甜笑。

宋家文从没有想过自己有一天会登上中级雪道，就像她从没有想过自己有胆量接受魏大同的追求。

和大大咧咧的妹妹不同，宋家文从小就是一步一个脚印稳稳当当成长的孩子。她内向、平庸，没什么远大理想，从中学的时候她就为自己的未来制定了一个大方向——做一个贤妻良母。而之后的每一步她都在朝着这个方向走，只为实现这个再平凡不过的梦想。只是离婚这事并没有在她的计划当中，而从此，宋家文的人生便失去了方向。

好在 Candy让她的梦想不至于全盘破灭，她至少还有机会实现“贤妻良母”中的一部分。但在遇到魏大同之后，宋家文那另一半已经被埋葬的梦想又一点点起死回生，虽然无数次刻意压制，但她还是忍不住去憧憬那三个人的未来。

站在中级雪道的顶端，她第一次俯视家乡的山峦。她小时候不像Candy这么勇敢，每次和妹妹去玩雪，她总是在坡底下看着，从来不敢亲自登上去享受刺激带来的快乐。此时，在三十而立之后，她却像个孩子一样第一次体验这种心跳加速的感觉。

魏大同一手抱起Candy，一手拉着宋家文：“准备好了吗？”

“准备好啦！” Candy早已经兴奋得挥胳膊蹬腿。反而是宋家文感觉心慌气短，不停地大喘气。

“相信我，你可以的！”

宋家文感觉到拉着自己的那只手传递来的力量，它顺着指尖向周身蔓延。

她鼓起勇气，深深呼吸，终于冲魏大同点点头。

四目相对的一刻，宋家文感到耳边有风。

两个人就这么手拉着手从雪道顶端驰骋而下，乘风飞翔。

Candy在魏大同怀里展开双臂，像只小鸟一样在空中翱翔。她兴奋地笑着叫着，居高临下将雪场上的一切尽收眼底。

宋家文看着Candy，看着魏大同，忽然感觉自己像是拥有了全世界一样幸福。冷风拂过面颊，却在脸上留下一抹美丽的红晕。三十多年的谨小慎微就在这一刻释放，她张开双臂的瞬间，感觉自己被整个世界拥抱。速度带来的激情、刺激伴随的舒畅让她的心情无比舒爽。

当三个人顺利到达坡尾稳稳停住时，宋家文一个突如其来的拥抱让魏大同猝不及防。他愣了一下才紧紧将她拥入怀中。

就这样，宋家大女儿和房客在一起了的新闻在小小的喜镇不胫而走，左邻右舍都对这个平日里没什么存在感的女人“另眼相看”。她走在街上，身后总有人指指点点。

“哎哟，没想到啊没想到！她平时看着不声不响的，原来这么会勾引男人啊！”

“可不是嘛！比她小十岁呢，这个岁数都能给人家当阿姨了！”

“听说她挺有钱，不会是花钱包养了个小鲜肉吧？”

再难听的话宋家文都只当没听见，但唯有一点让她忍无可忍。

晚饭刚一熟，还不等上桌，隔壁干货店的王姨便领着大孙子气呼呼地找上门。

“你说，谁打的？”

不等大孙子开口，宋家文已经注意到他脸上一道红红的抓痕。

大孙子被奶奶的气势吓哭了，哽咽着指了指藏在宋家文身后的Candy：“就是她！”

指认完毕，王姨可算是找到了出气筒，开始口无遮拦骂骂咧咧：“宋家文，你是怎么教育孩子的？她才三岁就敢出去和男孩子打架，等长大了还了得！”

宋家文把Candy从身后拽出来，脸上挂着严肃：“Candy，你跟妈妈说，哥哥脸上的伤是不是你抓的？”

Candy紧闭着小嘴一言不发。一看她这副死拧的样子，宋家文就知道王姨不是没事找事。

“对不起啊王姨，是我没教育好孩子。以后肯定严加管教……”

“哼，教育孩子不是嘴上说说的。要言传身教！”王姨故意把最后四个字说得阴阳怪气。

罗敏红听不下去了：“老王，当着孩子们的面咱都少说两句。小孩嘛，玩的时候没轻没重，一不小心就抓花脸了。你们带孩子该看病看病该上药上药，花多少钱我们出。”

“老罗，这可不是钱的事！你们家Candy才不是不小心呢，她压根就是故意的！”

“王姨，您怎么能这么说话呢？Candy怎么会故意欺负小朋友呢？”

即便是惯于忍气吞声的宋家文，一旦涉及孩子，便不肯一味忍让了。

“没这回事我能瞎说吗?不信你问问你们家孩子，为什么跟小朋友动手啊！”

王姨叉着腰，气势不减反增。

Candy已经被吓得躲在妈妈身后抽泣起来。

“ Candy别哭，你跟妈妈实话实说，到底为什么跟小朋友打架呀？”

Candy抽抽搭搭，半天才挤出一句：“因为他说妈妈！”

“说妈妈什么？”

“他说妈妈是狐狸精！”

孩子一句童言无忌的话，把在场的大人全都说愣了。

原本气势汹汹的王姨一听这话顿时泄了气，像被揪住狐狸尾巴似的，尴尬得恨不得立马落荒而逃。

那些不堪入耳的议论，那些空穴来风的揣测，那些站在道德制高点的评判，即使不一条条细细罗列，在场的成年人也猜得到理得清，只是当背地的议论变成面对面的对质时，一切的一切都变得无比尴尬。

王姨大孙子脸上的伤就这么不了了之了，但宋家文心里的伤却从此无法疗愈。

踏出舒适圈

早晨的餐桌上，一边是吴狄钟爱的烧饼就馄饨，另一边是左小妍喜欢的面包和牛奶。两个人各自盯着手机，一个看的是育儿讲座，另一个看的是本地新闻。

吴狄囫囵地吞下一个馄饨，咂起嘴来。

左小妍从手机屏幕上抬起头，反感地瞪了他一眼："什么时候又添个吧唧嘴的毛病，小心把孩子们带坏！"

吴狄并不搭话，而是继续埋头看手机。他并没有吃饭吧唧嘴的习惯，只是眼前这则新闻让他不由自主地咋舌。屏幕上是宣传冬奥特色商户的新闻，配图是一张获奖代表的大合影，站在最边上那个格外出挑的女人，正是宋家理。

"看什么呢？跟你说话都不搭理！"左小妍不知什么时候已经伸长脖子凑了过来。她一眼便看到了照片里捧着奖牌的宋家理。

"不愧是咱老同学，干什么都像模像样的。你看这照片照的，还真有点女企业家的意思。"吴狄只管吹老同学的彩虹屁，根本没注意到老婆的脸蛋子已经耷拉到了桌子上。

"人家是不是女企业家，跟你有什么关系？一张照片至于盯着看那么半天嘛！"

吴狄经这么一说，一下子紧张起来，此地无银三百两地慌忙解释："我不是看她，我是看她穿的这裙子挺好看。你也照着买一件啊，别老穿得这么普通，显得邋遢……"

左小妍忽然觉得很是讽刺，她没想到一条被自己卖出去的二手货，还可以在他心中搅出这样的波澜。

同样一条裙子，她穿在身上就被无视，而换作另一个女人，即便隔着屏幕，他都能看出好来。

她现在终于知道，无论她穿什么衣服、再怎么打扮，在老公的印象中，她就是一个成天邋邋遢遢的家庭妇女。

她为了他不施粉黛，为了他脱下华服带上围裙，可他却嫌她普通，笑她邋遢。

左小妍心中的妒火搅着怒火熊熊燃烧。一种紧迫的危机感，让她觉得生活走进了死胡同。

以前，当她看不到未来的时候，总是习惯性地选择逃避，但这一次她觉得是时候主动出击了，生活已经把她逼到必须做点什么改变的地步了。

这两年，她把所有精力都放在了养孩子上，孩子一天天长大的同时自己却在原地踏步。这种日子让她越来越不喜欢自己，越来越讨厌身边所有的事物。

她这才发现成长不是小孩子的专利，即便她已经为人妻为人母，还是需要从舒适圈里迈出脚步。

当左小妍拖着行李箱，携儿带女迈进家理客栈的时候，宋家理正在给滑雪俱乐部成员准备欢送会。

一看到左小妍，宋家理先是一惊再是一喜，随后便发现左小妍脸上不同寻常的沮丧。

还不等宋家理发问，左小妍便带着哭腔开了口：“家理，有空房吗？我和孩子凑合一宿。”

宋家理将小院里朝南最好的房间给左小妍腾了出来。待哄两个孩子睡下，两个曾经的闺密这才久违地促膝长谈起来。

“你这是……”

“不用猜了，你想得没错，是离家出走。”

“跟吴狄吵架了？因为什么呀？”

“因为你。”

宋家理愣被一口唾沫呛得咳嗽起来。她觉得自己十分有必要解释一下，不然这已经不是躺枪的问题了，简直是躺着变炮灰。

“关我什么事啊？我这段时间可是连吴狄的影子都没见过！”

左小妍似乎并不在乎宋家理的解释，她摆摆手：“你见不见他不重要，重要的是他心里没有我。不管是和网友聊天，还是和初恋重逢，反正在他的感情生活中就没我什么事！我在他心里，就是一个生孩子的机器、带孩子的老妈子、做饭的厨子！”

左小妍越说越激动，宋家理急忙把手指竖在嘴边，看了一眼身边熟睡的两个孩子。

“走，咱们出去说。”她拉着左小妍离开房间，两个人来到隔壁西餐厅，在僻静的角落找了个卡座。

“我也不跟你绕圈子，我既然来找你，就说明信得过你。吴狄他什么德行我知道，你什么品位我也知道。他再怎么折腾也是自取其辱，你宋家理能看得上他？”

话说完，两个人都笑了。左小妍直接笑得上气不接下气。

“喂，人家好歹也是你孩子的爸，这么贬低不好吧？”宋家理似乎一下子找回了高中时和左小妍一起八卦闲聊无话不说的感觉。步入社会她才发现，凑到一起夸老公秀恩爱的那都是塑料姐妹花，只有发小才敢于突破底线吐槽，充分暴露自己生活中的阴暗面，因为她们都太了解彼此了。她和左小妍曾经就是这样一对真闺密。

“他高中的时候就癞蛤蟆想吃天鹅肉。也就是我当初年少无知不懂事，才中了他的招。你别有顾虑啊，我今天来找你，就是要狠狠骂他！这些年我早就忍够了，今天非得骂他个痛快！”左小妍感觉心里的大石头一下子被推倒，不知为何还真有种扬眉吐气的畅快。

“差不多行了啊，出出气就得了，日子还得接着过呢。”

虽然吐槽老公男朋友是闺密之间的一大乐事，但宋家理还是本着“宁拆一座庙不毁一桩婚”的宗旨，觉得应该适可而止。

“不过了！”

“什么？”

“来之前我就想好了，这样的日子我过够了！”

宋家理惊愕地瞪大眼睛，看着左小妍豪爽地将一杯红酒仰头干下，将盘子里的牛排大块大块往嘴里送。

“不是！左小妍，你这也太不够意思了吧？你专门跑来，就是为了告诉我，你和吴狄是因为我才过不下去了？你这不是专门恶心我嘛！”

“宋家理，你以为我傻吗？我会为了恶心你而葬送了我自己的婚姻，让我两个孩子没了爸？他的红颜知己可不止你一个！不怕你笑话，我还装成性感女郎在网上跟这渣男聊过天呢！”

宋家理一口水差点喷出来：“不至于吧？两口子怎么搞得跟

谍战片似的！”

“哼，你是没这方面经验不知道，等你以后结了婚就明白了！”

“好，你有经验，你啥都明白。你倒是说说，离婚之后一个人带俩孩子怎么过呀？是在我这儿长租还是把老宅子收拾出来？你以为单亲妈妈像电视上演的那么容易？在家做个阔太太不好吗？”

“不好！你以为我有钱买下那条裙子就是幸福？我可以花老公的钱把它买下来，可是我穿上它却没有一个人欣赏。你知道那种对着镜子孤芳自赏的感觉有多糟糕吗？你不知道！你有你的事业，你的梦想，有人为你喝彩给你鼓掌。可是我没有，我耳边只有孩子哭大人叫。我的生活根本就没有未来！”宋家理看着两行泪水顺着左小妍的脸颊流下来。这本应该是一张不用操劳、没有忧虑的脸，可现在脸上所有的五官都向下低垂。因为长久以来的沮丧表情已经改变了她原本姣好的面容，哀怨与不满已经侵蚀了她充满阳光的灵魂。

没有人愿意在网络和现实中做两面人，但那些无法在现实中宣泄的压力，只能在网上释放。在那里，她不是一个妻子也不是一个母亲，不用掩饰不用躲藏。正因如此，那面镜子清楚地照亮了她灵魂最深处的阴暗与潮湿。左小妍讨厌那样的自己，却无力改变。唯有鼓起勇气踏出那个家门，心底的阴暗角落才能重现光明。

“行，你要是觉得过得不爽，愿意离就离吧。可是我得诚实地告诉你，我也有羡慕你的时候。当我钱包空空站在那条裙子面前的时候，我真的怀疑这些年我为什么要这么任性。我原本以为生活是一道选择题，在众多选项中只有一个正确答案，但现在我才知道生活是一道问答题，有无数种解题思路，没有一个固定的标准答案。有时候我在想，当初如果我不离开古贺，现在又会过着什么样的生活呢？会不会也像你一样后悔？还是说，像我现在这样犹豫不决？”

两个人同时陷入沉默。她们都知道幸福没有标准答案。现在的烦恼也许会成为未来的庆幸，而现在的幸福也可能变成以后的悔恨。

有时候一个选择便会改变人生的方向，有时又条条大路通罗马。但当你站在十字路口犹豫不决的时候，当你因为未来无法预测而心里发慌的时候，却不知看似一潭死水的生活，正是因为这样的不确定，才会在日复一日的重复中给人带来意想不到的惊喜。

诗和远方

正当宋家理和左小妍一起感叹人生有太多可能的时候，她们怎么也没想到，这个坐落在大山里的客栈竟然会迎来一批来自美国的客人。

当罗敏红打开门，看到站在眼前的金发碧眼的一群人时，当场失去了她最擅长的表达能力。

虽然她对“点头yes摇头no”这一套烂熟于心，自诩英语小达人，但真正遇到外国人，也就只剩下点头摇头，连yes和 no都忘了说。

还好人群中挤出来一个黑头发黑眼珠的，张口便是地道的中文：“老板，有空房吗？我们要三间，其中一间要儿童房。”

“哎呀，空房是有，只是我们那间儿童房已经有人住了。”

趁着带头的中国人和几个老外用英语嘀咕，罗敏红赶紧跑到西餐厅搬来救兵。

做了这么久的老板，随机应变的事还是难不倒宋家理的。她很快将外国友人安排在几间相邻的客房，一个电话让超市的婷子妈送来了崭新的儿童帐篷，宋家理三两下就将帐篷支起来。当董逸陶忙完餐厅的事赶来帮忙时，才发现她一个人已经解决了所有问题，轻而易举将一个普通的大床房变成了充满童趣的儿童房。连Candy也没少出力，大方地将自己的玩具都贡献出来了。

“我们小Candy怎么这么懂事啊！”魏大同抓住一切可以拍马屁的机会，摸着Candy的头不住地夸。

“小姨说了，要懂得分享！”

Candy一脸骄傲，小大人一样。

孩子的话让一旁的董逸陶感到欣慰。自从搬到喜镇，他便眼看着 Candy一天天长大。而长大的不只有Candy，还有宋家理和他自己。那些曾经无法克服的障碍，现在却变成了温馨；那些无法理解的人情世故，如今却变成了经营之道。

董逸陶忽然发现，曾经那个生活中总是抓瞎的马大哈，现在已经变得足够强大，渐渐不再需要他了。

她能把客栈的日常安排得有条不紊，将来往的客人照顾得面面俱到，甚至对自己的未来也有了长远的规划……

那些曾经美好的感受可能会在一瞬间变成怀念。董逸陶看着宋家理一天天成熟老练，越来越有客栈老板的样子，越来越懂得权衡利弊，越来越知道为长远考虑，心中不知为什么却涌起一阵怅然若失之感。

忽然，有人在身后拍了拍他的肩膀，董逸陶稀松平常地回过头，却一下子被眼前这张熟悉的面孔惊得合不拢嘴。

不等他缓过神来，对方已经给他来了一个大大的熊抱。

“董Sir！没想到吧？是我！”

“毛总！我不是在做梦吧？”董逸陶掐了掐自己胳膊，仍旧不敢相信跟曾经在美国的好友竟然会在这里相遇。

“不是做梦，也不是巧合，我是在网上看到你们客栈的介绍，专程过来打卡的！”

“少来！你什么时候变得这么仗义了？”

果然，十几年的老朋友用不着虚头巴脑，毛总笑着将自己的美国太太安妮、混血儿子威廉和另外几个同伴介绍给董逸陶：“我太太狂爱滑雪，到世界各地的雪场打卡。这次正好赶在冬奥会之前带她和几个朋友来这儿体验体验，也让他们见识见识咱们大中国的世界级雪场！”毛总虽然已经在美国生活了将近二十年，拿了美国绿卡，娶了美国媳妇，生了混血宝宝，可一说起祖国，脸上依然带着骄傲：“查住宿的时候正好看到你们的客栈，古香古色的，外国人一眼便看中了。我仔细一瞧，嘿，老板怎么这么眼熟啊！”

毛总激动地拍着董逸陶的肩膀，老友相见，仿佛亲人重逢一般兴奋。

见俩人聊得起劲，宋家理赶忙招呼外国友人到西餐厅边吃边聊。滑雪俱乐部一行人也跟着凑热闹，决定多住几天，和几个老美一起去雪场切磋一下。

董逸陶没有做拿手的意面或是牛排，而是让新上岗的小美搓起了喜镇的莜面窝窝。

毛总的儿子威廉看着在蒸笼里排排站的莜面窝窝，大呼神奇。这是五岁的他第一次跟随爸爸来中国，不管是眼前青砖灰瓦的古老建筑，还是各色美食，在孩子眼中都是那么新奇。他妈妈安妮也对喜镇充满了好奇。

不过此时更加好奇的是坐在隔壁一桌的左小妍。自从看到几个外国人走进餐厅，她的耳朵便支棱起来，用尽毕生所学，仔细捕捉来自隔壁桌的现场版“英语听力”。

虽然学的是英文专业，但左小妍已经有很多年没有接触过外国人了。特别是喜镇这样的小地方，过去的三十年里，英语在这里几乎是比高等函数还不常用的东西。但如今，喜镇不仅有了自己的西餐厅、自己的特色客栈，甚至还吸引了外国人光顾。左小妍忽然间觉得自己不再百无一用，心中有种被压抑已久的东西忽然被唤起。

“ What do you think about this place? ”

安妮没想到，在这样大山深处的镇子里，就连独自坐在隔壁桌喝闷酒的女人，一张口都是标准的英文。

“Well...... Fantastic! I didn’t expect Xizheng to be such an international place. The house is beautiful. The people are kind. It is such a good place! ”

两个人就这样你一句我一句，越聊越没了距离。

左小妍心中那个被压制已久的美国梦又重新生出了苗头。听着毛总和安妮口中描述的国际大都市、独栋大别墅，她的心激动得犯痒痒。

“多好呀！这才是我向往的生活呢！”

毛总苦笑着直摇头：“向往的生活都是在想象中才美好，你真正到了那儿就知道什么是现实了。”

“此话怎讲？”左小妍不以为然，要是能让她和毛总换换，去美国的大城市挣大钱、干大事、住大别墅，她高兴还来不及呢，哪有工夫抱怨？抱怨就是矫情！

“你不知道，异国他乡身不由己啊，静下来想的最多的就是家，我也老是跟威廉提起我在中国的老家。但这孩子现在英语说得溜，中文一窍不通，弄得我天天发愁！”

“这有什么可愁的。学好英语，走遍世界。我巴不得我闺女儿子说一口流利的英文呢！”

“时代不一样了，在美国谁不会说英语？中文说得棒才能体现出竞争力呢！”

左小妍从来没有想到这一层面，一时恍然大悟：“美国名校毕业的人果然不一样，想问题都比咱们普通人深一个层次！佩服佩服！”自从左小妍得知毛总两口子都毕业于美国名校时，眼中一直闪着羡慕的光芒。

“我们俩没什么了不起的。要说佩服，最应该佩服的还是董老板！他跟我们一个学校，是我大学时的学长。人家毕业后可是华尔街最年轻的华裔基金经理，曾经也是叱咤风云的人物呢。”经毛总这么一爆料，西餐厅里顿时炸了锅。董逸陶来喜镇这么久，还从未跟人提起过自己这段光荣历史。

魏大同马上跟着吹起彩虹屁：“怪不得我总觉得董哥说话那

么有水平，原来是深藏不露啊！”

左小妍更是将董逸陶从头到尾重新打量一番。果然是人不可貌相，她没想到自己一直看不上眼的喜镇，如今竟然变成了卧虎藏龙之地。而这位话不多的西餐厅老板，却在围裙之下藏着一颗如此有故事的心。

“董老板，有一点我就不明白了，美国那么好，你放着前程似锦的事业不干，干吗要跑到这山沟里来呀？”

这不光是左小妍一个人的疑惑，也是宋家理久久想不明白的。她本以为自己和董逸陶是无话不说的好朋友、好搭档，但她现在才发现，一直以来都是她单方面向董逸陶倾诉心事、寻求帮助，而自己对董逸陶却并不那么了解。

“这就叫诗和远方！是吧，董哥？”魏大同脱口而出，走起情怀路线。

董逸陶笑着摇摇头：“诗和远方只不过是冠冕堂皇的借口。但生活不是诗，喜镇也不是远方，这里是我爸的老家。他在世的时候魂牵梦萦的是喜镇，常念叨的是落叶归根，但他的夙愿没能实现。所以我就来寻根了，把这里当成家。”

餐厅里原本嘻嘻哈哈的气氛一下子沉寂下来。

宋家理忽然感觉时光流转，自己又回到了三年前从北京重返喜镇的一幕。

那时候她被生活打击得体无完肤，只能把诗和远方作为失败的挡箭牌。但现在，诗变成了得以实现的梦想，而远方即是家。

举头望月

整整一晚，餐厅里来自天南海北、不同肤色的人们，用不同的语言谈天说地、畅所欲言。眼前的西餐厅，哪里还是从前那个山沟里的小店，俨然是个让人恍惚置身国际大都市的星级酒店。

当宴会散场大家各自回去休息后，毛总自告奋勇留下来帮董逸陶收拾餐厅。

虽然许久未见，但以董逸陶对他的了解，毛总一定是有话要说。

“别兜圈子了，有话就直说。”

果不出所料，毛总搭着董逸陶的肩膀嘿嘿笑起来：“知我者董Sir！其实我这次带老婆滑雪是其次，最主要的目的是请你出山。还记得上次我跟你说的那个项目吧？机会难得，你是不是考虑回美国一起干点大事……”

刚从卫生间洗完手出来的宋家理不由得停下脚步支棱起耳朵来。

“你知道的，我爸去世之后，我就辞职不干了。”伴着洗碗的水声，董逸陶的声音中还是透出悲凉。

“我知道当初的事对你打击太大，这种事情换谁也需要时间调整心情。但已经过去这么久了，生活总要继续。”

“现在这样我觉得挺好，这就是我想要的生活。”董逸陶认真地用洁白的餐巾将碗碟擦干摆好，似乎很是享受这个充满仪式感的过程。

但毛总似乎并不能理解董逸陶这所谓的生活趣味：“可你就真甘心毕生所学就这么荒废了？凭你的能力，在这样一个不起眼的小镇经营客栈餐馆简直太浪费了！”

董逸陶淡淡地笑笑：“资本的游戏太残忍，我实在不想再参与其中了。喜镇虽小，但我在这里做的每一道菜都是有温度的，遇到的每个人都是有情怀的。也许这样的生活更适合我。”

毛总再想说什么，董逸陶已经用坚定的眼神给了他答案。毛总叹了口气，一脸惋惜地走出了餐厅。

宋家理看着认真擦拭酒杯的董逸陶，头顶上的灯将他笼罩在一片神秘的光晕中。

“当初到底发生了什么事啊？”

董逸陶闻声回头，这才发现宋家理正站在身后。

“我可没有故意偷听啊……”

“我没有想瞒你，只是不想把这些不好的情绪带给别人……”

“我以为……你没有把我当外人。”

董逸陶沉默许久。他不是个善于表达的人。父亲在的时候，他心里有什么事还会和爸爸在饭桌上念叨念叨，但父亲去世后，他便习惯于只向树洞倾诉，甚至害怕与人接触。如果说还有一个人让他有敞开心扉倾吐心事的欲望，那便是宋家理。

董逸陶往刚擦干净的两个杯子里倒了点波尔多甜酒。

“这酒配巧克力可以当作饭后甜点。”

宋家理接过酒杯，就着巧克力抿了一小口。酒精的温热将巧克力瞬间融化，混合着葡萄的香甜在喉间留下一丝温润。

“你记不记得，我之前给你讲过一个我朋友的故事。”董逸陶将酒杯在桌子上转来转去。

“你是说……”宋家理想起董逸陶曾说起过他一个朋友的父亲因为投资失败而走上了绝路，她忽然一激灵，“难道……”

“对，我说的那个朋友就是我自己。我现在创业的钱就是那时候挣来的，但我当时不知道和我操盘对赌的竟然是我爸。一向稳健的他那次不知道为什么加那么高的杠杆，结果瞬间爆仓。”

宋家理久久说不出话来。她从来都没有爸爸，所以无法想象拥有之后再失去的感受。

“我不懂你说的对赌具体是什么，但不管怎么样，一定还有别的办法呀。钱没了可以再挣，他为什么要选择那么极端的方式呢？”

“不是因为钱，是为了我。因为那还不清的债，他不想让我一辈子都背这个包袱……”

宋家理一时语塞。她原本觉得董逸陶对钱的看法未免太过清高，但她现在终于明白了其中的缘由。

“资本世界就是这么残酷。在那个世界里，钱是万能的，所有人都在为钱奔波。一切和钱相关的事情既丑陋又充满诱惑。我和我爸都是资本世界的失败者。”董逸陶说着咽了一口杯中酒，虽然是波尔多甜酒，但此时却留下一丝苦涩。

“你别这么想，这不是你的错。并不是所有人都向‘钱’看，现实世界有残酷的一面，也有美好的一面呀。”

黑夜中，似乎有一道光照亮了宋家理的脸，也同时照进了董逸陶心里。再荒芜的土地，只要有阳光便会长出新苗。父亲从小在董逸陶心里埋下的那颗水土不服的种子，此时正在喜镇这片净土上生根发芽。

宋家理走出餐厅，穿过院子。树挂在月光下印出纵横交错的影子，在地上织成一张神奇的网，将生活的酸甜苦辣、欢喜悲伤全部网罗其中。她抬头看天，星光璀璨；低头看地，一片洁白。但最终，她还是要不偏不倚地看向前方。

屋檐下两个身影影影绰绰。宋家理一眼便认出是姐姐和魏大同站在一起。

“别人都要走了，你还留在这儿干什么？”宋家文的语气中透着刻意的生硬，生硬背后藏的是故意保持距离的生分。

“有你在，我哪舍得走啊！”魏大同不管什么生硬还是生分，自从雪场那个拥抱之后，他心里爱情的种子就已经破土而出了。

“你正经点！我可没工夫跟你耍贫嘴。”

见宋家文转身要走，魏大同急忙服软，迂回作战：“别走别走！我这不是还没教会Candy滑雪嘛。作为一个男人、一个滑雪教练，得对你和Candy负责呀。”

“雪场上的滑雪教练多得是，不差你一个。”

“我和一般的滑雪教练能一样吗？我在你心里应该是相当特殊的吧？哪是随便谁都能抢我的位置呀！”魏大同说着，得意忘形地搭上宋家文的肩膀。

宋家理猫在树后原地打了个冷战，鸡皮疙瘩掉一地，差点被魏大同的土味情话酸掉牙。

可同样的话在宋家文听来，心里却一阵酥麻。她一开始也觉得肉麻，但听着听着便听上瘾了，一天听不到他撒娇耍宝反倒不习惯了。她真想就这么沉醉在这个大男孩的甜言蜜语中尽情享受爱情，但一想起那天王姨的孙子在Candy面前说的话，她便立刻强迫自己从梦中醒来。

她甩开魏大同的手："你少自作多情啊！你对我、对Candy都没什么特别的，也不需要负责任。"

"你怎么了？"魏大同这才意识到，宋家文今天的情绪很不对劲。

"我没怎么，就是想跟你划清界限。"

"不是，咱们之前不是都好好的嘛！"宋家文态度的转变让魏大同一下子摸不着头脑。

"之前的事，是我的错。你就忘了吧……"宋家文低着头，看不清脸上的表情。

"忘了？这是说忘就忘的吗？！小文，我对你是认真的……"

宋家文忽然激动地抬起头："你别说了！你现在对我来说只是客栈的一个普通客人。如果你再这么缠着我不放，说这些乱七八糟的话，小心我对你不客气！"

魏大同惊讶地盯着她的眼睛，里面分明闪着泪光："你别骗自己了！我知道你是喜欢我的，你也知道，我是真心想给你幸福！"

"呵，你别自恋好不好？谁需要你给的幸福啊！我已经有Candy了，你还是省省吧！"宋家文故意轻蔑地扭过头，生怕继续对视下去，他会透过自己的眼睛看到她内心的脆弱。

"我从来没觉得Candy是咱们俩之间的障碍。我愿意和你一起照顾她，Candy需要妈妈，也需要爸爸。我……”

“魏大同，你别说了！”宋家文一下激动起来，“我已经明明白白告诉你了，我和Candy不需要你。请你别再打扰我们了！”

说完她快步走回房间，只留下魏大同不知所措地站在原地。

他怎么也想不明白，那拥抱、那牵手、那欢笑和幸福明明都是真的，但她为什么偏偏不承认呢？他明明看到了她眼中的泪水，也明明能感受到她心底的挣扎。

“对不起……”

冥思苦想中的魏大同，被黑暗中忽然出现的说话声吓得一跳脚，直到看清宋家理的脸，他才深深舒了口气：“家理啊，你干吗说对不起啊？”

“我姐她刚才是故意说狠话的。”

“噢，我知道。”

“我姐只有和她喜欢的人才这么说话呢。”

“噢……啊？”魏大同先是一惊，脸上立刻露出美滋滋的憨笑，“我就说嘛，她应该对我也有意思。”

宋家理看着眼前这个单纯善良的大男孩，心中涌上一丝暖暖的欣慰。她觉得这是一个靠得住的男人，虽然年纪不大阅历不深，但阳光自信有梦想，更重要的是，他总能把姐姐逗笑。宋家理已经很久没有看到状态这么好的宋家文了。

一直以来，姐姐为她牺牲了那么多，现在也该轮到她为姐姐做点什么了。

女子力

院子中间立着Candy昨天上午堆的雪人。宋家理蹲下身，看着雪人胖嘟嘟的脸，简直跟Candy像极了。因为下午出了太阳，晚上转而降温，表面的雪化了又冻上，结成一层冰壳，在月光下闪闪发亮。宋家理伸出手，小心翼翼地摸了摸雪人的脸，滑滑的，冰冰凉凉，让她心里十分舒畅。但一想到明天天一亮一出太阳，这雪人便会一点点融化，宋家理心中便有些不舍。她真希望时间就这样停滞，雪人永远都不要消失。

正当她对着雪人憧憬着童话时，忽然听到身后一阵轰隆隆的巨响。宋家理回过头，惊愕地看到客栈的房子正在眼前轰然倒塌。她的瞳孔瞬间放大，一阵灰尘散开，只留下瞳孔中映出的一个巨大黑洞。

眼前的黑洞像是张嘴吃人的怪兽，将周围的一切一点点吞噬。房屋、树木、砖头瓦砾，全都毫无抵抗力地坠落。黑洞越来越大，眼看着就要将她身旁的雪人也一起吞下。

“不要！别过来……”宋家理难以置信地摇着头步步后退。

雪人的身体出现一道裂缝，那胖嘟嘟的脸上的“五官”一点点滑落扭曲，终于崩裂，碎成没有生命的雪块，向黑洞坠落。

但就在这一瞬间，宋家理听到黑洞中传来一阵叫喊，似乎是孩子喊着妈妈的哭声。

宋家理忍不住奔上前跪坐在洞口，向下望去，雪块在坠落中仿佛重新聚拢成人形，在眼前拼凑出Candy的脸。

“Candy！”宋家理大喊着伸出手，想要抓住坠落中的小生命。

一晃之间，眼前的Candy又变成了一个婴儿，依然在襁褓中放声大哭，顽强地挣扎，渴望一丝生的希望。

“孩子！我的孩子……”

“咚咚咚”，宋家理被一阵急促的敲门声惊醒。从噩梦中醒来的时候依旧满头大汗、呼吸急促。

“家理！家理！我是吴狄啊。昨天晚上小妍是不是来你这儿了？”

话音未落，隔壁的房门率先打开，左小妍沉着脸走出来：“你来干吗？一大早的吵人睡觉！”

“我的姑奶奶，你带着孩子跑出来怎么都不跟我说一声啊……”

“我有必要跟你说吗？你从来也没有关心过我和孩子呀！”

宋家理一听情况不妙，赶紧穿好衣服出来劝架：“你来得正好，赶紧跟老婆认个错！”可吴狄却压根不知道自己错在哪里。但管他呢，先认了错再说！作为一个已婚多年的男人，这是他最起码的生存之道。

“老婆……”

不用吴狄往下说，左小妍就知道他接下来要唱哪出戏。作为一个已婚多年的女人，这是她早已经熟知的把戏。

“行了行了，你那套虚情假意留着对别的女人说吧！我也不跟你绕弯子，今天你既然来了，那咱俩就快刀斩乱麻。”

“啊？快刀斩乱麻？我到底犯什么错了？怎么上来就要动刀子呀！”吴狄瞬间感觉气氛不对，今天的问题似乎不是三两句话就能糊弄过去的。

“犯错的不是你，是我！我当初就不应该瞎了眼嫁给你！”

问题一下子上升到这个层面，宋家理也不能坐视不管了。

“吴狄，你好好反省一下。这些年对小妍是不是亏欠很多？是不是没有把主要精力放在家里？是不是没有肯定她对家庭的付出啊？”

吴狄懵懵懂懂地眨眨眼，虽然读懂了宋家理话中的暗示，却还是不懂左小妍为什么会新仇旧账一起算。明明这么多年都是这样过来的，她怎么忽然就较起真来了呢？

吴狄当然不知道，一个女人的崩溃竟然会来自一条裙子。成年人的脆弱往往是深藏不露的，没有人知道那条长长的导火索会在什么时候燃尽，也许是一个平静的早上，也许是饭桌上一次小吵之后。然而等那一天忽然到来，爆炸的威力却总比想象中来得更大，足以摧毁之前用心经营的一切。

宋家理本以为左小妍会像昨天诉苦时说的真跟吴狄提离婚，但左小妍一开口便语出惊人。

“我想好了，我要出国留学。”

宋家理和吴狄面面相觑。

“离不离婚随你，但我出国留学主意已定，谁都不用劝！”左小妍语气坚定，似乎早已经过深思熟虑。

宋家理知道出国留学一直以来都是左小妍的梦想，但实在没想到她竟然会在这个时候踏出追梦的脚步。也许是因为昨晚和安妮的对话，也许是因为不堪忍受生活的重压，但无论如何，宋家理还是无法理解她的任性和执拗："可是小妍，你出国留学，孩子怎么办呀？"

"孩子除了有妈不还有爸嘛，即便离婚，他也是孩子的爸爸。"

"不不不，离婚这事万万不可！你想干什么我都支持。我虽然是孩子的爸爸，但没有你，我一个人怎么可能带得了两个娃呀！"

"这几年你工作应酬不着家，两个孩子不也是我一个人带吗？怎么，我能行，你就不行？"

一句话把吴狄呛得哑口无言。他确实不行，但又不得不硬着头皮随声附和。

宋家理看着吴狄将左小妍的行李和两个孩子抱回车上，心中存着无限的担忧和疑虑。

"我知道连你都不理解，我也不指望吴狄能马上理解。不过你别担心，也别劝我，我这辈子还没有这样任性过一次呢。一直羡慕你可以做自己，做自己想做的事。"

宋家理沉吟许久，心情复杂地叹了口气："你呀，怎么不从我身上学点好呢！"

两个人拉着手笑起来。直到吴狄将一切收拾停当，恭恭敬敬地给夫人打开车门，左小妍才大模大样地坐到车上。

看着奔驰车走远，宋家理心中升起一阵无端的失落。不用问也知道，左小妍昨晚定是一夜无眠，而未来不知道还有多少个未眠夜在等着她。所谓的梦想并不只是说说而已，追梦的脚步背后不仅有憧憬，更多的是无法言说的苦衷。也正因如此，每一个选择追梦的人都勇气可嘉。

宋家理走回院子，果然院子中央的雪人正在晴日的阳光下一点点融化。冰雪化成水珠，沿着雪人胖嘟嘟的脸庞慢慢滑落，不知流下的是汗水还是眼泪。宋家理就这么呆呆地看着雪人一点点失去人形，却只能原地站着手足无措。她想起早上那个梦，心中不由隐隐作痛、若有所失。

宋家文坐在美甲店里机械地一页一页翻着杂志，这一期的美甲杂志上，水晶美甲的流行趋势已经被雾面糖果色取代。果然，华丽的东西虽然美丽，却无法长久。

宋家文和妹妹不一样，她并没有特立独行的胆量和勇气，所以只能选择随波逐流，接受生活安排给她的一切好与坏，不敢越雷池一步。

“姐……”

宋家理推门进来，将她的思绪打断。

“哦，小妍走了？”

宋家理点点头，若有所思地坐到姐姐身旁。

“怎么，她还是坚持要离婚？”左小妍的事宋家文多少也知道些，作为过来人，昨晚还专门跟她聊了一会儿。

但宋家文的想法和妹妹不一样，她并没有一味地劝和，而是恍惚从左小妍身上看到了当初的自己。她完全能够理解为什么两口子相安无事这么久，左小妍会忽然之间火山爆发。只有在婚姻中经历过一遭的人才能理解这种无奈和无力感。对于自己当初的选择，宋家文并不后悔。如果重新来过，她也许根本就不会开始那段婚姻。在这点上，她和左小妍的想法出奇一致。

“暂时应该不会离，但左小妍要出国留学。”

“出国留学？那她两个孩子怎么办？”果然，宋家文和妹妹一样，听到这话的第一反应便是把重点放在了孩子身上。

“孩子交给他爸。想想也天经地义。”说实话，宋家理佩服左小妍的果敢，如果换作她自己，也许没有办法这么潇洒。但她也知道这潇洒背后的心酸，没有哪个母亲舍得离开年幼的孩子。

果不其然，宋家文听了直摆手：“她心可真大！怎么舍得放下孩子不管，自己出去留学啊！”

“姐，你得换个角度想。女人这一生，除了孩子和丈夫，还要多想想自己。即便嫁了人当了妈，也可以做自己想做的事。这不是自私，是自立。”

宋家文没说话，而是陷入深深的思考。

“姐，你不是也有你想做的事嘛。别因为Candy……”

“行了啊！聊别人呢，别往我身上扯。”宋家文一下子便听出妹妹的话是意有所指。

“昨天晚上我跟魏大同聊了两句……”

“他跟你说什么啦？你别听他瞎说啊，我们俩什么事都没有！”

“嘁，此地无银三百两！别蒙我啦，我都知道。我还知道你已经深深地爱上他了！”

话未说完，宋家文已经攥起拳头在妹妹身上捶打起来：“让你瞎说！小心我揍你！”

“你揍我也得说，这关乎到我姐一辈子的幸福呢！”

宋家理一边招架，一边不假思索地脱口而出。宋家文忽然被这话戳到心坎里，挥起的拳头瞬间僵在空中。

“姐，不管别人怎么说，你自己的幸福最重要。Candy有我和妈呢，你不用有顾虑，爱情来了就要抓住！”宋家理攥着姐姐的手，期待从她的眼中看到希望和勇气。但当宋家文再次抬起眼时，神情却坚定而平静："Candy是我的孩子，我不会放手的！"

花开不谢

一个多月快乐而短暂的集训就这样结束了，滑雪俱乐部的各位队员尽兴而归。而同一天，毛总一行人也心满意足地结束了冰雪之旅，准备回美国了。

一大早，宋家理便忙前忙后帮大家收拾行李，办退房手续。

"宋老板，明年记着给我们留房。我们俱乐部每年都来训练，以后就认准家理客栈了！"

就连毛总夫人也对崇礼的雪场赞不绝口，与魏大同的雪技切磋更是让她大呼过瘾，说这小伙子是她见过的最出色的滑雪健将。二人说好了来年再见，一半玩笑一半认真地约定冬奥赛场上不见不散。

短短一个月，大家已经处出了感情，变成了朋友。

"对了，我们客栈有个留言墙，有什么煽情肉麻不好意思说出口的话可以写在纸上！"宋家理说着将她自制的明信片分发给大家。明信片上的照片都是她和董逸陶平时在喜镇用镜头收集的，有银装素裹的山峦，有古香古色的建筑，有让人垂涎的特色美食，还有乡里乡亲淳朴的笑脸……

其他队员们正闷头写字时，魏大同拎着箱子走过来。

“你真要走啊？”宋家理忧心忡忡地问。

魏大同点点头，有些沉重，又有些无奈。

宋家理转过头望向姐姐的房间，原本虚掩的房门砰的一下被关上。显然门背后的人同样心乱如麻。

一张张写满字的明信片贴满客栈的留言板。

毛总满怀期待地将一张明信片交到董逸陶手里：“你什么时候改变主意了，随时告诉我。”

董逸陶接过一看，明信片上写着大项目的职位和年薪，那数字确实诱人，可这里却有他无法割舍的一切。董逸陶微微一笑，将明信片照片那一面朝外，和其他卡片一起贴在了留言墙上。

“大家来一张大合影吧！”董逸陶一呼百应，大家全都凑上前来，就连一直躲在屋里不见人的宋家文也碍于面子不得不出镜。

随着三脚架上的相机快门按下，一张喜庆的大合影被定格下来。只是照片中站在最左边的宋家文笑得有些不自然，而站在人群最右边的魏大同则没看镜头，正探着头望向左边。

随着院子里客人的离去，客栈里顿时清静下来。宋家文慢慢推开门，看着一个个空荡荡的客房，心中涌上一阵失落。

她无意识地走向魏大同的房间。门敞开着，里面的一切都恢复了入住前的模样，不留一点他的痕迹。宋家文跨进房间环视许久，最后轻轻坐在床边。她多少次亲手给他换上崭新的床单，多少次两个人一起配合着更换被罩。当两个人各自拽着被角在房间里抖弄被子时，他总是抖得幅度很大，故意掀起一阵风吹乱她的头发。不管她怎么噘着嘴埋怨，他总是龇着小白牙傻笑。

想到这儿，宋家文强迫自己停止回忆。她站起身，麻利地整理起床上的被褥，她得抓紧时间把这些用过的床单被罩送去洗衣房，但不知为何，宋家文突然变得笨手笨脚，她将被子翻来翻去，却怎么也找不到被罩的开口。

一股烦躁和委屈涌上心头，她恼怒地将被子扔到一边，疲惫不堪地瘫坐在床上，心情久久无法平静。终于，她轻轻拽过身旁的被子，忍不住将它紧紧抱在怀里。忽然一股熟悉的味道将她环绕——那是被罩在阳光下晾干后留下的香味，掺杂着男士的古龙水和一点点汗味，那是她伏在魏大同肩头时闻到的气味。

宋家文再也忍不住，一头埋进被子里颤抖着肩膀呜咽起来。

“喂，我才刚走一会儿，你就迫不及待跑到我房间里干吗？”

宋家文被门口的声音吓了一跳，回过头看到魏大同竟然真真切切地站在眼前。他身旁放着行李箱，正咧着嘴冲她笑。

“这已经不是你的房间了。”宋家文急忙抹了一把脸上的泪，极力让语气听上去波澜不惊。

“谁说不是我的房间啊？我还要接着住呢，不住这间难道住你屋里去啊？”魏大同又没正形地开起了玩笑。

可宋家文此时却并没有打情骂俏的心情。

她不得不承认，看到魏大同出现在眼前，自己心里的乌云一下子散去，甚至还生起一丝惊喜，但同时又觉得自己这个样子被他撞上很是丢脸，还不知道那家伙在门口蹲守了多久，是不是故意要看她的笑话。没准这是他早就设好的圈套，只等着她往里跳呢！

想到这儿，宋家文的脸臊得通红。她扔下被子噘着嘴想要逃出房间，可魏大同却故意将一只胳膊支在门口，让她进退两难。

“你干吗？让开呀！”

魏大同像变魔术似的从背后掏出一束火红的玫瑰。

宋家文瞬间呆住。

“宋家文，那天晚上你跟我说了那一通鬼话之后，我是真的想走了。但又怕走了以后就再也见不到你了，那样我会后悔死的，所以我还是厚着脸皮回来了。我这次回来只有一个目的，就是把你追到手！我魏大同没什么优点，就是执着。只要是我认准的事、我认定的人，再难我都不会放弃。”

宋家文眼前的花似乎一下子变得更加火红，像冬日里的一把火燃烧到她心里，点亮她心中的黑暗，让她感到温暖。宋家文已经很久没有收到过花了，原本觉得爱情已经离她远去，但此时，她觉得好幸福，仿佛拥有了全世界，仿佛从前错失的青春一下子得到补偿。看着眼前肆意绽放的花朵，她的心仿佛又回到了二十出头时的样子——无所畏惧，充满期待。

她想听从内心接过花与他深情对视，可是又一次退缩了。宋家文抬起眼冲魏大同微微一笑：“谢谢你的花，也谢谢你的坚持不懈。但只可惜，你选错了对象，你花在我身上的任何执着都是浪费。”说完，她从魏大同身边挤出房门。

宋家理守在院子里原地转圈，有点紧张又有点激动。本来她跟魏大同合计了好久，设计的环节应该环环命中，万无一失。可没想到姐姐却哭着从屋里冲出来了，这让她大失所望。

“姐，姐！怎么啦？”

她满心忧虑地迎上去，可宋家文只是隐忍着情绪冲她摇摇头，便钻进自己的房间将门反锁。

“姐，你开开门！有什么事跟我说说呀！”宋家理拍着门，可屋里没有半点反应。她将耳朵贴到门上，分明听到宋家文在里面的呜咽声。

正在屋里跟姥姥玩的Candy也跑了出来："妈妈怎么了？"

"Candy乖，先去找董叔叔玩一会儿！"宋家理跟老妈交换了一个眼神，领着Candy去了西餐厅。但当她托付完孩子急急匆匆跑回来的时候，还没进院子便听到魏大同冲破云霄的喊声。

"宋家文，我爱你！"

宋家理一个趔趄，差点被门槛绊一跤。与此同时，原本寂静的街道一下子炸了锅，巷子里几扇大门不约而同地打开，大家闻声跑来看热闹。

"哟，这什么情况？"马破锣离得近听得清腿脚又快，跟宋家理前后脚进了门。

宋家理自己也一头雾水，哪有工夫搭理她，三步并作两步急赶着跑进院子，更是被眼前的景象惊呆。

魏大同正捧着玫瑰单膝跪地，在宋家文门前大喊着高声表白："宋家文，我爱你！爱情是咱们两个人的事，不用管别人怎么说。我爱你不丢人，你勇敢接受爱更不丢人。我就是要让所有人都知道我爱你！我魏大同会一辈子对你和Candy好，会给你们幸福……"

一转眼，宋家理身旁已经聚了一众赶来看热闹的街坊邻居。这里面大妈居多，大家这辈子都没见过这么大胆直白的求爱现场，此时看得那叫一个津津有味。

"哎哟我的妈呀，我这老牙都让他给酸掉了！"

"这小伙子是不是傻呀？一个离了婚的女人，还带个拖油瓶，值当这么疯狂吗？"

"谁知道家文给他灌了什么迷魂药了。"

说着，几个人一阵嘻嘻哈哈。宋家理没好气地瞪了她们一眼，强压火气没有发作。

西餐厅的天台上，董逸陶将Candy安顿在帐篷里玩，自己忍不住趴到栏杆上朝小院望去。别人是吃瓜看戏，他可是观摩学习。他着实佩服魏大同的勇气，自己要是有他这两下子，早就不需要像现在这样痴痴望着宋家理原地发愁了。

他正摇头感叹，一个小脑袋挤进怀里："王子向公主表白了！"

还不等董逸陶从惊愕中缓过神来，Candy已经兴奋地拍起小巴掌。

"Candy，你怎么知道……"董逸陶眨了眨眼，他不敢相信凭着自己三十多岁的火眼金睛，竟然看不透这个三岁的小丫头了。

"妈妈是公主，大同叔叔是王子！"

Candy话中透着纯真和兴奋，根本没有成年人所谓的苦恼。

董逸陶机械地点点头，反而觉得有些释然。

"董叔叔，你什么时候跟小姨公主表白呀？"

一句话问得董逸陶尴尬无比，没想到即便在孩子眼里他也是个优柔寡断的人。

"我……我尽快。"

宋家文此时被敢想敢做的魏大同赶鸭子上架，到了一个不得不当众做出抉择的时刻。

魏大同一句高过一句的表白，像高强电流一样一次次击中她，让她的大脑在电击下既害怕又兴奋。

院子里的人声越发嘈杂，那些偶尔传入耳中只言片语的议论，让她刚想冒头便又被狠狠打击。

"她都三十好几了，怎么配得上小鲜肉啊！"

"谁占便宜谁吃亏，明摆着的事！"

“越好看的女人花期越短。男人可不一样，越老越吃香。”

“她妈一个人拉扯俩闺女多辛苦，一辈子都没改嫁。现在的年轻人可不一样了，守不住！”

“谁说不是呢！这姻缘我可不看好……”

罗敏红听不下去了：“你们有完没完呀！现在什么年代了，年轻人谈恋爱，什么年龄婚史都不重要，最重要的是相爱！不管你们看不看好，我看挺好！”

看着老妈将街坊邻居不客气地撑回去，还张口闭口都是爱情，宋家理一脸的难以置信。

“你们不懂爱情就别在这儿瞎叨叨！快快快，各回各家，都散了啊！”

魏大同看着罗敏红的身影，像是盼到了救星，已然被她刚才那番霸气的表态感动得热泪盈眶。

邻居们还没走出院门，便听到身后吱呀一声，回头一看，宋家文在众目睽睽下开门走了出来。

原本嘈杂的院子一下子安静下来，大家的目光都齐刷刷投向这场童话故事的女主人公。

她脸上依旧带着泪痕，眼睛肿肿的，显然是哭了很久，但此时，她脸上的表情却平静得让人琢磨不透。正因如此，在场的每个人都提着心，不知道这浪漫故事会是怎样的结局。

魏大同大脑一片空白，不管是浪漫的、调皮的、深情的还是搞笑的，脑海中那些预先想好的情话，此时都一句也说不出来。他只能缓缓地站起身，捧着花，用期待而忐忑的目光凝视着宋家文。

“妈，对不起，让您为我操心了……”宋家文走到母亲面前，轻柔地拉起她的手。

罗敏红感到女儿的手冰凉，顿时涌上一阵心痛。

“各位阿姨，我的事也让你们费心了。”围观的街坊四邻没想到自己还有此等殊荣，一个个羞涩地低下头。

“不过，从今往后我不会再让你们操心了……”说着，她转身接过魏大同举着的花，抬头迎视着他的目光，“我已经找到那个合适的人了。”

温柔乡与修罗场

这几天宋家理总是觉得牙根泛酸，特别是看到魏大同向姐姐献殷勤的时候。

“文文，最近几个贺岁片都上映了，你想看哪个？”

“宝贝，雪场边上开了一家日本料理，我带你去吃吧！”

“亲爱的，听说今年的冰灯特别棒，咱们去看吧！”

不管魏大同说什么，宋家文往往是毫不犹豫地回答：不看，不吃，不去。其实她并不是真的不想看、不想吃、不想去，而是舍不得把 Candy放在家里，但这样的二人约会如果带上Candy，又着实有些格格不入。

但这一次，还不等宋家文拒绝，宋家理便替她答应下来了。

“去！干吗不去？这冰灯就是去年我带Candy看的那个，值得一看。”

宋家文张口刚想说什么，又被妹妹打断：“只不过外面太冷，不适合带小孩子出去，上次 Candy回来差点感冒。这次可千万别带她去了。”

宋家文半张开的嘴又闭了回去，略加思索后终于点了点头。

宋家理带着Candy目送二人出门后，便一把抱起Candy在院子里撒起欢来。姐姐出门约会，老妈也不在家，今天晚上是她和Candy久违的独处时光。

“Candy，想吃什么？跟小姨说！”

宋家文平日里将Candy的饮食控制得很严格，糖不许多吃，零食更是碰都别想碰，再加上姥姥怕磕着怕碰着、怕捂着怕冻着的无尽唠叨，Candy小小年纪却也是压力山大。但小姨可不同，小姨是个大孩子，凡事都顺着Candy惯着Candy。Candy最喜欢小姨，就像小姨最爱她那样。

“Candy想要什么放心大胆地说，小姨给你保密！”宋家理蹲下身跟Candy拉钩。

“我要吃薯片。”

“买！”

“我还要吃棒棒糖。”

“安排！”

一个大孩子和一个小孩子像飞出笼子的小鸟，没人管没人念，肆无忌惮地享受着自由。

宋家理左手牵着Candy，右手拎着一大袋零食，从婷子家的小超市往家走。

她远远看到院门口停着一辆挺大的车，还以为是来入住的客人，急忙拉着Candy一路飞跑。当两个人气喘吁吁地跑到门口时，宋家理却惊讶地看到站在门口的人竟然是古贺。

“你……怎么来了？”

她慌忙理了理被风吹乱的刘海。

“快过年了，给你送点年货。”

古贺说着，从车子后备厢里搬出几个礼盒，有菜有肉有水果，几乎够凑一桌年夜饭了。

“你这么客气干什么……”

“你才是，不用客气！”古贺不容推辞地抱起礼盒走到门前，宋家理无奈，只能赶紧开门引路。

古贺坐在小院的客厅里，一边喝着宋家理给他倒的茶，一边环顾四周：“这地方弄得真不错！”

“装修之后你还是第一次来吧？”宋家理说完，立马觉得自己的问题很可笑。屋子里的两个人不由得陷入无话可说的尴尬。

“小姨，帮我拧开！”

Candy抱着一瓶可乐跑进屋来打破沉默。

宋家理接过可乐瓶，铆足劲拧了几下，瓶盖却纹丝不动。

“让我来吧。”古贺说着从她手中接过瓶子，只一下，瓶子刺的一声被拧开，里面的泡沫顺势从瓶口喷涌而出。正好喷了迫不及待凑过来的Candy一脸。

“呦，宝贝，没事吧？”古贺紧张地用白衬衣的袖子给Candy擦脸。好在Candy顽皮得很，不但不哭不恼，反而伸出舌头舔了舔嘴边的可乐说：“甜的！”

看着Candy天真无邪的笑脸，古贺也一下子被感染，将她抱在怀里一起开怀大笑。

宋家理看着眼前的景象，却怎么也笑不出来，泪水悄无声息顺着脸颊流到嘴角。直到她品出口中的咸涩，才发现自己竟然在不自觉地流泪。

“家理，你没事吧？”古贺感觉到气氛不对，抬起眼时，宋家理已经偷偷擦掉了眼泪。

“啊？没事啊！”她故作轻松地又续了杯茶，哄着Candy从古贺怀里下来，“去找董叔叔玩一会儿！”

Candy答应一声，一蹦一跳地跑了，屋子里又剩下古贺和宋家理两个人。

古贺从口袋里掏出一个小信封推到宋家理面前：“朋友给了两张度假村的开业体验券，不知道你有没有时间一起去……”

古贺说完便将心提了起来。其实今天来，送年货只是个幌子，他真正想说的还是这件事。古贺也知道，话一出口大概率会被一口拒绝，但还是不死心要试上一试，万一她答应了，便不只是体验一次度假村那么简单，而是预示着更深远的可能。

宋家理盯着桌上那个信封，并没有像古贺想象的那样马上拒绝。

古贺仿佛一下子看到了希望：“这个新开张的度假村人气很高，我想如果你可以去体验一下，应该对客栈之后的发展也有所帮助。”

宋家理将信封从桌上拿起来，轻轻打开。这一刻古贺屏住呼吸，似乎听到了她打开心门的声音。

“吱呀”一声，客厅的门被从外面推开。

“蛋糕来喽！”董逸陶端着个大大的托盘，在Candy的引领下走进屋来。

屋里的两个人都惊了一下，可董逸陶却一脸淡定：“ Candy说小姨想吃蛋糕，我就给你送来了。原来有客人啊……”

董逸陶的演技实在不怎么好，该惊讶的时候表情不到位，该抑扬顿挫的话，说得也毫无波澜，连Candy看了都忍不住摇头叹气。她通风报信的时候，可是期待着一场王子挽回公主的童话戏码。

四人方桌，宋家理坐在中间，董逸陶和古贺各坐一边，对面是人小鬼大的Candy。她才不管其余三个人怎么尴尬发愣，自己抄起勺子大口大口地挖着蛋糕。

和蛋糕一起送来的还有香气扑鼻的手冲咖啡。

董逸陶将咖啡杯推到宋家理面前：“咖啡和蛋糕更配哦。”

话音未落，古贺迫不及待地在宋家理已经喝光的茶碗里续上茶：“一道水，二道茶，喝到现在才是精华。”

宋家理一口蛋糕干嚼了好久，好不容易咽下，却一下噎在嗓子里。她看了看面前的两个杯子，觉得端起哪个都不合适，干脆伸手越过桌子上的咖啡和茶，拿起Candy面前的可乐，拧开盖子咕咚咚干掉一半。

天色渐暗，晶莹剔透的冰雪王国转眼披上霓裳，在各色彩灯的照耀下变成一座五彩的城堡。宋家文翻着手机里魏大同为她拍的照片，不禁有些感慨，她已经好久没有占据镜头的中心了。镜头永远聚焦在Candy身上，手机相册里全是Candy的照片，但今天，魏大同让她体验到了重新成为世界中心的感觉。

“这个画面美呆了！你就站这儿，别动啊！”魏大同说着又拿着手机连跑带颠地到远处对焦取景。

随着咔嚓一声快门声，一张以冰灯为背景的远景照片定格在屏幕上。

“怎么样，有点艺术范儿吧？”

魏大同骄傲地把照片拿给宋家文看。

照片中她侧身站在亮闪闪的冰灯前，留下一个唯美的剪影。

宋家文满意地抿嘴一笑，刚要夸赞，却忽然之间惊讶地瞪大眼睛。

“怎么了，不满意呀？那我再给你照一张！”

魏大同正要接过手机，却发现宋家文紧紧握着不撒手，眼睛直勾勾地盯着那张照片。

“怎么了？有什么问题吗？”魏大同也好奇地看向屏幕。宋家文将照片放大，那作为背景的冰灯背后，正好有一对路人经过，冰灯的光亮将两个人的脸照得亮亮堂堂，被镜头捕捉得清清楚楚。

不看则已，一看之下，魏大头同也几乎惊掉下巴。

“这、这不是你妈嘛！但这男的是谁啊？”他夺过手机将照片继续放大，罗敏红身旁是笑容灿烂的陈言笑。

惊吓连连

单身许久的宋家理早已经习惯了在婚恋市场上无人问津的

处境，如今忽然要她周旋于两个男人之间，原本乐得清闲自在的她，一下子慌了手脚。

好不容易送走了古贺，打发走董逸陶，宋家理搂着Candy一挨枕头便进入了梦乡……

那个已经和她共处了许久的黑洞，又一次裹挟着恐惧袭来。

宋家理明明知道这是梦，却怎么也无法醒来。过往的那些梦里，她已经尝试过所有自救的方式，逃避、躲藏、呼喊、求救，但无论她怎么努力都是徒劳，最后还是会坠入那个无底的黑洞。她觉得无比疲惫，甚至已经不想再去挣扎。

正当宋家理生无可恋地仰面坠入黑洞时，一只胖乎乎的小手从洞口伸了下来。

“小姨！Candy来救你了！”

宋家理一下子恢复了思考能力，看着眼前 Candy充满焦急的小脸，她忽然觉得自己这个大人竟然还不如一个孩子坚强可靠。

宋家理心中重新燃起希望，她奋力伸长胳膊想要去握住那只小手。

原本不可能够着的距离在梦中一点点缩短，转眼间，宋家理真的就这样握住了Candy的手。她破涕为笑，刚要借力向上攀爬，却一下子又感觉到失重。

宋家理瞪大眼睛，无法相信眼前的景象。她正拉着Candy的手拽着她一起下落。“Candy！Candy！”宋家理大喊着，心中涌上无限悔恨，追悔莫及。她真傻，仅凭一个孩子的力量怎么可能救得了她一个大人?

宋家理悔恨的泪水洒向空中，但眼前的Candy却一直保持着笑脸，像天使一样。

宋家理猛然睁开眼，还不等她从噩梦中缓过神来，又被眼前的现实吓了一跳。

“姐？你干吗呀，吓死人了！”

宋家文正坐在妹妹床头，直勾勾地盯着她。

“我一声没吭，这也能吓着你？”

“大早上不睡觉，跑这儿盯着我干什么？”

“这都快中午了好不好！”

“哎哟，一不留神睡过头了。妈没叨叨我吧？Candy呢？”宋家理看了一眼手机，揉着眼睛爬起来，发现身边的床铺空着。

“Candy出去玩了，妈也不在家。”宋家文敷衍着，显然这不是她关心的问题。她一本正经地扳住妹妹的肩膀：“我来找你是有重要的事说。”

当宋家文把昨晚看冰灯拍到的“狗仔照片”拿给宋家理看时，宋家理也着实吃了一惊。

“你是说妈和陈伯伯约会？！”宋家理满脸吃惊地问。

宋家文胸有成竹地将照片放大：“你看看这甜蜜的笑，这温柔的眼神，还有这近在咫尺的距离，哪个不是热恋的标志！”

宋家理看了又看，是有那么点意思。但她还是不敢相信，单身了一辈子的妈，怎么会在这把年纪开始谈情说爱了？罗敏红有多保守大家有目共睹，但此时照片上的柔情似水却是表露无疑。

宋家理凌乱了，搓着脑门还是理不清这一脑袋糨糊。

“罗同志保密工作做得不错呀！什么时候开始的？我怎么一点都没发现！”

对于熟男熟女的黄昏恋，爱情的火苗是不可能一两天燃烧起来的。虽说老妈和老陈之前是一个单位的老同事，但那时候两个人一直是非常单纯的革命同志关系。如果说擦出火花，那很可能是客栈装修开业这段时间的事了。

“怪不得陈伯伯那么热心地给咱家题词写匾呢！”

“是啊！我给他的红包都没收。”

“我说咱们家前一段怎么葡萄多得吃不完呢……”

“陈伯伯老家满院的葡萄架！”

“看来老妈最近不着家也是因为他，没跑了！”

姐妹俩相视点头，一唱一和地做起了福尔摩斯。

“家理，妈恋爱了你什么意见？”宋家文话锋一转，将皮球抛给妹妹。

“我？”宋家理面对突如其来的灵魂拷问，一时还真不知道怎么回答，“妈恋爱这事是有点奇怪……但恋爱自由这话不光是说给年轻人听的，对老年人也同样适用吧？”

“这么说，你支持？”宋家文的表情让人琢磨不透。

毕竟是家里一件大事，宋家理表起态来也不敢太过武断独裁，也想探一探姐姐的意思：“我……也说不好。恋爱这事吧，我还真没什么经验……我就是觉得妈单身半辈子挺不容易的，也许找个老伴儿并不是什么……坏事吧？”

话音未落，宋家文一巴掌落在她肩膀上：“你这么想我就放心了！”

宋家理一时没反应过来，呆呆地眨眨眼。

“我还以为你会反对，坐在这儿紧张了一上午，还想着怎么劝你呢！”

宋家理松了口气，一个白眼送给姐姐：“你觉得你妹妹我是那么没有觉悟的人吗？”

姐妹两个皆大欢喜，商量着等老妈回来怎么给她和陈伯伯准备个惊喜。

殊不知惊喜没来，惊吓却接踵而至。

罗敏红正在陈言笑家里喝茶聊天，门外传来一阵敲门声。

她吓了一跳，杯子里的茶都泼洒出来。

罗敏红一辈子行得正走得端，很少像这样惊慌失措。在学校抓了一辈子早恋，如今老了老了竟然体会了一把早恋的藏藏掖掖，此时她才真真切切理解了当初那些学生的提心吊胆心惊肉跳。

她慌乱地站起身，跟老陈交换了个眼色，便悄咪咪地躲到里屋关上门。

“谁呀？”陈言笑清了清嗓子，故作淡定地跑去开门。

“伯伯，是我，董逸陶。”

陈言笑打开门，看到董逸陶拎着大包小包站在门口。

“你来就来吧，还拿什么东西啊！”

“快过年了，我给您备了点年货。”

陈言笑点点头：“好小子，果真没忘本呀！”

陈言笑接过董逸陶手中的东西将他让进屋。

董逸陶扫了一眼茶几上成对的茶杯，闪过一丝迟疑：“伯伯有客人？”

“没有！没有！”

陈言笑前脚还说得笃定，后脚看到桌上忘了收的茶杯，立马解释道：“刚走，刚走……”

陈言笑给董逸陶沏了杯茶：“今年过年不准备回美国看看？”

董逸陶端起茶杯摇摇头。

“这么久没见，你妈妈一定也很想你。”

“这么多年，逢年过节都是我和我爸一起过。她有她的家庭，我回去了反倒是累赘。”

“孩子，你不能这么想。婚姻是两个人的选择，选错了分开也是无可厚非的，但亲情是永远不可割裂的。只要连着血缘，就存着惦记。”

董逸陶沉吟许久，终于抬起头释然一笑：“血缘的力量我明白，就好比您和我爸从小隔着大洋彼岸，却因为有剪不断的血缘，所以一辈子惦记着对方。”

陈言笑看着眼前这个不幸的孩子从阴霾中一点点走出来，他不由得涌上一阵欣慰。

送走了董逸陶，罗敏红从里屋走了出来。

陈言笑刚要解释什么，罗敏红却率先开口：“你之前说的那个从小过继给亲戚的弟弟，就是董逸陶的父亲？”

陈言笑点点头：“我不是故意要瞒着你，只是这孩子受的刺激太大，不想让太多人知道他的家事。”

陈言笑第一次将弟弟董卫国的事简单地讲给罗敏红听：“我明白他当初为什么非要走上那条绝路，毕竟那笔债务是个天文数字，他是不想让儿子受连累。”

“可是多少钱能买来亲人的命啊！”罗敏红不由得扼腕叹息。

“说的就是啊。所以自从他爸爸去世之后，这孩子就落下个碰不得钱的毛病。他之所以离开美国，离开华尔街，也是因为过不了心里那道坎。他觉得在那个圈子里，自己挣来的每一分钱都沾着他爸爸的血。他心里的坎，还是要有个人帮他一起跨过去……”

董逸陶抬脚跨过客栈的门槛，将车里剩下的年货全部搬进了小院。

姐妹两个人正从屋里出来：“又买了这么多！家里东西多得吃不完了。”宋家理嘴上埋怨，但看到董逸陶买的全是自己喜欢吃的瓜果蔬菜，顿时喜滋滋的。

“ Candy呢？是不是去餐厅找你玩了？”宋家文在院子里转了一圈，也没看到Candy的影子。

“我刚从外面回来，没见Candy呀。”说话间董逸陶已经将年货在储物间里码放整齐。

“咦？那就奇怪了，这臭丫头跑哪儿去了……”宋家文说着挨个房间找了一遍，一边找一边喊着Candy的名字。

一开始还不急不缓，渐渐嗓门越喊越大，脚步越来越急。

“Candy？Candy！”

宋家理听到姐姐慌乱的喊声，也加入到寻找Candy的行列。

“姐，没在你屋吗？”

“没有啊！你看看妈那屋有没有？”

“没有！”

董逸陶感觉气氛不对，慌忙往隔壁西餐厅跑去：“我去看看店里有没有！”

三个人各自找了个遍。当大家在院子中央再次会合时，每个人都气喘吁吁，每个人脸上都带着焦急。

“哪儿都找过了……没有！” 宋家文一屁股瘫坐在地上，声音颤抖着不停地念叨着Candy的名字。

“Candy丢了…… Candy丢了！”

诱拐事件

不等陈言笑将摩托车停稳，罗敏红便跳下车，深一脚浅一脚地向院子里跑去。

“ Candy！ Candy……我的Candy宝贝呀……”她嘴里念叨着，眼睛在院子里慌乱地寻找，却只看到大女儿瘫靠在魏大同怀里哭得一塌糊涂，小女儿和董逸陶正一脸凝重地跟赶来帮忙的街坊邻居互通消息。

宋家文看见母亲，哭得更凶了：“妈，都怪我，我把Candy给弄丢了……”

“瞎说，怎么会丢呢？好好找找，一定能找到的！”罗敏红拍着女儿的肩膀不住地安慰。但话是这么说，她心里也同样既担忧又恐惧。

宋家理此时顾不上其他，一边到处打电话询问，一边向院子里进进出出帮忙找孩子的各路人马了解情况。

“怎么样？”婷子一进院宋家理便一脸期待地迎上去。

婷子摇摇头：“没有。整条巷子我都找遍了，挨家挨户都问了……”

宋家理难掩失落，不堪重负的两条腿颤抖着发软。

婷子赶紧扶住她："家理，你先别急，大家都帮着找呢，没准一会儿就有消息了！"

话音刚落，便听到马破锣由远及近地叫喊："嘿！我打听到消息了！"

宋家理刚还没坐稳的屁股立马从椅子上抬起来，慌忙往院门口跑，正巧马破锣也连跑带颠地进来。

"马姐，马姐，找到Candy了？"

马破锣原地喘了两口气："人还没找到，不过我听一个街坊说，傍晌的时候瞅见Candy跟着一个男人上了辆车。"

"什么样的男人？"

马破锣皱眉沉思。

"什么样的车？"宋家理等不及继续追问。

"说是一辆白色的车，挺威风！"

在场的众人全都陷入了沉思，但仅凭这点线索，显然很难将带走Candy的男人锁定。

身边熟人的车型在宋家理在脑海中过着电影。这其中的白车虽然不少，但这些人有什么理由要带走Candy呢？如果不是认识的人……宋家理不敢再想下去。

忽然，她脑海中闪过一道亮光，然后不顾身后妈妈和姐姐的呼喊，径直冲出院子。

一阵急促的敲门声搅了古贺的好梦。当他衣衫不整地打开门时，着实被宋家理气喘吁吁的样子吓了一跳。虽然是严冬，但她额前的碎发已经被汗水浸湿。

"家理？"还不等他发问，宋家理已经绕开他，径直闯了进去。

客厅里乱糟糟的，桌上放着吃空的泡面桶，地上东倒西歪散落着啤酒罐，很显然，客厅并没有 Candy待过的痕迹。宋家理立刻将目光聚焦在紧闭的卧室门上。

“喂，家理！”古贺急忙系好衣服扣子追过去将她拦在卧室门口，“你这是要干什么？”

“怎么，是藏了人不让进吗？”这气势像极了正宫娘娘堵门捉奸。

“我……”古贺有点蒙。自从分手后，两个人反倒相敬如宾了，眼前的宋家理让他产生了一种回到从前的错觉，可宋家理之后的话却让他一头雾水。

“快说，你把Candy藏哪儿了？”

“Candy？”

“别跟我装傻！你昨天刚见了Candy，她今天就不见了！怎么会有这么巧的事？”

“ Candy不见了？”古贺的心也跟着提起来。

“有人看到她跟一个男人上了辆白色的车，你敢说那不是你？”

“真的不是我！”古贺百口莫辩，“我有什么理由拐走你姐的孩子？”

“古贺，别演了，你早就知道Candy不是我姐的孩子了，难道不是吗？”

“什么？Candy不是你姐的孩子？！那她是……”古贺的问题已到口边，却一下子噎住了。他盯着宋家理充满泪水的眼睛，脑海中忽然出现一个不可思议的答案。

“Candy是……”

还不等他说完，宋家理已经一把推开古贺卧室的门。

房间里拉着窗帘，有些昏暗，但宋家理还是一眼看到床上的被子鼓鼓的，分明是有人睡在那儿。

“Candy！”

宋家理一个箭步冲到床前，一把揭开被子，一时呆立在原地。

被子底下躺着的不是Candy，而是一只大大的熊本熊抱枕。这东西宋家理再熟悉不过，它曾经陪伴她和古贺在那个五环外的出租屋度过了无数个日夜。三年前，当她拖着皮箱离开那个房子的时候，对这个自己原本最喜欢的玩偶一点也没有留恋。但她没想到的是，过了这么久，古贺竟然还留着它，而且将它放在枕边。

宋家理再次环顾四周，发现周围的一切似乎都那么熟悉。那曾经被她堆满衣服的沙发，现在正清清爽爽地躺在客厅中央，不只是熊本熊，那些被她抛弃的大小玩偶，都乖乖在书柜上排排坐。

宋家理的心被狠狠地刺了一下，但此时她没有时间去感怀那些过往，她的每一次呼吸和心跳都与Candy紧紧相连。

“对不起，打扰了。”宋家理恨不得找个地缝钻进去。刚才她闯进来的时候有多么理直气壮，此时便有多么无地自容。她逃也似地低头转身想要离开，却被一个宽阔的胸膛挡住了去路。

古贺一把将宋家理抱住。她先是愣了一下，随后便用力挣扎起来。宋家理的拳头一下下落在古贺背上，可抱着她的胳膊却收得越来越紧。

宋家理终于无力地瘫软下去，积蓄了一下午的眼泪打开闸门，同时喷涌而出的还有她这些年的委屈和隐忍。

宋家理就这样在古贺怀里哭了好久，直到手机铃声打破沉默。

“妈……”宋家理极力控制着呼吸，生怕被妈妈听出哭腔。

“家理呀，你在哪儿呢？”

“我……”

“我跟你说，Candy找到了！……”

罗敏红接下去又说了些什么，宋家理一句都没有听清，耳边只有风声掠过。

小院门口停着一辆白色路虎，车子的主人此时在院子里成了众矢之的。

院里乱作一团，罗敏红抱着一身新衣的Candy急忙躲进屋里。

魏大同揪着王喆的脖领子，沙包大的拳头马上就要落下。

“别打别打！我也是好久没见我闺女了，实在是太想她……”

“谁是你闺女啊？Candy是我的女儿！”魏大同的拳头几乎攥出响声。而原本唯唯诺诺的王喆也被他这番话激怒，显出一副不吃素的样子：“你愿意跟宋家文好我管不着，但我是Candy的爸爸永远也改变不了！你个小白脸还想取代我的位置？”

“你听不懂人话吗？家文已经跟你说了多少遍了，Candy跟你没关系！”

“简直是笑话！我的女儿身上流着我的血，怎么会跟我没关系？你别多管闲事了！”

不管宋家文和街坊们怎么劝架，两个人始终扭打在一起分不开。

“别打了！谁也别争…… Candy是我的女儿！”

乱哄哄的小院一下子安静下来，所有人都不约而同地闻声转头，宋家理正迎着众人的目光气喘吁吁地跑进院子。

无法挽回的错误

宋家理将Candy抱在怀里舍不得撒手，罗敏红在眼前来来回回转着，一会儿工夫便在这个不大的小屋里原地走出了一万步，而她迈出的每一步都透着焦虑。

“妈，您别转了。”宋家文忍不住劝，她坐在一旁都觉得眼晕。Candy更是已经被这钟摆式的步伐深度催眠，早倚在宋家理怀里进入了梦乡。

罗敏红只是稍微停顿了一下，随后两条腿又不受控制地活动起来。眼下的情形，她说什么也无法像没事人似的安稳就座。

“这几年我以为你成熟点了，可没想到这么大人了说话还是不计后果。你说出来倒是痛快了，有没有想过咱们家以后怎么见人，Candy长大后怎么见人？”

因为不想吵醒Candy，罗敏红使劲压低着声音，但说着说着还是忍不住情绪激动起来。

宋家理并没有像平时那样顶嘴狡辩，反而一句话都没有反驳。老妈说得对，即便她已经做好了承担一切的准备，但还是无法抹去这件事对家人的影响。就像三年前，她带着肚子里的小生命回到家时，罗敏红就明明白白告诉她：抚养孩子不是你一个人的事。

那时候宋家理可不像现在这般沉默，她抗拒过、争辩过，叫嚷着：我自己的孩子自己养！但她最终还是被母亲和姐姐说服。当十月怀胎瓜熟蒂落，刚刚成为母亲的宋家理也同时失去了做妈妈的资格。当她看着 Candy咿呀学语，第一次喊出妈妈时，一颗心被兴奋和失落撕扯着。

宋家理将熟睡的Candy放到小床上，凝视着她无忧无虑的小脸，若有所思。

罗敏红终于停下脚步，可鼻子下面的嘴却一张一合停不下来："说出去的话就是泼出去的水，再想收回来可就难喽！但无论如何，今天这个错，你必须得想办法弥补，不然你这大好前程就该断送了！"

宋家理没想到，妈妈在如此焦心的时候，最担心的竟然还是女儿的前程。

罗敏红定了定神，平心静气地拉了把椅子坐下，摆出一副不解决问题不罢休的架势。

宋家理虽然无力反驳，但还是对妈妈的意见无法苟同。她确实后悔，但后悔的不是今天在众人面前说的话，而是后悔当初为什么要接受这个荒唐的提议。

"妈，别费劲了……我自己的错就应该自己承担。当初的错误，早就该纠正了，如果再这样下去才是错上加错呢！"

"你这话什么意思？"还不等罗敏红反对，宋家文先瞪起眼来。自打刚才她就一直沉着脸，此时再也压制不住的情绪爆发出来："你是说我养了Candy这么多年，都是错误？"

"姐，我不是这个意思……"

宋家理刚要解释，便被一阵敲门声打断。

"家理……"

只一句话便将三个人的思绪一起打乱。

"Candy没事吧？能不能让我看看她……"古贺满心忐忑地站在门外，说话的口气竟有些小心翼翼。

屋里的三个人对视了一下，宋家理清楚地看到姐姐眼中射出的警戒和敌意。

"古贺，你走吧，Candy她没事……"

即便隔着门，宋家理也能料到此时古贺的心情有多复杂，但她还是没法给他开门。紧紧关上的不光是眼前这道门，还有宋家理心中的那道门。

古贺站在门外久久不想离开。虽然看不到门的另一边他想见的人，但即使只是这样静静地站在这儿，他也仿佛能感受到那股让他心头一暖的亲切感。

现在他知道，那种感觉来自血缘。

"别等了，你还是回去吧。"

古贺闻声转头，看到董逸陶正向他走来。只消一瞬间，古贺心中的感性和柔软一下子躲藏起来，留下的只有男人的刚强和硬气。

"这话应该我对你说。你也别等了。"古贺说着，挑衅地扬了扬嘴角。

董逸陶明白他话中的意思，却并没有被激怒。他满不在乎地笑笑："我并没有在等什么或者期待什么，她已经变成了我生活的一部分，我每时每刻都享受这种感觉。”

董逸陶说完，从容地转身。

从他温文尔雅的笑容背后，古贺却清楚地感受到了剑拔弩张的气势。

“我劝你还是知难而退！”古贺像一只宣誓主权的狮子，对竞争对手充满了敌意。

董逸陶停下脚步。

“Candy是我们俩的孩子，我们理所应当要一起抚养她长大。”说到这儿，古贺脸上露出藏不住的自信。

“这世上没有什么事是理所应当的。不管Candy是谁的孩子，我对家理的感情是不会变的。”董逸陶说完便头也不回地走了。

“你赢不了我的！”古贺依旧站在原地，心有不甘地放话。

此时他心里并没有嘴上说的那样笃定。董逸陶这样的对手并不好对付，即便像古贺这种阅人无数的人，也还是无法将他一眼看透。但他还是有足够的理由安慰自己，今天之前，是他们八年的感情；而从今往后，两个人之间便又多了一份牵绊——那是无法割断的亲情。

古贺回到住处，屁股都没有挨着椅子，便开始整理已经好久没有收拾的屋子。此时的心情很难形容，只感觉神清气爽，浑身有使不完的劲。他哼着小曲，就连平时最懒得做的倒垃圾洗袜子这些事也乐此不疲地干着。

这是一套一室一厅的房子，一个人住绰绰有余，两个人住便有些局促了。不，不止两个，现在是三个人了。古贺想到这儿，不由得笑出声来。他觉得自己像是中了彩票，一夜之间便从单身汉升级成了三口之家的顶梁柱。

肩膀上忽然沉甸甸的，但他却每一秒都在享受这甜蜜的“负担”。他感到前面的路越走越宽，日子越来越有奔头了。

“喂，老铁，帮我找个房呗……要大三居，位置最好离喜镇近一点。”

古贺拿起电话，打给认识的本地房屋中介。

“怎么，嫌单位给的宿舍太小？”

“我自己住还行，就怕以后……”

“哟！你小子这是找到女朋友了？”电话那头的朋友夸张地惊呼。

“是老婆。”古贺说完，脸上露出一个憧憬的微笑。

昨天夜里雪一直下，宋家理盯着窗外飘落的雪花，一夜未眠。

一大早，Candy兴奋地喊着要到院子里玩雪。她将雪球捏得大大的，猫在树后伺机偷袭路过的熟人。董逸陶便是头一个被砸中的倒霉蛋，冰凉的雪顺着脖领子融化在怀里。

“好啊你个小家伙，我可是要反击了！”他蹲下身抓起一把雪，追着Candy在院子里转圈。

Candy的笑声将宋家理从半梦半醒中叫醒。她望着窗外那张永远无忧无虑的笑脸，眼角又不禁湿润起来。

“Candy，你冷不冷？”宋家理打开门走到院子里。

董逸陶停下追击的脚步，向宋家理看去。她没穿外套，衣服很单薄。

只是一晃神的工夫，董逸陶又被Candy一个大大的雪球击中。

“哦，我赢了！”Candy拍着手兴奋地叫着向宋家理跑来，“小姨，跟我们一起打雪仗吧！”

宋家理一把将Candy抱起来，摘掉她已经湿透的手套，握住被冻红的小手，轻轻哈着气。

忽然感觉肩膀一沉，宋家理转过头，看到董逸陶正将自己的外套披在她肩上。

“你还问孩子冷不冷，自己先要穿暖点。”说完，董逸陶绕到她身前，拽了拽外套的领子，将Candy也裹进衣服里。

看着董逸陶踩着雪离开的背影，宋家理心中忽然涌上一丝感动。

雪战一上午，吃过午饭，Candy不用哄便倚在姥姥怀里呼呼睡了。

宋家理在姐姐门前徘徊许久，敲开门才发现她并不在屋里。

美甲店里，宋家文正对着一个脚部经络模型，按书上教的方法摸索按摩的门道，可模型硬邦邦的，根本找不到手感。正在这时，眼前的地上忽然出现一双脚。宋家文抬起头，正对上妹妹躲闪不定的目光。

她没说话，继续埋头捧脚。

“别研究了，我的脚可以借你用……”为了掩饰尴尬，宋家理故意顾左右而言他。

宋家文指了指对面的椅子，宋家理还没坐稳，便被姐姐从头到脚控制了起来。

“赶快把袜子脱了，把脚抬起来，头靠在颈枕上，肩膀放松，背要挺直……”

宋家理丝毫不敢含糊地照做，但当宋家文手碰到她的脚时，宋家理还是忍不住叫唤起来。

“干吗？”

“你，你手太凉……”宋家理说着，变魔术似的从衣服里掏出一个正在发热的暖宝宝塞到姐姐手里：“你先暖暖吧。”

“嘁！暖宝宝还是个二手的。”宋家文嫌弃地翻了个白眼，却还是将暖宝宝抱在怀里。

宋家理全身上下最怕痒的地方就是脚心，但此时她却憋着一口气，强忍着“享受”姐姐的妙手点穴。

宋家文早知道她怕痒，也知道她在强忍着，却故意捏住妹妹的软肋下狠手。

“哎哟哟，姐，快停快停，痒死了！”宋家理终于憋不住了，吐出那口气，便一下子破了功，蹬着腿求饶。

可宋家文仍旧掐着妹妹的脚脖子就是不松手，手上的力道反而更重了。

“是你说让我拿你练手的，我还没开始呢你怎么就喊停啊。”

宋家理哑口无言，只能连连服软：“好姐姐，我错了，你就饶了我吧……”

宋家文手上一下停了劲。一句看似玩笑的道歉，却一下子戳到了她心里。宋家理此时也停住笑，有泪水从眼角流下，不知是因为笑了太久，还是感怀良多。

宋家理坐在天台的冷风里，下意识地伸手掏兜，摸进空空的口袋才想起来烟已经戒了。这几年她戒掉的东西很多，难过的时候不再像小孩子一样哇哇大哭，犯浑的时候不再像从前那样死钻牛角尖，和人打交道的时候也不再像之前那样愤世嫉俗。但她知道，唯一无法戒掉的是感情，无论是她、姐姐，还是Candy，都无法将积蓄多年的情感一刀割断。特别是Candy，她还那么小就要代替大人承担错误。宋家理一想到这儿，心就刀割一样痛，觉得自己无比残忍。

“别想了，烦心事都是想出来的。”

宋家理回过头，看到不知什么时候董逸陶已经站在她身后。

“我就是觉得对不起我姐。”宋家理回想起姐姐刚才含着泪又带着笑说出的那句话，眼圈一下子又红了。

“Candy是我的女儿，也是你的女儿。”当宋家文说出这句话的时候，横在姐妹俩之间的芥蒂便一下子消失了。

“之前是走一步算一步，得过且过，但以后我不是一个人了，我得为家人打算、为孩子打算。”

宋家理头一次有了从孩子变成母亲的感觉。

“别费劲了。做父母的永远都无法揣度孩子的想法，孩子也总比大人想象的坚强。”

“别想用鸡汤灌我，我不吃这套的。”

“这可不是鸡汤，是我的经验之谈。”

“你又没有孩子，哪里来的经验？”

“我虽然没做过孩子的爸爸，但作为我爸的孩子，我可是有大把的经验。”

宋家理“嘁”了一声，想说“谁还没个爸”，但话到嘴边才发现她和董逸陶两个都是没有爸的孩子。

“我爸很小的时候就被我爷爷奶奶过继给了我北京的姑奶奶。那时候家里穷，孩子又多，爷爷奶奶觉得我爸去了大城市能过上好日子，但他们不知道，这不是我爸想要的。比起锦衣玉食以及后来跟着姑奶奶家旅居海外，我爸更舍不得的是一起长大的兄弟姐妹和喜镇的好山好水。”

宋家理第一次听董逸陶说起父亲的事。她认真看着他的侧脸，看他把目光放得很远。

“我爸虽然遗憾了一辈子，但临了还是没能绕出我爷爷奶奶对待孩子的行事方式。他不是个爱冲动的人，所以我从来没想过自杀这种事会发生在他身上，但后来读过他的遗书我才知道，他做出这样的选择是经过深思熟虑的，是站在他的角度为我的将来考虑。但这同样不是我想要的……”

宋家理透过董逸陶棱角分明的侧脸，仿佛一眼看到了他满是伤疤的心。他揭开自己的伤疤，只为帮她宽心，给她安慰。

“别再说了……我懂。”

宋家理缓缓低下头，沉吟片刻还是说出了那句一直想说的话：“对不起，Candy的事我不应该一直瞒着你……我……”

“不用再说了，我都懂。”董逸陶打断她，露出一个饱含深情的微笑。

舍得

又是一个明媚的早上，冬日的暖阳照在清水河光亮的冰面上，四散出耀眼的晶莹，将周围的一切都映照在浪漫的光晕中。此时丰田霸道的步履也变得轻柔起来，踏着阳光踩着影子，稳稳停在宋家小院门口。

西装革履的古贺打开车门下了车。即便车门一开就有冷风钻进领口，他还是将衣服整理平整，胸脯挺得老高，因为他知道今天要做的这个“大项目”全凭这一口气。

古贺打开后备厢，捧出一大束娇艳欲滴的红玫瑰。这可是他今天一大早专门跑到市里，花了好几百买的。从前他是绝不可能为了这种既不能吃又不能用的东西浪费钱的，但今天的这笔消费绝对自觉自愿。

古贺对着车窗玻璃整理了一下发型，捧着花激动又忐忑地向小院走去。

还不等他一脚迈进院门，一盆脏水从门里面泼了出来。古贺一个猝不及防，瞬间从体面小伙变成了落汤鸡。

“哎呦呦，真是对不起！看我这稀里糊涂的，也没看着人！快让我看看，衣服弄脏了吧……”罗敏红赶紧放下水盆跑出来，一看是古贺，脸上闪过一丝尴尬，“你这是……”

宋家理听见院子里的动静急忙跑出来，看到捧着花的古贺同样一脸惊讶。

“古贺，你这是……”

罗敏红急忙解释：“都是我不好，把水泼人家身上了。”说着她挥舞手中的抹布，想帮他擦擦，但又觉得不妥，急忙招呼宋家理：“快去屋里拿条干净毛巾！”

“我都跟您说了多少遍了，别往门外面泼水！这老习惯怎么总是改不了呀！”宋家理一边嘟嘟囔囔地埋怨老妈，一边跑去取毛巾。

很显然，古贺知道他此时狼狈的样子和体面的打扮很不相称。但这些都是小节，什么也无法阻挡他干大事的决心。

古贺只是简单甩了甩身上的水，便捧着花扑通一下跪在刚刚取毛巾回来的宋家理脚下。

宋家理吓得一个急刹车，脚下一趔趄，差点绊个跟头。

“家理，这花是送给你的……”

求婚的浪漫情话已到嘴边却戛然而止，也许是被刚才那盆水泼散了灵感，古贺提前准备好的誓言到现在一句也想不起来了。

宋家理看着一大捧玫瑰花和单膝跪地的古贺，一时愣住，递毛巾的手就这样悬在空中。

院子里一片寂静，三个人都僵在原地，像是被冷空气冻住一样。

古贺读不懂宋家理脸上的表情，五分惊讶三分迷惑还带两分忧伤，让人猜不透她的心。经过短暂的沉默和断片，古贺终于又重新找回了灵感：“家理，我已经在市里租了三室两厅的大房子，足够咱们俩和Candy临时住。等我忙完这个项目，咱们就回北京，买房的钱我也攒得差不多了……”

“你到底想说什么？”宋家理打断他的话。

古贺伸手在口袋里摸了一下，掏出一个方方正正的小盒子：“请你……嫁给我！”

宋家理躺在床上摆弄着那个精致的小盒子，当她打开盒子的瞬间，八年的往昔如同幻灯片一样映在天花板上。曾经两个人狭窄的小窝，变成了三个人宽敞的家；曾经一个人的期盼变成了两个人的相守；曾经的爱情有了结晶，曾经的付出得到了回报。她所有的憧憬终于得以实现，玫瑰、钻戒、求婚接踵而来，一个不差。如果换作三年前，她可能激动得睡不着觉，但现在她同样睡不着，却并非因为兴奋，而是矛盾与纠结。

大山里的喜镇还是繁华的北京；劳心费力独自打拼还是坐享清闲当古贺的太太；是给Candy一个完整的家还是让她像自己一样成为一个没有爸爸的孩子……这一道道选择题似乎已经拥有不言自明的答案。宋家理的每一次迟疑和犹豫都显得如此多余。但喜镇是她的家，家理客栈是她和家人的心血，而Candy则是她心里最难解开的结。

大三居的客厅朝南，一整天都阳光明媚。客厅里堆着大大小小的纸箱和没拆包的快递。古贺看着玩具包装盒上花花绿绿的图案，已经想象到Candy笑得合不拢嘴的样子。

这几天，古贺大包小包地往新家倒腾东西，不只是吃的用的，还有为家里增添温馨气氛的装饰品也买了不少。他对生活用品的要求提高了不止一星半点，实用主义的信条不知道什么时候被抛弃了。但古贺也有自己的一番理论：一个人过可以凑合，两个人适当享受，三个人就得过得精益求精了。

古贺撸起袖子将家里的台面擦了一遍又一遍，顾不上抹一把头上的汗，又抱着熊本熊跳起进两步退一步的交谊舞来。搞完卫生，他将几盆绿植放到阳台的落地窗前，又将那些一直跟着他的毛绒玩具在沙发上一字排开，客厅里顿时多了些童真和浪漫。

回想自己从前和宋家理一起度过的那八年，虽然是两个人，但大多时候也是在凑合。那时但凡宋家理要求点小浪漫，他不是拐着弯拒绝就是叽叽歪歪，说到底还是怕花钱。古贺现在想想，那时候自己也真是太不近人情了。一个女孩子在如此美好的年华毫不犹豫地选择与他共度青春，并将未来和他捆绑在一起，他怎么能觉得那是种束缚呢？这明明是花钱也买不来的幸运啊！

这时，口袋里的手机响了起来，来电显示上的“老婆”二字让他的精神为之一振。分手后，宋家理的电话他一直存着，并且连联系人名字上那个“老婆”的称呼都没有改。但这么长时间以来，这个号码再也未能拨通，等她主动打来更是想都别想。

今天便是见证奇迹的时刻。他已经提前跑了一趟小院，不光向“老婆”汇报了新家的地址，还跟女儿Candy玩了好一会儿。这种感觉很奇妙，有点太不真实，但古贺决定要从今天开始把它变成真真切切的现实。

“喂，家理，你和Candy准备什么时候过来？我去接你们！”

电话那头沉默了两秒，传来宋家理有些拘束的声音：“我已经到门口了。你能不能下来一下……”

“好！我马上！”古贺声音中带着藏不住的喜悦，一秒不带迟疑，急忙抓起外衣径直出门。

宋家理两手插在口袋里，站在小区楼下原地转圈，心里竟然还有些紧张。她已经很久没有因为要和一个男人见面而紧张了，上一次还是十几年前，她刚刚开始和古贺约会的时候。那时候的紧张里透着点小小的兴奋，用“小鹿乱撞”来形容再准确不过了，但现在的紧张却有点如临大敌的意味。

这时古贺已经兴冲冲地跑下楼朝宋家理走来。看着他灿烂的笑脸，宋家理竟然一时恍惚，仿佛一瞬间又回到那相知相爱的青涩年华，回到两个人在大学里手牵手的时刻，回到他在她宿舍楼下等她的时候。

“家理，不是说我去你家接你嘛，你怎么自己跑来了？”古贺看着宋家理冻红的鼻尖，一时有些心疼。又看了看空空的四周，这才发现没见Candy的影子：“ Candy呢？”

宋家理这才从臆想中回过神来：“哦，我没带Candy过来。”

古贺心头划过一丝小小的失落，果真那些缺失的父女之情不是一两天能补回来的。“没关系。”他脸上立刻恢复笑意，“你来了就好。走吧，上楼去……”

古贺转身带路，走出两步却发现宋家理并没有跟上来：“怎么了？走啊！”

宋家理深吸一口气，把手从兜里掏出来，张开手掌，将那个已经被她攥热了的小盒子递到古贺面前。

“我就不上去了……我来是想把这个还给你。”

古贺当然认得这个盒子，清楚地知道它的价值和含义，却故意不愿意读懂宋家理这话背后的意思。

“是不是款式不喜欢？没关系，咱们可以拿去换……”

宋家理摇头打断：“古贺，你明白我的意思。对不起，我……不能跟你结婚。”

古贺一下子被宋家理斩钉截铁地拒绝切断了退路。在他的印象里，她不是个果决的人，但不知道为什么偏偏总是对他手起刀落快刀斩乱麻。

有过上次被迫分手的教训，古贺这次便不抱任何侥幸，拿出了金牌置业顾问的职业绝招，放下身段巧舌如簧地展开不达目的誓不罢休的游说。

“结婚的事我也不指望你马上答应，但这不影响你们搬来市里住。这房子是我专门给你和Candy准备的，毕竟我是孩子的爸爸，得和你一起对Candy的生活和教育负起责任来。这房子在市中心，闹中取静，二十四小时有保安保证安全。出了小区就有托儿所和幼儿园，Candy在这里接受到的教育资源肯定比在镇上的好，眼界也更开阔。等我结束这个项目，就可以带你们回到北京去生活，Candy在那里上学……”

“谢谢你的好意，这些事就不用你操心了。我就是在镇上长大的孩子，也没有觉得自己比别人低一头，Candy就更是了。你放心，在喜镇我一样能把她教育成人。”

宋家理说完，将装着钻戒的小盒子强塞到古贺怀里，头也不回地转身离开了。

辞旧迎新

日子又恢复了往日的平静，喜镇的太阳照常东升西落。宋家理并没有像她想象的那样被街坊四邻戳脊梁骨，Candy也并没有对“妈妈”和“小姨”厚此薄彼，唯一不同的便是最近客栈的生意忙得不可开交。

学生们开始放寒假了，成群结队的大学生和带孩子出来放松的一家三口便成了客栈的主要客源。

再过一段时间便是春节，是滑雪季的绝对高峰。白雪皑皑的山峦配上透着古香古韵的小院，再加上冬奥特色商户的头衔，宋家理第一次感觉到了顾客盈门的喜悦。

来崇礼的客人不管会不会滑雪，都一定会去未来的冬奥赛场参观打卡，宋家理这几天被问到最多的问题便是“雪场怎么走”。客栈门口虽然有直通崇礼几大雪场的公交车，但对外地人来说还是略显不便。宋家理如今早已经学会察言观色，几句话便能从客人的脸上敏锐地观察到那一丝迟疑。

“我准备买辆车！”宋家理在客栈的股东大会上率先发言表态。

可还不等她说第二句，罗董事长便一拍桌子否决了：“刚挣几个钱，欠的债还没还清呢，又要添大件？不行，我不同意！”

“可是人家别的酒店都有往返雪场的摆渡车，咱们没有怎么跟人家竞争啊？”

“没有金刚钻就别揽瓷器活！咱们是小本买卖，干吗非跟人家大酒店比？”

宋家理拗不过，眼睛不自觉地朝姐姐瞟过去。

宋家文看了看妹妹，又看了看老妈，一脸为难地吭哧了半天，才模棱两可地开了口：“我觉得吧，买车倒是个办法。”话刚说完，罗敏红便是一瞪眼。宋家文一见吓得急忙转弯：“但买车肯定不是唯一的办法！”

说完她轻轻松了口气，对自己这张两边都不得罪的答卷很是满意。

这样一来，大家的目光便全都集中在另一位股东董逸陶身上。他被眼前三个女人或软或硬或伤不起或不好惹的目光盯得头皮发麻。

“小董，你什么意见？”

“有什么想法大胆说，我可是从谏如流的明君！”宋家理挤出弯弯的笑眼，装出一脸和蔼，可那皮笑肉不笑的样子却让董逸陶一眼看穿了她“暴君”的本质。

但不管是明君还是暴君，董逸陶还是决定做个忠臣。“我有个想法，既不像买车那样开销大，又可以保证客人的通行便利。”说到这儿，他停顿一下看看三个人的脸色。

果然母女三个人被吊起了胃口。

“说说看！”

“什么主意？”

“咱们可以和镇上的网约车司机合作，签一个包月协议，这样客人往返雪场需要用车的时候就可以随叫随到了。”

董逸陶说完，母女三个人便一同进入了思考模式。宋家理觉得这确实是个不错的办法，既不需要客人调整时间等着成团，也不需要她占用大量时间开车往返。罗敏红虽然也心疼包月打车的钱，但想想总比出一大笔钱买车来得划算。宋家文更是没什么意见。于是四位股东一拍即合，着手安排网约车的事。

宋家理渐渐悟出一个道理，经营客栈就像画设计图一样，最重要的就是细节。当你拖着行李走进客房，打开门扑面而来的是令人沉醉的香气和放松身心的音乐时，一段舒适愉悦的旅程便由此开启；当你锁定了目的地正准备出发时，一辆专车停在眼前的便利能让旅途劳顿和烦琐的郁结一扫而空。

而作为客栈的经营者，宋家理也同样有所收获。只短短几天，家理客栈便收获无数好评，客人的每一条评论字里行间都透着真诚，正如他们在客栈感受到的真诚服务一样。

年根底下，小院儿的年味越来越浓。院门口挂着大大的红灯笼，朱漆大门上是陈言笑特书的春联——伟业宏开福星高照生意旺，宏图大展贵客常临财路广。

除夕一大早，罗敏红挥舞着扫帚将院门口厚厚的积雪扫开一条通道，喜滋滋地将一块“客满”的牌子立在大门前。院子里宋家文正帮魏大同扶着梯子，将她亲手做的新年彩灯挂在屋檐下。院子一角的梅花已经生出含苞待放的花骨朵，红梅在白雪的映衬下更显出不畏严寒的傲气。

宋家理正在厨房里给董逸陶打着下手，今晚的年夜饭是中西合璧，既有喜镇的特色，还带着点异国风味。宋家理预感到今年春节，小院里不只是一家人的团聚，而会是一群人的狂欢。

当这一年的最后一轮太阳落下，华灯初上，万家灯火齐明，一夜的欢庆过后，便会迎来新一年的红日。

小院里的彩灯齐刷刷地点亮，伴着飘落的雪花，每次按一下快门都是好照片。魏大同举着相机，三百六十度狂按快门，他想把这除夕夜的一切美好都用镜头记录下来。客栈的照片墙便是陈列回忆的地方，不管是来自五湖四海的客人、院子里孩子们堆的雪人、颇有意义的手工彩灯，还是创意满满的年夜饭，每一样都是家理客栈成长中的一部分。

雪越下越大，在院子里拍照的人们都冻得扛不住躲进了屋里。客堂里的大圆桌上已经摆满了菜肴，有些是董逸陶的创意菜，也有一部分是厨艺好的客人亲自下厨做的拿手菜，当然还少不了大家齐心合力包的饺子。虽然饺子形状各异，有的美，有的丑，有的甚至破了皮，但只要是自己包的就没有不好吃的道理。

罗敏红张罗着一屋子大人孩子入座。宋家文和魏大同一个抱着可乐，一个端着啤酒，配合默契地给大家倒饮料和酒。宋家理冒着雪跑到院子里，招呼着以Candy为首的几个小皮猴进屋吃饭。

董逸陶早已经将碗筷摆好，大家各自举杯。可还没等碰响，便被从门外慌慌张张闯进来的女大学生小米打断了。

“出事了，出大事了！”她攥着手机一脸焦急。

宋家理认得这女孩，是和两个同伴一起住在三人间的女大学生。于是赶紧迎上来：“怎么了？慢慢说。”

“大雪封路，我两个朋友被困在雪场回不来了！”小米说着将手机上同伴发来的求救短信拿给宋家理看。

屏幕上闪烁着大大的求救表情，发来的对话也显得十分无助。

宋家理放下手机抬起头，看到眼前的一桌人个个脸上挂着焦急的表情。她生怕扰了大家年夜饭的雅兴，急忙挤出个故作轻松的笑脸：“没什么大事，我能解决。你们大家先吃，我去去就来！”说着她向姐姐使了个眼色，便跟着小米去了三人间。

“上午我们三个一起去的雪场，我忽然来大姨妈了就自己回来休息了。没想到她们两个玩到这会儿……”

“你先给她们拨个电话吧。”宋家理看了看窗外飞舞的鹅毛大雪，心中升起一丝担忧。

电话刚一接通，便传来女孩带着哭腔的声音：“我已经叫了一个小时车了，司机说雪太大封路了，没法过来接我们……老板，我们不会被冻死在大山里吧？”

“放心吧，不会的！主路虽然封了，但还可以绕小路。你相信我，我肯定能找到车去接你们……”

宋家理这边刚安慰好两个女学生，便立马掏出手机给认识的司机一个一个地拨电话。

正说着，董逸陶也敲门进来，看到宋家理一脸愁容地打电话就知道情况不妙。

果不其然，宋家理挂掉电话时脸上的愁云依旧不散。

“怎么样？找到车没？”小米忐忑地问。

“今天是除夕夜，跑活的师傅不太多，再加上雪又这么大……”宋家理读到小米脸上肉眼可见的失落，赶紧话锋一转，“你别着急，我再打几个电话问问！”

“别打了，我开车跑一趟吧。”

两个人转头向董逸陶看去，他已经套上外套，从口袋里掏出车钥匙：“让她们发个定位过来，等在原地不要动。”

小米像是抓住了救命稻草，忙不迭地点头答应，抱着手机向同伴报告好消息。

宋家理一把拽住董逸陶的袖子，将他拉到一边：“喂，你去能行吗？”

“怎么，不相信我的技术？我可是老司机！”董逸陶脸上带着戏谑的笑意，反倒把宋家理问得不好意思了。

“那行，我跟你一起去！”

“不行，你不许去！”

“为什么？”

“你在车上我分心。”

“你一个人开车我还不放心呢！”

两个人你一句我一句，旁边的小米举着手机赶紧见缝插针：“那什么……定位已经发过来了……”

宋家理抢先一步看了眼定位，一把抓过董逸陶手中的车钥匙，不容分说地朝车子跑去。

雨刮器奋力地左右摇摆，却还是无法扫开不断砸下来的雪片。眼前白茫茫一片，没有车也没有路，全凭感觉走。宋家理坐在副驾驶，紧紧抓着胸前的安全带，比开车的董逸陶还要紧张。

“你慢点……慢点……再慢点……”

“再慢还不如下来推着走。”

董逸陶曾经和老爸一起去美国丹佛滑雪的时候也遇到过同样的大雪封路，所以面对今天的状况便比宋家理淡定得多。他虽然也紧张，但紧张中也夹杂着感怀。那时候老爸开着车，他坐在副驾驶的位置，就和现在的宋家理一样瞪大双眼紧张得手心冒汗。

“手给我。” 董逸陶腾出一只手伸到宋家理面前。

“喂！你干吗！”宋家理吓得惊呼。

“手给我！”董逸陶语气坚定，一把捉住她失去温度的手。

瞬间，宋家理感到他手心的温暖顺着自己冰冷的指尖流入身体。

“深呼吸，放轻松。你看，这不是没事嘛！”董逸陶拉着宋家理的手，语气轻柔地安慰着她那颗因紧张而颤抖的心。

心跳依然很快，却比刚才好了不少；呼吸依旧急促，却终于有了温度。

宋家理深深呼气，慢慢平静下来：“我没事，你慢慢开就好。”

她小心翼翼地抽出手，很不自然地理了理额前的头发。

一时间车内安静下来，只有雪花拍打玻璃的声响和车轮与雪地的摩擦声。

车内两个人呼吸的温度在车窗上形成了一层朦胧的水雾。

“打开暖气，吹一下玻璃。”

宋家理点头照做，当玻璃上的水雾被吹散的一瞬间，一束强光迎面打来，晃得她睁不开眼睛。当她眯着眼睛终于看清那光的来源时，一辆卡车闪着大灯已经近在咫尺。

“小心！”话音未落，只听“砰”的一声巨响，眼前只剩一片纯白。

雪中送爱

罗敏红看着一桌子好饭好菜却吃不下去，屁股底下的椅子上像有块烧红的烙铁，烫得她坐立不安，一回回地起身上门口转悠。

“妈，您别着急了，家理他们会小心的。”宋家文早看出老妈的担心。其实她自己心里也是慌兮兮不得安定，但脸上还是强挂着镇定，口中也故意讲得轻松。

“你妹妹电话打不通，人也没消息，我能不急吗！”

“雪这么大，信号不好也正常。您就踏实坐下吃两口饭吧，他们一会儿就该回来了。”宋家文继续帮母亲宽心。

“看时间也该回来了……”罗敏红念叨着回到座位上，还没坐稳便又起来转圈了。

同样焦急的还有小米，一个饺子在碗里扒拉来扒拉去，半天下不了肚。一想到伙伴还被困在雪场等待救援，她根本没有吃饭的胃口。

“小米呀，你朋友那儿有信儿了吗？应该已经和家理他们接上头了吧？”罗敏红挪了挪凳子凑到小米跟前。

小米一脸愁容地摇摇头：“她们还在原地等着呢……”

宋家文在旁边一听，心里“咯噔”一下。从客栈到雪场原本只有二十分钟的路程，就算是雪天封路绕道慢行，一个小时往返也绰绰有余。但现在离两个人出发已经过去将近一小时了，却连头都没接上。宋家文心中升起一种不祥的预感，却没有勇气往下想。

厚厚的积雪上，一道偏离车道的刹车印触目惊心。汽车碎片混杂着雪块散落一地。路旁堆积得像小山一样的雪堆里，一辆小轿车一头扎了进去，只露出一个残破的车屁股。

宋家理只觉眼前一片漆黑，脑中一片空白，过了好一会儿才从刚刚那强烈的碰撞中清醒过来。

“家理，家理！你怎么样？”耳边传来董逸陶急切的呼唤，随之一道手电光在黑暗中亮起。

“我……我好像没什么事！”宋家理转了转脖子、活动了一下手脚，发现自己依旧全须全尾，并没有缺胳膊断腿。她拨开眼前的安全气囊，这才看到董逸陶肿了个大包的脑袋。

“呀！你受伤了！”

董逸陶顺着宋家理的目光摸了摸额头，这才发现自己脑袋上鼓起的包：“哦，没什么，可能是撞在方向盘上了。你没事就行。”

宋家理一脸担忧地拨开他额前的头发查看伤处，指尖微微一碰，董逸陶这才感觉到疼。

“你看，明明伤得挺厉害，还说没事！”

董逸陶从她略带埋怨的口气中听出些心疼的意味，心里立刻暖和起来，脑袋上的包瞬间便不疼了。

“现在这样，还能动吗？”

“能动！除了这点小伤，其他地方哪儿哪儿都能动！”董逸陶有些亢奋地在宋家理面前挥舞着胳膊，恨不得在车子狭小的空间里打上一套太极拳。

宋家理看着董逸陶一反常态的样子，吃惊地眨眨眼，但一想他可能真是在刚才的撞击中伤了脑子：“我不是说你，我是说车还能动吗？”

董逸陶正挥舞起劲儿的胳膊瞬间停在半空。他尴尬得正襟危坐，握着方向盘先挂了个倒挡踩了踩油门，车子不动；又换了前进挡，猛轰油门，发动机嗡嗡地轰鸣着，车子还是纹丝不动。

“不行，车轮打滑，使不上劲。”

“要不我下去帮你推一推？”宋家理一拉车门想要下车，可明明门锁已开，门却怎么也推不动。两个人这才发现窗外一片雪白，而车子已经被牢牢地困在小山一样的雪堆里。

宋家文在院子里脚步匆匆地转来转去，这步子迈得比刚才罗敏红转圈时还要急。她手里的电话就没有停过，一直在拨打着同一个号码。但同样，听筒里的回应也没有变过，一直是那句“对不起，您所拨打的用户暂时无法接通，请稍后再拨”。此时已经过了十点，年味正酣，院外面噼里啪啦的鞭炮声此起彼伏，震得她七上八下的心更加不得安宁。

罗敏红一听还没有家理的消息，已经急得哭天抢地，本来就脆弱的心脏更是不堪负荷。宋家文刚喂了她几颗速效救心丸，想扶她回屋休息，她哪里肯离开，陈言笑只能劝着她在沙发上躺下。罗敏红看似在闭目养神，实则两只耳朵支棱着不放过一丁点有关宋家理的消息。

临出门前宋家文一脸笃定地跟老妈说让她放心，自己一定把妹妹全须全尾地带回来。但宋家文心里知道，不管是淡定还是笃定，都只是她硬着头皮装出来的。当她一字一个钉地跟老妈打包票的时候，两条腿简直颤抖得腿肚子转筋。

“不行咱们就报警吧……”魏大同一句话让宋家文心中紧绷的弦一下子断了。她身子一软，倚在他的肩膀上抽泣起来。

“怎么办……怎么办……”

宋家文实在不愿意将事情向如此严重的方向去考虑，但事到如今，似乎只有这一种可能——妹妹和董逸陶出事了。

魏大同还没来得及说一句安慰的话，宋家文的抽泣声便戛然而止。

从小她就是个哭起来停不下的鼻涕虫，即便是长大成人后，也依旧习惯选择用眼泪去逃避。但离婚后，特别是给Candy做了妈妈之后，她便一点点在孩子的哭声中学会了坚强。宋家文知道现在不是哭的时候，眼泪也解决不了问题，当务之急，她必须镇定，尽快找到妹妹的下落。而妹妹不在的时候，妈妈、Candy还有客栈里大大小小的事都需要她来照顾，需要她用肩膀来挑起大梁。

“大同，你先帮小米给她两个朋友在雪场附近联系个住处。我这就去派出所……”

董逸陶将车熄了火，脱下外套给宋家理披上。

“不用，我不冷！”宋家理在狭小的空间里推托着。

“别动，穿上！现在不冷是因为刚熄火，过一会儿车里的热乎气散了你就该喊冷了。”董逸陶少有如此强势的时候，宋家理不再拒绝，乖乖地将他大大的羽绒外套裹在身上。

“不能一直开着暖风吗？”其实都不用过一会儿，宋家理已经感觉到了从四面袭来的寒气。

“万一排气管被雪堵住，尾气有可能会倒灌到车里。那样就危险了。”董逸陶一边解释一边用雨伞尖顺着开了条小缝的车窗一点一点地向外捅，“不知道外面的雪有多厚，先试试看能不能捅出一条通道，起码空气可以流通。”

“你怎么什么都懂呀？”宋家理忍不住一脸钦佩。

“我小时候常跟我爸到丹佛去滑雪，那儿一到冬天就会下很大的雪，有时候早上一开门，门口的车子就被雪埋了半截。这些都是从我爸那儿学到的。”

“你爸爸也爱滑雪吗？”

“哪个从喜镇出来的孩子不喜欢滑雪呢？我爸离开喜镇的时候，最舍不得的就是这里银装素裹的冬天了。”

宋家理想想也真是这样。从前她在大城市生活的时候，时常整个冬天都见不到一场雪，那时候她还真怀念喜镇的冰灯树挂和一眼望不到边的皑皑白雪。但现在她正被她所爱的白雪包裹，成了名副其实的“白雪公主”。

董逸陶费力地重复着捅雪的动作，狭小的空间让他有再大力气也施展不开。

车内的温度越来越低，两个人呼出的气已经在车窗内侧结成一层薄薄的冰霜。宋家理即便裹着两层羽绒服，还是被冻得鼻头发红。可想而知，此时脱掉外套的董逸陶会有多冷。

“你别费劲了，节省点体力吧。”宋家理伸出手，拉住董逸陶的胳膊。

“没事，我不累！我感觉再过一会儿就要捅穿了。”董逸陶并没有感知雪层厚度的特异功能，他这么说只为让宋家理安心。

但宋家理握住他胳膊的手，此时能清晰地感觉到董逸陶身体的颤抖。

“好了！别打了！”宋家理敞开羽绒服，一下子扑过去抱住董逸陶，将他紧紧拥入怀里：“你爸没告诉你，冷的时候要抱团取暖吗……”

董逸陶瞬间被温暖包裹，僵硬的身体一下子柔软下来，失去支撑不小心靠在伞把上。只听咔嚓一声，窗户上的雪终于被捅穿了。随着冻雪破裂的声音，一股清新的空气顺着窗缝涌进车里。

“捅穿了！”

董逸陶惊喜地叫道。说着又用伞把将雪沫和冰碴向车外清了清。

“太好了，这样咱们就不会被憋死了！”

宋家理没心没肺地高兴起来。可随着雪洞外更冷的空气钻入车内，她又意识到另一个棘手的问题：“可是……这样下去咱们会不会被冻死呀……”

今年喜镇的除夕夜格外热闹，不只是鞭炮礼花，还有警灯和手电将大街小巷照得白昼一般。派出所值班的小刘打了一圈电话也没查到附近有事故通告。宋家文心情复杂，不知是该松口气还是更焦急。

此时地上积雪太厚车子开不动，大家就举着手电徒步沿路寻找。不光是派出所的警员，就连闻讯赶来的街坊邻居也一起加入了搜寻队伍，冒着大雪东奔西走，将电话打给镇上的每一户熟人打听消息。罗敏红在床上躺不住，说什么也要出来找人。当她一手捂着心口一手扶着墙从小院里挪出来时，瞬间便被陆续赶来的街坊邻居团团围住。

“老罗，你出来干吗？心脏不舒服还不赶紧回去躺着！”

“找人的事交给我们，你就放一百个心！”

“大家都动员起来了，找不着人我们就不回家……”

众人的声音在罗敏红耳中渐渐淡去，一张张焦急热心的面孔和除夕夜的灯火一起在眼前变得模糊。罗敏红头一次在众人面前流下泪水，她忽然觉得这个她们孤儿寡母生活了几十年的地方，原来处处有真情、处处有爱心。

雪层下的冰冷铁壳此时就像冰箱的冷冻室一样，可以迅速让里面的一切生物进入休眠。宋家理依偎在董逸陶怀里，上下眼皮不停地打架。

“喂！精神点，不能睡！”董逸陶唤醒昏昏欲睡的宋家理。看她嘴唇冻得发紫的样子，不由得将搂着她的胳膊又收紧了一些：“你等着，我再开一会儿暖气。”

他说着试图打火，可车子的电瓶在低温下耗电极快，经过这么几次加热取暖，此时车子已经打不着火了。

董逸陶懊恼地捶了一下方向盘，车子发出嘀的一声长鸣。

宋家理一激灵醒来：“吓我一跳！”

"你要是嫌吵就捂住耳朵。"

董逸陶说着不停地摁喇叭。虽然他知道附近都是树林和空旷的农田，但还是抱着一丝希望，但愿有人能听到，尽快过来施救。

不知道是因为太冷还是太困，即便是尖锐的鸣笛声对宋家理也已经不起作用了。她捂着耳朵的手渐渐松下来，沉甸甸的眼皮一点点落下。

"家理！家理！你醒醒，不能睡！"董逸陶也顾不上继续摁喇叭，赶紧将宋家理抱过来，解开自己的衣服将她紧紧包裹起来。

"我实在是太困了，我就睡一会儿……一小会儿……"

宋家理呢喃着渐渐没了声息。

董逸陶看着怀里的她呼吸渐沉，忽然俯下身，在她冰冷的双唇上印下一个吻。

昏沉中，宋家理感觉自己正在坠入那个深不见底的黑洞。黑洞里是凉飕飕的冷风，正一点点带走她身上的温度。宋家理觉得周身寒冷，只剩下唇上的一点热度。她忽闪着睫毛睁开眼，在一片洁白中，一个模糊的面孔渐渐清晰，而她原本正在坠落的身体此时却踏踏实实地偎在董逸陶怀里。

"刚才那种感觉……真好！"宋家理轻声说完，傻傻地笑了。

董逸陶松了口气，看着怀里的她脸上渐渐染上好看的红润，忽然再次不由自主地俯下身去。当两个人的嘴唇几乎要碰到的一瞬间，车子忽然晃了一下。

两个人一惊，侧耳倾听，周围好像有嘈杂的人声，接着是铲雪的声音、汽车发动的声音，还有宋家文撕破嗓子的喊声。

“家理！家理！”

“姐！姐！我在这儿呢！”宋家理一把推开董逸陶，兴奋得一下子来了力气，她拍打着车窗，奋力地呼喊，希望声音可以透过厚厚的雪层尽快传到姐姐耳朵里。

“老董，咱俩得救了！”

董逸陶半晌才从刚刚意犹未尽的温存中缓过神来，看着宋家理兴奋的样子，笑着摇摇头。

旧貌换新颜

除夕夜，当千家万户其乐融融地围拢在客厅里对着电视倒数计时的时候，喜镇空旷山野的路边却亮起一片光。众人合力挖出一条通道，终于将被困在雪堆里好几个小时的宋家理和董逸陶营救出来。当车门打开的瞬间，涌进来的不是寒冷的空气，而是带着暖意的关切和责备。

“嘿，这大过年的，不好好在家吃年夜饭，跑出来干吗？看给大家找的这麻烦！”

“这么大的雪就不应该开车。幸好是撞到雪里，人没事，要是出了大事故可怎么办呀！”

“就是啊！可把你妈给急坏了！赶紧报个平安吧！”

无论大家说什么，宋家理都只有说好好好是是是的份。现在看来，眼前一张一合的这些嘴，耳边絮絮叨叨的埋怨一点都不让人生厌，反而让她在寒冬中感受到扑面而来的温暖。

当清水河的冰面渐渐融化，潺潺流水声向喜镇的人们宣告又一个春天即将到来。这个滑雪季，家理客栈也算是收获满满，不光盈利不菲，还结识了不少志同道合的朋友。客栈的照片墙已经贴得满满当当，上面既有滑雪俱乐部、大学滑雪社团的团队大合影，也有小朋友在雪场上蹒跚学步的呆萌瞬间；有摄影圈大神在小院里拍的雪景大片，也有小情侣在院子里打雪仗的甜腻抓拍。和客人们的欢乐瞬间一起被记录下来的，还有家理客栈的成长。

现在再也不会有人说宋家小院人丁稀少了。这里俨然已经变成了喜镇新的商业中心，就连这条街上曾经无人问津的小餐馆大排档，如今都跟着一起红火起来。

一大早，隔壁王姨家的干货店门口就开始叮叮当当。雇来的工人抡起大锤在门脸一旁的砖墙上开了个洞。

干货店本来是前店后家，进出后院除了走店里的小门以外，还可以拐个弯绕后门。但王姨不想再走后门了，而是决定在镇上最热闹的这条街上堂堂正正地开个大门。

当崭新的大门安好，门楣上的招牌也跟着变了样，由原来的王记干货店摇身一变成了王记客栈。

“此客栈非彼客栈。咱们两家的定位不一样，你们是诗情画意，我这儿是农家院。不冲突，不冲突！”王姨看着宋家母女不大好看的脸色，笑盈盈地解释。

话是这么说没错，但大家都知道王姨心里打的什么算盘，整的这一出一看就知道是照葫芦画瓢，抄近路走捷径，借着家理客栈带起来的人气跟着沾光。毕竟站在巨人的肩膀上，只要踮踮脚便能伸手够着月亮。

回到家里关起门，宋家文反而第一个拍起桌子：“王姨这明摆着是坐享其成，看咱们生意好想分一杯羹！”

“人家开门做生意，想做什么也是人家的自由。既然管不了，还是别操心了。”

姐妹两个人面面相觑，都为老妈这番与世无争的话感到惊讶。原来争强好胜的罗敏红哪儿去了？什么时候变得这么佛系！

罗敏红最近也觉得自己的性格变了。其实过去她也知道自己的缺点，本以为到了这把岁数，江山易改本性难移，但想不到顿悟就在一瞬间，放下就是快乐。当面子、攀比、好强，一个个被她甩掉，罗敏红感觉整个生活都变得轻松通透了。

“真是没想到，陈老师不光是优秀教师，还是灵魂舵手，改造能力一流呀！”宋家理笑眯眯地调侃老妈。可人家不但不恼，反而转过头来言传身教：“生命不息，学习不止。年轻时，学是为了理想；中年时，学是为了填补空洞的心灵；老年时，学则是一种意境。慢慢品味，乐在其中。”

姐妹二人急忙作恍然状，从老妈这摇头晃脑掉书袋的样子中，简直能看到陈言笑的影子。

不过罗敏红一番话倒是让宋家理心中疏解了许多。以她从前的暴脾气，谁要是敢和她抢生意，她还不当面去跟人家撕扯。但现在她也想开了，上帝的归上帝，恺撒的归恺撒，自己管好自己的一摊事，至于别人做什么是人家的自由。

王姨家的农家院很快开张了，开业当天清水河畔又是一阵鞭炮齐鸣，好一番热闹景象。可问题是只热闹了那么一天两天，王记客栈门前便从此冷清下来，即便家理客栈满客没房，客人们也不愿意在王记客栈门前驻足。

王姨抓着一把自家炒的瓜子倚在门口纳闷：你说同样是开门做生意，怎么就这么不一样呢……

这个问题王姨已经琢磨了好几天，自己琢磨不透便撺掇着女儿小美上网查。

小美不耐烦地说："妈，谁会把自己做生意的秘诀写在网上呀，是嫌生意太好没人抢吗？"

王姨一下被噎得没了话。小美说得有道理，网上的信息鱼龙混杂，谁知道哪条真哪条假呀。想要取经还得拜真菩萨，而现成的"菩萨"不就近在眼前嘛！

"得了，你也别查了，我直接去隔壁打听打听不就得了？"

"妈，你可真行！抢了人家生意还好意思找人家取经？还让不让我在西餐厅干了！"

可王姨的脸皮就是比一般人厚一些，不管小美怎么说，不管别人怎么想，她做的事无论如何也得干成。

西餐厅里，宋家理挥舞着餐刀将一块带血的牛排大卸八块。

"慢点吃，看你这架势不像是吃肉，怎么跟要吃人似的。"

董逸陶一语道破天机，宋家理再也忍不住了，将叉子往盘子里一扔，絮絮叨叨地发起牢骚："我这还是强压着火呢！要不是看在咱俩被困在雪堆里那次王姨和小美也伸手帮忙了，我非得当面就把她顶回去！你说好好的干货店不干，非要跟我抢着开客栈。客栈开起来生意不好还反过头来找我帮忙，哪有这样的道理！”

说完她端起面前的红酒杯就要一饮而尽，被董逸陶一把夺了过来：“心情不好别糟蹋了我的好酒！你还是先喝口水下下火吧。”说着送上一杯柠檬水。

宋家理经他这么一打岔，顶到头上的气也就泄了一半，可心中依旧愤愤不平：“我也真是不知道该怎么答复她。你说邻里街坊还要和和睦睦，但她问的这种事也不是三两句能说明白的。

“那咱就上门去手把手地教呗！” 董逸陶切肉的动作不疾不徐，说话的语气也平平淡淡，似乎是在聊一件稀松平常的事。

“喂，我们家理客栈虽小，但好歹也是有商业秘密的。你还是股东呢，怎么一点都没有职业精神呀！”

董逸陶被宋家理教训了一通，反倒笑起来：“谁说我没有职业精神？我这是为咱们客栈的未来打算。你可以跟她谈技术入股呀！”

经董逸陶这么一提醒，宋家理一下子拐过弯来，刚刚还纠结成一团的心思也活泛起来。

一大早，宋家理和董逸陶便搬着梯子拿着工具进了隔壁王姨的农家院。

院子里果真一副农家打扮，百年前的水井早已废弃不用，上面堆着木板纸箱和各种杂物。绕过院子里的水缸、米缸、腌菜缸，前后院两溜平房一字排开，每间房门上还像模像样贴着客房的门牌号，房间里是许久不烧的土炕搭配弹簧床垫。整体风格就是一副半土不洋四不搭边的样子。

“二丫头，你是专业的，你指哪儿我们就拆哪儿，你说咋整就咋整。”好不容易将菩萨请上了门，一听说宋家理打算既出钱又出力，王姨高兴得合不拢嘴。只要能让她这半死不活的农家院买卖起死回生，让出点红利都是小意思。

“王姨，您赶紧把锤子放下，咱不拆。”宋家理一句话打击了王姨的积极性。她恨不得趁这个机会把自家这两排平房推倒了重盖才好。

“不拆？那院里这口井留着干吗？屋里那过时的火炕不拆多占地方！”

“这您就不懂了，这可都是宝贝，是您这农家院的特色。”

宋家理心中已经画出一张设计图，摩拳擦掌打算将它由理想变成现实。

新开张的王记农家院，打着返璞归真的宣传口号引来了第一批年轻客人。他们大多生长在城市，除了故宫的珍妃井，没有在现实生活中见过其他水井；除了清宫剧中的盘龙炕，也没有亲眼见过真实的火炕。被装扮成茅草屋样子的小平房反而成了诗中“斯是陋室，惟吾德馨”的真实写照。随着春意渐浓，“苔痕上阶绿，草色入帘青”的诗意氛围，就这么毫不费力地表现出来。

宋家理在喜镇也可谓是一战成名。不光自己家的客栈做得风生水起，连王姨家最普通的两排小平房也给捯饬出模样了。这么一来，喜镇很快便流传起一个说法：有困难找家理。好像宋家理就是华佗回魂，有着妙手回春的本领，能把一切不景气的生意盘活。宋家理这才理解了“能者多劳”这个词的意义。原来被人需要是一种责任，被人信任是一种幸福。

原本事不关己高高挂起的宋家理着实没想到，自己有一天也会成为游走在张家李家之间，将助人为乐奉为己任的大忙人。帮老张家的店面换灯、老李家的铺子漆墙，再或者张罗着帮李奶奶把西瓜摊上的旧遮阳伞换新。虽然都是些小活，但这些细节处的改变加在一起，却让整条街道看起来更加风格统一、干净整洁。

几十年不变样的喜镇也终于迎来了新光景。而与此同时，更多的游客也慕名而来。春天的油菜花和冬日的白雪一样，引得八方游客驻足。

原本的家理客栈竟然有些不够住了。宋家理天天看着那些因客满而无法入住的客人，想着到手的钞票又一张张飞走，心里不由得痒痒起来。

在一个阳光明媚的春日早上，家理客栈又一次召开股东大会，这一次研究的重点是：扩建。

“大家都各抒己见啊！我就是提出这么一个设想，具体的可行性还有待商榷。”宋家理刚买了一副防蓝光的平光眼镜，戴上它往桌前一坐，颇有点女老板的样子。

“扩建我反对！”罗敏红不用开口，宋家理也料到了会在她这儿碰壁。

“说说反对的理由吧。”

“反对是因为怕你太累。”

“欸，这叫什么理由啊！”宋家理没想到，老妈现在连唱反调都唱得这么好听。她一把挽住妈妈的胳膊，撒娇地摇起来：“妈，您怎么这么心疼我呀！我不累。只要咱家的客栈能越做越好，我越辛苦越高兴！”

说完她转头看向姐姐："姐，你什么意见？"

"扩建倒是好事，我也相信你的能力，但问题是，咱就这么大地儿，往哪儿建呀？"

宋家理挑挑眉毛，胸有成竹地在纸上画起图来："你看，左小妍家的空宅子就在咱们家院子后，我去跟她商量商量，看看能不能把她家的院子盘下来，和咱家连起来……"

"不行！"

宋家理正说到兴头上，却被董逸陶打断。她诧异地抬起头："怎么不行？我刚开始跟你说的时候，你不是支持的嘛。"

"我是说左小妍肯定觉得不行。"

"问都没问你怎么知道不行？况且她之前跟我说过，去美国留学前想把这宅子卖了。我跟她一提，她准保答应！"看宋家理一脸自信，董逸陶也不再多争辩，只是轻轻笑了笑，等着她自己去碰壁。

宋家理果然碰了个大窝脖。左小妍一听她要买房，一开始还挺高兴，但两个人一谈价，友谊的小船便说翻就翻了。

"喂，你狮子大开口啊！是不是专门杀熟？"

"嘿，你也看看行情好不好？现在的喜镇今非昔比啦！"

宋家理听着这话从左小妍嘴里说出来，着实惊讶。她可是从中学时就看不上这个小地方，拼命想要逃出大山，但现在喜镇在她嘴里竟然变成了一块香饽饽。

"喜镇再怎么变也变不成国际大都市，这个价卖给我也不吃亏。"

左小妍听完，轻蔑地一笑，从手机里翻出一条新闻："你看看再说吧！”

宋家理接过手机，一看之下便被新闻的大字标题惊得目瞪口呆：奥运雪场配套大型商业体落地喜镇，大山中的百年小镇将旧貌换新颜。

拆字外面一个圈

家理客栈处在喜镇街口的位置，离清水河只一箭之遥。两棵参天国槐错落着围起一个自然场地，树下摆着石桌木凳。一开春，这里便热闹起来。

晌午刚过，七八个街坊围在一起打牌唠嗑。每天重复的家常在今天出现了一个不一样的话题，聊天内容太过精彩，以至于嘴里的瓜子都食之无味，打牌的兴致也减了一截。

“你们听说了没有？咱这条街也要跟着拆迁啦！”卖衣服的孙姐今天没出摊，为了拆迁的事四处打探消息。

“可不是嘛！拆迁的人都找上门了。”光棍老李把烟屁股用鞋底子踞灭，又放出一个新消息。

“哟，也去你们家啦？跟你们提的什么条件？”

“这还用打听？各家各户不是都一样吗？”

烟酒店的三哥接过话茬：“那可说不准，会哭的孩子有奶吃。我可是听说别的地方拆迁有的家拿得多有的家拿得少！”

“那咱们街坊四邻的可得多通气儿，不能便宜了开发商！”

孙姐借势发出鼓励大家抱团取暖的信号。

“喂，你们还真同意让他们把房子拆了呀？”一直没吭声的婷子妈开了腔。

“不同意能怎么着？难不成做钉子户吗？”

“只要给的补偿合情合理，不吃亏就行。我家这破房子比我岁数都大，留着也没什么用。”孙姐亮出了自己的心思，想早点拿钱走人。

“话虽是这么说，但在这儿住了一辈子，这老房子就这么拆了，我还真有点舍不得……”婷子妈满怀不舍地喃喃自语。

光棍老李一拍大腿：“有什么舍不得的？拆了老房住楼房，多好！”

“你没听说嘛，不羡鸳鸯不羡仙，只羡拆字画个圈！别看今天骑电驴，明天就能换大奔！”烟酒店的三哥打趣道。

大家一听，嘻嘻哈哈笑成一片，似乎大奔豪宅都已经摆在眼前。但说完笑完，问题又回归现实。

“欸，你说他们能给置换多大的房啊……”

宋家理一出院门就听到众人叽叽喳喳讨论拆迁补偿的事。昨天拆迁公司的人也敲开她的门，但没说几句就被宋家理一句话顶了回去。

“我不同意拆迁！”

宋家小院是她出生长大的地方，这里的一砖一瓦一草一木都是她成长的见证，现在这里又承载着她的梦想和未来。一榔头砸下去，拆掉的不是破砖烂瓦，而是她的灵与肉。这些经过时代打磨的砖瓦栋梁是她舍不得破坏的艺术品。宋家理坚信每一块青砖灰瓦、每一块老木头都拥有自己的灵魂，比那些冰冷的钢筋水泥有感情有温度。

对于拆迁公司描述的大型商业综合体的蓝图，宋家理并不看好。这种千篇一律的商业模式，她断定不会给喜镇带来新生，反而会消耗历史给这里积淀的灵气。

正想着，一辆卡车从门前驶过，停在后街巷口。

副驾驶的门一开，下来的竟是左小妍。

邻居们一看，马上围上来："哟，什么风把小妍给吹回来了？"

"当然是拆迁的风了！对不对？"

左小妍笑着点头："没错！我已经签完协议了，要钱不要房。回来把老房子里的东西收拾收拾，赶紧给人家腾地儿！"

大家一听面面相觑："哟，你已经把字签了？"

"对呀，早签早省心，搬得早还有奖励呢！说是一平方米二百。"

"那算下来不少呢！"光棍老李眼里顿时闪出亮光。

"咱们是不是也得抓紧啊？"大家各自打起算盘，你一言我一语，颇有点争先恐后的意思。

"我说各位，不用这么着急吧？"宋家理拨开人群走进来："大家真就这么迫不及待要离开老房子？生活了一辈子的地方就没有一点舍不得？"

听见这话，有人低头叹气，有人皱眉沉思。要说不舍当然有，哪家院子里不是满院的桃树杏树柿子树，春天赏花秋天收获？哪家的院子不是老人晒太阳，孩子满院跑？但一想到即将到手的拆迁款和宽敞明亮的安置房，再多不舍也都被淹没在了对未来的无限期许中。

"我说二丫头，人得往前看不是？咱喜镇虽然也不错，但不拆迁永远都是老样子，哪能比得了人家邻镇那高楼大厦呀！”

“孙姐，高楼大厦不一定就是好啊！咱喜镇是有文化有历史的百年老镇，过百岁的房子随处可见。这些东西都是不可复制的，全都是财富啊！”

“咳！什么财富呀！我公公留下的那破房子都裂缝了，白给都没人要，现在人家拆迁给补偿款还给换新房，这不是天上掉馅饼的好事嘛！我不管你们怎么想，我是一百个乐意！你们聊吧，我也签字去了！”孙姐说着一路小跑着走了，生怕晚一步被别人抢了补偿款似的。

第一批签约的有街口的孙姐和她婆家、光棍老李、烟酒店的三哥等七八户。随着二百块钱一平方米的奖励款到账，挖掘机推土机也轰隆轰隆地开进来，沿着街口推倒了一排房。当残垣断壁激起的烟尘散去后，大家才真真切切感受到了拆迁迫在眉睫。孙姐的公公看着老房子在眼前轰然倒塌，心中五味杂陈，血压一高便也跟着直挺挺地倒了下去。大家七手八脚地把他送到镇卫生所输上液，才各怀心事地回到家琢磨起自家的未来。

左小妍家因为在巷子里面，推土机进不去，所以还没拆。宋家理和左小妍一起站在西餐厅的天台上，俯视不远处已经腾空的院子，各自心情复杂。

“你就真没有一点舍不得？”

左小妍笑笑：“人都要去美国了，不舍得有什么用啊？”宋家理从左小妍的笑容中品出一点苦涩。

左小妍指着冒出自家院子的一棵大树：“你还记得吗？咱俩上学时每年夏天我都爬到那棵黄杏树上给你摘杏子吃。”

“当然记得。到现在为止，那还是我吃过最好吃的大黄杏呢！后来我出去工作，在超市里也偶尔能看到卖杏的，但那个味道和你家结的果子没法比。”

左小妍笑着点头，过了一会儿又不由得叹了口气：“唉，我还真有点心疼这棵树。不知道他们到时候会怎么处理。”

“还能怎么处理？房子都要拆了，谁还会照顾你的树啊。”

左小妍久久望着自家那棵已经挂满粉色花蕾的杏树：“不知道美国有没有这样的大黄杏……”

推土机推完那排房子后便没了动静。大多数人还是在拆与不拆之间犹豫不决，迟迟下不了决心去签字，一方面担心开发商所说的补偿无法兑现，另一方面也舍不得自己居住多年的家。

这些日子，关于拆与不拆的辩论在清水河畔的大树下就没停过。但无论大家再怎么讨论，也只是关起门来的设想，说了也不算数。真正拿主意拍板的，还得是开发商。

正当大家讨论得热火朝天时，马破锣风风火火地从巷口跑来：“大伙快跟我来呀！开发商通知每家派代表开会，来给咱们讲拆迁的事了！”

镇里的小礼堂里座无虚席。

宋家理本不想来的，可架不住大伙连拉带拽，非让她跟着一块儿去拿主意，说人多势众好提条件。可宋家理刚一坐定，只是往台上一瞟，便立马如坐针毡。

项目开发蓝图的幻灯片前，那个西装革履精神焕发的男人，正是古贺。

画大饼

幻灯片展示着一张电脑合成的3D规划图，头上玻璃幕墙筑起的高楼被干净整洁的街道围绕，楼前的街上站着几个工具人，男女老少脸上都挂着灿烂而虚假的笑容。

“我们得名集团的商业综合体集餐饮娱乐住宿于一体，可以为周边居民和前来滑雪度假的游客提供一个舒适便利的休闲环境。即便是在大山脚下的乡镇，也同样可以感受到大城市的购物体验和生活水准。我们这次给大家安排的安置房，离这个商业体只有十分钟的路程。项目毗邻清水河，背山面水，开窗坐享河景。户内精装，拎包入住，现代化厨卫，智能门锁，保证为大家提供一个非常现代舒适的生活环境……”

听着古贺在讲台上侃侃而谈，坐在台下的人频频点头，似乎未来模糊的憧憬一下子变得真切了。

“……大家有什么问题可以畅所欲言，我竭尽所能为大家解答疑问。”

古贺话音未落，台下便举起一片手。

“具体能给我们换多大的房啊？”一位大姐第一个提问。

“这个我们会找专门的评估公司到您家去入户测量，根据现有房子的大小折算置换房的面积。”

“你把我们门脸儿拆了，我们靠啥养家糊口呀？”

“这个您放心，对于已经依法取得营业执照的经营性用房，我们的补偿肯定比普通住房要高，停产停业的损失赔偿会按照实际情况决定。”

古贺说完继续扫视人群，寻找举手提问的人。他的目光一下子在最后一排的中间卡住。一个熟悉的身影正高高地举着手，眼神坚毅地迎视着他的目光。古贺顿了一下，有些怯懦地避开视线，故意装作没看见一样点了前排一个举手的提问者。

宋家理继续执拗地举着手，可直到场下的问题都被回答得差不多了，古贺还是装作视而不见。

“我有问题！”宋家理站起身来大声说。

大家闻声回头，全场的目光都汇聚在最后一排的宋家理身上。古贺终于无法再逃避：“哦，你说。”

“这几年围绕雪场建了那么多大型商业综合体，每一个都大同小异，你们新建的这个和其他的有什么不一样？有什么能吸引顾客的特点吗？”

“我们……”古贺那张从没有被客户问倒过的嘴一下子卡了壳。

“或者说，你们拆了我们百年的老宅子，用钢筋水泥玻璃幕墙堆砌起来的房子，还能体现喜镇的建筑特色和历史风貌吗？”

此时的古贺不光是嘴上卡壳，连大脑也变得一片空白。他没有办法回答宋家理的问题。不光是他，即便是他的领导、集团的高层，谁都没有想过所谓的未来，他们需要考虑的只是眼下的经济利益和短期投资的丰厚回报。至于几十年后的喜镇会变成什么样子，根本就不在他们的考虑范围。

一出礼堂，宋家理便被古贺堵在门口。他沉着脸，还在因为刚才她当众给他下不来台而气恼。

“咱俩谈谈。”古贺伸手拉住宋家理的手腕，却被她一把甩开。

“有什么好谈的？我的问题你又解答不了。”

“我解答不了那些事关情怀的大问题，可我能解决你眼下的实际问题。人总是要靠面包牛奶生活的，天上的星星月亮又不能摘来吃。”

“看你这意思，是要给我指条明路啊？”

“你别无选择。我只是希望能尽我所能把这条路给你铺得平坦一点，毕竟……我是Candy的爸爸。”

“得得得！有事说事，少扯别的！”宋家理最反感古贺动不动以“Candy的爸爸”自居。虽然这也是事实，但被一个男人三天两头挂在嘴上，她就总觉得心里别扭。

古贺拽着宋家理的胳膊将她拉到僻静处，凑到近前小声说：“我可以利用我的权限多给你拿到一些补偿款。客栈评估的时候肯定会评一等房，再加上停产停业损失赔偿和搬迁奖励……我保证你能拿到最高上限，新分的安置房也一定是最大最好的……”

古贺还没说完，宋家理就笑了：“哟，你这是要贿赂我吗？”

“家理，咱们一家人不说两家话好不好？我这是为你好，也是为我好。我要是把这个项目顺利做下来，到手的奖金足够咱们在北京买房了！”

“别咱们咱们的，谁跟你是一家人呀！你代表你们集团，我代表我自己。咱俩最好划清界限！”宋家理说完，一甩手，头也不回地走了。

家理客栈的小院里，大家围成一个圆圈召开“紧急会议”。这几天大家已经被各种各样关于拆迁的声音轰炸得蒙了圈，其中几个拿不定主意的老街坊，还是想凑到一起商量着来。

“要说开发商给咱们画的大饼还真挺有吸引力，但问题是谁知道他们这是真的假的呀？”王姨忧心忡忡地叹着气。要说搬她还真不想搬，刚开起来的农家院生意还算不错，但这么一拆迁，即便经营补偿拿到手，这买卖也是做不成了，具体干点啥她也没想好。就算成了拆迁户，拿了补偿住上楼房，也总不能坐吃山空吧？

“我看开发商说的比唱的好听！什么背山面水呀，不就是河对面那片前不着村后不着店的河滩地嘛。三面环山一面靠水，出门全靠一座桥。房子盖在那儿不光闭塞，地基还不牢，那山洼里又阴又潮，哪是住人的地方呀！”婷子妈倒是研究风水的老手，大家一听频频点头。

“看来这字还是不能签！”马破锣简单粗暴，已经下了结论。

“但不签行吗？总不能赖在这儿做钉子户吧？”

“家理，你什么意见？”陈言笑将目光转向一直默不作声的宋家理。

她抬起头，发现大家的目光都望向她。

“你读书多，又在大城市见过世面，你给我们说说这事到底怎么办好。”

宋家理深吸一口气，迎着大家期待的眼神开了口：“现在咱们掌握的信息都是开发商的一面之词，这项目具体是什么样的规划，拆迁到底怎么进行，都还没搞清楚。我觉得大家不能着急签字，字签了房子推了，再有什么事就没法商量了。”

“是啊！孙姐的房子不是拆了嘛，去找他们谈临时安置的事，就把她支回来让等消息。谁知道这一等要多久？恐怕拿的那点奖励还不够租房呢！”

大家你一言我一语正说着，院门口传来汽车熄火的声音。

宋家理一转头，正看到古贺一脸凝重地走进来。

大家看出是那天在小礼堂做介绍的古贺，一窝蜂地围了上去，七嘴八舌地问东问西。待古贺将一众人敷衍打发走，才总算过五关斩六将来到宋家理面前。

“我见你一面可真不容易。”他长长舒了口气，掸了掸西服上的灰尘。

“既然这么费劲，以后还是少来。”宋家理忙着收拾桌上的茶杯点心，头也不抬。

“不管你再怎么说，我还是必须来劝你。”宋家理走到哪儿，古贺便紧随其后跟到哪儿，摆出一副不说动她不罢休的架势：“我知道现在客栈生意不错，你舍不得。但你得知道旅游的热度只是暂时的，你总不能一辈子守着这么一个小客栈生活吧？”

宋家理并不答话，只是抬头瞪了他一眼，继续挪椅子擦桌子。

古贺绕到另一边，继续喋喋不休：“我知道这客栈对你来说意义非凡，但无论怎么样，这也只是你人生中的一个阶段。你忘了你当初的梦想吗？你不是说想要成为扎哈那样的设计大师吗？你把自己困在这么一个小地方，不是离梦想越来越远了吗？”

宋家理把抹布往桌上一扔，刚要开口反驳，便被一个声音抢了先。

“梦想这东西可不是天天挂在嘴边用来游说的。”

古贺回过头，看到董逸陶正慢悠悠地走过来。

“董老板，看来你的西餐厅生意不怎么样啊，不在厨房好好待着，总有时间出来溜达？”

古贺已经无暇温文尔雅装绅士，亮出锋芒，张口便是怒掉情敌的口气。

“我的生意怎么样就不劳你操心了。只是我劝你在跟家理说这些话之前，最好先了解了解她的想法。”

董逸陶话虽说得心平气和，却字字戳人。

果然，古贺对他这话很有意见。他冷笑一声：“董老板你也是多虑了，没有谁比我更了解家理。毕竟我们俩一起生活了八年，还孕育了Candy呢！”

“喂，古贺，我警告你，别拿Candy说事……”宋家理话音未落，只听砰的一声，董逸陶一拳落在古贺脸上。一道鲜红的温热液体顺着古贺鼻孔流了下来。

宋家理蒙了，她没想到平日里斯斯文文的董逸陶竟然也会动拳头，等她再反应过来时，眼前的两个男人已经扭打在了一起。吃了亏的古贺怎么也咽不下这口气，此时正红着眼睛揪着董逸陶的脖领；而董逸陶也早就烦透了这个情敌三番五次的骚扰，此时怒气直冲脑门，非要让他吃一点教训。

“我劝你早点卷包滚蛋，离我老婆和孩子远点！他们的生活我会安排好的，没有你的事！”

“好汉不提当年勇，不要总抓着过去的事不放。我劝你有点边界意识，面对现实吧！”

“我看你不挨揍就不知道什么叫现实！”古贺已经不想再废话，一拳反击回去，董逸陶的嘴角立马一阵腥甜。

宋家理和闻声赶来的宋家文在中间左拉右劝，也没法把两个男人拉开。

这时Candy哭着跑出来，看到董叔叔嘴角淌着血，一下子扑上去：“别打我董叔叔！叔叔是好人！”

古贺悬在空中的拳头攥得指节发白，看着自己的女儿用小小的身躯护在别人跟前，他只觉得刚才打出去的拳头没有落在别人身上，而是打在了自己心里。

董逸陶一把抱住Candy，心疼地帮她抹着眼泪：“对不起Candy，是叔叔不好，叔叔不该打架……”

古贺看着眼前的一幕，心如针扎。他抬头看看宋家理，又看看Candy，抹了一把鼻子下的鲜血，头也不回地转身离开。

空旷的三室一厅里灯也没开，只亮着一点烟头的火光。古贺瘫在沙发上，手指夹着几乎燃尽的香烟，鼻子下面的血迹已经干在脸上糊成一片。客厅里再次恢复了和从前单身公寓一样的凌乱。啤酒罐、泡面桶，唯一不同的是多了些在墙角吃灰的儿童玩具。

古贺费了九牛二虎之力组建起的这个家，还没成型便已经散了架。他端起啤酒罐，将里面剩的小半罐啤酒一饮而尽。活动手指时他感觉指节一阵酸疼，想必被他一拳打中脸颊的董逸陶此时也不会好受到哪儿去。但杀敌一万自损三千，一想到Candy张开双臂，护在董逸陶跟前对他怒目而视的瞬间，古贺的心就比手痛上一百倍。果然，那家伙说得没错，他一点都不了解这母女俩。虽然他们其中一个是他曾经最亲近的人，而另一个是和他血脉相连的人，但如今两个人却都把他当成敌人。

古贺慢慢回想自己究竟是怎么变成现在这个样子的。他明明只是在拼命攀升，拼命挣钱，拼命追求每个普通人想要的生活，本以为可以先立业再成家，但现在事业立起来了，好好的家却散了。古贺眼下终于明白，人生不是按部就班的完形填空，不管是梦想还是现实都不是一成不变的。每一段人生的空白都有无限种可能，而你如果错过了这段上下文，就永远也猜不透那个正确答案。

他虽然和宋家理在一起八年，却没有真正参与过她的人生，也从来没有了解过她真正想要什么。

随着手中的烟燃尽，电话铃骤然响起。古贺费了好大劲才从沙发缝里把手机掏出来。

“喂？”

电话那头是老板低沉的声音：“事情办得怎么样？”

“王总……”古贺沉吟半晌，挤出一个毫无意义的回答，“进展得不太顺利。”

果不其然，电话那头传来老板急风暴雨般的怒吼：“你不是保证说一个礼拜完成任务吗？怎么现在不吭声了？这个项目情况特殊你又不是不知道，时间就是金钱，你浪费了我一个星期！我看你当初是把忽悠客户那一套用来忽悠我了！”

古贺听着老板的训斥，大气不敢出：“对不起王总，再给我几天时间，我一定……”

“你也别跟我这儿确定、肯定、一定了！这事你别管了，我来解决。”

挂了电话，古贺的心头没有半点如释重负的松懈，反而如临大敌一般紧张起来。

熊出没

西餐厅刚一开门，便迎来了好几桌来吃早午餐的客人。今天的特色菜是班尼克蛋。几个小伙子默契地点了菜单上的头牌，待到小美将菜上桌，几桌客人竟同时皱起眉头来。

“嘿，服务员，你们这鸡蛋半生不熟的让人怎么吃？”

“这位客人，这叫水波蛋，是专门做成这种半凝固状。我们这儿的班尼克蛋是正宗的美式早餐。您要是吃不惯，最好还是点别的！”小美嘴上礼貌地解释，可心中却对这帮土老帽嗤之以鼻。

“嘿，还点别的！你这菜单上又没写着这道菜里有生鸡蛋，我点了别的谁知道又冒出什么奇奇怪怪的东西！我不管，给我退钱！”

这边的火还没浇灭，另一桌客人又拍起桌子来：“把你们老板叫来！你们这鸡蛋里有头发！”

小美刚赶过去就被客人举着手机撑脸拍：“我这可都用相机拍下来了，你们别想抵赖！”

董逸陶听到外面的嘈杂，急忙从厨房出来：“我是老板，有什么问题跟我说。”

话音刚落，几个人一下将董逸陶团团围住。一人负责切后路，两个人左右夹击，一人冲着董逸陶大声“讲道理”，还有一人专门举着手机录像，配合之默契，让人忍不住联想这样的碰瓷勾当他们可能经常干。

这边的叫嚷声将西餐厅的其他客人都吓得战战兢兢，饭都没吃完便匆匆离开。

与西餐厅一墙之隔的家理客栈此时也不消停。宋家理刚领着新入住的客人走进客房，便被赫然躺在床单上的死蟑螂吓得丢了魂，身后的客人更是尖叫一声夺门而出。不一会儿，客房里有蟑螂的消息便在客栈里不胫而走，好几户已经入住的客人都纷纷抱怨着要马上退房。

不等宋家理处理完眼前棘手的事，客栈的主页上又炸开了锅。不知是信息时代消息传得太快，还是躲在屏幕背后的键盘侠个个料事如神，家理客栈卫生不达标的恶评瞬间在评论区刷屏。

不光是死蟑螂，竟然有人声称入住的时候在床底下看到了死老鼠。月黑风高，一窝老鼠在客栈神出鬼没乱窜的戏码立刻在网友的添油加醋下被说得有鼻子有眼，好好的小院在网上被说成了耗子窝。

宋家理在小院里住了二十多年，连老鼠的毛都没看见过，更别说耗子窝了。

最近相似的事情在镇上发生了一次又一次，王姨家门口不知被哪个缺德的家伙泼了粪，用消毒粉洗了一遍又一遍，还是洗不掉那刺鼻的恶臭。婷子家的超市被人用石头砸了玻璃，回头翻监控才发现线缆早已经从外头被人家割断。

这一切看似互不相干却又从根本上紧密相连的事件，让宋家理混乱的脑子一下子有了头绪。

死蟑螂、头发丝、砸破玻璃的石头，都被装在一个个透明塑料袋里，静静地躺在桌子中央。

大伙围着这些从四处搜集而来的“证物”展开了脑洞大开的分析。

“咱们镇上一向治安很好，怎么最近老碰上这种事？”

“林子大了什么鸟都有，现在游客多了，保不准遇到那么一两个奇葩。”

“就算奇葩也不能成群结伙地来呀，不会是咱们得罪了什么人，惹上黑社会了吧？”

“你可拉倒吧，以为拍电影呢，哪儿来的黑社会呀！”

农家院刚有起色的王姨愤愤不平：“我看呀，这帮人是有组织的捣乱团伙，专门为了搅黄咱们的生意！”

“这事八成和拆迁有关。”婷子妈的这句话，让所有线索一下子连接起来。

“这开发商也忒缺德了！谈判不成，就雇流氓来捣乱！”王姨咬着牙根恨恨地说。

马破锣拍案而起：“这还像话？无法无天了？走，咱上派出所报案去！”

“哎哟，你可先等等吧！咱空口无凭的，派出所怎么会信呢？”婷子妈赶紧上前拉住马破锣。

“老马呀，你先别着急，就算报案咱也得先找证据。”罗敏红也急忙帮暴脾气的老马顺气。

“要证据还不简单，这不就是证据吗？”马破锣指的是桌上几个“证物袋”，“实在不行，老王你把那泼粪的塑料桶也给拿上！”

“哎哟，可拉倒吧！那东西臭得够可以了，我早扔了！”

“马姐，这些东西都不能当作证据。”宋家理一句话给众人泼了一头冷水。

“那你说咋办啊？”他们一个个眼巴巴地瞧着她。可宋家理心中也是空落落没个主意。

“依我看，还是要以理服人。”陈言笑慢条斯理地发起言。

“陈老师，咱空有一肚子道理，找谁讲去啊？”

经婷子妈这么一说，陈言笑一时也犯了难。这些小流氓闹事，打一枪换个地方，神出鬼没，来无影去无踪。跟他们斗就像隔空打太极，空有一身力气，却找不着对手发力。

宋家文叹了口气：“最近生意大不如从前呀，再这样下去，恐怕撑不了多久，大家的生意都要黄。这可就正合了开发商的心意了。”

众人听了，都低头沉默。天时地利固然重要，但做生意更重要的便是人和。成天鸡飞狗跳的地方，换谁都绕着走。时间宝贵的游客哪有时间听你解释事情的来龙去脉、孰是孰非，一旦给人家留下个此地不可久留的印象，便着实难以翻身了。

大家各自叹着气离开后，小院里只剩下宋家理和董逸陶。看着半天一言不发的董逸陶，宋家理也不由得有些泄气。以往无论遇到什么样的难事，他那机灵的脑袋瓜总是有主意应对，但这次情况不同，让一个书生对付流氓，简直是力不从心。即便他不说，宋家理也还是能理解他的无奈。

但正当她一口接一口地叹气，嘴上念叨着怎么办时，董逸陶忽然冒出一句话："对付流氓就得以其人之道还治其人之身。"

宋家理愣了一下，觉得有道理，但细想之下又不免担忧。

"你想做什么？"

深夜的喜镇静得只能听到风声和鸟鸣，各家各户都已经熄灯入梦，西餐厅和客栈也在沉睡中不见一点灯光。天台的帐篷里，一个硬邦邦的圆筒从缝隙里伸了出来。董逸陶和宋家理披着毯子猫在圆筒的另一端，透过里面几道凹凸透镜的折射，观察着远处街巷上的风吹草动。

这望远镜本来是董逸陶买来看星星的，没想到现在却在盯梢上派上了用场。

"几点了？"宋家理小声问。

董逸陶看了看表，低声答："十二点半。"

宋家理打了个哈欠。

"你去睡一会儿吧，我一个人盯着。"

"不行！我怕你一个人逞英雄。"宋家理挤了挤酸胀的眼睛，再次对准望远镜。

她昏昏欲睡的眼睛忽然瞪大，语气中透着兴奋："来了来了！"

董逸陶急忙凑过来。望远镜里，空旷的街道中央停着一辆小轿车，几个痞里痞气的人从车上下来，手里还拎着棒子之类的东西。

"他们这是又要干吗？"

"不知是谁家的玻璃又要遭殃。"

宋家理气得牙根痒痒，恨不得钻出帐篷大喝一声，把这群小毛贼赶跑，但一想到大局，又隐忍着没挪窝，拳头攥得吱吱响。

她拿起手中的对讲机："二组注意，河滨路由南向北方向，车牌号9386，黑色帕萨特！"

停在路边大树下的出租车，正在打盹的婷子爸被对讲机里的声音惊醒，一骨碌坐起来。经常在深夜跑活的他，已经习惯了这种昼伏夜出的生活，但今天出车却比往日来得紧张兴奋。他可是身负重任，容不得一点马虎。

果不其然，寂静的夜空被玻璃破碎声打破。不一会儿，一辆尾号为9386的黑色帕萨特从路口疾驰而出，和婷子爸守在大路上的出租车擦肩而过。出租车悄然打火，不动声色地跟了上去。

不入虎穴焉得虎子

黑色帕萨特和白色出租车在夜幕中一前一后飞驰。开了一段路后，一个拐弯，帕萨特轻而易举地甩掉了出租车，疾速超越平行车道上走夜路的厢式货车。

宋家文坐在副驾上，紧紧握着安全把手，额头上冒了一层冷汗。

"喂，你慢点啊，生命安全还得放在第一位！"

魏大同握着方向盘的手心虽然也直冒冷汗，但嘴上还是轻描淡写，摆出一副小菜一碟的样子："你就放心吧，我们家就是开货运公司的，我老早就拿到A本了。别说这三吨的小厢货了，就连拉集装箱的大卡车我开起来都不在话下。”

话虽是这么说，但作为老板的儿子，他整日养尊处优，拿下引以为傲的A本后，他已经好几年没有摸过大车的方向盘了。

这辆车还是宋家理找吴狄借的。毕竟深夜跟车，只有拉夜活的出租车和跑夜路的货车才不会引人注意，魏大同也就因此有了一个施展驾驶技术的机会。一想到宋家文坐在边上，他硬着头皮也得把油门踩下去，说什么也不能在恋人面前掉链子，更不能失了“老司机”的风度。

换车一举果然必要，刚刚还对出租车起疑的帕萨特司机顿时觉得自己多虑了，他载着几个人一路将车开到县城边上的辉煌夜总会门口。跟在后面的货车毫不减速飞驰而过，而不远处的马路对面，董逸陶和宋家理根据魏大同提供的信息也赶了过来。

两个人显然经过一番乔装，自然地拉着手，扮成一对来夜总会放松的情侣。夜总会这样的客人很多，并不引人注意。两个人快步进了门，却已经不见那几个混混的影子了。

“那几个人往哪儿去了？”董逸陶压低声音问走在前面的宋家理。

这种地方宋家理虽然是第一次来，但一点都不怯场，进了门便往前冲，倒是让跟在身后的董逸陶有些慌了手脚。“不知道进了哪个包间，咱俩分头找吧。”宋家理说完便朝走廊的一头走去。董逸陶虽然有些担心，却也顾不了许多，小跑着从另一头开始细细查看每一个包间。

深夜灯红酒绿的夜总会里总是弥漫着一股烟味酒味混合在一起的气息，昏暗的灯光和不流通的空气都让人感到一阵憋闷。宋家理在过道上快步走着，透过一个个包间门上的圆形小窗向里面张望。天台上那架天文望远镜可不是盖的，即便是在黑暗的街道上，也依然能够清晰地看到那几个人的脸。而此时，宋家理正在将脑海中的影像和眼前的面孔一一比对。

正找着，前面的一个门从里面打开，一个叼烟卷的男人打着电话走出来。

“王总您到哪儿了？218包房，兄弟们都到齐了，就等您下一步指示呢！”

正说着，他一偏头，忽然注意到正在走廊里徘徊的女人。这人行迹可疑，细看之下竟还有些面熟。与此同时，宋家理也看清了叼烟卷的男人，四目相对，二人都一下愣住。

宋家理瞬间便认出眼前这人正是从帕萨特下来的那个领头的瓦刀脸，而对方也一眼认出这就是拆迁户当中那个挑事的客栈女老板。

“呦，妹妹，怎么这么巧！”男人把嘴里的烟卷往地上一扔，三两步便迎上来堵住了宋家理的退路：“你这是找人呀？要不进屋跟哥哥们玩一会儿吧！”

“你让开，我不认识你！”宋家理一扬手推开他正要拉扯她的手。

“你不认识我，我可认识你！你不就是那个喜镇出了名的客栈女老板嘛！”

这时，一个大腹便便的男人向包房走来。瓦刀脸立刻收起脸上的坏笑，换上一副狗腿子相，满脸堆笑地迎上去：“哟，王总，您来得正好！”

王总没理他，径直走到宋家理跟前：“宋老板，真是有缘啊，我正想找你谈谈，你就自己找上门来了。走，咱们进去一边喝一边聊。”说着，两个人一左一右将宋家理连拉带拽地拖进了包间。

董逸陶找遍了L形走廊里的每一个包间，却压根没有见到那几个混混的影子，这就说明这些家伙定是在宋家理查看的那头。想到这儿，董逸陶的心一下收紧了。他急忙掉转方向，沿着走廊加快脚步。

乌烟瘴气的包间里弥漫着烟草味，早已经戒了烟的宋家理现在一闻到烟味就一阵反胃。她反感地捂住鼻子，往座位的另一边挪了挪。此时坐在一群混混中间，她并没有想象中那么害怕，反而因为心中的执念，壮着胆子跟这帮家伙交涉起来。

“就是你让他们到我那儿捣乱的？”宋家理虽然没什么社会阅历，但还是一眼看出那个所谓的王总就是幕后老板。

“哟，宋老板，你这是哪儿的话呀！我可是正经生意人，违法乱纪的事从来不干。有人给你捣乱，一定是你得罪人了，跟我们可是一点关系都没有。”

王总这个中年男人装起傻来一点不比傻白甜差。

他身旁的瓦刀脸也极力配合，脑袋摇得两腮直抖。

宋家理知道王总这种既阴险又狠毒的人很难突破，便一转头，冲瓦刀脸去了。

“明人不做暗事，你们在道上也算是好汉吧？怎么敢做不敢当呢！”宋家理故意用话激他，可瓦刀脸并不上钩，看手底下的兄弟忍不住要急眼，他反而赶紧拦住，只是应付着说：“妹妹你误会了，我们可不是你想的那种人。”

王总将瓦刀脸扒拉到一边，嬉皮笑脸地凑过来：“宋老板，我请你进来是仰慕你，想跟你取取经。既然你说明人不做暗事，那我也就不跟你绕圈子了。拆迁的事的确让我很头疼啊，不管我派去的人怎么劝怎么说，大家就是听不进去。不知道你是用什么法子，让镇上的人都听你的呀？”

“我没法子，也没人听我的，大家只不过是从自己的利益出发，同不同意拆迁是他们自己的事。不过你要是真心跟我取经，我也可以大大方方告诉你。”宋家理说着，神秘兮兮地勾了勾手指。王总大喜，兴致勃勃地凑了过来。“我劝你呀，趁早死心！别白费工夫瞎折腾了。喜镇这块地方是我的家，想把我从家里撵出去？门都没有！”

王总听着宋家理掷地有声的话，脸上虚假的笑模样渐渐消失不见，一变脸露出满脸凶相：“宋老板，话可是要想好了再说。看看你自己的处境再做决定吧！”

瓦刀脸一仰头，几个混混配合着凑上前。

宋家理轻蔑地一哼：“别以为你们摆出一副流氓相就能吓住我。这里已经不是山高皇帝远的穷乡僻壤了，这里可是响当当的冬奥会举办地。想在这儿搞事情，怕是你们要先想想自己的处境吧！”

“你！”瓦刀脸气急败坏地一扬手，宋家理知道不好，一闭眼下意识地伸手护脸。可只听桌椅碰撞的咣当一声，待她睁开眼，刚才还气势汹汹的瓦刀脸不知什么时候一屁股摔倒在地，正坐在洒了一地的啤酒上，狼狈地湿了裤子，而她面前正站着攥着拳头的董逸陶。

“嘿，你小子谁呀？竟敢打我！”瓦刀脸挣扎着站起来，跳着脚地招呼小弟兄一起上。

董逸陶不接下茬，仍旧紧紧攥着拳头：“不知道你老板付你的工钱里，是不是也包含挨这一拳的补偿呀？”

早已经躲到桌子后面的王总一眼便认出了董逸陶：“嘿，这小子也是拆迁户里领头的！抓住他狠狠教训教训，钱少不了你们的！”

瓦刀脸歪着嘴奸猾地一笑，露出一脸阴险：“王总您就放心吧。我们拿钱办事，您指哪儿我们就打哪儿！”

话音未落，瓦刀脸的拳头便落在董逸陶脸上。他身后的喽啰也跟着一拥而上，将董逸陶摁在地上一通拳打脚踢。

宋家理这时才知道害怕，急忙开门呼救，叫喊声惊动了隔壁包间的客人过来察看，几个混混这才意犹未尽地停了手。

家理客栈的灯彻夜未熄，宋家理笨手笨脚地用棉签蘸着碘伏给董逸陶脸上身上的伤一点点地消毒。从小到大都是好学生的董逸陶并不经常打架，很少被人打得鼻青脸肿。

宋家理看着他身上大片的淤青和红肿，以及脸上胳膊上破皮的伤口，心里一阵阵绞痛。

“都怪我，不应该激怒他们。”

“怎么能怪你呢？流氓就是流氓，他们的本性不是你一两句话就会改变的。”

“那就都怪你！既然不会打架，就三十六计走为上策，干吗傻乎乎地一对多！明知道吃亏还先动手，不是傻瓜是什么？”董逸陶没想到宋家理的枪口毫无征兆地转了向，被她的伶牙俐齿数落得无力反驳。

他笑着看她一脸嗔怪的样子："好好好，都怪我！拿这东西给你赔罪行吗？"董逸陶说着，神秘兮兮地从口袋里掏出个东西。他张开手掌，一个微型录音笔出现在眼前。

证据链

"王总您就放心吧，我们拿钱办事，您指哪儿我们就打哪儿！"躺在桌上的录音笔里，播放着前一天晚上在夜总会的嘈杂声音。瓦刀脸这句话之后便是一阵乱哄哄的扭打声，直听得董逸陶感觉脸上的伤口隐隐作痛。宋家理急忙关了录音笔。

"怎么样，张律师，这个可以作为证据吧？"

办公桌对面的律师有些为难："在一定情况下，录音倒是可以作为证据，但是咱们这段录音里涉及的事实不清信息不全，场景又比较混乱，仅凭这个，很难去指证录音中的人和所谓后台老板的关系。如果真想跟开发商打官司，肯定还是需要掌握他们更直接的违法证据。"

两个人垂头丧气地走出律师事务所。宋家理长长叹了口气："就为了这个，咱俩都差点见不到今天早上的太阳。唉，上哪儿去找别的证据呀……"

"昨晚那么一闹，对方肯定警觉了，再想从那帮流氓混混入手，恐怕是不容易。回去再想想别的办法吧！"

两个人一前一后上了车直奔喜镇，家里还有一堆烂摊子等着收拾呢。昨天晚上那个被砸玻璃的倒霉铺子便是宋家文的门脸房，只不过美甲店的旁边又多了一块“童星滑雪俱乐部”的招牌。Candy作为俱乐部的元老级成员，把和自己玩的小伙伴全都拉进了俱乐部，魏大同每天带着一群小不点做体能训练，自己的运动量不减反增。但今天，听说俱乐部的大本营被砸了玻璃，家长们都吓得不敢再把孩子送过来了。

魏大同一边在店门口清理着碎玻璃，一边气呼呼地咒骂着那帮小混混。昨天的作战成果怎样，他到现在还没得到消息。但魏大同知道，这样的日子不能再继续下去了，不管是用法律还是拳头，终归得和那帮不讲理的奸商做个了断。

正想着，一辆熟悉的车子在门口停下。还不等驾驶座上的人下车，魏大同已经扛着扫帚气势汹汹拉开了车门。

“古贺，你还敢来？是代表你们老板来看打砸成果的吗？”

“我只代表我自己，我来找宋家理。”古贺面无表情地下了车。

“我们宋老板没工夫见你，你还是回去专心当你的狗腿子吧！”

古贺并不理会魏大同的挑衅，推开他径直向院门口走去。

气头上的魏大同不依不饶，打定了主意今天非要跟古贺过不去。他转身追上古贺，一把抓住他的肩膀：“给我站住！这里不欢迎你！”

古贺再也忍无可忍，两个人连揪带拽很快便撕扯起来。

“都给我停！”只听宋家理一声断喝，两个人闻声望去，不约而同地停了手。

宋家理阴沉着脸从车上下来，本来就一个顶俩大的脑袋现在更是变成了一颗即将引爆的炸弹。

这几天，她已经看过太多流血事件，愤怒、暴力、焦灼、贪婪充斥着原本安详宁静的喜镇。这不是她想看到的，也不是喜镇应该有的样子。

宋家理气势汹汹地走上前将古贺与魏大同分开。这时宋家文和罗敏红也从院子里出来，将魏大同拉回屋里。

古贺拽了拽被扯皱的衣服，转向宋家理："我有话跟你说。"

他看了一眼浑身是伤的董逸陶，并不惊讶："昨天的事我听说了，你们那么做也是白费劲。"

宋家理冷笑一声："所以呢？你是来给我们下最后通牒的吗？"

古贺看着她敌意满满的眼神，终于还是在气势上败下阵来。他从包里掏出一个文件袋递给宋家理："我想你可能会需要这个。"

"这是什么？"宋家理警觉地当面打开文件袋。里面是三份文件，有政府批的喜镇街区规划图、喜镇商业综合体用地规划建设图，还有喜镇商业综合体地块房屋征收方案。

"你仔细对照一下就明白了。"古贺话不多说，脸上依旧挂着那种平淡中透着点悲凉的表情。

凭借宋家理对他的了解，当他挂上这样一种表情时，他说的每个字都是认真的、毋庸置疑的。

这时，董逸陶也凑到近前，从一头雾水的宋家理手中接过那两张图纸，对照之后便立刻发现了问题。

"这红线的位置……"

宋家理顺着董逸陶手指的位置向图上看去。凭着她对喜镇了如指掌的方位感，一眼便看出那规划红线圈起来的拆迁边界明明还隔着一条街呢!

“你们这是越线拆迁呀！”宋家理惊叫起来。

“是他们。”古贺释然地笑笑，坚定而平静。

当从公司保险柜里偷偷把这些盖着红戳的文件拿出来的时候，古贺就已经知道，他马上就要跟自己这么多年的奋斗成果说拜拜了。这些本应该贴出去公示的政府公告，却被开发商别有用心地藏了起来。他们认准了当生米煮成熟饭、家园变成瓦砾，谁还会在乎那条红线究竟画在哪里?

但宋家理在乎，喜镇的人们在乎。当孙姐知道自己的房子原本不该拆，是被开发商越线拆了，坐在瓦砾堆上好一阵痛哭。她终于知道，那所谓的河景房、大三居全都是纸上画饼。她抹了一把鼻涕叉起腰，就要去找开发商拼命。可还不等她出手，上面下来的保护性开发红头文件把原本得意扬扬的开发商砸了一个狗啃泥的大跟头。

“喜镇系省级特色文化小镇，核心区部分居住用房属于历史风貌建筑，具有鲜明的地方特色和人文特征。应合理规划，因地制宜，防止千镇一面、大拆大建重复建设。对违法违规占地用地、破坏生态环境的毁坏性开发，要及时制止并严厉惩处……”

当大家站在街口看着推土机被灰溜溜地拉走时，笼罩在喜镇上空的乌云也跟着一下子散开。推倒的房子还可以重建，但如果被钢筋水泥抹去了痕迹，喜镇的特色便永远都回不来了。

岁月静好

清水河畔的各家各户在修修补补中，又让自己的门脸增添了几分与众不同的特色。无论店铺开张还是关张，买卖如何更迭，承托它的青山绿水一直不变，而背后的风土人情也依旧如常。

当大槐树的叶子在小院门前遮起一片阴凉时，魏大同和宋家文拉着行李从小院里依依不舍地走出来。

“衣服带够了没有啊？”罗敏红掂量着两个人的行李箱不住地唠叨。在澳洲为期三个月的滑雪训练是魏大同参加今年奥运选拔赛之前的最后一轮冲刺。选择带宋家文同去，一方面是两个人新婚宴尔难舍难分，另一方面则是有她在身边，魏大同才能感受到那种发自内心的力量。

“那边天气冷，一冷一热，容易抖搂病了！”

“妈您就放心吧，再冷能有咱喜镇的冬天冷吗？最厚的羽绒服我都带上了。”

“丫头你可别小看那边的冬天，南半球的冬天比咱北半球还冷呢！地球公转的轨道有近日点和远日点之分。咱们北半球冬天的时候地球起码是在近日点；可南半球的冬天，地球正好在远日点。”陈言笑慢条斯理地说了个明明白白。

“伯伯，您可别忘了，南半球大部分是海洋，水的比热容大于陆地，吸热放热都更慢，所以海洋性气候的特点就是全年温和湿润，南半球的冬天不一定像您说的那么冷。”董逸陶有自己的一套理论。

这对叔侄总是能把生活中各种小问题放大到学术层面，那吵嘴抬杠的样子活像一对情侣。罗敏红和宋家理交换眼神，宋家理做了一个调皮的鬼脸。大家撇下争论不休的叔侄不理，簇拥着魏大同和宋家文上了车。

“到底哪儿冷，我们去体验体验就知道了！”魏大同笑着向车窗外前来送行的人们挥手告别。

“大同呀，你滑雪训练的时候可得悠着点，千万别再受伤了！不管能不能入选，能不能参赛，身体才是革命的本钱！小文，你可照顾好他！”罗敏红关切地嘱咐二人。

宋家文不满地哼了一声：“你们听听，这是亲妈说的话吗？不嘱咐他照顾好我，反倒让我照顾他。”

“这不是明摆着嘛，一个女婿半个儿。”宋家理笑着跟姐姐一起调侃老妈。

宋家文看着妹妹怀里的Candy，眼中又流露出不舍。

宋家理急忙把Candy抱到窗前：“跟妈妈拜拜。”

Candy将小手伸进车窗：“妈妈记得给Candy买糖。”

宋家文的心一下子被融化，拉着Candy的小手嘱咐：“宝贝乖，妈妈不在的时候听小姨的话啊！”

宋家理自信满满地拍着胸脯：“不用担心，Candy有我照顾你还不放心？”

“就是因为你我才不放心，我一走指定给她吃糖吃零食。”

宋家理被姐姐说中，嘿嘿笑着挠挠头，那调皮的样子和Candy像极了。

出租车拉着行李、带着不舍，消失在河滨路的尽头。不久之后，宋家理又站在同样的地方送走了老妈和陈伯伯，两个人决定要到乡下去过一段日出而作日落而息的幽静生活。

临走前，罗敏红拉着闺女的手却没有过多的嘱咐。听惯了唠叨的宋家理反而很不习惯：“妈，这么大个客栈都交给我，您就这么放心？”

“我不放心你、不放心Candy，但生意上的事交给你，我一百个放心！再说了，新招的年轻服务员，哪个不比我这老婆子能干？”她拉着宋家理的手上下打量一番：“我们家的小丫头也长大了，干啥啥行，能拿主意能赚钱，不是从前那个脑瓜一热，干啥啥不灵的傻丫头了。”说到这儿，罗敏红凑到宋家理耳边：“但只有一件事，还是差点意思……”说着她朝正在帮陈言笑往摩托车上装行李的董逸陶努了努嘴：“个人问题，不能一拖再拖啦。你再不着急，可就要被你妈我落下了！”

宋家理故作老成地拍拍老妈的肩膀：“罗董事长，我等着吃您的喜糖！”

摩托车扬尘而去，宋家理站在院门口半晌才回过神来。她转身抄起立在门口的扫帚，将小院门前的石阶道路仔仔细细又扫了一遍，转头拿起抹布，将院门口墙上镶着的那块“喜镇风貌建筑”的铜牌擦了个锃亮。

喜镇越变越美，可变来变去还是保持着宋家理记忆中儿时家乡的样子。清水河畔的芦苇，门前的百年老槐树，学校门口的石狮子，被时光打磨的石板路……在一切如常的背后，又同时被注入了充满活力的新元素和新时尚——通往雪场的旅游专线，镇上大超市的摆渡车，直通高铁站的快速路，以及越来越多慕名而来的游客与迁徙者。

搬家的货车从家理客栈门前驶过，听说左小妍家空了许久的老宅子很快便要迎来新住户。如果换作从前，宋家理是绝对不会把这种与她无关的事放在心上的，但在经历过这些日子的成长之后，宋家理也变成了一个头顶清高、脚接地气的凡人。她现在知道，平凡并不等于庸俗。

宋家理端着一笼刚出锅的莜面窝窝，敲响了小院后身那宅子的大门。

"谁呀？"一个男人的声音从屋里传出来。

宋家理清清嗓子："您好，我是在您家前面开客栈的邻居，过来打个招呼！"门那边传来由远及近的脚步声。宋家理将盛莜面窝窝的蒸笼端到胸前，想着门一开，就先送上这份热气腾腾的见面礼。

可门一开，透过蒸汽看到的那张脸，却让她的大脑与时间一起停滞。

古贺正穿着一身家居服，笑盈盈地站在宋家理面前："宋老板，好久不见。"

且行且珍惜

宋家理躺在床上，看着身旁Candy的小肚皮一起一伏，自己却怎么也睡不着。回想今天古贺对她说的那番话，宋家理心中再一次泛起涟漪。她怎么也没想到，那个高价买下左小妍宅子的冤大头竟然是古贺，而他在这儿买房的原因，不用问宋家理也能猜到。

“你不是想扩大客栈的规模吗？我可以给你提供场地……”

宋家理听到这话的时候，心里不由得动了一下，但只转念一想，便又将那蠢蠢欲动的念头一桶水泼灭。毕竟有些人情是还得起的，而有些人情却是要用一辈子去抵押。

古贺似乎看透了宋家理的担忧，隔三岔五地找她表忠心诉衷肠。

“你别有心理压力，作为卖房子的专家，我花钱买的第一套房肯定有我自己的道理……”

宋家理知道，一旦古贺以这样油滑的方式开场，便没有人能说动或反驳他，那套在做金牌销售时经过千锤百炼积累下的游说策略，可不是那么轻而易举就能被层层击破的。

“好了好了，你有你的道理，我也有我的原则。白占便宜的事我不干，您这大院子的租金我也出不起！”

宋家理并非真的租不起，只是不愿意和古贺扯上利益关系。

“技术入股！你看技术入股怎么样？你帮我装潢，统一经营，盈利按股份分红。”

宋家理一愣，不由得顺着古贺指的路子往下想。

装潢改造并不难，只需要延续家理客栈同样的风格，而经营上更是近水楼台先得月，可以沿用家理客栈的名字和模式，还正好解决了旺季时客栈接待能力有限的问题。

但是，只需一个但是，宋家理便又不得不刹住车。

“不行！你还是找别人入股吧。”宋家理硬邦邦的拒绝，又让古贺碰了个钉子。但古贺最不怕的就是碰钉子，工作这些年，他早已经被各种各样的奇葩客户磨炼出了刀枪不入的本领。他坚信，只要拿出对待客户的耐心和对待领导的服从，在宋家理面前便没有什么事解决不了。

“别呀，你看我现在丢了工作，买了这房子手里又没存款，打工无门创业无路。你再不帮我，我可真没活路了！”古贺说着做出一副可怜巴巴的样子，“家理，就算我求你了！宋老板……宋总……宋……”

“好啦好啦，我考虑考虑。”

当宋家理吞吞吐吐想把这事讲给董逸陶听时，她刚一起头不用多讲，董逸陶便一下子明白了个透彻。即便他知道宋家理在担心什么，也知道古贺心里打着什么小算盘，但他还是不得不承认，这是一个扩大客栈规模的绝好机会。

“有机会就大胆地抓住，不然以后会后悔的。”

宋家理透过董逸陶温柔平静的目光，便能一下子径直看到他宽阔的心里去。那里有可以撑船的海洋，也有迎风飘荡的风帆；有让马儿驰骋的草原，还有 Candy牵着线放起的风筝。

“那说好了，技术入股。我会请律师拟合同，谁也不占谁便宜，谁也不欠谁！”宋家理故意拿出公事公办的态度。

古贺忙不迭地点头，即便她答应得有些勉强，古贺还是感觉自己离成功又近了一步。

家理客栈的二号店很快便开始施工了，仍旧是由宋家理亲自操刀。吴狄对老婆家的老宅子自然是心中有数，工程做起来更是轻车熟路，愁只愁老婆一甩手去美国读起了硕士，家里两个孩子只靠他一个人照顾。

姐弟两个人和Candy在小院里追着跑着捉蝴蝶，吴狄追在他们身后一会儿涂驱蚊水，一会儿抹防晒霜。

“你这又当爹又当妈，把孩子照顾得还挺讲究。”

宋家理笑着调侃。

“架不住老婆要求严格。她不在的时候，我总得把孩子带得有模有样吧？”

“这样也挺好。冬天去海南跟着爷爷奶奶过冬，夏天回喜镇跟我们Candy做伴，两年的时间一晃就过去了！”

吴狄掐指一算，果然时间过得很快，再有一年多，老婆就学成归国了。但到时候左小妍肯定不会像原来那样甘心在家做主妇，她一出门工作，看孩子的活吴狄还是逃不掉。

宋家理看着在院子里自由奔跑的Candy，忍不住有感而发：“孩子一晃就大，赶快珍惜眼前，乐在其中吧！”

果真，眼前的时光稍纵即逝，一不留神便有惊喜发生。

家理客栈二号店开业的那天，大伙都赶来庆祝。魏大同和宋家文也刚好从澳洲结束训练回到喜镇，只不过走的时候是两个人，可回来的时候却变成了三个。

Candy抱着妈妈，把脸贴在她肚子上，非要听小弟弟叫姐姐。

“他才芝麻粒那么大，哪会叫姐姐呀。”宋家文胡噜着Candy的头，这才发现几个月不见，小丫头又长高了一截。

“姐，时间总是过得比你想象的快。等到冬奥会的时候，咱俩可以领一个抱一个，一块儿去赛场上给姐夫加油！”

“你姐夫能不能参赛还八字没一撇呢。倒是你呀，领一个抱一个哪行？我看得领一个抱俩！”

听到这突如其来的调侃，古贺和董逸陶都不约而同地转过头来。宋家理尴尬得直掐姐姐的胳膊。

宋家文的预言一点不假。两年后，当Candy脸上印着国旗，拉着两个妈妈的手站在冬奥会越野滑雪的看台上时，她左手边的家文妈妈怀里正抱着她白白胖胖的小弟弟，而右手边的婴儿车上，还躺着一个熟睡的宝宝。

随着一阵欢呼，雪场上的大屏幕上出现了运动员入场的特写，来自各个国家的选手一一向观众挥手致意。当举着五星红旗的中国队出现在镜头前时，整个雪场都沸腾起来。

宋家文兴奋地将孩子举过头，扯着嗓子大声欢呼：“宝贝，给爸爸加油！”

宋家理也抱起Candy，拼命挥舞着手中的国旗。忽然，她想起什么似的回头张望：“这人！买个饮料跑哪儿去了？比赛都快开始了！”

这时婴儿车里的宝宝忽然哭了起来，宋家理赶紧蹲下身，摇着手里鲜艳的国旗转移宝宝的注意力。

“宝宝乖，宝宝不哭，爸爸马上就回来了啊！”

这时头顶上传来一个磁性的声音：“老婆，你的可乐。”

（本故事纯属虚构，如有雷同，纯属巧合。）